LISA KLEYPAS, que publicó su primera obra de ficción a los veintiún años, es autora de más de veinte novelas románticas históricas, muchas de las cuales han figurado en las listas de best sellers estadounidenses. También ha publicado con éxito novelas románticas de contexto actual. Ha ganado, entre otros premios, el Career Achievement Award del Romantic Times.

www.lisakleypas.com

Serie Ravenel
Un seductor sin corazón
Casarse con él
El diablo en primavera
Como dos extraños
La hija del diablo

Serie Wallflowers
Secretos de una noche de verano
Sucedió en otoño
El diablo en invierno
Escándalo en primavera
Una navidad inolvidable

Serie Hathaways
Tuya a medianoche
Seducción al amanecer
Tentación al anochecer
Esposa por la mañana
Amor en la tarde

Serie Bow Street
Ángel o demonio
El amante de Lady Sophia
El precio del amor

Serie Teatro Capitol
Mi bella desconocida
Porque eres mía
Sí, quiero

Serie Friday Harbor
Una noche mágica
El camino del sol
El lago de los sueños
La cueva de cristal

Serie Travis
Mi nombre es Liberty
El diablo tiene ojos azules
Buenas vibraciones
La chica de los ojos color café

Serie Vallerands
Una boda entre extraños

Títulos independientes
Irresistible
Rendición
La antigua magia
Un extraño en mis brazos
Donde empiezan los sueños

Papel certificado por el Forest Stewardship Council®

Penguin
Random House
Grupo Editorial

Título original: *Marry Mr. Winterborne*

Primera edición con esta cubierta: septiembre de 2021

© 2016, Lisa Kleypas
c/o William Morris Endeavor Entertainment, LLC
© 2016, 2019, 2021, Penguin Random House Grupo Editorial, S. A. U.
Travessera de Gràcia, 47-49. 08021 Barcelona
© 2016, Laura Paredes Lascorz, por la traducción
Diseño de la cubierta: Comba Studio

Printed in Spain – Impreso en España

ISBN: 978-84-1314-403-0
Depósito legal: B-9.041-2021

Impreso en Novoprint
Sant Andreu de la Barca (Barcelona)

BB 4 4 0 3 0

Casarse con él

LISA KLEYPAS

Traducción de Laura Paredes

Para Greg, mi marido y mi héroe.
Siempre te amaré

L. K.

1

—Señor Winterborne, una mujer quiere verlo.

Rhys, con el ceño fruncido, alzó la vista del fajo de cartas que tenía en el escritorio.

Su secretaria personal, la señora Fernsby, lo miraba con ojos penetrantes desde la puerta de su despacho. Era una mujer pulcra y ordenada, de mediana edad, con gafas redondas y algo rellenita.

—Ya sabe que no recibo visitas a estas horas.

Por las mañanas solía dedicar la primera media hora del día a leer el correo en silencio, sin interrupciones.

—Sí, señor, pero la visita es una dama y...

—Como si es la maldita reina —le espetó—. Despáchela.

La señora Fernsby apretó los labios en un gesto de reproche. Se marchó tan deprisa que el repiqueteo de sus tacones semejaba una ráfaga de disparos.

Rhys volvió a centrarse en la carta que tenía delante. Perder los estribos era un lujo que rara vez se permitía, pero aquella última semana lo había invadido una sombría melancolía que impregnaba sus pensamientos y cada latido de su corazón, lo que le llevaba a desquitarse con quien tuviera delante.

Y todo por una mujer a la que sabía que no debía pretender.

Lady Helen Ravenel... una dama cultivada, inocente, tímida, aristocrática. Todo lo que él no era.

Apenas había tardado dos semanas en dar al traste con su compromiso. La última vez que había visto a Helen se había mostrado impaciente y agresivo, hasta besarla por fin del modo que deseaba desde hacía tanto tiempo. Ella lo había rechazado, quedándose rígida entre sus brazos. Su desdén no había podido ser más evidente. La escena había terminado con ella hecha un mar de lágrimas y él enfadado.

Al día siguiente, lady Kathleen Trenear, viuda del difunto hermano de Helen, había ido a informarle de que su cuñada se sentía tan alterada que estaba postrada en cama con migraña.

—No desea verlo nunca más —le había comunicado Kathleen sin rodeos.

Rhys no podía culpar a Helen por romper el compromiso. Era evidente que no estaban hechos el uno para el otro. Iba contra los designios de Dios que él tomara por esposa a un miembro de una familia de la nobleza inglesa. A pesar de su inmensa fortuna, Rhys carecía del porte y la educación de un caballero. Ni lo parecía, con su tez morena, su cabello negro y sus músculos de obrero.

A los treinta años, había convertido Winterborne, la tiendecita de su padre en High Street, en los almacenes más grandes del mundo. Poseía fábricas, depósitos, tierras de labranza, cuadras, lavanderías y edificios de viviendas. Formaba parte del consejo de administración de compañías navieras y ferroviarias. Pero por muchos que fueran sus logros, jamás superaría las limitaciones que suponía ser el hijo de un tendero galés.

Otra llamada a la puerta interrumpió sus pensamientos. Con incredulidad, vio que la señora Fernsby volvía a entrar en el despacho.

—¿Y ahora qué quiere? —le preguntó con aspereza.

—A menos que desee echarla a la fuerza, la dama insiste en esperar hasta que usted la reciba —respondió con firmeza la secretaria mientras se ajustaba las gafas.

La perplejidad disipó el enojo de Rhys. Ninguna de sus conocidas, decentes o no, lo abordaría con semejante atrevimiento.

—¿Nombre?

—No ha querido decirlo.

Sacudió la cabeza, incrédulo. ¿Cómo habría logrado esa mujer sortear las barreras hasta su oficina? Pagaba a un pequeño ejército de personas para que le evitara esta clase de interrupciones. Se le ocurrió algo absurdo, y aunque lo descartó de inmediato, se le aceleró el pulso.

—¿Qué aspecto tiene? —preguntó con tono vacilante.

—Va de luto, con un velo que le cubre la cara. Es bastante esbelta, de voz suave —indicó la secretaria y, tras una pausa, añadió con sequedad—: Su acento es de lo más refinado.

Rhys sintió que el ansia le oprimía el pecho.

—*Yr Dduw* —masculló. No concebía que Helen hubiera ido a verlo, pero lo había hecho; estaba seguro. Sin decir otra palabra, se levantó y pasó rápidamente ante la secretaria.

—Señor Winterborne —exclamó ella, yendo tras él—. Va usted en mangas de camisa. La chaqueta...

Sin apenas oírla, Rhys salió de su elegante despacho a una sala con butacas de piel.

Al ver a la visita, se detuvo en seco y contuvo el aliento.

Aunque el velo le ocultaba el rostro, reconoció la postura perfecta y la fina esbeltez de Helen.

Se obligó a recorrer la distancia que los separaba. Incapaz de decir nada, se detuvo delante de ella, ofuscado por el resentimiento y, aun así, embriagado por la dulce fragancia que irradiaba, que inhaló con avidez incontenible. Su presencia lo excitó al instante, sintió un calor sofocante y el pulso acelerado.

En una de las oficinas contiguas a la sala, el tableteo de las máquinas de escribir enmudeció.

Era una locura que Helen hubiera ido allí sola. Eso acabaría con su reputación. Tenía que sacarla de aquella sala y enviarla de vuelta a casa antes de que alguien la reconociese.

No obstante, primero debía averiguar qué quería. Aunque estaba muy protegida y era ingenua, eso no significaba que fuese tonta. No habría corrido un riesgo tan grande sin un buen motivo.

—Mi invitada se irá enseguida —se dirigió a la señora Fernsby—. Hasta entonces, asegúrese de que nadie nos moleste.

—Sí, señor.

Rhys volvió a mirar a Helen.

—Venga —dijo con brusquedad, y la condujo a su despacho.

Ella lo acompañó en medio de un silencio solo roto por el frufrú de su falda al rozar las paredes del pasillo. Su indumentaria estaba pasada de moda y algo andrajosa, típico de la nobleza venida a menos. ¿Acaso ese era el motivo de su visita? ¿Era tanta la necesidad de dinero de la familia Ravenel que había cambiado de parecer sobre lo de rebajarse a casarse con él?

«Dios mío», pensó ante tal expectativa. Le encantaría que le suplicara que la aceptase de nuevo. No lo haría, claro, pero le daría a probar un poco del dolor que él había sufrido la última semana. Como habría sabido cualquiera que se hubiese atrevido a contrariarlo, no cabía esperar perdón ni piedad tras algo así.

Entraron en su despacho, espacioso y con ventanales con doble acristalamiento y alfombras suaves y tupidas. En el centro de la habitación, un escritorio de nogal con cajones a ambos lados estaba cubierto de montones de cartas y carpetas.

Tras cerrar la puerta, Rhys se dirigió hacia la mesa, levantó un reloj de arena y le dio la vuelta en un gesto deliberado. La ampolla superior se vaciaría en quince minutos exactos. Le pareció necesario dejar claro que ahora se encontraban en su mundo, donde el tiempo importaba, y que él estaba al mando.

Se volvió hacia Helen enarcando las cejas con gesto burlón.

—La semana pasada me dijeron que...

Calló en cuanto Helen se apartó el velo y lo observó con aquella expresión grave, tierna y paciente al mismo tiempo que, desde el primer día, lo había desarmado. Tenía unos ojos del azul plateado de las nubes iluminadas por la luna. Llevaba la delicada cabellera, lacia y de un pálido tono rubio, recogida en un moño, pero un reluciente mechón se le había soltado sobre la oreja izquierda.

Rhys la maldijo por ser tan bella.

—Perdóneme, por favor —dijo Helen, mirándolo a los ojos—. Esta es la primera oportunidad que he tenido de venir a verlo.

—No debería estar aquí.

—Hay cosas que tengo que comentar con usted. —Y dirigió tímidamente la vista hacia una silla cercana—. Si no le importa...

—Claro, siéntese. —Pero no hizo ademán de ayudarla. Como Helen jamás lo consideraría un caballero, no iba a comportarse como tal. Se sentó a su escritorio, con los brazos cruzados—. No tiene demasiado tiempo —añadió con frialdad, señalando con la cabeza el reloj de arena—, así que será mejor que lo aproveche.

Helen se sentó, se alisó la falda y se quitó los guantes tirando de ellos con destreza.

A Rhys se le secó la boca al ver emerger sus delicados dedos. Cuando había tocado el piano para él en Eversby Priory, la finca de su familia, le había fascinado la agilidad de sus manos, que revoloteaban con rapidez sobre las teclas como pajarillos blancos. Por alguna razón, todavía llevaba el anillo de compromiso que él le había regalado, y el perfecto diamante se le enganchó un momento en el guante.

Tras apartarse el velo negro de modo que le cayó sobre la espalda como un lúgubre manto, Helen se atrevió a mirarlo a los ojos durante un instante cargado de tensión.

—La semana pasada no le pedí a mi cuñada que lo visitara, señor Winterborne —aseguró con las mejillas sonrosadas—. En aquel momento no me encontraba bien, pero si hubiera sabido lo que Kathleen pretendía...

—Dijo que estaba usted enferma.

—Me dolía la cabeza, nada más...

—Al parecer, por mi culpa.

—Kathleen le dio una importancia excesiva...

—Según ella, dijo que no deseaba volver a verme, nunca.

Su rubor se intensificó.

—Ojalá Kathleen no hubiera repetido eso —exclamó, enojada y avergonzada—. Yo no hablaba en serio. Tenía la cabeza a punto de estallarme y estaba intentando entender lo que había ocurrido el día anterior. Cuando usted vino y... —Desvió la mirada hacia su regazo, de modo que la luz que se colaba por la ventana arrancó reflejos de su pelo. Permanecía con las manos juntas y ligeramente cerradas, como si sujetara algo frágil—. Tengo que hablar con usted de eso —añadió en voz baja—. Me gustaría mucho... que nos pusiéramos de acuerdo.

Algo murió en el interior de Rhys. Demasiada gente lo había abordado por dinero como para no darse cuenta de lo que se avecinaba. Helen era igual que todos y quería sacar partido de la situación. Aunque no podía culparla por ello, no soportaría oír las razones que se le hubieran ocurrido para argumentar lo mucho que él le debía y por qué. Prefería pagarle de inmediato y dar el asunto por zanjado.

Dios sabría por qué había abrigado alguna débil y absurda esperanza de que Helen pudiera haber querido de él algo que no fuera dinero. El mundo siempre había funcionado, y siempre funcionaría, así. Los hombres buscaban mujeres hermosas, y las mujeres intercambiaban su belleza por riquezas. Al ponerle las manos encima, él, un hombre inferior, había rebajado a Helen, y ahora ella pretendía que la compensara por ello.

Abrió un cajón y sacó un talonario de cheques. Cogió una pluma y libró uno por diez mil libras. Tras anotar los datos en el margen izquierdo del talonario para su referencia, se acercó a Helen y se lo entregó.

—No hace falta que nadie sepa de dónde procede —dijo en tono formal—. Si no dispone de cuenta bancaria, me encargaré de que abran una a su nombre —agregó, ya que ningún banco permitiría a una mujer realizar este trámite por su cuenta—. Le prometo que se hará con suma discreción.

Helen lo contempló perpleja y echó un vistazo al cheque.

—¿Por qué iba usted a...? —Respiró hondo al ver el importe. Clavó su mirada horrorizada en Rhys y repitió—: ¿Por qué?

Desconcertado ante su reacción, él respondió con el ceño fruncido:

—Dijo que quería que nos pusiéramos de acuerdo. Pues ahí lo tiene.

—No me refería... Lo que quería decir es que deseaba que nos comprendiéramos. —Intentó torpemente romper el cheque en pedacitos—. No necesito dinero. Y aunque lo necesitara, jamás se lo pediría a usted. —Los trocitos de papel cayeron como copos de nieve.

Rhys contempló anonadado cómo aniquilaba la pequeña fortuna que acababa de entregarle. Al darse cuenta de que la había malinterpretado, sintió una mezcla de frustración y vergüenza. ¿Qué diablos pretendía de él? ¿Por qué estaba allí?

Helen inspiró hondo una vez, y luego otra, para recobrar lentamente la compostura. Se levantó y se acercó a él.

—Podría decirse que hemos tenido una ganancia inesperada en la finca familiar. Ahora mis hermanas y yo contamos con recursos para proporcionarnos dotes.

Rhys se la quedó mirando con rostro inexpresivo mientras se esforzaba por asimilar aquello. Helen se había acercado demasiado. Su suave fragancia a vainilla y orquídea le inundaba furtivamente los pulmones con cada respiración. Sentía cada vez más calor. Quería tenerla tumbada boca arriba sobre la mesa...

Apartó con dificultad aquella imagen morbosa de su mente. En ese momento, en su formal despacho, vestido con prendas refinadas y calzado con lustrosos zapatos acordonados, se sintió más bruto que nunca. Ansioso por establecer aunque solo fuera una mínima distancia entre ambos, retrocedió y topó con el borde del escritorio. Se vio obligado a apoyarse en él mientras Helen seguía acercándose, hasta rozarle ligeramente las rodillas con la falda.

Le pareció que podría tratarse del personaje de un cuento de hadas galés, una ninfa surgida de la neblina de un lago. La delicadeza de su piel de porcelana y el exquisito contraste entre sus pestañas y cejas oscuras y su cabello rubio claro tenían algo místico. Y sus ojos... una fría traslucidez enmarcada de oscuro.

Había dicho algo sobre una ganancia inesperada. ¿A qué se

refería? ¿A una herencia imprevista? ¿A una donación? ¿Tal vez a una inversión lucrativa? Aunque esto último era bastante improbable, dado lo poco responsable que, como todo el mundo sabía, era la familia Ravenel con el dinero. Fuera cual fuese el origen de esa ganancia, Helen creía que los problemas económicos de su familia habían terminado. Si era cierto, podría elegir a cualquier hombre de Londres.

Al ir a verlo había arriesgado su futuro. Su reputación estaba en juego. Podría haberla violado allí mismo, en su despacho, sin que nadie hubiera movido un dedo para ayudarla. Lo único que la mantenía a salvo era que Rhys no tenía intención de destruir algo tan encantador y frágil como aquella mujer.

Por su propio bien tenía que sacarla de los almacenes Winterborne lo más rápido y discretamente posible. Hizo el esfuerzo de mirar más allá de Helen y concentrarse en un punto lejano de los paneles de madera de la pared.

—La acompañaré hasta una salida privada —murmuró—. Podrá regresar a casa sin que nadie se entere de nada.

—No voy a liberarlo de su compromiso —repuso Helen en voz baja.

Volvió a fijar sus ojos en los de ella a la vez que sentía otra de aquellas terribles puñaladas en el pecho. Helen ni siquiera pestañeó; se limitó a esperar pacientemente.

—Los dos sabemos que soy el último hombre con el que quiere casarse, milady. Advertí desde el principio la repulsión que le inspiro.

—¿Repulsión?

—Rehúye mis caricias —prosiguió él con saña, ofendido porque ella había fingido sorpresa—. No quiere hablarme durante las comidas. La mayor parte del tiempo ni siquiera me mira. Y la semana pasada, cuando la besé, se apartó bruscamente de mí y se echó a llorar.

Cabía esperar que Helen se avergonzara de que la hubiesen pillado mintiendo. Pero no. Lo miró a los ojos con fervor y la boca abierta en señal de consternación. Finalmente, dijo:

—Soy demasiado tímida. He de esforzarme más por superarlo. Cuando me porto así, no tiene nada que ver con el asco. Lo cierto es que me pone nerviosa. Porque... —Se sonrojó desde el cuello hasta la raíz del pelo—. Porque es usted muy atractivo —aseguró, y continuó, violentada—: Y tiene mucho mundo. Y no quiero que me considere una tonta. En cuanto a lo del otro día, era... era mi primer beso. No sabía qué hacer y me sentí... bastante abrumada.

En medio de su confusión, Rhys pensó que era una suerte que estuviese apoyado en la mesa. De otro modo, le habrían fallado las piernas. ¿Sería posible que hubiera interpretado como desdén lo que, en realidad, era timidez; que lo que había interpretado como desprecio fuera inocencia? Tuvo una sensación devastadora, como si el corazón se le estuviera partiendo. ¡Con qué facilidad lo había desarmado Helen! Unas pocas palabras, y ya estaba dispuesto a arrodillarse ante ella.

Su primer beso, y él se lo había robado.

Nunca había necesitado interpretar el papel de experto seductor. Siempre había obtenido fácilmente los favores de las mujeres, y estas parecían satisfechas con lo que quisiera hacerles en la cama. Hasta había habido alguna que otra dama, como la esposa de un diplomático y una condesa cuyo marido estaba de viaje por el continente. Lo habían alabado por su vigor, su resistencia y su gran polla, y no habían pedido nada más.

En cuerpo y alma era tan duro como la pizarra de las laderas de Elidir Fawr, o Snowdon, como lo llamaban los ingleses... la montaña de Llanberis, donde él había nacido. No sabía nada de modales refinados ni de buena educación. Tenía las manos callosas debido a los años de levantar cajas y cargar mercancía en carros de reparto. Pesaba fácilmente el doble que Helen, era tan musculoso como un toro y si la trataba como a las demás mujeres, la haría pedazos sin siquiera intentarlo.

Joder, ¿en qué habría estado pensando? Jamás tendría que haberse planteado siquiera la posibilidad de casarse con ella. Pero su ambición, y la dulzura y la delicada belleza de Helen, lo habían cegado demasiado como para pensar en las consecuencias para ella.

—Pero eso es agua pasada, ¿sabe? —comentó con amargura al ser consciente de sus propias limitaciones—. Pronto gozará de su primera temporada londinense, y conocerá al hombre para el que está destinada. El diablo sabe que no soy yo.

Empezó a incorporarse, pero Helen se acercó más a él, hasta quedar situada entre sus pies separados. La vacilante presión de su mano en el pecho lo llenó de deseo. Rhys hizo acopio de todas sus fuerzas para conservar el poco autodominio que le quedaba. Estaba a un aterrador centímetro de abalanzarse sobre ella. De devorarla.

—¿Volvería... volvería a besarme? —dijo Helen.

Rhys cerró los ojos, jadeando, súbitamente furioso. Menuda broma le había gastado el destino al poner aquella criatura tan frágil en su camino como castigo por ascender socialmente más de lo que debía. Para recordarle aquello que jamás sería.

—No puedo ser un caballero —soltó con voz ronca—. Ni siquiera para usted.

—No tiene que ser un caballero. Solo un hombre amable y delicado.

Nadie le había pedido nunca algo así. Sujetó con tanta fuerza el borde de la mesa que la madera amenazó con romperse.

—*Cariad*... la forma en que te quiero no tiene nada de delicado. —Le sobresaltó la palabra cariñosa que se le había escapado y que jamás había utilizado con nadie.

Helen le tocó la mandíbula y él sintió el contacto de sus dedos como dos llamas frías en la piel.

Se puso tenso de la cabeza a los pies.

—Inténtalo —susurró Helen—. Por mí.

Y acercó sus suaves labios a los de él.

2

Tímidamente, Helen rozó los labios de Rhys con los suyos para incitar una reacción en él. Pero no hubo ninguna. Ni el menor intento de besarla.

Pasado un momento, retrocedió indecisa.

Con la respiración entrecortada, Rhys le dirigió una mirada huraña.

Helen, nerviosa, se preguntó qué hacer a continuación.

Sabía poco de hombres. Casi nada. Desde muy niña, ella y sus hermanas menores, Pandora y Cassandra, habían vivido recluidas en la finca que su familia poseía en el campo. Los criados masculinos de Eversby Priory siempre se habían mostrado deferentes, y los arrendatarios y los tenderos del pueblo habían guardado siempre una distancia respetuosa con las tres hijas del conde.

Ante la nula atención de sus padres y la despreocupación de su hermano Theo, que se pasó la mayoría de su corta vida en internados o en Londres, Helen se había volcado en los libros y en el mundo interior de su imaginación. Sus pretendientes habían sido Romeo, Heathcliff, el señor Darcy, Edward Rochester, el caballero Lancelot, Sydney Carton, y un surtido de príncipes rubios de cuentos de hadas.

Tenía la impresión de que solo la cortejarían hombres imaginarios y de que nunca lo haría ninguno de verdad. Pero dos meses atrás, Devon, el primo que hacía poco había heredado el título de Theo, había invitado a su amigo Rhys Winterborne a pasar las Navidades con la familia, y todo había cambiado.

La primera vez que Helen había visto al señor Winterborne fue el día que lo llevaron a la finca con una pierna rota. En un giro inesperado de los acontecimientos, cuando Devon y el señor Winterborne viajaban de Londres a Hampshire, su tren había chocado con unos vagones de balasto. Ambos hombres habían sobrevivido milagrosamente al accidente, aunque resultaron heridos.

Como consecuencia de sus lesiones, la breve visita navideña del señor Winterborne se había convertido en una estancia en Eversby Priory de casi un mes, hasta que estuvo lo suficientemente recuperado como para regresar a Londres. Incluso maltrecho, irradiaba una fuerza de voluntad que a Helen le había resultado tan fascinante como inquietante. Contra todas las normas del decoro, había ayudado a cuidarlo. De hecho, había insistido en ello. Aunque lo había hecho con el pretexto de la mera compasión, esta no había sido la única razón. Lo cierto era que nunca nadie la había cautivado como aquel desconocido corpulento y moreno con un acento tan melodioso.

Cuando su estado de salud había mejorado, Winterborne había reclamado su compañía, e insistido en que le leyera y le hablara durante horas. Nadie se había interesado tanto en ella en toda su vida.

Winterborne era extraordinariamente atractivo, no como los príncipes de los cuentos de hadas, sino con una masculinidad que la azoraba cuando lo tenía cerca. Su rostro era anguloso; su nariz, robusta; y sus labios, carnosos y bien delineados. No era de tez elegantemente clara, sino de un tono moreno rico y reluciente, con un cabello negro azabache. No tenía la menor soltura aristocrática, ni ningún atisbo de elegancia lánguida. Era sofisticado y muy inteligente, pero en él había algo muy poco refinado. Un atisbo de peligro, un escollo medio oculto.

Cuando Winterborne se había marchado de Hampshire, la

finca se le había antojado de lo más aburrida, y los días le habían parecido monótonos. No había podido dejar de pensar en él... en el encanto que se insinuaba bajo su apariencia de dureza... en su poco frecuente pero deslumbrante sonrisa.

Para su consternación, Winterborne no parecía dispuesto a aceptar que volviera con él. Le había herido el orgullo con lo que debió de parecerle un rechazo insensible, y anhelaba enmendarse. Si pudiera hacer retroceder el tiempo hasta el día en que la había besado en la Casa Ravenel, manejaría la situación de una forma muy distinta. Era solo que la había intimidado mucho. La había besado, la había estrechado entre sus brazos y ella había reaccionado sobresaltándose, consternada. Tras unas palabras duras, él se había ido. Esa era la última vez que lo había visto hasta hoy.

Si hubiera tenido algún escarceo en su juventud, como unos besos robados por algún jovencito, quizás el encuentro con el señor Winterborne no le habría resultado tan alarmante. Pero no tenía experiencia en absoluto. Y Winterborne no era ningún muchacho inocente, sino un hombre adulto en la flor de la vida.

Lo extraño, el secreto que no confesaría a nadie, era que, a pesar de su apuro por lo sucedido, había empezado a soñar todas las noches con que el señor Winterborne la besaba, de modo más y más apasionado, una y otra vez. En algunos de los sueños, empezaba a desabrocharle el vestido y besarla de forma todavía más imperiosa y enérgica, y todo ello conducía a un desenlace misterioso. Se despertaba sin aliento y agitada, acalorada de la vergüenza.

Sintió ahora esa misma zozobra al alzar los ojos hacia él.

—Muéstrame cómo quieres que te bese —pidió con voz solo algo temblorosa—. Enséñame a satisfacerte.

—Estás minimizando riesgos, ¿verdad? —le soltó él, para su asombro, con una mueca de diversión despectiva.

—¿Minimizando riesgos? —Lo miró, confundida.

—Quieres seguir teniéndome pillado hasta estar segura de lo de la ganancia de Trenear —aclaró Winterborne.

—¿Por qué no puedes creer que quiero casarme contigo por motivos ajenos al dinero? —repuso ella, desconcertada y dolida por su tono despectivo.

—El único motivo por el que me aceptaste fue que carecías de dote.

—Eso no es verdad.

—Necesitas casarte con alguien de tu rango —prosiguió Winterborne como si no la hubiera oído—. Un hombre con buenos modales y de buen linaje. Él sabrá cómo tratarte. Te tendrá en una casa de campo, donde cuidarás de tus orquídeas y leerás tus libros...

—¡Eso es lo contrario de lo que necesito! —exclamó Helen. No era propio de ella hablar de modo tan impetuoso, pero estaba demasiado desesperada para que le importara. Estaba claro que Winterborne quería deshacerse de ella. ¿Cómo podría convencerlo de que lo quería de verdad?—. Me he pasado toda mi existencia leyendo sobre la vida que llevan otras personas —prosiguió—. Mi mundo ha sido... muy limitado. Nadie cree que prosperaré si no me mantengo recluida y protegida. Como una flor de invernadero. Si me casara con alguien de mi clase, como dices, nadie me vería nunca tal como soy. Solo como se supone que debo ser.

—¿Por qué crees que conmigo sería diferente?

—Porque tú eres diferente.

Le dirigió una mirada intensa que le recordó el reflejo de la luz en la hoja de una navaja. Tras un silencio tenso, Winterborne le habló con brusquedad:

—Has conocido muy pocos hombres. Vete a casa, Helen. Durante la temporada londinense conocerás a alguien y entonces darás gracias a Dios, de rodillas, por no haberte casado conmigo.

A ella le escocían los ojos. ¿Cómo se había malogrado todo tan deprisa? ¿Cómo podía haberlo perdido tan fácilmente?

—Kathleen no tendría que haberte hablado en mi nombre —dijo, presa de tristeza y pesar—. Creía que me estaba protegiendo, pero...

—Y era así.

—Yo no quería que me protegieran de ti. —Intentar mantener la compostura era como tratar de correr por la arena: los cambios que experimentaban sus emociones le impedían avanzar. Para su vergüenza, se le humedecieron los ojos y se le escapó un sollozo—. Estuve postrada en cama un día con migraña —prosiguió—, y cuando desperté la mañana siguiente, nuestro compromiso estaba roto, te había perdido y ni siquiera...

—Helen, no.

—Creía que solo era un malentendido. Pensaba que si hablaba directamente contigo, todo se so-solucionaría y... —Se atragantó con otro sollozo. La consumía tanto la emoción que apenas fue consciente de que Rhys se le acercaba, tendía las manos hacia ella y volvía a retirarlas.

—No, no llores. Por el amor de Dios, Helen...

—No fue mi intención apartarte. No sabía qué hacer. ¿Cómo puedo hacer que vuelvas a quererme?

Esperaba una respuesta sarcástica, o puede que incluso desdeñosa, pero no un sentido susurro.

—Sí te quiero, *cariad*. Te quiero demasiado.

Lo miró a través de las lágrimas, pestañeando, emitiendo unos vergonzosos sollozos, como una niña pequeña. Antes de darse cuenta, la había estrechado contra su cuerpo.

—Chisss... —Su voz, que bajó una octava, le acarició los oídos como si fuera terciopelo—. Chisss, *bychan*, pequeña, paloma mía. No hay nada que se merezca tu llanto.

—Tú sí.

Rhys se quedó inmóvil. Pasado un momento, le tocó la mandíbula y le borró con el pulgar el rastro que había dejado en ella una lágrima. Llevaba la camisa remangada, como un carpintero o un agricultor. Tenía los antebrazos musculosos y peludos, y las muñecas gruesas. Su robusto abrazo tenía algo sorprendentemente reconfortante. Desprendía una fragancia seca y agradable, una mezcla fresca de lino almidonado, de piel varonil limpia y de jabón de afeitar.

Notó que le alzaba la cara con delicadeza. Sintió su aliento, cargado del aroma de la menta, en la mejilla. Al darse cuenta de lo que él iba a hacer, cerró los ojos mientras el estómago le daba un vuelco, como si el suelo hubiera cedido bajo los pies.

Notó un cálido roce en su labio superior, tan suave que apenas lo percibió. Luego, otro en la sensible comisura de los labios y, después, en el labio inferior, donde terminó con un levísimo tirón.

Le deslizó la mano libre por debajo del velo para sujetarle la nuca. Le acercó la boca de nuevo para darle otra caricia breve y sedosa. Le pasó la yema del pulgar por el labio inferior para sellarle el beso en su sensible superficie. La dureza de un callo aumentó la sensación y le estimuló las terminaciones nerviosas. Se sintió mareada de repente; sus pulmones no inspiraban aire suficiente.

Rhys volvió a acercar los labios a los suyos, y ella, ansiosa de que la besara más rato y de forma más apasionada, como había soñado, alargó el cuello. Él pareció saber lo que quería y la incitó a separar los labios. Así que abrió, temblorosa, la boca para notar el exquisito roce de su lengua, y absorbió su sabor masculino a menta, pasión y frescura, mientras él empezaba a saciar con ella un deseo que le despertaba sensaciones por todo el cuerpo. Ella rodeó el cuello de Rhys con los brazos y hundió los dedos en su denso cabello negro, de modo que los rizos se le enroscaron ligeramente en ellos. Sí, aquello era lo que ella quería, que Rhys se apoderara de su boca con la de él mientras la abrazaba estrechamente, lo suficientemente apretujada contra su cuerpo.

Jamás había imaginado que un hombre la besara como si quisiera succionarla entera, como si los besos fueran palabras destinadas a poemas o miel que recolectara con la lengua. Rhys le sujetó la cabeza con las manos y se la echó atrás para recorrerle el lado del cuello con los labios separados, acariciándola y saboreándole la piel suave. Ella soltó un gritito ahogado cuando él encontró un punto sensible y provocó así que le flaquearan las piernas. Él la estrechó más y, ávidamente, volvió a unir sus labios. Helen no tenía ningún pensamiento, ninguna fuerza de voluntad, nada salvo una sensual mezcla de oscuridad y deseo, mientras Rhys la besaba con una intensidad tan ciega y voraz que casi podía notar cómo ambas almas se unían.

Y entonces se detuvo. Con brusquedad, apartó los labios y le tomó los brazos para quitárselos del cuello. Cuando la apartó con más fuerza de la necesaria, se le escapó un quejido. Desconcertada, observó cómo Rhys se dirigía hacia la ventana. Aunque se estaba recuperando del accidente con una rapidez asombrosa, seguía andando con una ligera cojera. Sin dejar de darle la espalda, se concentró en el lejano oasis verde de Hyde Park. Cuando apoyó el puño en el alféizar de la ventana, Helen vio que le temblaba la mano.

—No tendría que haber hecho eso —dijo tras soltar finalmente el aire de modo entrecortado.

—Quería que lo hicieras. —Su propio atrevimiento la hizo sonrojarse—. Ojalá la primera vez hubiera sido así.

Rhys, irritado, se tiró del cuello rígido de la camisa blanca.

Al ver que el bulbo del reloj de arena estaba vacío, Helen se acercó al escritorio y lo rodeó.

—Tendría que haber sido más franca contigo —reconoció mientras contemplaba el reguero de arena que marcaba cada anhelante segundo—. Pero me cuesta decir a los demás lo que pienso y siento. Y me preocupaba algo que Kathleen dijo, que solo me considerabas... bueno, un trofeo que conseguir. Temía que pudiera tener razón.

Rhys se volvió, apoyó la espalda en la pared y cruzó los brazos.

—La tenía —le dijo para su sorpresa. Sus labios dibujaron una mueca irónica—. Eres preciosa, *cariad*, y yo no soy hombre de nobles pensamientos. Soy un tipo duro del norte de Gales al que le gustan las cosas refinadas. Sí, eras un trofeo para mí. Siempre lo serías. Pero te quería por algo más que por eso.

El placer que Helen sintió al oír el cumplido se desvaneció del todo cuando Rhys terminó de hablar.

—¿Por qué has hablado en pasado? —preguntó parpadeando—. Todavía... me quieres, ¿verdad?

—Da igual lo que yo quiera. Ahora Trenear ya nunca dará su consentimiento a nuestro enlace.

—Fue él quien lo sugirió inicialmente. Si dejo claro que estoy más que dispuesta a casarme contigo, estoy segura de que lo aceptará.

Hubo una pausa.

—Nadie te lo ha contado, entonces.

Helen le dirigió una mirada inquisitiva.

—El día que Kathleen vino a verme me porté mal —dijo, metiéndose las manos en los bolsillos—. Después de que me dijera que ya no querías volver a verme, yo... —Esbozó una sonrisa torcida.

—¿Qué hiciste? —lo animó Helen, ceñuda.

—No importa. Trenear me interrumpió cuando vino a buscarla. Y casi llegamos a las manos.

—¿Qué interrumpió? ¿Qué estabas haciendo?

—La insulté. Con una proposición —respondió, desviando la mirada con una mueca.

—¿Se la hiciste en serio? —inquirió Helen con los ojos desorbitados.

—Claro que no —contestó con brusquedad—. No le puse ni un puñetero dedo encima. Te quería a ti. No tengo el menor interés en esa pequeña arpía, solo estaba enojado con ella por haberse entrometido.

—Le debes una disculpa —indicó Helen con una mirada de reproche.

—Ella me la debe a mí por haberme privado de una esposa.

Aunque estuvo tentada de enumerarle los errores de su razonamiento, Helen se mordió la lengua. Al haberse criado en una familia conocida por su mal genio y tozudez, sabía lo importante que era elegir el momento adecuado para ayudar a alguien a ver lo equivocado que era su modo de proceder. En ese momento, Rhys estaba demasiado a merced de sus pasiones para admitir que había obrado mal.

Pero, desde luego, no se había comportado bien, y aunque Kathleen lo perdonara, no era probable que Devon llegara a hacerlo jamás.

Devon estaba perdidamente enamorado de Kathleen, lo que conllevaba los celos y la actitud posesiva que habían atormentado a generaciones de la familia Ravenel. Aunque Devon era algo más razonable que los últimos condes, eso no significaba demasiado. Cualquier hombre que asustara o molestara a Kathleen se ganaría su enemistad para siempre.

Así que esa era la razón por la que Devon había dejado de aprobar su compromiso. Pero que ni él ni Kathleen le hubieran mencionado nada de todo aquello le resultaba exasperante. ¡Cielos! ¿Cuánto tiempo iban a seguir tratándola como a una niña?

—Podríamos fugarnos —propuso impulsivamente, aunque la idea no la atraía demasiado.

—O la boda se celebra como es debido o no hay boda —aseguró Rhys con el ceño fruncido—. Si nos fugamos, nadie se creerá que te marchaste conmigo por voluntad propia. Que me aspen si dejo que la gente diga que tuve que raptar a mi futura esposa.

—No hay opción.

Se produjo un silencio tan premonitorio que Helen notó un cosquilleo en los brazos al ponérsele piel de gallina.

—La hay. —A él le cambió la cara y su mirada se tornó devoradora. Calculadora. Intuitivamente, Helen supo que aquella era la versión del señor Winterborne que la gente contemplaba con temor y turbación, un pirata disfrazado de capitán empresarial—. La otra opción es que te acuestes conmigo.

3

En medio del caos de sus pensamientos, Helen retrocedió hacia una de las estanterías del rincón del despacho.

—No lo entiendo —repuso, aunque mucho se temía que sí lo entendía.

Rhys la siguió despacio.

—Trenear no se interpondrá cuando se entere de que tu reputación está arruinada —indicó.

—Preferiría que mi reputación no estuviera arruinada. —Cada vez le costaba más respirar. El corsé se le aferraba al cuerpo como unas mandíbulas.

—Pero quieres casarte conmigo, ¿no? —Al llegar a su lado, apoyó una mano en la estantería para acorralarla.

Moralmente hablando, la fornicación era un pecado mortal. En la práctica, los riesgos de acostarse con él eran enormes. Una idea terrible la hizo palidecer. ¿Y si Winterborne se la llevaba a la cama y después se negaba a casarse con ella? ¿Y si fuera tan rencoroso que sería capaz de deshonrarla y abandonarla? Jamás ningún caballero le propondría matrimonio. Toda esperanza de tener hogar y familia propios se desvanecería. Se convertiría en una carga para su familia, y estaría condenada a una vida de vergüenza y dependencia. Si concebía un hijo, tanto ella como el pequeño serían unos parias. Y aunque no lo hiciera, su ignominia saboteaería las perspectivas matrimoniales de sus hermanas menores.

—¿Cómo puedo saber que después harás lo que es debido? —respondió.

—Dudas sobre mí aparte —respondió Rhys con expresión sombría—, ¿cuánto tiempo crees que Trenear me permitiría vivir si intentara algo así? Antes del anochecer me habría cazado y acogotado como a un ciervo.

—Podría hacerlo de todos modos —soltó Helen.

—Nunca te abandonaría —aseguró Rhys, ignorando su comentario—. Si me acostara contigo, serías tan mía a ojos de Dios y de los hombres como si lo juráramos sobre una piedra nupcial.

—¿Qué es eso?

—Un rito matrimonial de mi tierra de Gales. Un hombre y una mujer pronuncian sus votos mientras entre ambos sostienen una piedra con las manos. Tras la ceremonia, van juntos a lanzar la piedra a un lago, y la tierra misma pasa a formar parte de su juramento. A partir de ese momento, quedan unidos para siempre. —La miró a los ojos—. Dame lo que te pido y jamás te faltará nada.

La estaba volviendo a abrumar. Helen notó un ligero sudor de la cabeza a los pies.

—Necesito tiempo para pensarlo —dijo.

La determinación de Winterborne parecía nutrirse de su tribulación.

—Pondré dinero y propiedades a tu nombre. Unas caballerizas de caballos purasangre. Un palacio y la población que lo rodee, y un montón de criados que te sirvan. Ningún precio es demasiado alto. Solo tienes que acostarte conmigo.

Helen se llevó las manos a las sienes para frotárselas. Esperaba no tener otra migraña.

—¿No podríamos simplemente decir que he sido deshonrada? Devon tendría que aceptar mi palabra.

Rhys negó con la cabeza antes de que terminara siquiera la pregunta.

—Necesitaré una fianza. Es así como se obliga legalmente en un acuerdo empresarial.

—Esto no es ninguna negociación empresarial —se quejó Helen.

—Quiero una garantía por si cambias de parecer antes de la boda —dijo Rhys, firme.

—No lo haré. ¿No confías en mí?

—Sí. Pero confiaré más una vez que nos hayamos acostado.

Aquel hombre era imposible. Helen buscó desesperadamente otra solución, algún medio de rebatirlo, pero vio que él se mostraba más intransigente a cada segundo que pasaba.

—Se trata de tu orgullo —soltó, indignada—. Estabas dolido y enojado porque creías que te había rechazado, y ahora quieres castigarme aunque no fue culpa mía.

—¿Castigarte? —repuso, burlón, con las cejas negras arqueadas—. No hace ni cinco minutos que te entusiasmaban mis besos.

—Tu propuesta implica mucho más que besarse.

—No es una propuesta —aclaró como si tal cosa—. Es un ultimátum.

Ella lo observó, incrédula.

Su única opción era negarse. Algún día conocería a un buen partido que su familia aprobara. Un miembro de la aristocracia rural, soso y reservado, con la frente muy ancha, que esperaría que hiciera suyos sus deseos y opiniones. Y tendría la vida planificada: cada año igual que el anterior.

En cambio, si se casaba con Winterborne...

Todavía desconocía muchas cosas de él. ¿Qué se esperaría de una mujer cuyo marido poseía los almacenes más grandes del mundo? ¿Qué gente conocería y qué actividades ocuparían sus días? Y él mismo, que tenía tan a menudo el aspecto de haberse peleado varias veces con el mundo y no haber perdonado nada... ¿cómo sería vivir como su esposa? Su vida era tan amplia que se imaginaba fácilmente perdiéndose en ella.

Al percatarse de que la estaba observando, atento al menor matiz de su expresión, se volvió. Vio ante ella hileras de libros, catálogos, manuales, libros contables. Pero más abajo, en medio de varios volúmenes científicos, vio tres que parecían tratar de botánica. Pestañeó y los observó con mayor detenimiento.

Orquídeas; breve tratado sobre el cuidado de un inverna-dero.

Género y especie Orchidaceae.

Relación de las orquídeas conocidas.

El cultivo de las orquídeas.

Estos libros sobre orquídeas no estaban en su despacho por casualidad.

Cultivar orquídeas había sido el pasatiempo y la afición más querida de Helen desde que su madre había dejado una colección de unas doscientas orquídeas al fallecer hacía cinco años. Como nadie más de la familia había querido cuidarlas, Helen se había encargado de ello. Las orquídeas eran plantas exigentes y problemáticas, cada una de ellas con su propio temperamento. Al principio, Helen no disfrutaba de su responsabilidad autoimpuesta, pero con el tiempo acabó adorando las orquídeas.

Como había dicho una vez a Kathleen, a veces había que amar algo antes de que fuera digno de ser amado.

Tocó las encuadernaciones doradas para seguir con un dedo vacilante la punta de una flor pintada a mano.

—¿Desde cuándo los tienes? —preguntó.

La voz de Winterborne le llegó de detrás, muy cerca de ella.

—Desde que me diste aquella orquídea. Tenía que saber cómo cuidar de ella.

Unas semanas antes, había ido a cenar a la Casa Ravenel, y Helen le había dado impulsivamente una maceta con una de sus orquídeas. Una vanda azul, una planta muy poco común; la más temperamental y valiosa de las que tenía. Aunque no pareció especialmente entusiasmado con el regalo, le había dado las gracias y se la había llevado diligentemente. Pero en cuanto se rompió su compromiso, se la había devuelto.

Para su sorpresa, Helen había visto que la sensible planta había crecido de maravilla bajo los cuidados de él.

—Cuidaste de ella tú mismo, entonces —dijo—. Eso me tenía intrigada.

—Pues claro que sí. No tenía ninguna intención de no superar la prueba.

—No era ninguna prueba, era un regalo.

—Si tú lo dices...

—Creía que la matarías, y pensaba casarme igualmente contigo —replicó Helen, exasperada, tras volverse.

—Pero no la maté —puntualizó Winterborne con labios temblorosos.

Sin decir nada más, Helen trató de poner en orden sus pensamientos y sentimientos para tomar la decisión más difícil de su vida. Pero ¿era realmente tan complicado? Casarse era siempre arriesgado. Nunca se sabía con qué clase de marido podía acabar una.

Por última vez se permitió plantearse la opción de marcharse. Se imaginó saliendo del despacho de Winterborne, subiendo al carruaje familiar y regresando a la Casa Ravenel, en South Audley. Y todo habría terminado para siempre. Su futuro sería idéntico al de cualquier otra joven de su posición. Aprovecharía la temporada de Londres para asistir a bailes y cenas con pretendientes refinados, lo que la llevaría a casarse con un hombre que nunca la entendería del todo. Se esforzaría por no recordar este momento y preguntarse qué habría ocurrido o qué podría haber sido de ella si hubiera aceptado.

Pensó en la conversación que había mantenido con la señora Abbott, el ama de llaves, antes de salir de casa por la mañana. La mujer rolliza y de pelo plateado que llevaba cuatro décadas al servicio de los Ravenel se había opuesto enérgicamente a que intentara salir de día sin acompañante.

—¡El señor nos despedirá a todos! —había exclamado.

—Diré a lord Trenear que me escabullí sin que nadie lo supiera —le aseguró Helen—. Y afirmaré que el cochero no tuvo más remedio que llevarme a los almacenes Winterborne porque amenacé con ir a pie.

—¡No puede haber nada que merezca correr semejante riesgo, milady!

Pero cuando Helen le explicó que su intención era visitar a Rhys Winterborne con la esperanza de renovar su compromiso, el ama de llaves pareció tener motivos para pensárselo mejor.

—No la culpo —admitió—. Un hombre como él...

Helen la miró con curiosidad al ver la forma en que su expresión soñadora le suavizaba las facciones.

—¿Tiene en estima al señor Winterborne, pues? —preguntó al ama de llaves.

—Sí, milady. Oh, ya sé que los de clase alta dicen que es un arribista. Pero para el verdadero Londres, para los centenares de miles de personas que trabajamos todos los días y nos las arreglamos lo mejor que podemos, el señor Winterborne es una leyenda. Ha hecho lo que la mayoría de gente no se atreve a soñar. Era un simple dependiente, y ahora todo el mundo, desde la reina hasta el último mendigo, sabe su nombre. Da a la gente motivos para esperar que tal vez pueda ascender por encima de su posición —dijo el ama de llaves, y añadió con una ligera sonrisa—: Y no puede negarse que es un hombre guapo y fuerte a pesar de ser tan moreno como un gitano. Cualquier mujer, de alta o baja alcurnia, estaría tentada.

Helen no podía negar que los encantos personales de Winterborne ocupaban un lugar elevado en su lista de consideraciones. Era un hombre en la flor de la vida, que irradiaba una extraordinaria energía, una especie de vitalidad animal, que le resultaba aterradora e irresistible a la vez.

Pero había algo más en él... un atractivo más potente que ningún otro. Sucedía en los escasos momentos que se mostraba tierno con ella, cuando tenía la impresión de que el alijo de tristeza que tenía oculto y encerrado en lo más profundo de su corazón estaba a punto de emerger a la superficie. Él era la única persona que se había acercado nunca a ese lugar recóndito, que algún día podría hacer añicos la soledad que ella siempre había albergado en su interior.

Si se casaba con él, podría llegar a lamentarlo. Pero no tanto como lamentaría no haberse arriesgado.

Todos sus pensamientos se ordenaron casi milagrosamente. La calma la invadió cuando tuvo claro el camino que debía seguir.

—Muy bien —dijo tras inspirar hondo, alzando los ojos hacia él—. Acepto tu ultimátum.

4

Durante unos segundos, Rhys fue incapaz de reaccionar. O Helen no había entendido el alcance de lo que estaba diciendo o él no la había oído bien.

—Aquí y ahora —aclaró—. Dejarás que... —Intentó encontrar una forma decente de decirlo— te haga mía, como un hombre hace suya a su esposa.

—Sí —contestó Helen con calma, lo que lo impresionó de nuevo. Estaba muy pálida, con unas notas de color en sus mejillas. Pero no parecía nada insegura. Hablaba en serio.

Tenía que haber algún inconveniente, algún escollo que descubriría después, pero cuál. Helen había dicho que sí. En cuestión de minutos estaría en su cama. Desnuda. La idea le desbarató todos los ritmos internos de tal modo que el corazón y los pulmones no parecían caberle en el pecho.

Se le ocurrió que, en esta situación, su habitual sexo enérgico no funcionaría. Helen era vulnerable e inocente.

Tendrían que hacer el amor, no follar.

No sabía nada sobre hacer el amor.

Maldita sea.

Las contadas ocasiones en que había disfrutado de los favores de una dama de clase alta esta había querido que la tomara bruscamente, como si fuera un bruto insensible. Rhys había agradecido poder ahorrarse cualquier simulación de tierna intimidad. No era ningún poeta romántico, ningún experto en seducción. Era un galés con aptitudes físicas. En cuanto a las técnicas y al romanticismo, evidentemente eran cosas de los franceses.

Pero Helen era virgen. Habría sangre. Dolor. Seguramente lágrimas. ¿Y si no sabía ser lo bastante tierno? ¿Y si Helen se alteraba? ¿Y si...?

—Tengo dos condiciones —se aventuró ella—. La primera, tengo que volver a casa antes de la hora de cenar. Y la segunda... —Se puso colorada como un tomate—. Me gustaría cambiar este anillo por otro distinto.

Rhys le miró la mano izquierda. La noche que le había hecho su propuesta de matrimonio le había regalado un perfecto diamante talla rosa, grande como un huevo de codorniz. La piedra preciosa, que procedía de las minas de Kimberley de Sudáfrica, había sido tallada por un reputado gemólogo de París y encastada en una montura de filigrana de platino por el maestro joyero de los grandes almacenes, Paul Sauveterre.

—No me gusta —explicó Helen tímidamente al ver su expresión de desconcierto.

—Me dijiste que sí cuando te lo regalé.

—No dije eso para ser exactos. Solo no dije que no me gustaba. Pero he decidido ser franca contigo a partir de ahora para evitar futuros malentendidos.

Para Rhys fue un disgusto enterarse de que a Helen nunca le había gustado el anillo que había elegido para ella. Pero comprendió que ahora estaba intentando ser sincera con él, aunque le costara un esfuerzo atroz.

En el pasado, las opiniones de Helen habían sido ignoradas o pisoteadas por su familia. Y reflexionó que quizá también por él. Podría haberle preguntado qué clase de piedras y monturas prefería en lugar de decidirse por lo que él quería que llevara.

Le levantó la mano para observar mejor el reluciente anillo.

—Te compraré un diamante tan grande como un pudin de Navidad.

—¡No, Dios mío! —se apresuró a decir Helen, lo que lo sorprendió de nuevo—. Justo lo contrario. Este me queda muy alto, ¿ves? Me resbala de un lado a otro, y me cuesta tocar el piano o escribir una carta con él. Preferiría una piedra mucho más pequeña. —Se detuvo un momento—. Que no fuera un diamante.

—¿Por qué no un diamante?

—La verdad es que no me gustan. Supongo que no me molestan los pequeños, que parecen gotas de lluvia o estrellitas. Pero los grandes son muy fríos y duros.

—Sí, porque son diamantes. —Rhys le dirigió una mirada sarcástica—. Haré que te traigan de inmediato una bandeja con anillos.

—Gracias —dijo, y una sonrisa le iluminó el rostro.

—¿Qué más te gustaría? —preguntó—. ¿Un carruaje y un tiro de cuatro animales? ¿Un collar? ¿Pieles?

Ella negó con la cabeza.

—Tiene que haber algo —insistió él. Quería inundarla de espléndidos regalos para que supiera lo que estaba dispuesto a hacer por ella.

—No se me ocurre nada.

—¿Un piano? —Como notó que tensaba involuntariamente los dedos, prosiguió, como leyendo un catálogo—: Un piano de gran cola Brinsmead chapado en caoba estilo Chippendale con mecanismo de doble escape.

—¡Qué detallista eres! —exclamó Helen con una carcajada entrecortada—. Sí. Me encantaría tener un piano. Cuando estemos casados, tocaré para ti siempre que lo desees.

Rhys exprimió la idea. Por la noche, se relajaría y la vería al piano. Después se la llevaría a su habitación, la desnudaría despacio y le besaría cada centímetro de piel. Le parecía imposible que aquel ser luminoso y musical fuera a ser realmente suyo. Se sintió al borde del pánico, ansioso por asegurarse de que nadie se la arrebataría.

Le quitó cuidadosamente el anillo del dedo y le acarició con el pulgar la marca que le había dejado el aro de oro. Era estupendo tocarla, sentir su suavidad, su dulzura recorriéndole todo el cuerpo. Se obligó a soltarla antes de acabar haciéndola suya allí mismo, en el despacho. Tenía que pensar. Había que disponerlo todo.

—¿Dónde te espera el cochero? —preguntó.

—En la callejuela tras los almacenes.

—¿En un carruaje sin distintivos?

—No; en el carruaje familiar —fue su inocente respuesta.

«¡Viva la discreción!», pensó Rhys, y le indicó con un gesto que se dirigiera hacia la mesa.

—Escríbele una nota y haré que se la lleven —dijo.

—¿Cuándo le pido que vuelva? —preguntó ella mientras dejaba que la ayudara a sentarse.

—Dile que hoy ya no necesitarás sus servicios. Yo me encargaré de que te lleven a salvo a casa.

—¿Puedo enviar también una nota a mis hermanas para que no se preocupen por mí?

—Sí. ¿Saben dónde has ido?

—Sí, y estaban muy contentas. Las dos te aprecian mucho.

—O, por lo menos, mi tienda —soltó él.

Helen contuvo una sonrisa mientras tomaba papel de carta de una bandeja de plata.

Winterborne había invitado a la familia Ravenel a visitar los grandes almacenes fuera de su horario comercial. Como todavía estaban de luto por el difunto conde, tenían limitadas sus actividades en público. Durante dos horas, las gemelas Cassandra y Pandora habían logrado cubrir una cantidad impresionante de terreno. Se habían vuelto locas de entusiasmo al ver los artículos más nuevos y modernos, las vitrinas y los mostradores llenos de accesorios, cosméticos y adornos.

Vio que Helen contemplaba perpleja la pluma que tenía en el escritorio.

—Lleva en el interior un depósito de tinta —le explicó mientras rodeaba la mesa para situarse a su lado—. Aplica una leve presión en la punta al escribir.

Tras tomar con cuidado la pluma, Helen hizo una marca y se detuvo, sorprendida, al ver la línea regular que creaba en el papel.

—¿No has visto ninguna así? —le preguntó Rhys.

—Lord Trenear prefiere una pluma corriente y un tintero —respondió, sacudiendo la cabeza—. Dice que estas tienen tendencia a perder tinta.

—Suelen hacerlo —admitió él—. Pero este nuevo diseño dispone de una aguja que regula el flujo.

Observó cómo escribía su nombre con una caligrafía esmerada para experimentar con la pluma. Cuando terminó, lo examinó un instante y tachó el apellido. Rhys se inclinó sobre ella con las manos apoyadas a cada lado de su cuerpo en la mesa mientras escribía de nuevo. Juntos contemplaron el papel.

«Lady Helen ~~Ravenel~~ Winterborne.»

—Es un nombre precioso —murmuró Helen.

—No tan elevado como Ravenel.

Ella se volvió en la silla para mirarlo.

—Para mí será un honor adoptarlo como mío.

Rhys estaba acostumbrado a que multitud de gente que quería cosas de él lo adulara sin cesar. Normalmente, era capaz de ver su motivación como si la llevaran escrita en la cara. Pero los ojos de Helen eran claros y candorosos, como si hablara en serio. No sabía nada del mundo, ni con qué clase de hombre debería casarse, y solo se daría cuenta de su error cuando ya fuera demasiado tarde para rectificar. Si él hubiera tenido la menor decencia, la habría echado de allí en aquel mismo instante.

Pero su mirada reposó en el nombre que ella había escrito... lady Helen Winterborne. Y eso selló su destino.

—Celebraremos una boda por todo lo alto —dijo—. Para que todo Londres se entere.

A Helen no pareció entusiasmarle especialmente la idea, pero no puso objeciones.

Sin dejar de mirar el nombre, Rhys le acarició distraídamente la mejilla con la punta de un dedo.

—Piensa en nuestros hijos, *cariad*. De robusta ascendencia galesa y con algo de la estirpe Ravenel. Conquistarán el mundo.

—Prefiero pensar que lo conquistarás tú antes que ellos —replicó Helen mientras tomaba una hoja en blanco.

Cuando hubo escrito y sellado las dos notas, Rhys las llevó a la puerta del despacho y llamó a la señora Fernsby.

La secretaria acudió con la prontitud habitual. Aunque su actitud era tan profesional como de costumbre, los ojos castaños le brillaban de curiosidad tras las gafas redondas. Quiso fisgar el interior de la habitación, pero los hombros de Rhys se lo tapaban.

—¿Sí, señor Winterborne?

—Haga que las lleven a la callejuela de atrás y se las entreguen al cochero del carruaje de los Ravenel —indicó, dándole las notas—. Que se las entreguen en mano.

—De modo que es lady Helen. —Al pronunciar el nombre pestañeó rápidamente dos veces.

—Ni una palabra a nadie —pidió Rhys, entornando los ojos.

—Por supuesto, señor. ¿Necesitará algo más?

—Lleve esto al señor Sauveterre. —Le dejó el anillo con el diamante en la mano abierta—. Dígale que suba una bandeja llena de anillos, de este tamaño, que sean apropiados para un compromiso. Lo espero aquí en media hora.

La señora Fernsby jadeó al ver el reluciente y pesado diamante que tenía en la palma.

—Si no está disponible, ¿quiere que le pida a otro joyero que...?

—Quiero que Sauveterre venga a mi despacho en media hora —repitió él.

La mujer asintió con un gesto mientras le daba vueltas a la cabeza para tratar de entender qué estaba ocurriendo.

—Y anule mi agenda para el resto del día —prosiguió Rhys.

La secretaria se lo quedó mirando. Nunca antes había hecho esta petición.

—¿Todo el día? ¿Qué explicación debo dar?

—Invéntese algo —respondió Rhys, encogiéndose de hombros con impaciencia—. Y diga al servicio doméstico que quiero pasar una tarde tranquila en casa con una visita. No quiero ver ni un alma. —Se detuvo para dirigirle una mirada dura—. Deje claro al personal de las oficinas que si oigo tan solo un susurro sobre esto, en cualquier parte, los despediré a todos en el acto.

—Yo misma lo haría —le aseguró. Tras haber supervisado personalmente el proceso de selección y la contratación de la mayoría del personal de las oficinas, la señora Fernsby se enorgullecía de su excelencia—. Pero su discreción está fuera de toda duda. —Tras cerrar la mano alrededor del anillo, miró a su jefe de modo especulativo—. ¿Puedo sugerirle que les traigan té? Lady Helen parece muy delicada. Puede que un refrigerio sea lo ideal mientras espera al joyero.

—Tendría que habérseme ocurrido —comentó Rhys con el ceño fruncido.

—Descuide, señor —dijo la secretaria, sin poder reprimir una sonrisa de satisfacción—. Para eso me contrató.

Mientras veía cómo la señora Fernsby se iba, Rhys pensó que se le podía perdonar que fuera un pelín engreída: era la mejor secretaria particular de Londres y realizaba su trabajo con una eficiencia que superaba a cualquiera de sus iguales masculinos.

En su momento más de una persona había sugerido a Rhys que era más adecuado para un hombre de su posición tener un hombre como secretario. Pero confió en su intuición en este tipo de asuntos. Podía detectar en los demás las mismas cualidades, como la ambición, la determinación o el vigor, que lo habían impulsado por el largo y laborioso ascenso de dependiente a magnate empresarial. Le importaban un comino los orígenes, las creencias, la cultura o el género de un empleado. Solo le importaba la excelencia.

La señora Fernsby regresó pronto con una bandeja de té que

le subieron del restaurante de los grandes almacenes. Aunque intentó pasar desapercibida al dejarla en una mesita redonda, Helen le dijo en voz baja:

—Gracias, señora Fernsby.

—De nada, milady —respondió la secretaria, y se volvió hacia ella sorprendida y encantada—. ¿Necesita algo más?

—No, esto es estupendo. Gracias —repitió la joven con una sonrisa.

La secretaria permaneció en el despacho, empeñada en servir un plato pequeño a Helen como si estuviera atendiendo a la mismísima reina. Con unas pinzas de plata, tomó emparedados y pastelitos de una cesta adornada con una cinta blanca para colocarlos en la pieza de porcelana.

—Ya está bien, Fernsby —ordenó Rhys—. Tiene trabajo que hacer.

—Por supuesto, señor. —La mujer dejó las pinzas, dirigiéndole una mirada discreta pero mortífera.

Rhys la acompañó a la puerta y se detuvo con ella al otro lado de la misma. Hablaron en voz baja para que Helen no pudiera oírlos.

—Si las miradas matasen... —bromeó Rhys.

La expresión de la secretaria no era nada divertida.

—Pasar unas horas a solas con usted arruinará su reputación. Quiero su palabra de que va a repararla después.

Aunque aparentemente no reaccionó, a Rhys le asombró que se atreviera a hacerle semejante petición. La señora Fernsby, su empleada más leal, siempre había hecho la vista gorda y prestado oídos sordos a sus excesos.

—Nunca dijo nada sobre las mujeres que traía a mi casa —le comentó con frialdad—. ¿A qué vienen estos repentinos escrúpulos?

—Es una dama. Una joven inocente. No seré cómplice de su deshonra.

—He pedido una bandeja con anillos de compromiso —replicó secamente él a la vez que le dirigía una mirada de advertencia—. Pero no podré reparar su reputación si no la arruino antes. Vaya a hacer su trabajo.

La señora Fernsby enderezó la espalda y alargó el cuello como una gallina beligerante sin dejar de observarlo con evidente recelo.

—Sí, señor.

Tras cerrar la puerta, Rhys volvió con Helen, que se estaba sirviendo té. Estaba sentada en el borde de la silla, con la espalda tiesa.

—¿Quieres una taza? —le preguntó.

Negó con la cabeza y la observó. La señora Fernsby tenía razón. Helen se veía delicada, más aún de lo que él recordaba. Su muñeca, de piel clara, era tan delgada que apenas parecía capaz de soportar el peso de la tetera. Puede que no quisiera que la trataran como a una florecilla de invernadero, pero no parecía tener mucha más sustancia que una de ellas.

Dios mío, ¿cómo se las arreglaría con lo que él iba a exigirle?

Pero entonces lo miró fijamente a los ojos, y la impresión de fragilidad se desvaneció. Fuera lo que fuese lo que Helen sentía por él, no era miedo. Había ido a verlo, lo había buscado, lo que demostraba fuerza de voluntad y un inesperado atrevimiento.

Él sabía que el ultimátum que le había dado era indecente, que contradecía todo aquello a lo que aspiraba, pero le importaba un comino. Era la única forma en que podía estar seguro de ella. De otro modo, podría desdecirse del compromiso. No quería pensar en volver a perderla.

—¿Cuánto tiempo hace que la señora Fernsby trabaja para ti? —le preguntó ella mientras echaba un terrón de azúcar en el té.

—Cinco años, desde que enviudó. Su marido murió de una enfermedad terrible.

—Pobre mujer —comentó Helen con el sensible rostro ensombrecido de pesar—. ¿Cómo fue que la contrataste?

Aunque normalmente era reacio a hablar sobre la vida personal de sus empleados, el interés de Helen lo animó a continuar.

—Había ayudado a su marido a gestionar y dirigir su tienda de guantes y calcetería, por lo que conocía bien la venta minorista. Tras la muerte de su marido, solicitó un puesto en los almacenes Winterborne. Aspiraba a ser secretaria del director del departamento de publicidad, pero este se negó a hacerle la entrevista ya que consideraba que solo un hombre podía encargarse de tamaña responsabilidad.

La expresión de Helen no mostró indicios de sorpresa o disconformidad.

—Sin embargo —prosiguió Rhys—, Fernsby indignó al supervisor encargado de la contratación al pedirle hablar conmigo directamente. La echó en el acto. Al día siguiente, cuando me lo contaron, pedí que la llamaran y le hice la entrevista personalmente. Me gustaron sus agallas y su ambición, y la contraté al instante como mi secretaria personal. —Sonrió al añadir—: Desde entonces ha mangoneado el departamento de publicidad.

Helen reflexionó sobre la historia mientras tomaba un emparedado y el té, una rebanada de bollo de Sally Lunn, y un pastelito tan pequeño que solo le cabía una cereza glaseada.

—No estoy acostumbrada a la idea de que una mujer ocupe un cargo entre hombres en una empresa —admitió—. Mi padre siempre decía que el cerebro femenino es insuficiente para las exigencias del trabajo profesional.

—¿No apruebas a Fernsby, entonces?

—La apruebo del todo —respondió Helen sin vacilar—. Una mujer debería tener otras opciones además de casarse o vivir con su familia.

Aunque seguramente no había pretendido que sus palabras fueran hirientes, lo fueron. Rhys le dirigió una mirada ceñuda.

—A lo mejor tendría que haberte ofrecido un empleo en las oficinas en lugar de proponerte matrimonio.

—Prefiero casarme contigo —dijo con la taza de té cerca de los labios—. Será toda una aventura.

Algo aplacado, Rhys tomó una silla y la acercó a ella.

—Yo en tu lugar no esperaría demasiada aventura. Voy a cuidar de ti y mantenerte a salvo.

—Lo que quería decir es que tú eres la aventura —replicó Helen, mirándolo por encima del borde de la taza con ojos sonrientes.

Él notó que se le alborotaba el corazón. Siempre había disfrutado despreocupadamente de las mujeres, de las que aceptaba sus favores con total naturalidad. Ninguna de ellas le había provocado nunca aquel doloroso anhelo. Que Dios lo ayudara, no podía permitir que ella supiera jamás el poder que ejercía sobre él o estaría a su merced.

En unos minutos, el señor Sauveterre, el maestro joyero, entró en el despacho con un gran maletín negro de piel en una mano y una mesita plegable en la otra. Era un hombre bajo y delgado con unas entradas prematuras y una mirada penetrante e incisiva. Aunque era nacido en Francia, hablaba el inglés sin acento, puesto que vivía en Londres desde los dos años de edad. Su padre, un próspero fabricante de vidrio, había fomentado las habilidades artísticas de su hijo y finalmente había conseguido emplearlo como aprendiz con un orfebre. Posteriormente, Sauveterre había asistido a una escuela de Bellas Artes parisina y, tras graduarse, había trabajado en esa ciudad como diseñador para Cartier y Boucheron.

Como habría hecho cualquier joven con ganas de distinguirse, Sauveterre no había dejado escapar la ocasión de convertirse en maestro joyero de los almacenes Winterborne. Poseía destreza y seguridad en su considerable talento y, lo que era igual de importante, sabía cuándo tener la boca cerrada. Un buen joyero salvaguardaba los secretos de sus clientes, y Sauveterre conocía muchos.

—Milady —dijo con una elegante reverencia. Dejó el maletín en el suelo, procedió a desplegar la mesita delante de Helen y sacó una bandeja del maletín—. Tengo entendido que desea ver anillos de compromiso. ¿El diamante no era de su gusto?

—Preferiría algo más pequeño. Un anillo que no me moleste cuando hago costura o practico al piano.

El joyero no pestañeó al oír que describía el valioso diamante como una molestia.

—Naturalmente, milady. Encontraremos algo que le vaya bien. O, en caso contrario, puedo crear algo a su gusto. ¿Tiene alguna gema concreta en mente?

Ella negó con la cabeza mientras recorría con mirada asustada los relucientes anillos dispuestos en surcos en medio del terciopelo negro.

—¿Tal vez prefiere un color en especial? —la animó Sauveterre.

—El azul —respondió ella, mirando cautelosamente a Rhys, que asintió con la cabeza para confirmarle que podía elegir lo que quisiera.

El joyero, que rebuscó en el maletín, empezó a disponer anillos con destreza en una bandeja vacía.

—Zafiros... aguamarinas... ópalos... alejandritas... Ah, y aquí tenemos un topacio azul, bastante raro, extraído de los montes Urales en Rusia...

Sauveterre estuvo sentado junto a Helen por lo menos media hora para mostrarle diversos anillos y desgranarle las virtudes de las piedras y las monturas. A medida que se iba sintiendo cómoda con el joyero, Helen empezó a hablarle con más libertad. De hecho, empezó a mostrarse muy locuaz, charlando animadamente de arte y música, y preguntándole por su trabajo en París.

Podría decirse que era un intercambio mucho más relajado del que hubiera tenido jamás con Rhys.

Al sentir la puñalada de los celos en el pecho, Rhys se dirigió hacia su escritorio y cogió un tarro de cristal que contenía bolitas de menta confitadas. El tarro, que se reponía una vez a la semana, ocupaba un rincón de su mesa. Tras meterse una golosina en la boca, se acercó a la ventana para mirar la calle. El confite, hecho con clara de huevo, azúcar glasé y esencia aromatizada, se disolvió y le proporcionó un exquisito sabor a menta.

—¿Qué es esto? —oyó que Helen preguntaba al joyero.

—Una piedra de luna rodeada de diamantes.

—¡Qué bonito! ¿Cómo es que brilla de ese modo?

—Es un efecto denominado adularescencia, milady. Las capas naturales de la piedra de luna refractan la luz y hacen que dé la impresión de que el brillo proceda de su interior.

Como notó que el anillo había gustado a Helen, Rhys se aproximó para echarle un vistazo. Cuando ella se lo pasó, lo examinó atentamente. La piedra semipreciosa era un cabujón oval y liso de color indeterminado. Al girarlo de un lado a otro, la luz ambiente desprendía destellos azules de distinta intensidad de sus pálidas profundidades.

Era un anillo encantador, pero, a pesar de estar rodeado de diamantes, la gema central era mucho más modesta que la que él le había regalado primero. No era digna de la esposa de un Winterborne. Maldijo en silencio a Sauveterre por haber llevado una joya tan sencilla a su despacho.

—Helen —dijo bruscamente—, permítele enseñarte algo más. Este es el anillo menos valioso de toda la bandeja.

—Para mí es el más valioso —aseguró Helen con alegría—. Yo nunca juzgo el valor de algo por lo que cuesta.

—Un criterio muy loable —comentó Rhys, a quien, como propietario de unos grandes almacenes, le provocó una punzada en el pecho—. Pero este anillo no es bastante bueno para ti.

—Si quiere, podría rodear la gema de diamantes más grandes y ensanchar la montura... —propuso diplomáticamente el joyero.

—Me encanta tal como está —insistió Helen.

—Es una piedra semipreciosa —indicó Rhys, indignado. Cualquiera de sus anteriores queridas habría despreciado aquella joya.

Sauveterre interrumpió el tenso silencio:

—Puede que una piedra de esta calidad sea más valiosa de lo que usted piensa, señor Winterborne. Por ejemplo, vale más que un zafiro de tamaño mediano, o que un rubí que no sea excepcional...

—Quiero que mi mujer lleve un anillo digno de ella —soltó Rhys.

—Pero este es el que yo quiero —se obstinó ella, mirándolo sin pestañear. Su voz fue dulce y su expresión, suave. Sería fácil ignorar su opinión, especialmente dado que era evidente que no sabía qué estaba pidiendo.

Iba a oponerse a ella, pero algo en su mirada captó su atención. Se percató de que Helen estaba intentando no dejarse acobardar por él.

«Maldición», pensó. Le era del todo imposible decirle que no.

Cerró el puño alrededor del anillo y fulminó con la mirada al joyero a la vez que le decía secamente:

—Nos lo quedamos.

Mientras Sauveterre guardaba de nuevo las relucientes bandejas en el maletín, Rhys soltó en voz baja improperios en galés. Prudentemente, ni el joyero ni Helen le pidieron que tradujera.

Una vez hubo cerrado el maletín de piel, Sauveterre tomó la mano que la joven le ofrecía y se agachó hacia ella en gesto galante.

—Acepte mis felicitaciones por su compromiso, milady. Espero...

—Ya puede irse —soltó Rhys sin más, y lo condujo a la puerta.

—Pero la mesita plegable... —se quejó el francés.

—Ya la recuperará más tarde.

El joyero alargó el cuello para ver a Helen por encima del hombro de Rhys.

—Si puedo serle útil para cualquier otra...

—Ya ha ayudado bastante. —Rhys lo empujó fuera de la habitación y cerró la puerta.

—Gracias —dijo Helen—. Sé que no es lo que tú habrías elegido, pero me hace feliz. —Le estaba sonriendo como nunca había hecho hasta entonces, con los ojos risueños.

Rhys no alcanzaba a imaginar por qué la complacía tanto haber cambiado un diamante por una piedra de luna. Solo sabía que tenía que protegerla de su propia ingenuidad.

—Helen —dijo bruscamente—: cuando tienes ventaja, no tienes que cederla con facilidad.

Ella le dirigió una mirada expectante.

—Has cambiado un anillo valioso por otro que solo vale una parte de él —le explicó—. Es un mal negocio, la verdad. Tendrías que pedir algo para compensar la diferencia. Un collar o una diadema.

—No necesito ninguna diadema.

—Tienes que pedir una concesión para que el saldo no sea negativo —insistió Rhys.

—En un matrimonio no hay saldos.

—Siempre hay saldos —replicó Rhys.

Por su expresión, vio que Helen no estaba de acuerdo. Pero en lugar de discutir, ella se acercó al tarro de bolitas de menta y levantó la tapa para oler su fresca y vigorizante fragancia.

—Así que es de aquí de donde procede —comentó—. He notado este aroma en tu aliento antes.

—Me gustan desde que era pequeño, cuando hacía el reparto a la confitería de la esquina. El pastelero solía regalarme las rotas —le contó Rhys, que vaciló antes de preguntar con un dejo de incertidumbre—: ¿Te desagrada?

—En absoluto. Es... muy agradable —dijo ella, y el contorno de su mejilla se curvó al agachar la cabeza para mirar el tarro—. ¿Puedo probar una?

—Claro.

Tímidamente, metió la mano para tomar una esferita blanca y llevársela con cautela a la boca. Que se disolviera rápido y desprendiera un sabor tan potente a menta la pilló desprevenida.

—¡Oh! —exclamó—. Es... —Tosió y se rio con sus hermosos ojos azules ligeramente humedecidos— fuerte.

—¿Quieres un vaso de agua? —preguntó Rhys, divertido—. ¿No? Ven, entonces, déjame que te dé esto. —Le cogió la mano izquierda y, tras empezar a deslizarle la piedra de luna por el dedo, vaciló un instante—. ¿Cómo te propuse matrimonio la primera vez? —Aquel día estaba nervioso, ya que intentaba prepararse para un posible rechazo; apenas recordaba una palabra de lo que le había dicho.

—Expusiste las ventajas para ambas partes, y explicaste las formas en que nuestros objetivos futuros eran compatibles —le recordó Helen con una sonrisa.

—Nadie me ha acusado nunca de ser romántico —aseguró él tras escucharla apesadumbrado.

—Si lo fueras, ¿cómo me propondrías matrimonio?

—Empezaría enseñándote una palabra galesa: *hiraeth* —respondió tras pensar un momento—. No tiene equivalente en inglés.

—*Hiraeth* —repitió Helen, tratando de pronunciar la *r* como había hecho él.

—Sí. Es la añoranza por algo que se ha perdido o que jamás existió. Lo sientes por una persona, por un lugar o por una época de tu vida... es una tristeza del alma. *Hiraeth* embarga a un galés incluso cuando está más cerca de la felicidad, y le recuerda que está incompleto.

—¿Te sientes así? —preguntó Helen con gesto de preocupación.

—Desde el día que nací. —Bajó los ojos hacia el rostro menudo y encantador de ella y añadió—: Pero no cuando estoy a tu lado. Por eso quiero casarme contigo.

Helen sonrió y le rodeó la nuca con la mano. La caricia, suave como la seda, se le marcó en la piel. De puntillas, le hizo agachar la cabeza y lo besó. Sus labios eran más delicados que pétalos, sedosos y húmedos. Tuvo la curiosa sensación de rendirse mientras una terrible dulzura lo invadía y lo recomponía por dentro.

Tras terminar el beso, Helen apoyó de nuevo los talones en el suelo.

—Tus propuestas de matrimonio van mejorando —le comentó, y tendió la mano para que él le deslizara con dificultad el anillo en el dedo.

5

Rhys siguió sujetando la mano de Helen mientras la conducía por un pasillo cerrado, una especie de galería con ventanas que iba de una puerta de su despacho a uno de los pisos superiores de su casa.

No era la primera vez que la invadía una sensación de irrealidad aquel día. Se hallaba más que algo sorprendida por lo que estaba haciendo. Paso a paso, iba abandonando su antigua vida sin posibilidad de retorno. Esto no tenía nada que ver con las hazañas alocadas de las gemelas; era una decisión grave con consecuencias inalterables.

Rhys era tan ancho de espaldas que parecía ocupar todo el pasillo mientras la guiaba hasta una escalera próxima. Llegaron a un pequeño rellano con una bonita puerta pintada de un reluciente color negro. Después de abrirla con una llave, entraron en una casa enorme y tranquila, con cinco pisos dispuestos alrededor de un vestíbulo central y una escalera principal. No había servicio a la vista. La casa estaba muy limpia y olía a nuevo, a pintura, barniz y cera para muebles, aunque había muy pocos. Un lugar dominado por las superficies duras.

Ella no pudo evitar compararla con la cómoda decadencia de Eversby Priory, la abundancia de flores frescas y obras de arte, los suelos cubiertos de gastadas alfombras de dibujos. En su casa, las mesas estaban llenas de libros, los aparadores repletos de objetos de cristal, de porcelana y de plata, y un par de spaniels negros llamados *Napoleón* y *Josefina* deambulaban libremente por las habitaciones iluminadas por lámparas con pantallas con flecos. Por la tarde siempre se tomaba el té, con panecillos y tarros de mermelada y miel. Por las noches siempre había música y juegos, dulces y ponche, y largas conversaciones en mullidos sillones. Nunca había vivido en otro lugar que no fuera Hampshire, con su paisaje de prados y ríos bañados por el sol.

Sería muy distinto vivir en el centro de Londres. Echó un vistazo a aquella casa vacía y silenciosa, y trató de imaginarla como un lienzo en blanco que esperaba ser llenado de color. Su mirada siguió una hilera de ventanas que llegaban hasta el alto techo.

—Es preciosa —comentó.

—Hay que pulirla y adecentarla un poco. Pero me paso la mayor parte del tiempo en los almacenes.

Enfilaron otro largo pasillo y cruzaron una antecámara sin amueblar que daba a un dormitorio grande y cuadrado de techo alto y paredes pintadas de color crema. A Helen se le aceleró el pulso y empezó a sentirse ligeramente mareada.

Por fin estaban en una estancia que parecía habitada, con el ambiente sazonado de cera de vela, cedro y ceniza de leña. Ocupaba la pared un tocador largo y bajo en el que descansaban una caja de madera tallada y una bandeja con diversos objetos: un reloj de bolsillo, un peine y un cepillo. El suelo estaba cubierto por una alfombra turca de tonalidades rojas y amarillas. Una enorme cama de caoba con columnas talladas estaba centrada en la pared del fondo.

Helen se acercó a la chimenea para examinar los objetos de la repisa: un reloj, un par de candelabros y un jarrón de cristal verde con pajuelas usadas para encender velas y lámparas. En el hogar brillaba un pequeño fuego. ¿Había avisado antes Rhys a sus criados? Sin duda, el servicio era consciente de que él estaba allí. Y su secretaria, la señora Fernsby, sabía exactamente lo que estaba ocurriendo.

La temeridad de lo que estaba a punto de hacer bastó para que le flaquearan las piernas.

Pero había tomado una decisión; ahora no se echaría atrás, y tampoco quería hacerlo. Y si analizaba la situación de modo pragmático, como se estaba esforzando en hacer, tarde o temprano tendría que pasar por eso, como todas las novias.

Rhys corrió las cortinas para dejar la habitación a oscuras.

Helen habló observando cómo chisporroteaban y danzaban las llamas de la chimenea:

—Tendrás que decirme qué... qué debo hacer —dijo procurando parecer tranquila. Con manos temblorosas retiró el largo alfiler con que llevaba sujeto el sombrero a la cabeza, se lo quitó y enrolló suavemente el velo alrededor de la pequeña ala.

Fue consciente de que Rhys se situaba tras ella. Le puso las manos en los hombros y se las deslizó hasta los codos. Las subió y bajó de nuevo para acariciarla tranquilizadoramente. Helen se apoyó con timidez en su pecho.

—Ya hemos compartido cama antes —murmuró Rhys—. ¿Recuerdas?

Eso la desconcertó un momento.

—¿Te refieres a cuando estuviste enfermo en Eversby Priory? —dijo, sonrojada—. Pero eso no era compartir cama.

—Recuerdo que ardía de fiebre. Y que la pierna me dolía horrores. Entonces oí tu voz y sentí tu mano fresca en la frente. Y me diste a beber algo dulce.

—Una infusión de orquídeas. —Había aprendido mucho sobre las propiedades medicinales de las plantas al estudiar las libretas botánicas de su madre.

—Y entonces permitiste que descansara la cabeza aquí. —Desplazó la mano libre y la situó en la parte superior del tórax de ella.

—No creía que lo recordarías. Estabas muy mal —comentó Helen, inspirando con dificultad.

—Lo recordaré hasta el último momento de mi vida. —Le rodeó el pecho suavemente con la palma de la mano y la mantuvo allí hasta que el pezón se tensó. El sombrero se le escurrió entre los débiles dedos. Estupefacta, se quedó inmóvil mientras él le susurraba—: Nunca me he esforzado tanto por no sucumbir al sueño como en aquel momento. Quería mantenerme despierto entre tus brazos. Ningún sueño podría haberme proporcionado mayor placer. —Agachó la cabeza y le besó un lado del cuello—. ¿Nadie te lo prohibió?

—¿Te refieres a cuidarte? —preguntó ella, aturdida. La erótica calidez de los labios de Rhys la había hecho estremecer.

—Sí. Un desconocido de modales bruscos, de origen humilde y medio desnudo para más inri. Podría haberte lastimado antes de que nadie lo advirtiera.

—No eras ningún desconocido, eras un amigo de la familia. Y no estabas en condiciones de lastimar a nadie.

—Tendrías que haberte mantenido alejada de mí.

—Alguien tenía que ayudarte —dijo Helen pragmáticamente—. Y ya habías asustado al resto de la casa.

—Y tú te atreviste a meterte en la guarida del león.

—Al final resultó que no había ningún peligro —comentó Helen, volviéndose para mirar los intensos ojos oscuros de Rhys con una sonrisa.

—¿No? —Su voz contenía un ligero tono burlón—. Mira dónde te ha llevado. Estás en mi habitación con el vestido desabrochado.

—No llevo el vestido... —Se le apagó la voz al notar que se le abría completamente el canesú y le resbalaba hacia la sobrefalda—. ¡Oh! —exclamó, presa de la ansiedad al darse cuenta de que Rhys le había desabrochado la prenda mientras hablaban. Sujetó el canesú para impedir que acabara de caérsele, con el cuerpo helado y acalorado a la vez.

—Primero hablaremos sobre lo que va a suceder. —Le acarició la mejilla con los labios—. Pero es mejor si ambos nos sentimos cómodos.

—Yo ya me siento cómoda —aseguró, aunque estaba tan tensa como el mecanismo de un reloj al que se le ha dado demasiada cuerda.

Rhys la acercó más y le deslizó una mano por la parte trasera del corsé.

—¿Con este artilugio? —preguntó mientras recorría el contorno de las ballenas con un dedo—. ¿O este? —dijo, poniendo la mano un momento en la pequeña almohadilla de crin que llevaba sobre el trasero—. Dudo de que ninguna mujer pueda sentirse cómoda con tanta cosa. Además, ya no está de moda que las señoras lleven polisón.

—¿Y tú có-cómo lo sabes? —preguntó Helen, que dio un respingo cuando el artilugio golpeó el suelo.

Tras acercarle la boca a la oreja, Rhys le susurró como si le revelara un gran secreto:

—Lencería y calcetería, segunda planta, sección veintitrés. Según el último informe del director, ya no vendemos polisones.

Helen no acababa de decidir si la escandalizaba más que le estuviera hablando de prendas interiores o que le recorriera libremente el cuerpo con las manos por debajo del vestido. Pronto, las enaguas y el cubrecorsé aterrizaron en el suelo junto al polisón.

—Nunca he comprado ropa en unos grandes almacenes —logró decir—. Me parece extraño vestir algo que ha hecho gente desconocida.

—Las costureras hacen este trabajo para ganarse la vida y mantener a sus familias. —Le pasó las mangas del vestido por los brazos y la prenda cayó al suelo hecha un guiñapo.

—¿Trabajan en la tienda? —preguntó Helen mientras se frotaba la piel de gallina de los brazos desnudos.

—No, en una fábrica cuya compra estoy negociando.

—¿Por qué...? —Se detuvo, acobardada al ver que Rhys empezaba a desabrocharle la parte delantera del corsé—. Oh, no, por favor.

—Sabes que esto se hace sin ropa, ¿no? —le preguntó en voz baja, deteniéndose para observarle el rostro tenso.

—¿Puedo dejarme puesta la camisola por lo menos?

—Sí, si eso te facilita las cosas.

Mientras le desabrochaba el corsé con tirones eficientes, Helen aguardó, intranquila, intentando concentrarse en algo que no fuera lo que estaba ocurriendo. Como le resultó imposible, se obligó a alzar los ojos hacia él.

—Esto se te da muy bien —comentó—. ¿Desnudas mujeres a menudo? Quiero decir, o sea... supongo que has tenido muchas queridas.

—Nunca más de una a la vez —comentó él con una leve sonrisa—. ¿Qué sabes tú de las queridas?

—Mi hermano Theo tuvo una. Mis hermanas oyeron sin querer una discusión que tuvo con nuestro padre, y después me lo contaron todo. Al parecer, mi padre dijo que la querida de Theo era demasiado cara.

—Las queridas suelen serlo.

—¿Más que las esposas?

Rhys contempló la mano izquierda de Helen, que tenía apoyada tímidamente en su pechera. La piedra de luna parecía relucir con una luz interior.

—Por lo visto, más que la mía —aseguró irónicamente. Le acercó una mano al moño para soltarle las peinetas negras del pelo y dejar que su hermoso cabello le cayera sobre los hombros y la espalda. Como notó que temblaba, le acarició tranquilizadoramente la espalda—. Seré tierno contigo, *cariad*. Te prometo que te haré el menor daño posible.

—¿Daño? —graznó ella, apartándose—. ¿Qué daño?

—Por ser virgen. ¿No sabes nada de eso?

Ella negó con la cabeza, nerviosa.

—Según dicen, es muy leve. O sea... —Rhys parecía inquieto—. Maldita sea, ¿no hablan de estas cosas las mujeres? ¿No? ¿Y cuando empezaste con tus períodos mensuales qué te explicaron?

—Mi madre jamás mencionó nada. No me lo esperaba. Fue... desconcertante.

—Debiste de asustarte mucho.

Tiró lentamente de ella hacia él, hasta tenerla acurrucada contra el pecho con la cabeza apoyada en su hombro. Como no estaba acostumbrada a que la trataran con tanta familiaridad, siguió tensa entre sus brazos.

—¿Qué hiciste cuando pasó? —preguntó Rhys.

—No... no puedo comentar eso contigo.

—¿Por qué no?

—No sería decente.

—Vamos, Helen, estoy muy familiarizado con las realidades de la vida, incluido el funcionamiento básico del cuerpo de una mujer. Seguro que un caballero no te lo preguntaría. Pero los dos sabemos que ese no es mi perfil. —Y le plantó un beso en el espacio sensible situado detrás de la oreja—. Cuéntame qué pasó.

Al ver que Rhys no iba a transigir, se obligó a sí misma a responder:

—Una mañana me desperté con... con manchas en el camisón y las sábanas. Me dolía terriblemente la barriga. Cuando me di cuenta de que la hemorragia no cesaba, me asusté. Creí que iba a morirme. Fui a esconderme en un rincón de la sala de lectura. Theo me encontró. Normalmente estaba en el internado, pero había venido a pasar las vacaciones en casa. Me preguntó por qué estaba llorando y se lo dije. —Se detuvo un instante al recordar a su difunto hermano con una mezcla de cariño y tristeza—. La mayoría del tiempo, Theo se mostraba distante conmigo, pero aquel día fue muy amable. Me dio un pañuelo doblado para... para que me lo pusiera... allí. Me trajo una manta de viaje para que me envolviera la cintura y me ayudó a regresar a mi cuarto. Después envió a una criada para que me explicara qué me estaba ocurriendo y cómo usar... —Se interrumpió, sonrojada.

—¿Los paños higiénicos?

—¿Cómo sabes tú eso? —La voz avergonzada de Helen sonó apagada en el hombro del chaleco de Rhys.

—Se venden en la sección de farmacia de los almacenes —respondió, y ella notó que sus labios esbozaban una sonrisa—. ¿Qué más te contó la criada?

A pesar de sus nervios, Helen se relajó entre los brazos de Rhys. Era imposible no hacerlo. Era muy corpulento y cálido, y olía de maravilla, a una mezcla de menta y jabón de afeitar, además de a un agradable frescor resinoso como de madera recién cortada. Una fragancia masculina que de algún modo era excitante y reconfortante.

—Me dijo que un día, cuando me casara y compartiera cama con mi marido, dejaría de tener hemorragias un tiempo, y entonces tendría un bebé.

—Pero ¿mencionó algo sobre cómo se hacen los niños?

—Solo que no aparecen bajo una col como nos decía la niñera —respondió Helen, sacudiendo la cabeza.

—¿Están todas las jóvenes de alta alcurnia en la inopia en cuanto a estas cuestiones? —soltó Rhys, entre preocupado y exasperado.

—La mayoría. El marido es quien decide qué debe saber su esposa, e instruirla la noche de bodas.

—Vaya por Dios. No sé a cuál de los dos compadezco más.

—A la novia —respondió Helen sin dudarlo.

Por alguna razón eso hizo reír a Rhys. Al notar que Helen se ponía tensa, la abrazó con más fuerza y la tranquilizó:

—No, mi vida. No me estoy riendo de ti. Es solo que nunca he explicado el acto sexual a nadie... y que me aspen si se me ocurre cómo hacer que resulte atractivo.

—Madre mía —susurró Helen.

—No será terrible, te lo prometo. Puede que hasta algunas cosas te gusten. —Le apoyó la barbilla en la coronilla y siguió hablándole en voz baja—. Puede que sea mejor si te lo voy explicando mientras lo vamos haciendo, ¿te parece? —Esperó hasta notar que ella asentía lentamente—. Vamos a la cama, pues.

Dispuesta pero renuente, ella lo acompañó hasta la cama y, al hacerlo, descubrió que le fallaban las piernas. Trató de meterse rápidamente entre las sábanas.

—Espera. —Rhys le sujetó un tobillo y tiró hábilmente de ella hacia él, que seguía de pie junto a la cama.

Helen se ruborizó. Lo único que evitaba que estuviera completamente desnuda eran las medias, la camisola de batista y unos calzones con abertura en la entrepierna.

Sin soltarle el tobillo, él le recorrió despacio la espinilla con la mano. Al ver que el tejido de algodón estaba zurcido en varios sitios, frunció el ceño.

—¡Qué media más mala para una pierna tan bonita! —murmuró, y acercó la mano a la liga que le rodeaba el muslo. Como las cintas de tafetán habían perdido su elasticidad, Helen tenía que apretarse tanto la liga que normalmente le dejaba una marca roja en la pierna.

Tras desabrocharla, Rhys vio la anilla de piel rozada que le quedaba en el muslo. Frunció más el ceño y suspiró en tono de desaprobación.

—*Wfft*.

Helen le había oído emitir ya varias veces aquel sonido galés cuando algo lo disgustaba. Tras quitarle la media y echarla a un lado con desagrado, pasó a la otra pierna.

—Necesitaré esas medias después —indicó Helen, desconcertada al ver que trataba sus pertenencias con tanto desdén.

—Te daré otras nuevas. Y ligas decentes.

—Las mías todavía sirven.

—Te han dejado marca en los muslos —dijo Rhys y, tras hacer una bola con la segunda media, se volvió y la lanzó hacia la chimenea. La prenda aterrizó exactamente en el fuego y emitió una brillante llama amarilla.

—¿Por qué la quemas? —preguntó Helen, indignada.

—No era bastante buena para ti.

—¡Era mía!

Pero Rhys no parecía nada arrepentido.

—Antes de que te vayas te daré un montón de pares. ¿Te complacerá eso?

—No. —Desvió la mirada con el ceño fruncido.

—Era una media de algodón sin ningún valor —comentó Rhys con paciencia—, remendada cien veces. Me apuesto a que las de las fregonas de mi cocina son mejores.

Gracias a la paciencia que había aprendido a tener a lo largo de los años por su función conciliadora en la familia Ravenel, Helen se mordió la lengua y contó hasta diez, dos veces, antes de permitirse responder.

—Tengo muy pocas medias —explicó—. En lugar de comprarme otras, prefiero remendarlas y gastar en libros el poco dinero de que dispongo. Puede que la prenda no tuviera ningún valor para ti, pero sí para mí.

Rhys guardó silencio, con el ceño fruncido. Helen supuso que se estaba preparando para seguir discutiendo con ella, pero se quedó sorprendida cuando le dijo en voz baja:

—Perdona, Helen. Lo hice sin pensar. No tenía derecho a destruir algo que te pertenecía.

Como ella sabía que no era un hombre demasiado dado a disculparse o humillarse ante nadie, su enojo se desvaneció.

—Estás perdonado.

—A partir de ahora, trataré tus posesiones con respeto.

—No vendré a tu casa con demasiadas posesiones —advirtió Helen, sonriendo irónicamente—, aparte de doscientas orquídeas.

—¿Querrás traerlas todas de Hampshire? —preguntó él mientras jugueteaba con los tirantes de la camisola.

—No creo que haya espacio para todas.

—Encontraré la forma de que puedas tenerlas aquí.

—¿De veras? —preguntó ella con los ojos desorbitados.

—Claro que sí. —Con una suavidad seductora le recorrió con la punta de los dedos las curvas de los hombros—. Quiero que tengas todo lo que necesites para ser feliz. Orquídeas... libros... una fábrica de seda dedicada a confeccionar medias solo para ti.

—No compres una fábrica de seda por mí, por favor —pidió tras contener la risa. Las caricias ociosas de Rhys le aceleraban el pulso.

—Es que ya poseo una. En Whitchurch. —Se agachó para besarle la piel del hombro y el roce de sus labios fue tan cálido y sutil como el sol—. Algún día te llevaré a verla, si quieres. Es imponente, la verdad: una hilera de máquinas enormes que convierten la seda salvaje en hilos más finos que tus cabellos.

—¡Me encantará visitarla! —exclamó ella, y él sonrió al ver su interés.

—Pues la verás. —Le pasó los dedos por los mechones rubios de su melena suelta—. Conmigo nunca te faltarán las cintas y las medias, *cariad* —aseguró mientras la recostaba en la cama y empezaba a buscarle la cinturilla de los calzones bajo la camisola.

Helen se puso tensa y lo detuvo con ambas manos.

—Soy muy tímida —susurró.

—¿Cómo prefieren las mujeres tímidas que les quiten los calzones? —le susurró Rhys al oído—. ¿Rápido o despacio?

—Rápido, creo.

Entre una respiración y la siguiente, Rhys le había bajado los calzones y se los había quitado hábilmente. Se le puso piel de gallina en los muslos desnudos.

Él se incorporó y empezó a deshacerse el nudo de la corbata. Al ver que tenía intención de desnudarse delante de ella, Helen se metió bajo la sábana y el edredón y se tapó hasta la clavícula. La cama era mullida y estaba limpia, perfumada con el olor acre de la sosa, un aroma que la reconfortó porque le recordaba a Eversby Priory. Miró fijamente la chimenea, pendiente de los movimientos de Rhys con el rabillo del ojo. Después de desabrocharse el cuello y los puños, él se quitó el chaleco y la camisa.

—Puedes mirar si quieres —oyó que decía—. A diferencia de ti, yo no soy tímido.

Tras subirse las sábanas hasta el cuello, Helen se arriesgó a dirigirle una mirada... y ya no pudo apartar los ojos de él.

Era magnífico, vestido solo con los pantalones y los tirantes colgándole junto a las esbeltas caderas. Tenía la piel del torso notablemente firme, como si se la hubieran cosido a los huesos con hilos de acero. Cómodo, al parecer, yendo medio desnudo, se sentó al borde de la cama y empezó a quitarse los zapatos. En su espalda, se le marcaban los músculos, tan definidos que la piel morena le relucía como si se la hubieran pulido. Cuando se levantó y se volvió hacia ella, Helen parpadeó, sorprendida, al descubrir que no tenía vello en el amplio pecho.

A menudo, cuando su hermano Theo deambulaba con aire despreocupado por Eversby Priory en bata, le asomaba una mata de rizos ásperos en la parte superior del pecho. Y cuando West, el hermano menor de Devon, la había acostado después de haber soportado un frío extremo, se había fijado en que él también era peludo. Había supuesto que todos los hombres lo eran.

—No tienes... pelo —comentó, sonrojada.

—Un rasgo Winterborne —sonrió ligeramente—. Mi padre y mis tíos son iguales —dijo, y empezó a desabrocharse los pantalones. Helen desvió la mirada—. Tener el pecho tan pelado como un niño cuando a los demás chicos de mi edad les crecía una mata de pelo fue una maldición para mí en mi adolescencia. Mis amigos me atormentaban y me fastidiaban de mala manera, claro. Estuvieron llamándome «tejón» un tiempo.

—¿Tejón?

—Las cerdas largas de los cepillos de afeitar proceden de la zona que rodea la cola del tejón. Se bromea que a la mayoría de tejones de Inglaterra les ha quedado el trasero pelado.

—¡Qué crueles! —exclamó Helen.

—Los chicos son así —señaló Rhys con una risita—. Yo no me portaba mejor, créeme. Cuando crecí lo suficiente para apalearlos a todos, ya no se atrevieron a decirme nada.

El colchón se hundió bajo su peso al meterse en la cama con ella. ¡Dios mío! Estaba pasando. Helen se rodeó el cuerpo con los brazos y dobló los dedos de los pies. Nunca había estado tan a merced de nadie.

—Tranquila —dijo él con voz suave—. No tengas miedo. *Yr Dduw*, estás helada. Ven, deja que te abrace.

Giró y acercó el cuerpo tenso de Helen para apretujarlo contra su piel cálida. Los pies gélidos de ella le rozaron el vello áspero de las piernas, y la acercó aún más con una mano, mientras la luz del fuego danzaba sobre ambos. Gracias al calor que irradiaba aquel cuerpo musculoso, Helen empezó a relajarse poco a poco.

Notó que le rodeaba un pecho con la mano por encima de la camisola hasta que el pezón se le irguió ante el contacto de la palma. La respiración de Rhys cambió cuando empezó a besarle con suavidad la boca, jugueteando con ella, rozándola y acariciándola con los labios. Ella reaccionó tímidamente, intentando corresponderlo con sus labios, excitada por los cariñosos roces de él. Rhys le sujetó la cinta que ataba el cuello de su camisola para tirar de ella y abrirle la prenda.

—¡Oh! —exclamó Helen, consternada. Tendió la mano para sujetar la tela que se desplazaba de su sitio, pero él se lo impidió—. ¡Por favor...!

No la soltó, sino que le acarició con la cara la piel que acababa de quedarle al descubierto, el contorno blanco, la aureola rosada. A Rhys se le escapó un suspiro entrecortado. Dejó que la punta de la lengua le recorriera el pezón antes de apoderarse de él con la boca. Aturdida por aquel placer perverso, absorta en él y en lo que estaba haciendo, Helen se acercó más, necesitada de más proximidad, de más... algo... pero entonces, a través de la fina capa de su camisola, notó una protuberancia inesperada, una especie de bulto rígido y caliente. Retrocedió sobresaltada.

Rhys alzó la cabeza. La luz suave del hogar jugaba en su labio inferior.

—No, no te apartes —pidió con voz ronca. Le deslizó la mano hacia el trasero y la acercó suavemente—. Esto es lo que me pasa cuando te deseo. —Inspiró con dificultad cuando ella acercó tímidamente los labios a los de él—. Esta parte, cuando está dura, es la que va dentro de ti —explicó y, como para demostrárselo le empujó suavemente la pelvis—. ¿Comprendes?

Helen se quedó petrificada.

Dios mío.

No era de extrañar que el acto sexual fuera tan secreto. Si las mujeres lo supieran, jamás darían su consentimiento.

Aunque procuró no mostrar lo horrorizada que estaba, su expresión debió de reflejarlo, porque Rhys la miró con una mezcla de desazón y diversión.

—Es mejor de lo que parece —indicó para animarla.

Aunque Helen temía la respuesta, se armó de valor para preguntar, avergonzada:

—¿Dentro por dónde?

A modo de respuesta, él se situó sobre ella para cubrirla con su cuerpo. Le recorrió con la mano la piel temblorosa, acariciándole el interior de los muslos y separándoselos. Helen apenas pudo respirar cuando él le metió la mano por debajo de la camisola. Notó un ligero roce entre las piernas antes de que los dedos de Rhys se abrieran paso entre sus rizos íntimos.

Aquella sensación tan peculiar, aquella ligera presión circular que encontraba un hueco y empezaba a empujar hacia dentro la paralizó. Y entonces, increíblemente, su cuerpo cedió al movimiento sedoso y húmedo del dedo de él cuando... No, era imposible.

—Por aquí —dijo Rhys en voz baja, observándola con sus hermosos ojos castaños.

Ella gimió, confundida, a la vez que se retorcía para huir de aquella invasión, pero él la sostuvo con firmeza.

—Cuando te penetre... —Hundía el dedo hasta el fondo, lo retiraba un poco y lo deslizaba de nuevo hacia dentro— al principio te dolerá. —Le acariciaba con habilidad y ternura sitios que ella ni siquiera sabía que existían—. Pero después de la primera vez ya nunca más volverá a dolerte.

Helen cerró los ojos, experimentando una extraña sensación que había despertado en su interior. Efímera, fugaz, como el rastro de un perfume que permanece en una habitación.

—Yo me moveré así... —La sutil caricia adquirió ritmo mientras le introducía el dedo una y otra vez, y ella se volvía más sedosa y resbaladiza con cada penetración— hasta que me corra dentro de ti.

—¿Correrte? —preguntó Helen con los labios secos.

—Un clímax... un momento en que el corazón empieza a latirte con fuerza y luchas con todo tu ser por algo que no acabas de alcanzar. Es un tormento, pero preferirías morir a parar. —Llevó sus labios a la oreja colorada de Helen para continuar excitándola—. Sigues el ritmo y te aferras con fuerza porque sabes que el mundo se va a acabar. Y lo hace...

—No parece demasiado cómodo —alcanzó a decir ella, rebosante de un calor extraño, tortuoso y culpable.

—Cómodo, no —concedió Rhys, soltándole una leve risita al oído—. Pero proporciona un placer tremendo.

Le retiró el dedo, y ella notó que le acariciaba el borde delicadamente cerrado de su sexo. Tras separarle los suaves labios, empezó a juguetear con los pliegues rosados hasta rozarle un sitio tan sensible que la estremeció.

—¿Te duele, *cariad*?

—No, pero... —No sabía cómo hacerle entender que determinadas partes del cuerpo eran demasiado vergonzosas para ser consciente de ellas y menos aún para tocarlas, salvo por cuestiones de higiene. Esta era una de las muchas normas que le había inculcado una niñera robusta a la que gustaba mucho golpear la palma de las manos de los niños traviesos con una regla hasta dejárselas coloradas y doloridas. Jamás podría olvidar del todo aquellas lecciones—. Es... una parte del cuerpo vergonzosa —soltó por fin sin aliento.

—No, no lo es. —La respuesta de Rhys fue inmediata.

—Sí lo es —lo contradijo, y como él negó con la cabeza, insistió—: Me enseñaron que, sin ninguna duda, lo es.

—¿Quién te lo enseñó? ¿La misma persona que te dijo que los niños aparecen bajo una col? —repuso Rhys, sarcástico.

Obligada a aceptar que él tenía razón, Helen adoptó un silencio digno. O, por lo menos, lo más digno que pudo dadas las circunstancias.

—Muchas personas se avergüenzan de sus propios deseos —explicó Rhys—. Yo no soy así. Ni quiero que tú lo seas. —Le puso suavemente la mano en el pecho y se la deslizó cuerpo abajo—. Estás hecha para el placer, *cariad*. Ninguna parte de ti es vergonzosa —aseguró. Pareció no notar que ella se ponía tensa cuando le pasó la mano entre los muslos—. Especialmente, esta parte tan dulce... Ah, eres muy bonita aquí. Como una de tus orquídeas.

—¿Qué? —dijo débilmente, preguntándose si se estaría burlando de ella—. No.

—Tienes forma de pétalos. —Le recorrió con la punta de los dedos los labios exteriores. Sin prestar atención a la desesperación con que ella le tiraba de la muñeca, se los separó. Con mucho cuidado, le tomó los labios interiores entre el índice y el pulgar y se los friccionó suavemente—. Y esto. Sépalos, ¿no?

Entonces Helen entendió a qué se refería; vio la precisión de su comparación y se sonrojó. Si fuera posible desmayarse de la vergüenza, lo habría hecho.

—¿Cómo puede ser que no te hubieras fijado? —le preguntó Rhys sonriendo.

—¡Nunca me he mirado ahí abajo!

Absorto en cada mínima variación de la expresión de Helen, acercó los dedos a la parte más alta de su sexo. Le apartó cuidadosamente el capuchón y le acarició aquel punto tan sensible.

—Dime cómo se llama esto. La punta en el interior de la flor.

—Antera —respondió ella, retorciéndose tras soltar un grito ahogado. Algo le estaba pasando. Un fuego interno le estaba subiendo por la parte posterior de las piernas para concentrarse en el vientre, alimentado por cada sensación.

Rhys volvió a introducirle el dedo donde estaba húmeda. ¿Qué era aquello? ¿Qué...? Su cuerpo se cerró alrededor de la invasión, y reaccionó de una forma que no podía controlar. Él le daba besos sedosos en la boca, le tomaba los labios como si estuviera dando sorbos a una frágil copa. Cuando le tocó la parte más sensible con la punta del pulgar, una tensión electrizante le recorrió el cuerpo a oleadas, y la invadió una sensación alarmante... demasiado fuerte... muy parecida al dolor. Se apartó del cuerpo de Rhys con un grito grave, se acurrucó y sofocó los latidos de su corazón.

Al instante, notó que él estaba detrás de ella, recorriéndole con manos tranquilizadoras sus extremidades temblorosas.

Le habló al oído con una voz aterciopelada para reprenderla en broma.

—*Cariad*, no tienes que separarte. No te dolerá. Te lo prometo. Vuélvete.

Pero ella no se movió, paralizada por el angustioso torrente de placer que había empezado a embargarla. Casi se le había detenido el corazón.

—¿Es esta la clase de esposa que vas a ser? —preguntó Rhys, apartándole la mata alborotada de cabello para besarle la nuca—. Es demasiado pronto para que empieces a desobedecerme.

—Todavía no estamos casados —logró replicar a pesar de tener los labios algo hinchados.

—No, y nunca lo estaremos si no consigo deshonrarte como es debido. —Le llevó una mano a las nalgas desnudas y se las masajeó cariñosamente—. Vuélvete, Helen.

Se le escapó un sonido de aprobación, muy parecido a un ronroneo, cuando ella obedeció. La contempló con unos ojos tan brillantes como el reflejo de las estrellas en el mar a medianoche. Era tan atractivo como uno de los volubles dioses de la mitología que arruinaban a desventuradas doncellas mortales a su antojo.

Y era suyo.

—Quiero saber cómo eres al tacto —susurró para su propia sorpresa.

Rhys contuvo el aliento y entornó los ojos cuando la mano de Helen le llegó al musculoso bajo vientre. Temblorosa, le rodeó el miembro, grueso y erecto. Bajo sus dedos, la piel de Rhys era fina y sorprendentemente satinada, de modo que podía deslizarlos fácilmente por ella. Sujetó suavemente aquella parte ardiente de su cuerpo que poseía una textura densa y emitía pulsaciones misteriosas. Se atrevió entonces a explorar un poco más, y cuando le rodeó con la mano las bolsas de debajo, él reaccionó emitiendo un sonido inarticulado. Por una vez, Rhys parecía tan abrumado por ella como ella había estado siempre por él.

Acto seguido, se vio dominada por un corpulento y apasionado hombre desnudo. Él le cubrió el pecho y los hombros con besos voraces, le rodeó los senos con las manos mientras se llevaba los pezones a la boca. Con un gruñido quedo, le sujetó la camisola para bajársela hasta la cintura. Se situó sobre el cuerpo de Helen y ella notó la asombrosa textura de la piel desnuda, la dureza que ejercía presión sobre el calor estremecido y suave de su sexo.

Rhys la besó, apoderándose de su boca, y descendió después hacia sus pechos y más abajo. Le molestaba la camisola enmarañada, así que la tomó y la rasgó por la mitad como si fuera de papel. Con un movimiento rápido del brazo, la camisola destrozada surcó el aire describiendo un arco fantasmal. Luego, Helen notó que le lamía el ombligo, lo que le provocó un prolongado gemido. Unos besos indecentes le deambularon por el cuerpo hasta el borde de los rizos húmedos y hacia el interior de la entrepierna.

Rhys le pasó los brazos por debajo de las piernas para levantárselas hasta colocar los hombros bajo las corvas de ella. Le separó con la punta de la lengua los pétalos cerrados y le dibujó recorridos eróticos alrededor del punto más sensible de su sexo. Helen gimió, desconcertada, pero él, implacable, le chupó y le lamió la parte central para excitarla más y más hasta que ella sintió una presión profunda y ardiente en su interior. Estaba a punto de perder el control arrastrada por algo poderoso y aterrador. Y cuanto más trataba de contenerlo, de reprimirlo, más fuerte era, hasta que finalmente se vio zarandeada por unos violentos espasmos de placer. Se puso rígida, con todos los músculos en tensión al llegar al clímax, en medio de unos estremecimientos que le recorrían todo el cuerpo. Al final, las sensaciones remitieron y se quedó exhausta, sin fuerzas. Tenía la piel tan sensible que hasta la caricia más suave le resultaba dolorosa.

Con una queja incoherente, empujó la cabeza y los hombros de Rhys, pero él era tan fuerte que no logró moverlo. Le estaba deslizando la lengua por la entrepierna, buscándole húmedamente la abertura temblorosa de su sexo. Ella abrió los ojos y contempló la silueta oscura de la cabeza de Rhys recortada contra la luz danzarina de la chimenea.

—Por favor... —rogó, titubeante, aunque no sabía muy bien qué estaba pidiendo.

Rhys acercó ambas manos a su sexo, para abrirlo y acariciarlo primero con un pulgar y luego con el otro. Para su vergüenza y estupefacción, Helen notó que el cuerpo le reaccionaba íntimamente cada vez que él movía la lengua hacia dentro, como si quisiera capturársela y retenerla allí.

Antes de darse cuenta siquiera, la invadió otra oleada de éxtasis. Clavó los talones en el colchón y levantó las caderas mientras notaba que aquel calor le recorría todo el cuerpo. Rhys le prolongó la sensación, con roces y lametones delicados que alimentaban su placer.

Jadeante y desorientada, Helen se desplomó en la cama. No hizo nada para resistirse cuando Rhys se incorporó sobre ella. Algo caliente y rígido le empujó suavemente la zona húmeda entre los muslos. Él movió la mano para apoyar el glande y empujar. Helen notó un calor abrasador y retrocedió instintivamente, pero la presión era firme e insistente. Se le escapó un débil gemido cuando su sexo cedió al empuje de Rhys y lo rodeó entre ramalazos ardientes. Él se lo introdujo más, increíblemente más, hasta que finalmente las caderas de él tocaron las de ella, y había llegado hasta el fondo. Era demasiado, y no había modo de evitar que le doliera.

Rhys le tomó la cabeza con las manos parar mirarla a los ojos.

—Siento hacerte daño, paloma mía —dijo con voz grave—. Trata de abrirte para mí.

Helen se quedó quieta, deseando relajarse. Cuando él, sin soltarla, le besó el hombro y después el cuello, ella notó que aquel malestar punzante menguaba un poco.

—Sí... —susurró Rhys—. Así...

La asaltó la vergüenza al advertir que Rhys había notado la ligera relajación de aquellos pequeños músculos íntimos. Le rodeó el cuerpo con los brazos y apoyó las manos en su vigorosa espalda. Notó, para su sorpresa, que a él se le tensaban los músculos e, intrigada por la forma en que había reaccionado ante aquel ligero contacto, le recorrió suavemente la piel desde los hombros hasta la cintura con los dedos, dejando que sus uñas le rasguñaran delicadamente la zona dorsal.

Rhys gimió y perdió el control. Empezó a temblar como ella antes, y Helen comprendió que había llegado a su propio clímax. Con actitud curiosamente protectora, le estrechó la espalda con más fuerza. Pasado un largo momento, Rhys se retiró con un gemido y se dejó caer a su lado.

Liberada, Helen sintió un cosquilleo ardiente entre los muslos. Tenía el sexo dolorido, y el vacío dejado le resultaba extraño. Pero se sentía saciada, con el cuerpo relajado y perezoso, y era delicioso sentirse rodeada por la dureza, la fortaleza y la suavidad de Rhys. Reunió las fuerzas que le quedaban para volverse de lado y descansar la cabeza en el hombro de él.

Sus pensamientos se insinuaban sin cristalizar. Era de día, aunque daba la impresión de que fuera bien entrada la noche. Pronto tendría que vestirse y salir a plena luz, cuando lo único que quería era quedarse en aquella oscuridad segura y cálida, dormir y dormir.

Notó que Rhys la tapaba, no sin antes tirar de algo que tenía medio atrapado bajo el cuerpo: una parte de la camisola. Caramba, ¿cómo iba a volver a casa sin camisola? Pero, agotada como estaba, no pareció importarle demasiado.

—Quería respetar tus pertenencias —dijo Rhys, apesadumbrado.

—Estabas distraído en otra cosa —musitó Helen.

—Trastornado, sería la palabra —aseguró Rhys, sonriendo. Usó una prenda desgarrada para secarle la humedad entre los muslos, la tiró y le pasó una mano por la cabeza en un gesto reconfortante—. Duerme, *cariad*. Te despertaré en un minuto.

En un minuto... una expresión que le había oído decir antes y que, al parecer, en Gales significaba «más tarde, sin ninguna urgencia».

Se estremeció de alivio al permitirse a sí misma sucumbir y sumirse en la tentadora penumbra. Y, por primera vez en su vida, se quedó dormida entre los brazos de un hombre.

Durante más de una hora, Rhys se limitó a abrazarla. Estaba ebrio de satisfacción, completamente embriagado.

No se cansaba de mirarla. Cada detalle de su cuerpo lo subyugaba: las líneas exquisitas de su figura, las hermosas curvas de sus pechos; la cabellera rubia que le cubría el antebrazo y atrapaba la luz como si fuera líquida. Y las facciones de su cara, inocente ahora que dormía, despojada de su aplomo habitual. La melancólica dulzura de sus labios le llegó directamente al corazón. ¿Cómo podía desearla tanto?

Helen no dormía plácidamente. A veces le temblaban las pestañas, separaba los labios para exhalar con ansiedad y movía involuntariamente los dedos de manos y pies. Cuando él veía que ella se agitaba, la acariciaba y la estrechaba más. Sin siquiera intentarlo, Helen le había hecho aflorar una ternura que jamás había mostrado a nadie. Había complacido a mujeres, las había tomado de todas las formas imaginables, pero nunca había hecho el amor con nadie como acababa de hacerlo, como si sus dedos absorbieran sensaciones de la piel de su amada.

Bajo la sábana, Helen le subió un poco más el esbelto muslo por la pierna al volverse más de costado, y su polla reaccionó vigorosamente. Quería poseerla de nuevo, ahora, antes incluso de que se hubiera recuperado de su primera vez, antes de haberle limpiado el sangrado virginal y su simiente. De algún modo, al entregarse tan completamente, Helen había obtenido una ventaja misteriosa, algo que él todavía no era capaz de identificar.

Tuvo que contenerse para no apoderarse de su cuerpo indefenso. Así pues, se conformó con la sensación de tenerla acurrucada contra él.

Un leño se partió en la chimenea y el fulgor de la llama iluminó brevemente la habitación en penumbra. Rhys se deleitó con la forma en que su luz confirió un tono dorado a la piel de Helen: una capa de oro sobre marfil. Le tocó muy suavemente la curva perfecta del hombro. ¡Qué raro era estar allí tumbado, totalmente feliz, cuando normalmente no soportaba la inactividad! Podría yacer horas en aquella cama, incluso ahora, en pleno día, simplemente saboreándola.

No recordaba la última vez que había estado acostado a aquella hora, salvo aquellas tres semanas en Eversby Priory, cuando se recuperaba del accidente.

Antes de aquella experiencia, nunca había estado enfermo. Y lo que siempre había temido más era estar a merced de otra persona. Pero en medio del aturdimiento que le provocaban la fiebre y el dolor, había sido consciente de las manos frescas y la voz tranquilizadora de una muchacha. Ella le había pasado paños empapados en agua fría por la cara y el cuello, y le había dado una infusión endulzada. Todo en ella lo había calmado: su delicadeza, su fragancia a vainilla, la dulzura con que le había hablado.

Aquella muchacha le había acunado la cabeza febril y le había contado historias sobre mitología y orquídeas. Hasta el último día de su existencia aquel recuerdo sería el que reviviría con más frecuencia. Fue la primera ocasión en que no había envidiado a nadie en el mundo, porque por una vez había sentido algo parecido a la felicidad. Y no había sido algo que había tenido que perseguir y devorar ávidamente... se lo habían dado cariñosa y pacientemente a cucharadas. Con una bondad que no pedía nada a cambio. Desde entonces había ansiado aquello... la había ansiado a ella.

Un delicado zarcillo rubio colgaba sobre la nariz de Helen y se movía cada vez que ella exhalaba suavemente. Rhys le apartó los relucientes mechones de la cara y le recorrió delicadamente una ceja morena con el pulgar.

Todavía no entendía por qué ella quería estar con él. Había creído que lo que la atraía de él era su fortuna, pero al parecer no era así. Desde luego, no era su gran erudición ni su distinguido linaje, porque no poseía ninguna de esas cosas.

Le había dicho que quería vivir una aventura. Pero las aventuras siempre acababan cansando, y entonces llegaba la hora de volver a lo que era seguro y conocido. ¿Qué sucedería cuando ella quisiera regresar y se percatara de que su vida ya nunca sería lo que había sido antes?

Inquieto, se separó de ella y la tapó bien con la manta. Se levantó de la cama y se vistió. Después, su cerebro recuperó su habitual ritmo frenético y empezó a elaborar listas y a hacer planes para disponer las cosas como las bolas de un solitario.

Por todos los diablos, ¿en qué había estado pensando antes? Una boda por todo lo alto para presumir de su novia de sangre azul... ¿por qué había creído que eso importaba?

«Idiota», se dijo, sintiéndose como si por fin pensara con claridad después de pasarse días confundido.

Ahora que Helen era suya, no podría vivir sin ella. Ni siquiera el breve período de tiempo que debía transcurrir hasta la boda. Necesitaba tenerla cerca, y no se arriesgaría a que volviera a estar bajo la influencia de Devon. Aunque estaba convencido de que Helen quería verdaderamente casarse con él, todavía era demasiado ingenua. Demasiado maleable. Su familia podría intentar alejarla de él.

Gracias a Dios, no era demasiado tarde para rectificar su error. Salió rápidamente de la habitación y, una vez en su estudio privado, llamó a un lacayo.

Para cuando este llegó, Rhys había elaborado una lista para su secretaria y la había sellado.

—¿Me ha mandado llamar, señor? —El joven lacayo, un muchacho solícito y cualificado llamado George, había contado con una excelente carta de recomendación de una familia aristocrática de Londres. Desafortunadamente para ella pero afortunadamente para Rhys, la familia de clase alta se había visto obligada a disminuir gastos y reducir la cantidad de criados que empleaba. Como muchas familias de la nobleza pasaban estrecheces en aquel momento, Rhys había podido darse el lujo de contratar criados que ellas ya no podían permitirse. Pudo elegir las personas competentes dedicadas al servicio doméstico que quiso, normalmente jóvenes o muy mayores.

Le hizo un gesto para que se acercara al escritorio.

—George, lleve esta lista a mi despacho y désela a Fernsby. Espere mientras ella reúne lo que le he pedido y tráigamelo todo aquí en media hora.

—Muy bien, señor. —El lacayo se marchó en un abrir y cerrar de ojos.

Rhys sonrió brevemente al ver la rapidez del joven. No era ningún secreto, ni en su casa ni en sus almacenes, que le gustaba que sus órdenes se cumplieran deprisa y con entusiasmo.

Para cuando le llegó lo que había pedido, todo en cajas de color crema, había preparado el baño para Helen y recogido la ropa y las peinetas desparramadas por la habitación.

Se sentó en el borde de la cama y se agachó para acariciar la mejilla de la joven.

Mientras observaba cómo se iba despertando, sintió una repentina e incontenible ternura, de una intensidad casi dolorosa. Helen abrió los ojos, preguntándose perpleja dónde estaba y por qué. Al recordarlo, alzó los ojos hacia él, vacilante. Para regocijo de Rhys, le dedicó una de sus tímidas sonrisas.

La levantó hacia él y le dio un beso en los labios. Le acarició la espalda desnuda y notó que se le ponía piel de gallina.

—¿Te apetecería un baño? —susurró.

—¿Puedo?

—Ya lo tienes preparado. —Le pasó la bata que había dispuesto a los pies de la cama, una especie de quimono cruzado.

Helen salió de la cama y dejó que la ayudara a ponérselo, intentando que no la viera desnuda. Encantado por su pudor, Rhys le ató el cinturón y empezó a remangarle las mangas. Los bajos de la bata tocaban el suelo.

—No debería darte vergüenza —le indicó—. Daría mi alma por verte un instante sin ropa.

—No bromees con eso.

—¿Con verte desnuda? No bromeaba.

—Con tu alma —aclaró Helen, muy seria—. Es demasiado importante.

Él le sonrió y le robó otro beso.

La cogió de la mano y la condujo hasta el cuarto de baño, recubierto de baldosas de ónice blanco y con paneles de caoba en la mitad superior de las paredes. La bañera con patas tenía la base más estrecha y los extremos diseñados para que su ocupante pudiera recostarse cómodamente. Cerca, una vitrina contenía toallas blancas.

—He hecho traer algunas cosas de la tienda —comentó Rhys, señalándole el banquito de caoba que había junto a la bañera.

Helen se acercó al banquito para examinar los objetos que había en él: un paquete de horquillas, un juego de peinetas negras, un cepillo esmaltado, jabones envueltos en papel pintado a mano y una selección de aceites perfumados.

—Normalmente te ayudará una doncella —indicó Rhys mientras observaba cómo se recogía el pelo y lo fijaba en su sitio.

—Me las arreglaré. —Una nota rosada le coloreó las mejillas al observar lo alto que era el borde de la bañera—. Pero puede que necesite ayuda para meterme aquí y para salir.

—A tu disposición —dijo Rhys.

Aún sonrojada, se volvió de espaldas a él y dejó que la bata le resbalara de los hombros. Él se la quitó y, al verle la espalda hermosa y las curvas perfectas de su trasero, casi se le cayó al suelo. Le tendió la mano libre y Helen la tomó para meterse en la bañera. Todos sus movimientos eran gráciles y cuidadosos, como los de un gato que avanza por un terreno irregular. Se acomodó en el agua con una mueca cuando el calor le alivió dolores y escozores íntimos.

—Estás dolorida, ¿verdad? —dijo Rhys, recordando lo delicada y tierna que era.

—Solo un poquito. —Alzó los ojos—. ¿Me pasas el jabón?

Tras desenvolver una pastilla de jabón de miel, se lo entregó junto con una esponja, fascinado por la tonalidad rosa de su cuerpo bajo la superficie del agua. Ella frotó la esponja con el jabón y empezó a lavarse los hombros y el cuello.

—Ahora que nuestro rumbo está fijado, me siento aliviada —comentó.

—Eso me lleva a comentarte algo —señaló Rhys como si nada una vez instalado en la silla de caoba que había junto a la vitrina—. Le he dado vueltas a la situación mientras dormías y he reconsiderado nuestro acuerdo. Verás... —Se detuvo al ver que ella palidecía y abría los ojos como platos. Como se dio cuenta de que lo había malinterpretado, se acercó a ella y se arrodilló junto a la bañera—. No, no. No es eso... —Tendió las manos hacia ella sin prestar atención al agua, con lo que se mojó las mangas y el chaleco—. Eres mía, *cariad*. Y yo soy tuyo. Yo jamás... *Iesu Mawr*, no me mires así —dijo mientras la acercaba al borde de la bañera y le llenaba de besos la suave piel mojada—. Lo que quería decirte es que no puedo esperar para tenerte. Tenemos que fugarnos. Tendría que haberlo decidido así al principio, pero no pensé con claridad. —Acercó los labios a los de ella y se los besó hasta notar que se relajaba.

Helen se separó de él y lo miró, asombrada.

—¿Hoy? —preguntó con las mejillas mojadas y las pestañas salpicadas de agua.

—Sí. Me encargaré de los preparativos. No tienes que preocuparte por nada. Pediré a Fernsby que te prepare una maleta. Viajaremos a Glasgow en un vagón privado. Tiene un compartimento con una gran cama...

—Rhys. —Le puso los dedos, que olían a jabón, en los labios. Inspiró hondo para tranquilizarse antes de proseguir—: No es necesario que modifiquemos nuestros planes. No ha cambiado nada.

—Todo ha cambiado —la contradijo él en un tono demasiado agresivo. Y, tras tragar saliva, se moderó—: Saldremos esta tarde. Será mucho más práctico de este modo. Soluciona más de un posible problema.

—No puedo dejar a mis hermanas solas en Londres —aseguró Helen, negando con la cabeza.

—Están en una casa llena de criados. Y Trenear volverá pronto.

—Sí, mañana, pero aun así, no se puede dejar que las gemelas se las arreglen solas. ¡Ya sabes cómo son!

Había que admitir que Pandora y Cassandra eran un par de diablillos. Su imaginación y sus travesuras eran inagotables. Tras haberse criado en una tranquila finca de Hampshire consideraban Londres un gigantesco lugar de diversiones. Ninguna de las dos tenía la menor idea de los peligros que podían correr en la ciudad.

—Las llevaremos con nosotros —propuso Rhys a regañadientes.

—¿Para que cuando Devon y Kathleen regresen se encuentren con que has raptado a las tres hermanas Ravenel? —replicó Helen con las cejas arqueadas.

—Devolveré a las gemelas en cuanto pueda, créeme.

—No entiendo por qué tenemos que fugarnos. Ahora nadie impedirá que nos casemos.

El vaho se elevaba del agua y se aferraba a la piel clara de Helen como un reluciente velo. Se distrajo con unas burbujas de jabón que le resbalaban lentamente por el pecho y acababan deteniéndose en el suave pezón rosado. Incapaz de resistirse, Rhys le rodeó el seno con la mano y le quitó la espuma con el pulgar. Le acarició con suavidad el pezón y vio su perfecta erección.

—Podría haber en camino un bebé —comentó.

Helen se escabulló de él, escurridiza como una sirena.

—¿Va a haberlo? —preguntó, apretando la esponja hasta que le chorreó agua entre los dedos.

—Lo sabremos si no tienes el período mensual.

—En ese caso, tal vez sea necesario fugarnos. Pero hasta entonces... —dijo mientras ponía más jabón en la esponja y se seguía bañando.

—Lo haremos ahora —insistió Rhys con impaciencia—. Para evitar cualquier atisbo de escándalo si el niño nace pronto. —Empezó a desabrocharse el chaleco y la camisa empapados, que le daban frío—. No quiero dar que hablar a las malas lenguas. No en lo que a mi descendencia se refiere.

—Fugarnos sería tan escandaloso como tener un hijo prematuro. Y daría a mi familia más motivos para rechazarte.

Rhys la miró.

—Preferiría no contrariarlos —añadió Helen.

—Su opinión no me importa. —Dejó caer el chaleco al suelo.

—Pero la mía sí, ¿no?

—Sí —murmuró mientras se tocaba los puños mojados de la camisa.

—Me gustaría celebrar una boda. Daría tiempo para adaptarse a la situación a todo el mundo, incluso a mí.

—Yo ya me he adaptado.

—La mayoría de la gente no vive al mismo ritmo que tú —dijo Helen, y sus labios mostraban una tensión sospechosa, como si estuviera intentando contener una sonrisa repentina—. Ni siquiera los Ravenel. ¿No podrías tener un poco de paciencia?

—Sí, si fuera necesario. Pero no lo es.

—Yo creo que sí. Me parece que sigues deseando una gran boda, aunque no estés dispuesto a admitirlo.

—Desearía no haberlo dicho, diablos —soltó Rhys, exasperado—. Me da igual si nos casamos en una iglesia, en el Registro Civil o ante un chamán con cornamenta en las tierras inexploradas del norte de Gales. Quiero que seas mía lo antes posible.

A Helen se le desorbitaron los ojos. Parecía a punto de preguntar algo sobre los chamanes y las cornamentas, pero siguió con el asunto en cuestión.

—Yo preferiría casarme en una iglesia.

Rhys se desabrochó el cuello de la camisa sin decir nada y empezó a hacer lo mismo con la pechera. Pensó que él mismo había provocado aquella situación, por lo que se maldijo. No podía creerse que hubiera permitido que su orgullo y su ambición se interpusieran en su propósito de casarse con Helen lo antes posible. Ahora tendría que esperar para tenerla, cuando podría haber compartido la cama con ella todas las noches.

—Es importante que cumplas las promesas que me haces —dijo ella tras mirarlo largamente.

Derrotado y furioso, él se quitó la camisa mojada. Al parecer, aquella muchacha no era tan maleable como había supuesto.

—Nos casaremos en seis semanas. Ni un día más —decretó.

—No es tiempo suficiente. Aunque tuviera recursos ilimitados, me llevaría mucho más organizar las cosas, hacer y recibir los pedidos...

—Yo tengo recursos ilimitados. Tendré aquí lo que quieras en menos que canta un gallo.

—No es solo eso. No hace ni un año que mi hermano Theo nos dejó. Mi familia y yo estaremos de luto hasta principios de junio. Por respeto a él, me gustaría esperar hasta entonces.

Rhys se la quedó mirando mientras su cerebro se colapsaba.

Ella quería esperar hasta entonces. Quería esperar hasta... ¿junio?

—Eso son cinco meses —soltó sin acabar de comprender.

Helen le devolvió la mirada como si creyera que había dicho algo lógico.

—No —dijo, indignado.

—¿Por qué no?

Hacía muchos años, y muchos millones de libras, que nadie había pedido a Rhys que justificara por qué quería algo. El mero hecho de que él lo quisiera bastaba siempre.

—Es lo que planeamos inicialmente la primera vez que nos prometimos —indicó Helen.

Rhys no sabía por qué había accedido a ello, ni cómo le había parecido factible siquiera. Tal vez porque estaba tan eufórico por casarse con ella que no le había apetecido poner objeciones a la fecha de la boda. Ahora, sin embargo, era evidente que esperar cinco días para tenerla era demasiado. Cinco semanas sería una tortura.

Cinco meses era impensable.

—Tu hermano no sabrá si te casas o no antes de que finalice el período de luto. Además, no le importaría —comentó—. Seguramente se habría alegrado de que hayas encontrado marido.

—Theo era mi único hermano. Me gustaría honrarlo con el año tradicional de luto si es posible.

—No es posible. Al menos para mí.

Al ver que Helen lo interrogaba con la mirada, Rhys se aferró a los bordes de la bañera y se inclinó hacia ella.

—Cariño, hay veces que un hombre tiene que... si no puede satisfacer sus necesidades... —El calor del agua le llegaba al rostro—. No puedo pasarme tanto tiempo sin ti. Los deseos naturales de un hombre... —Se detuvo, violento—. ¡Maldita sea! Si no puede desahogarse con una mujer, se ve obligado a meneársela, ¿comprendes?

Helen sacudió la cabeza, perpleja.

—Cariño —prosiguió cada vez más impaciente—, no he sido casto desde los doce años. Si lo intentara ahora, seguramente acabaría matando a alguien antes de una semana.

—Cuando estuvimos prometidos antes —comentó ella con el ceño fruncido debido a su desconcierto—, ¿cómo planeabas arreglártelas? ¿Ibas a acostarte con otras mujeres hasta que nos casáramos?

—No me lo había planteado. —En aquel momento, puede que no hubiera sido del todo imposible. Pero ahora... Le horrorizó percatarse de que le repugnaba la idea de intentar sustituir a

Helen por otra mujer. ¡Por los clavos de Cristo! ¿Qué le estaba pasando?—. Tienes que ser tú.

Helen le recorrió tímidamente el torso con la mirada y cuando volvió a fijar los ojos en los suyos, estaba ruborizada y algo temblorosa. Con una punzada acalorada en el estómago, Rhys comprendió que la excitaba.

—Tú también lo necesitarás —soltó con voz ronca—. Recordarás el placer que te proporcioné y querrás más.

—Preferiría no casarme mientras todavía esté de luto —insistió Helen tras desviar la mirada.

A pesar de su dulce tono, Rhys captó la intransigencia subyacente. Tras toda una vida negociando y regateando, había aprendido a reconocer cuándo la otra parte llegaba al punto en que no cedería más.

—Quiero casarme contigo en seis semanas —sentenció Rhys, endureciendo la voz para ocultar su ansiedad—, cueste lo que cueste. Dime qué quieres. Dímelo y lo tendrás.

—Me temo que no hay nada con lo que puedas sobornarme. —Y, con cara de disculpa, añadió—: Ya me has prometido el piano.

6

El elegante carruaje sin distintivos se detuvo ante el pórtico de la entrada lateral de la Casa Ravenel. Había llovido mucho sobre las calles de Londres y soplaba una gélida brisa de enero. Cuando Helen había echado un vistazo desde detrás de la cortina de la ventanilla del vehículo durante el trayecto desde Cork Street hasta South Audley, había visto que los peatones se ceñían las capas y los abrigos de lana y se dirigían a las tiendas que disponían de puertas cubiertas o marquesinas, donde se apiñaban en grupos reducidos. La fuerte lluvia, que presagiaba algo peor, había conferido un brillo oscuro al pavimento.

Una cálida luz amarilla salía de las puertas acristaladas que daban a la espaciosa biblioteca, llena de estanterías de caoba e infinidad de libros, además de un sólido y cómodo mobiliario, de la Casa Ravenel. Helen se estremeció ante la perspectiva de regresar a su acogedor hogar.

Rhys le tomó las manos enguantadas y se las apretó ligeramente.

—Mañana por la tarde vendré a ver a Trenear para explicarle lo del compromiso —dijo.

—Puede que no se tome bien la noticia —comentó Helen.

—No lo hará —respondió él en tono inexpresivo—. Pero ya me encargaré de apaciguarlo.

—Tal vez tendrías que esperar a pasado mañana para verlo —sugirió ella, que seguía preocupada por la reacción de Devon—. Kathleen y él estarán cansados del viaje. Creo que recibirán mejor la noticia si han descansado una noche como es debido. Y yo podría... —Se interrumpió porque un lacayo empezó a abrir la portezuela del carruaje.

—Espere unos minutos —le dijo Rhys con brusquedad.

—Sí, señor. —La puerta se cerró de inmediato.

Rhys se inclinó hacia Helen.

—Continúa —pidió.

—Podría explicar las cosas a Devon antes de que tú llegues. Y así prepararía el terreno.

—No permitiré que te lleves la peor parte si pierde los estribos —objetó Rhys, negando con la cabeza—. Deja que sea yo quien se lo diga.

—Oh, pero mi primo jamás me haría ningún daño...

—Ya lo sé. Aun así, buscará pelea. Soy yo quien debe encargarse de esto, no tú. —Se arregló una punta del cuello de la camisa que se le había doblado—. Quiero que esto esté solucionado mañana por la noche, por nuestro bien. No soporto esperar más. ¿Estás de acuerdo en no decir nada hasta entonces? ¿Y dejar que yo me ocupe de todo? —Su tono no era autoritario, sino más bien preocupado. Protector. Hizo una pausa antes de decir con cierta brusquedad, como si las palabras se le fueran a atragantar—: Por favor.

Helen fijó la mirada en sus ojos color café. Aquella sensación de ser querida, de que la cuidaran, era nueva para ella. E iba creciendo en su interior como delicados zarcillos. Como se dio cuenta de que Rhys estaba esperando su respuesta, habló.

—Claro que sí —dijo con deje galés.

Rhys la sentó en su regazo.

—Ya veo que te burlas de mi acento —soltó con un brillo divertido en los ojos.

—Qué va. —A Helen se le escapó una risita—. Me gusta. Mucho.

—¿De veras? Bien, es hora de enviarte dentro. Dame un beso, *cariad*. Uno que compense todos los que me habrías dado esta noche.

Cuando Helen acercó la boca a la suya, Rhys separó los labios y dejó que se la explorara coquetamente. Al ver que le dejaba tomar la iniciativa, le incitó a profundizar el beso para gozar de la firme textura sedosa de su boca. Tímidamente, cambió el ángulo de sus labios, y su unión fue intensa y deliciosa. Ella quería estar así para siempre, sentada en su regazo con la falda dispuesta atropelladamente a su alrededor y el trasero atrapado entre los musculosos muslos de Rhys. Así que lo sujetó por los hombros y se apretujó contra su firme cuerpo.

Tras inspirar enérgicamente una o dos veces, como si de un fuelle para avivar la chimenea se tratara, Rhys interrumpió el beso con un gemido. Soltó una risa temblorosa cuando ella siguió buscando sus labios.

—No, Helen. ¡Ah, cuánto me gustas! Pero tenemos que parar. —Apoyó la frente en la de ella—. O te tomaré aquí mismo, en el carruaje.

—¿Puede hacerse en un carruaje? —quiso saber ella, aturdida.

—Sí —contestó Rhys, con los colores subidos, tras cerrar los ojos un instante como si hubiera llegado al límite.

—Pero ¿cómo...?

—No me lo preguntes o puede que acabe por enseñártelo. —La devolvió con torpeza al asiento, a su lado, y se inclinó para llamar a la portezuela del carruaje.

El lacayo situó un estribo portátil sobre las losas del suelo y tendió la mano enguantada para ayudar a Helen a bajarse del vehículo. Antes de llegar siquiera a las puertas cristaleras, Helen ya pudo ver a las gemelas, cuyas figuras esbeltas prácticamente temblaban de impaciencia.

—¿Quiere que entre esto, milady?

Helen echó un vistazo a la caja crema que el lacayo llevaba, aproximadamente del tamaño de un plato, atada con una estrecha cinta de satén a juego. Cayó en la cuenta de que la caja contenía una selección de medias.

—Ya la llevo yo —indicó—. Gracias... —Trató de recordar cómo lo había llamado Rhys—. George, ¿verdad?

—A su servicio, milady —respondió el joven con una sonrisa mientras le abría la puerta.

En cuanto entró en la casa, se vio rodeada por las gemelas, que bailaban, entusiasmadas, a su alrededor.

Echó un último vistazo por el cristal de la puerta al carruaje que partía.

—¡Has vuelto! —exclamó Pandora—. ¡Por fin! ¿Por qué tardaste tanto? ¡Has estado fuera casi todo el día!

—Ya casi es la hora del té —dijo Cassandra.

Helen sonrió, desconcertada por el desenfreno de sus hermanas.

Las gemelas estaban a punto de cumplir veinte años, pero no podría culparse a nadie por creer que eran más jóvenes. Criadas en un ambiente desprovisto de autoridad, habían campado a sus anchas en una finca en el campo con pocas diversiones aparte de las que ellas mismas creaban. Sus padres habían pasado gran parte de su tiempo en Londres, dejando a sus hijas al cuidado de criados, institutrices y profesores particulares. Ninguno de ellos había podido o querido tratarlas con mano firme.

Pandora y Cassandra eran animadas, desde luego, pero también cariñosas, inteligentes y simpáticas. Y eran tan hermosas como un par de diosas paganas, con las extremidades largas y rebosantes de salud. Pandora, llena de energía, iba siempre despeinada, con mechones oscuros que se le soltaban de las horquillas como si acabara de correr por el bosque. Cassandra, la gemela rubia, que era más sumisa por naturaleza, se mostraba algo más dispuesta a acatar las normas.

—¿Qué pasó? —quiso saber esta—. ¿Qué dijo el señor Winterborne?

Helen dejó la caja y tendió la mano después de quitarse el guante negro.

Las gemelas se acercaron más, con ojos de asombro.

La piedra de luna desprendía tenues brillos verdes, azules y plateados que la iluminaban.

—Un nuevo anillo —dijo Pandora.

—Un nuevo compromiso —indicó Helen.

—Pero ¿con el mismo prometido? —soltó Cassandra.

—No es algo que pueda ir a comprarse —aseguró Helen—. Sí, con el mismo.

Esto provocó un nuevo arrebato de alborozo en las dos muchachas, que se pusieron a gritar y a brincar sin comedimiento.

Como se percató de que era inútil intentar refrenarlas, Helen se apartó un poco de ellas. Al observar movimiento en la puerta, se volvió y vio que el ama de llaves aguardaba en el umbral.

La señora Abbott ladeó la cabeza y la contempló con expectación.

Helen asintió, sonriendo de oreja a oreja.

—¿Me permite, lady Helen? —dijo el ama de llaves tras suspirar de alivio.

—Ni usted ni los demás sirvientes deben preocuparse, ni siquiera por un momento, por las consecuencias de mi salida —repuso Helen en voz baja una vez le hubo entregado el sombrero y los guantes—. Yo asumiré toda la responsabilidad. Lo único que pido es que el servicio se abstenga de comentar nada a lord o lady Trenear mañana, cuando lleguen.

—Se callarán y harán su trabajo como si nada hubiera pasado.

—Gracias. —Helen le dio unas palmaditas en el hombro—. Nunca he sido tan feliz.

—Nadie se merece serlo más que usted —aseguró en voz baja la señora Abbott—. Espero que el señor Winterborne sea digno de usted.

El ama de llaves se marchó por la biblioteca principal, mientras Helen volvía a prestar atención a sus hermanas. Ambas se habían acomodado en el sofá de piel y la miraban ávidamente.

—Cuéntanoslo todo —la apremió Cassandra—. ¿Estaba disgustado el señor Winterborne cuando lo abordaste? ¿Enojado?

—¿Estaba *confurioso*? —preguntó Pandora, a quien le gustaba inventarse palabras.

—De hecho, estaba muy *confurioso* —respondió Helen con una carcajada—. Pero después de que le convenciera de que deseaba sinceramente casarme con él, se alegró mucho.

—¿Te besó? —quiso saber Cassandra, ansiosa—. ¿En la boca?

Helen titubeó antes de contestar y las gemelas chillaron, una de entusiasmo y la otra de repugnancia.

—¡Oh, qué afortunada es Helen! —exclamó Cassandra.

—Yo no opino que sea nada afortunada —dijo Pandora con sinceridad—. Imagínate poner la boca en la de otra persona... ¿Y si le apesta el aliento o le ha quedado algo de rapé pegado en la mejilla? ¿Y si tiene migas en la barba?

—El señor Winterborne no lleva barba —objetó Cassandra—. Y no toma rapé.

—Aun así, los besos en los labios son asquerosos.

Cassandra miró a Helen con preocupación.

—¿Fue asqueroso, Helen?

—No —contestó, colorada—. En absoluto.

—¿Cómo fue?

—Me tomó las mejillas entre sus manos —explicó Helen, y recordó la sensación de los dedos fuertes y tiernos de Rhys y la forma en que había murmurado «eres mía, *cariad*»...—. Su boca era cálida y suave —prosiguió en tono soñador—, y su aliento era fresco, con sabor a menta. Fue algo encantador. Besar es lo mejor que pueden hacer los labios aparte de sonreír.

Cassandra se acercó las rodillas al pecho y se las rodeó con los brazos.

—¡Quiero que algún día me besen! —exclamó.

—Yo no —aseguró Pandora—. Se me ocurren cien cosas mejores que besar. Decorar la casa para las Navidades, acariciar los perros, comer los bollos con mucha mantequilla, dejar que alguien te rasque la espalda donde tú no llegas...

—No has probado los besos —le recordó Cassandra—. Puede que te gusten. A Helen le gustan.

—A Helen le gustan las coles de Bruselas. —Pandora se acurrucó en el sofá y dirigió una mirada perspicaz a su hermana—. No debe preocuparte que se nos pueda escapar nada ante Devon o Kathleen. Sabemos guardar un secreto. Pero todos los sirvientes saben que fuiste a alguna parte.

—La señora Abbott me ha prometido que no dirán nada al respecto.

Pandora sonrió torciendo la boca.

—¿Por qué todo el mundo está dispuesto a guardar los secretos de Helen pero no los nuestros? —preguntó a Cassandra.

—Porque ella nunca es mala.

—Hoy sí —dijo Helen.

—¿Qué quieres decir? —Pandora la miró con inusitado interés.

Para distraer la atención de sus hermanas, Helen les tendió la caja.

—Abridla —pidió, y se sentó en una butaca para observar con una sonrisa cómo las gemelas desataban la cinta y levantaban la tapa.

En su interior había, dispuestas como bombones, tres hileras de medias de seda dobladas... rosas, amarillas, blancas, lavanda y crema, todas con borde elástico de encaje.

—Hay doce pares —indicó Helen, que estaba encantada con lo anonadadas que se habían quedado sus hermanas—. Nos las repartiremos entre las tres.

—¡Oh, qué bonitas son! —Cassandra alargó un dedo para tocar los nomeolvides bordados que ribeteaban uno de los encajes—. ¿Podemos ponérnoslas ya, Helen?

—Sí, solo tened cuidado de que nadie las vea.

—Supongo que podrían valer un beso en la boca —concedió

Pandora, y miró socarronamente a su hermana mayor tras contar las medias—. Solo hay once.

—Yo ya llevo puesto un par —tuvo que admitir Helen, incapaz de pensar en una respuesta evasiva.

—Creo que sí has sido mala —sonrió Pandora y cruzó una mirada significativa con su hermana.

7

Cuando Rhys despertó la mañana siguiente, lo primero que vio fue algo oscuro, una pequeña sombra, sobre las sábanas blancas en el otro lado de la cama.

La media de algodón negro de Helen; la que él no había destrozado. La había dejado aposta junto a su almohada para evitar pensar que todo había sido un sueño.

La cubrió con una mano mientras evocaba imágenes de Helen en la cama y en el baño. Antes de llevarla a casa, la había vestido frente al cálido hogar. Tras elegir un par de medias de la caja que le habían traído de los almacenes, se había arrodillado ante ella y se las había deslizado piernas arriba, una detrás de otra. Cuando le hubo puesto la prenda de seda, le sujetó los ribetes de encaje en el muslo con jarreteras elásticas de satén bordadas con unas delicadas rosas. Al tenerla desnuda tan cerca de la cara, no había podido evitar la tentación de acercarse a su entrepierna, donde el rubio vello púbico seguía húmedo y olía a jabón de baño.

Cuando le rodeó las nalgas desnudas con las manos y empezó a juguetear con la lengua entre sus delicados rizos, Helen soltó un grito ahogado.

—Por favor... —suplicó—. No, por favor. Me voy a caer. No deberías arrodillarte así... tienes la pierna rígida...

Rhys estuvo tentado de mostrarle una rigidez más acuciante

que la de la pierna. Sin embargo, cedió y la soltó. Siguió vistiéndola y, tras ayudarla a ponerse unos calzones de una seda tan fina que podrían pasar por el interior de una alianza, hizo lo mismo con una camisola a juego que lucía una puntilla hecha a mano, delicada como una telaraña. Había también un corsé moderno, más largo, pero Helen lo rechazó porque, según le explicó, si no utilizaba el corsé y el polisón de formas anticuadas, el vestido no le iría bien.

Prenda a prenda, Rhys volvió a cubrirla a regañadientes con gruesas capas negras de luto. Pero lo había dejado satisfecho saber que llevaba algo suyo en contacto con la piel.

Ahora, se desperezó, se volvió boca arriba y jugueteó distraídamente con la media de algodón hurtada, frotando los zurcidos con la yema del pulgar. Introdujo primero un dedo y luego otro en la abertura de la media y tensó la suave tela.

Frunció el ceño al recordar la insistencia de Helen en casarse en cinco meses. Estaba tentado de raptarla y extralimitarse con ella hasta llegar a Escocia en un vagón privado. Pero seguramente esa no era la mejor forma de iniciar un matrimonio.

Metió cuatro dedos en la media y se la acercó a la nariz y la boca en busca de la fragancia de su amada.

Aquella noche iría a la Casa Ravenel y pediría a Devon su consentimiento para la boda. Estaba seguro de que Devon se negaría, y no le quedaría más remedio que revelar que había deshonrado a Helen.

Y entonces Devon lo atacaría como un animal salvaje. No dudaba de su capacidad de defenderse, pero pelearse con un Ravenel colérico era algo que cualquier hombre sensato intentaría evitar en la medida de lo posible.

Sus pensamientos se dirigieron hacia la reciente suerte de Devon, que, según Helen, tenía algo que ver con ciertos derechos mineros de su finca de ocho mil hectáreas. Debía de haber arrendado el terreno en cuestión a un amigo mutuo, Tom Severin, un magnate ferroviario que tenía intención de construir una vía férrea que lo cruzara de un lado a otro.

Decidió que, una vez finalizadas las rondas de la mañana, iría a ver a Severin para averiguar más sobre ese asunto.

Sin apartarse la media de la boca, sopló con suavidad a través de la tela. Entornó los ojos al pensar en cómo los labios de Helen se separaban para recibir sus besos mientras él metía las manos entre sus delicados mechones de pelo. Y en cómo se habían tensado las partes íntimas de Helen, como si estuvieran ávidas de él.

Nublado por la lujuria, pensó que todavía había la posibilidad de raptarla.

Después de reunirse con Severin en su despacho, fueron juntos a almorzar pescado frito a un establecimiento cercano que ambos frecuentaban. A ninguno de los dos le gustaba dedicar largo rato a comer durante la jornada laboral, por lo que preferían los numerosos locales que servían pequeños refrigerios. Eran lugares tanto para ricachones como para obreros y podía pedirse un plato de jamón o ternera, cangrejos preparados o ensalada de langosta, y terminar de comer en media hora. Por la calle había puestos que ofrecían refrigerios como huevos duros, emparedados de jamón, pudin o guisantes calientes, pero era una opción arriesgada porque no podías estar seguro de tales alimentos.

Tras sentarse en una mesa del rincón y pedir sendos platos de pescado frito y jarras de cerveza, Rhys se planteó cómo sacar el tema de las tierras de Devon Ravenel.

—Un filón de hematites —dijo Severin antes de que Rhys hubiera pronunciado una sílaba. Y sonrió al ver la mirada inquisidora de su amigo—. He supuesto que me lo ibas a preguntar, dado que todo el mundo en Londres está intentando enterarse de este asunto.

La expresión «demasiado inteligente para ser feliz» se aplicaba a menudo a personas que no se lo merecían. En opinión de Rhys, Tom Severin era el único hombre que había conocido realmente demasiado inteligente para ser feliz. Solía parecer relajado y distraído durante una conversación o una reunión, pero después recordaba todos los detalles con casi total exactitud. Era brillante, seguro de sí, sabía expresarse a la perfección y solía burlarse de sí mismo.

Tenía el cabello moreno y la tez clara, con rasgos finos y marcados, y la clase de mirada que solía hacer sentirse observado a los demás. Sus ojos eran poco comunes: azules con irregulares vetas verdes alrededor de las pupilas. El verde era más acentuado en el lado derecho, de modo que, bajo determinada luz, daba la impresión de tener un color distinto en cada ojo.

A Rhys, que había sido criado por unos padres severos y tristes, siempre le habían gustado las personas con la clase de irreverencia de Severin. Eran de la misma generación, con los mismos orígenes humildes y las mismas ganas de triunfar. La principal diferencia entre ellos era que Severin había recibido una alta educación. Rhys, sin embargo, nunca lo había envidiado por ello. En los negocios, el instinto era igual de valioso que la inteligencia, puede que a veces incluso más. Mientras que reflexionar podía llevar a Severin en ocasiones a tomar la decisión equivocada en un asunto, Rhys confiaba siempre en su intuición.

—¿Trenear encontró un filón de hematites en sus tierras? —preguntó—. ¿Qué importancia tiene eso? Es un mineral corriente, ¿no?

—Se trata de una hematites de una calidad excepcional —aclaró Severin, a quien no había nada que le gustara más que explicar cosas—, rica en hierro, pobre en sílice. Ni siquiera es necesario fundir el mineral. No hay depósitos parecidos al sur de Cumberland. —Esbozó una sonrisa irónica—. Y, aún mejor para Trenear, yo ya había planeado tender vías férreas en esa zona. Lo único que tiene que hacer es explotar la cantera, cargar el mineral en una tolva y transportarlo a un taller de laminación. Con la elevada demanda de acero que hay, tiene una fortuna en las manos. O, para ser más preciso, bajo los pies. Según los topógrafos que envié, las máquinas perforadoras estaban extrayendo muestras de mineral de calidad superior en un área de por lo menos cuarenta hectáreas. Trenear podría obtener medio millón de libras como mínimo.

Rhys se alegró por Devon, que se merecía un golpe de buena suerte. Durante los últimos meses, el antes despreocupado seductor había aprendido a cargar con un montón de responsabilidades que nunca había querido ni esperado.

—Naturalmente —prosiguió Severin—, hice todo lo posible por conseguir los derechos mineros antes de que Trenear supiera lo que tenía. Pero el muy cabrón es tozudo como una mula. Hacia al final de las negociaciones del arrendamiento no me quedó más remedio que ceder.

—¿Conocías la existencia del yacimiento de hematites y no se lo dijiste? —preguntó Rhys, observándolo.

—Lo necesitaba. Hay escasez.

—Trenear lo necesitaba más. Ha heredado una finca al borde de la bancarrota. ¡Tendrías que habérselo dicho!

—Si no era lo bastante listo como para descubrirlo antes que yo, no se merecía poseerlo —aseguró Severin, encogiéndose de hombros.

—*Iesu Mawr.* —Rhys levantó la jarra de cerveza y se bebió la mitad de un par de tragos—. Menudo par de elementos estamos hechos. Tú intentaste estafarlo y yo hice proposiciones deshonestas a la mujer que ama.

Se sentía realmente incómodo. Devon no era ningún santo, pero siempre había sido un buen amigo, y se merecía que lo trataran mejor.

—¿Qué mujer? —preguntó Severin—. ¿Y por qué quisiste conquistarla?

—Da igual quién es. Lo hice porque estaba de un humor de mil demonios. —Lady Kathleen Trenear le había dicho, sin mala intención, que él jamás sería capaz de hacer feliz a Helen, que no era digno de ella. Había puesto el dedo en la llaga y su reacción había sido mezquina. Repugnante.

Demostrando así que Kathleen tenía razón.

Joder, no culparía a Devon si le daba una buena paliza.

—¿Fue más o menos cuando la primita de Trenear rompió su compromiso contigo? —preguntó Severin.

—Todavía estamos prometidos —respondió Rhys bruscamente.

—¿Ah, sí? —Severin pareció más interesado—. ¿Qué pasó?

—Ni que estuviera loco te lo diría; vete a saber cuándo lo usarías en mi contra.

—Como si tú no hubieras desplumado a más de un desgraciado haciendo negocios —dijo Severin con una carcajada.

—A ningún amigo.

—Ah. De modo que sacrificarías tus intereses por los de un amigo. ¿Es eso lo que estás diciendo?

Rhys bebió otro trago de cerveza para ocultar una sonrisa.

—Todavía no lo he hecho —admitió—. Pero es posible.

Severin resopló y pidió con gestos a una camarera que les llevara más cerveza.

La conversación se centró pronto en los negocios, especialmente en la reciente oleada de construcción especulativa para abordar las necesidades de vivienda de la clase media y obrera. Al parecer, Severin estaba interesado en ayudar a un conocido que había contraído deudas al invertir demasiado dinero con muy poca rentabilidad. Le habían embargado parte de sus propiedades, y Severin se había ofrecido a adquirir el resto de sus inmuebles para evitar que se arruinara por completo.

—¿Porque eres bondadoso? —soltó Rhys.

—Naturalmente —respondió Severin con ironía—. Por eso, y porque él y otros tres grandes propietarios del distrito de Hammersmith forman parte de una comisión provisional creada para el estudio de los planes de construcción de un ferrocarril suburbano que quiero asumir. Si saco a mi conocido del lío en que se ha metido, convencerá a los demás para que me apoyen. —Su tono se volvió displicente al añadir—: Puede que te interese una de las propiedades que vende. Es un edificio de viviendas que está siendo derribado ahora mismo para ser sustituido por otro para trescientas familias de clase media de acuerdo con la mejora de la vivienda obrera.

—¿Cómo voy a obtener beneficios de algo así?

—Cobrando alquileres desmesurados.

—Cuando viví de niño en High Street vi demasiadas familias de obreros destrozadas porque sus alquileres se doblaron sin previo aviso —dijo Rhys, sacudiendo la cabeza.

—Pues razón de más para comprar la propiedad —soltó su amigo—. Puedes salvar a trescientas familias de esa práctica abusiva, lo que no haría ningún hijo de puta codicioso, como yo, por ejemplo.

Rhys pensó que si el complejo residencial era de buena calidad, contaba con una buena fontanería y estaba bien ventilado, podría valer la pena comprarlo. Tenía contratadas unas mil personas. Aunque estaban bien remuneradas, la mayoría tenía problemas para encontrar un buen domicilio en la ciudad. Se le ocurrían varias ventajas de adquirir la propiedad como residencia para sus empleados.

—¿Quién es el constructor? —preguntó con una indolencia engañosa tras reclinarse en su asiento.

—Holland and Hannen. Una empresa de confianza. Podríamos acercarnos a las obras después del almuerzo si te apetece verlo por ti mismo.

—No pasará nada por echarle un vistazo —comentó, encogiéndose de hombros con aire despreocupado.

Una vez finalizada la comida, caminaron rumbo al norte hacia King's Cross, exhalando vaho. Las bonitas fachadas de los edificios con sus decoraciones de ladrillo y sus paneles de terracota dieron paso a las viviendas color hollín separadas por estrechas callejuelas y alcantarillas llenas de porquería. Las ventanas estaban cubiertas de papel en lugar de cristal, y se veían abarrotadas de ropa tendida a secarse en postes y remos rotos. Algunos alojamientos carecían de puerta, con lo que daba la sensación de que los edificios se habían quedado boquiabiertos ante su propio deterioro.

—Dirijámonos a la calle principal —sugirió Severin, que arrugó la nariz al captar cierto olor pútrido en el aire—. No vale la pena tomar un atajo si hay que soportar este hedor.

—Los pobres desgraciados que viven aquí lo tienen que respirar todo el rato. Tú y yo podremos soportarlo diez minutos.

—No te estarás volviendo reformista, ¿no? —Severin le dirigió una mirada burlona.

—Andar por estas calles basta para que simpatice con los puntos de vista reformistas —aseguró Rhys, encogiéndose de hombros—. Es un pecado que los obreros decentes y sus familias se vean obligados a vivir en la miseria.

Siguieron recorriendo la callejuela y pasando ante fachadas con manchas de hollín y deterioradas por la podredumbre. Había una casa de comidas de mala muerte, una taberna y una barraca con un cartel pintado que anunciaba la venta de gallos de pelea.

Fue un alivio salir a una calle ancha y alcantarillada en la siguiente esquina. Se acercaron a las obras, donde se estaba procediendo al derribo de una hilera de edificios. En medio de un caos controlado, el personal desmembraba sistemáticamente las estructuras de tres plantas. Era un trabajo peligroso y difícil; requería más destreza demoler una estructura grande que construirla. Un par de grúas móviles de vapor sobre ruedas producían un enorme estrépito entre traqueteos, silbidos y repiqueteos. Unas pesadas calderas servían de contrapeso a los brazos, con lo que las máquinas eran bastante estables.

Rhys y Severin se situaron tras una hilera de carros que estaban cargando con la madera extraída de los edificios para llevársela y convertirla en leña. La obra estaba plagada de hombres con picos y palas o que empujaban carretillas, mientras varios albañiles repasaban los ladrillos para salvar los que podían reutilizarse.

Al ver cómo desahuciaban a los inquilinos del edificio que

iba a ser derribado a continuación, Rhys frunció el ceño. Algunos salían con sus pertenencias y las dejaban amontonadas en el pavimento mostrándose desafiantes, otros lo hacían entre lamentos. Era una lástima que echaran a los pobres diablos a la calle en pleno invierno.

—Les dieron a todos un plazo de tiempo para desalojar su vivienda —dijo Severin, adusto, tras ver a los afligidos vecinos—. De todos modos, el edificio habría sido declarado ruinoso. Pero hubo gente que se quedó. Siempre pasa.

—¿Dónde iban a ir? —preguntó Rhys retóricamente.

—Sabe Dios. Pero no está bien permitir que la gente viva entre cloacas abiertas.

La mirada de Rhys se posó un instante en un chaval de unos nueve o diez años que estaba sentado solo en medio de unas pocas pertenencias, incluida una silla, una sartén y un montón de ropa de cama sucia. Parecía estar vigilando aquellas escasas posesiones mientras esperaba a alguien. Seguramente su madre o su padre, que habría ido en busca de alojamiento.

—Eché un vistazo a los planos —explicó Severin—. Los nuevos edificios tendrán cinco plantas, agua corriente y un retrete en cada planta. Según tengo entendido, en el sótano albergarán una cocina común, un lavadero y una habitación de tender. Delante se instalará una verja de hierro para crear un área de juego protegida para los niños. ¿Te interesaría ver copias del proyecto arquitectónico?

—Sí. Además de los títulos, las escrituras de compraventa, los contratos de construcción, las hipotecas y una lista de todos los contratistas y subcontratistas.

—Lo sabía —soltó Severin con satisfacción.

—Con la condición de que también haya sobre la mesa algunas de las acciones de tu ferrocarril en Hammersmith.

—¡Oye, no te pases! No voy a facilitar el acuerdo con unas puñeteras acciones de ferrocarril. Este edificio ni siquiera es mío. ¡Solo te lo estoy enseñando!

—Pero necesitas que alguien lo compre —sonrió Rhys—.

Y no encontrarás demasiados candidatos con la cantidad de terreno barato sin urbanizar que hay en el distrito.

—Si crees que...

Un siniestro crujido, seguido de un estruendo ensordecedor y gritos de alarma, apagó las palabras de Severin. Ambos hombres se volvieron y alcanzaron a ver cómo la parte superior de uno de los edificios afectados empezaba a derrumbarse. Las vigas y maderas podridas habían cedido, y la pizarra resbalaba y se precipitaba por los aleros.

El chico sentado entre sus pertenencias estaba directamente debajo del mortífero alud.

Sin pensárselo, Rhys corrió hacia el chaval, olvidándose de la rigidez de su pierna. Se abalanzó sobre el niño para protegerlo con su cuerpo, justo antes de notar un golpe terrible en el hombro y la espalda que le zarandeó todo el esqueleto. En medio del estallido de chispas blancas en su cabeza, una parte remota de su cerebro calculó que había recibido un buen trompazo, que le habría ocasionado un daño considerable, y todo se volvió negro.

8

—Winterborne, Winterborne. Venga, abre los... Así, muy bien. Mírame.

Rhys pestañeó mientras volvía lentamente en sí y adquiría conciencia de que estaba en el suelo con un frío de muerte. Estaba rodeado de gente que exclamaba, preguntaba y gritaba consejos, mientras que Severin estaba inclinado sobre él.

Dolor. Estaba sumergido en él. No era el peor dolor que había sufrido, pero era considerable. Le costaba moverse. Sabía que le pasaba algo muy malo en el brazo izquierdo, que tenía entumecido e inmóvil.

—El chico... —soltó al recordar cómo se había derrumbado el techo y caído la madera y la pizarra.

—Ileso. Estaba intentando robarte la cartera cuando lo ahuyenté —comentó Severin con una mirada burlona—. Si vas a arriesgar la vida por alguien, hazlo por un miembro útil de la sociedad, no por un ladronzuelo granuja. —Intentó ayudar a Rhys a levantarse.

—No puedo mover el brazo.

—¿Cuál? ¿El izquierdo? Te lo habrás roto. No debería tener que enseñarte esto, pero cuando un edificio se derrumba, hay que correr lejos de él no hacia él.

Una imperiosa voz de mujer atravesó la cacofonía de voces y el estrépito de las máquinas de vapor:

—¡Abran paso! ¡Apártense, por favor! Déjenme pasar.

Una mujer vestida de negro y con una alegre corbata verde atada al cuello se abrió paso entre la muchedumbre con enérgica determinación, utilizando con habilidad un bastón para acabar de apartar a los transeúntes remolones. Miró a Rhys para valorar su estado y se arrodilló a su lado, sin hacer caso de lo enlodado que estaba el suelo.

—Señorita, veo que está intentando ser útil, pero... —empezó Severin algo irritado.

—Soy médico —lo interrumpió secamente la mujer.

—¿Quiere decir enfermera? —puntualizó Severin.

—¿Dónde le duele más? —preguntó ella a Rhys, ignorándolo.

—En el hombro.

—Mueva los dedos, por favor. —Lo observó mientras él lo hacía—. ¿Tiene el brazo entumecido? ¿Siente hormigueo?

—Lo tengo entumecido —respondió, apretando los dientes, y alzó los ojos hacia ella. Era una mujer joven. Bonita, con el cabello castaño y unos grandes ojos verdes. A pesar de su esbelta figura y sus hermosos rasgos, transmitía una impresión de robustez. Con cuidado le sujetó el brazo y el codo y comprobó sus movimientos. Una punzada de dolor que le traspasó el hombro hizo gruñir a Rhys.

La mujer volvió a dejarle delicadamente el brazo sobre el abdomen.

—Dispense —murmuró, y le deslizó una mano por debajo de la chaqueta para palparle el hombro. El daño que le hizo fue tal que los ojos le hicieron chiribitas.

—¡Ay!

—No creo que esté fracturado —indicó ella a la vez que le apartaba la mano del cuerpo.

—Suficiente —exclamó Severin, exasperado—. Va a empeorarle las heridas. Necesita un médico, no una...

—Tengo titulación médica. Y su amigo tiene un hombro dislocado. —Se deshizo el nudo de la corbata y se la quitó—.

Deme su corbata. Tenemos que fijarle el brazo antes de trasladarlo.

—¿Trasladarlo dónde? —quiso saber Severin.

—Mi consulta está a dos calles de aquí. Su corbata, por favor.

—Pero...

—Dásela —soltó Rhys, puesto que el hombro lo estaba matando.

Severin lo hizo entre gruñidos.

La mujer improvisó hábilmente un cabestrillo con la corbata verde, la ató a la altura de la clavícula de Rhys y le rodeó el codo con la tela. Con la ayuda de Severin, rodeó con la corbata de este el estómago de Rhys por encima del brazo entumecido para que le quedara pegado al cuerpo.

—Le ayudaremos a levantarse —explicó a Rhys—. No tendrá que andar demasiado. Tengo las instalaciones y el material adecuado para tratarle el hombro.

—Debo oponerme, señorita —replicó Severin con el ceño fruncido.

—Doctora Gibson —soltó la mujer con sequedad.

—Doctora Gibson —repitió Severin, que pronunció la palabra *doctora* con un retintín claramente insultante—. Este hombre es el señor Winterborne. El de los grandes almacenes. Tiene que tratarlo un verdadero médico que tenga experiencia y la formación apropiada, además de...

—¿Pene? —sugirió la mujer mordazmente—. Me temo que de eso no tengo. Y no es ningún requisito para graduarse en medicina. Soy un verdadero médico, y cuanto antes trate el hombro del señor Winterborne, mejor será para él. —Como Severin seguía dudando, añadió—: La limitada rotación externa del hombro, la reducida elevación del brazo y la prominencia de la apófisis coracoides indican una dislocación posterior. Hay que recolocar la articulación sin demora para impedir mayores daños del estado neurovascular de la extremidad superior.

Si no hubiera estado sufriendo tanto, Rhys se lo habría pasado en grande con la expresión de asombro de su amigo.

—La ayudaré a llevarlo —murmuró Severin.

Durante el breve pero martirizante trayecto, Severin siguió haciendo preguntas a la mujer, que respondía con una paciencia admirable. Se llamaba Garrett Gibson y había nacido en East London. Después de inscribirse en un hospital local como estudiante de enfermería, había empezado a asistir a clases destinadas a los futuros médicos. Tres años atrás, había conseguido su titulación en medicina en la Universidad de la Sorbona, en París, y posteriormente había regresado a Londres. Como era habitual, había montado su consulta en su domicilio particular, que en su caso era la residencia de su padre viudo.

Llegaron al edificio de tres plantas, que pertenecía a una hilera de confortables casas de estilo georgiano de clase media construidas con ladrillo rojo. Se trataba de construcciones que contaban indefectiblemente con una habitación en la parte delantera y otra en la trasera de cada planta, con un pasillo y una escalera a un lado.

Una criada abrió la puerta. La doctora Gibson los condujo a la habitación posterior, una consulta escrupulosamente limpia que disponía de una mesa de reconocimiento, un sofá, un escritorio y una pared llena de armarios de caoba. Indicó a Rhys que se sentara en la mesa de reconocimiento, cuya superficie acolchada estaba dividida en tres partes adaptables para elevar la cabeza, la parte superior del tronco o los pies del paciente.

Tras quitarse rápidamente la chaqueta y el sombrero, la doctora Gibson se los dio a la criada. Acto seguido se acercó a Rhys y le quitó con cuidado el cabestrillo improvisado.

—Antes de tumbarse tendremos que quitarle las prendas de arriba, señor Winterborne —indicó.

Él asintió, con la cara empapada de un sudor frío.

—¿En qué puedo ayudar? —se ofreció Severin.

—Empiece por la manga del brazo ileso. Yo me encargaré de la otra. Procure no empujarle el brazo más de lo necesario.

A pesar del cuidado con que lo hicieron, Rhys hizo muecas y gimió mientras le quitaban la chaqueta. Cerró los ojos y notó que se balanceaba en la mesa.

Severin le puso una mano en el hombro bueno para evitar que se cayera.

—Córtenme el resto —murmuró Rhys, que no quería tener que soportar que le quitaran el chaleco y la camisa.

—Desde luego —dijo la doctora—. Señor Severin, evite que se mueva mientras me ocupo de ello.

Rhys abrió los ojos de golpe al notar que le quitaban las prendas de arriba con apenas unos hábiles navajazos: aquella mujer sabía manejar una hoja afilada. Contempló su rostro menudo y profesional, y se preguntó cuánto le habría costado ganarse un lugar en una profesión de hombres.

—Madre mía —murmuró Severin cuando los cardenales en la espalda y el hombro de su amigo quedaron al descubierto—. Espero que valiera la pena salvar a ese granuja, Winterborne.

—Claro que sí —intervino la doctora, que se había vuelto para rebuscar en un armario—. Salvó la vida del pequeño. Nunca se sabe qué puede llegar a ser algún día un niño.

—En este caso, seguro que un delincuente —soltó Severin.

—Puede —dijo la mujer, regresando con un vasito lleno de un líquido ámbar—. Pero no es seguro. —Entregó el vaso a Rhys—. Tenga, señor Winterborne.

—¿Qué es? —preguntó con cautela mientras lo tomaba con la mano sana.

—Algo que lo ayudará a relajarse.

Rhys lo probó.

—Es whisky —comentó, sorprendido y agradecido. Y de una añada que no estaba mal, además. Se lo tomó de un par de tragos y alargó el vaso para que se lo volviera a llenar—. Necesito más para relajarme —dijo a la doctora. Y, al ver su mirada escéptica, añadió—. Soy galés.

Gibson sonrió a regañadientes con un brillo en los ojos verdes, y fue a servirle de nuevo.

—Yo también tengo que relajarme —terció Severin.

—Me temo que tendrá que mantenerse sobrio, puesto que necesitaré su ayuda —replicó ella, que parecía divertida. Después de dejar el vaso de Rhys a un lado, le pasó el brazo tras la espalda—. Le ayudaremos a acostarse, señor Winterborne. Despacio. Señor Severin, levántele los pies, por favor...

Rhys se recostó en la superficie de piel y soltó una maldición cuando su espalda tomó contacto con la mesa. Un terrible dolor le recorrió el cuerpo.

La doctora Gibson accionó varias veces un pedal con el pie para subir la altura de la mesa. Se acercó al costado lastimado.

—Señor Severin, póngase en el otro lado, por favor. Necesitaré que le rodee el cuerpo con un brazo y le ponga la mano en la caja torácica para sujetarlo. Sí, así.

—¿Qué piensas sobre esas acciones de Hammersmith ahora que estás a mi merced? —preguntó Severin, sonriendo a su amigo mientras seguía las instrucciones de la doctora.

—Las sigo queriendo —logró decir Rhys.

—Dudo que necesite esto, señor Winterborne —dijo la doctora mientras le acercaba una tira de cuero a la boca—, pero le aconsejaría que lo usara como precaución. —Al ver que Rhys titubeaba, añadió—: Está limpio. Nunca reutilizo el material médico.

Rhys lo sujetó entre los dientes.

—¿Es usted lo bastante fuerte físicamente para esto? —preguntó Severin con ciertas reservas.

—¿Quiere que echemos un pulso? —sugirió ella con tanto aplomo que Rhys soltó un resoplido de diversión.

—No —contestó Severin—. No correré el riesgo de que me gane.

—Dudo que pudiera ganarle, señor Severin. Pero por lo menos se lo pondría difícil —sonrió la doctora. Tomó la muñeca de Rhys con la mano derecha y le puso la otra bajo la parte superior del brazo—. Manténgalo quieto —ordenó a Severin. Despacio, con suavidad, ejerció tracción mientras levantaba el brazo de Rhys y lo giraba hasta que la articulación volvió a estar en su sitio.

Rhys soltó una exclamación de alivio cuando su sufrimiento cesó. Se le relajó todo el cuerpo y, tras escupir el cuero, inspiró aire, tembloroso.

—Gracias —suspiró.

—Perfecto —soltó la joven, satisfecha, mientras palpaba el hombro para asegurarse de que todo estaba en su sitio.

—Bien hecho —afirmó Severin—. Es usted muy inteligente, doctora Gibson.

—Prefiero la palabra *competente*. Pero gracias igualmente. —Usó el pedal de la mesa para bajarla otra vez—. Los próximos días tendrá el hombro cada vez más dolorido e hinchado —explicó mientras sacaba una tela blanca de la parte inferior de un armario—. Pero tiene que procurar utilizar el brazo normalmente a pesar del dolor. Si no, los músculos se le debilitarán por falta de uso. Durante el resto del día, llévelo sostenido y absténgase de hacer esfuerzos. —Tras ayudarlo a incorporarse, le ató con pericia un cabestrillo alrededor del cuello y el brazo—. Puede que le cueste dormir unas noches. Le recetaré un tónico que lo ayudará. Tómese una cucharada a la hora de acostarse, no más.

Dicho esto, le puso con cuidado la chaqueta sobre los hombros.

—Saldré por un coche de alquiler —anunció Severin—. No podemos permitir que Winterborne salga descamisado en todo su esplendor, o la acera se llenará de mujeres que se desvanezcan.

En cuanto su amigo salió de la consulta, Rhys sacó torpemente la cartera, que llevaba en un bolsillo interior de la chaqueta.

—¿Qué le debo? —preguntó.

—Un florín.

La cantidad era la mitad de los cuatro chelines que habría cargado el doctor Havelock, el médico del personal de los almacenes Winterborne. Rhys sacó la moneda y se la dio.

—Es usted muy competente, doctora Gibson —dijo con seriedad.

La doctora sonrió, sin sonrojarse ni negar el halago. A Rhys aquella mujer tan ducha y poco corriente le caía bien. A pesar de todo lo que evidentemente tendría en contra, esperaba que triunfara en su profesión.

—No dudaré en recomendar sus servicios —añadió.

—Es muy amable, señor Winterborne. Pero me temo que tendré que cerrar la consulta a final de mes. —Habló con naturalidad pero se le ensombreció la mirada.

—¿Puedo preguntar por qué?

—Tengo pocos pacientes. La gente teme que una mujer carezca de la resistencia física o la agudeza mental necesarias para practicar la medicina. —Esbozó una sonrisa triste—. Incluso me han dicho que las mujeres son incapaces de callarse las cosas y que, por tanto, una mujer médico violaría constantemente la confidencialidad del paciente.

—Sé muy bien qué son los prejuicios —repuso Rhys en voz baja—. La única forma de combatirlos es demostrar que son injustos.

—Ya. —Su mirada se volvió ausente, y empezó a ordenar una bandeja de material.

—¿Es usted una buena médica? —preguntó Rhys.

Ella se puso tensa y volvió la cabeza hacia él.

—¿Perdón?

—Recomiéndese a usted misma.

Gibson arrugó el ceño y explicó:

—Mientras trabajé como enfermera, me gradué en anatomía, fisiología y química. En la Sorbona asistí dos años a cursos avanzados de anatomía y fui la mejor de los alumnos de tocología durante tres años. También estudié un breve período con sir Joseph Lister, quien me instruyó en sus técnicas de cirugía antiséptica. En resumen, soy muy buena. Y podría haber ayudado a mucha gente si... —Se le apagó la voz al ver que Rhys sacaba una tarjeta de la cartera.

—Lleve esto a los almacenes Winterborne el lunes a las nueve en punto de la mañana. Pregunte por la señora Fernsby —explicó Rhys, dándole la tarjeta.

—¿Para qué? —Se le habían desorbitado los ojos.

—Tengo a mi servicio un médico para cuidar de la salud de mil empleados. Es un vejete, pero un buen hombre. Tendrá que estar de acuerdo en contratarla, pero no espero que ponga objeciones. Entre otras cosas, necesita a alguien que lo ayude con la tocología; los partos duran horas y me comentó que su reumatismo se resiente. Si está dispuesta...

—Sí. Lo estoy. Gracias. Sí. —La doctora apretaba tanto la tarjeta que los dedos se le habían puesto blancos—. Estaré ahí el lunes por la mañana. —Una sonrisa meditabunda le iluminó el semblante—. Aunque no ha resultado un día afortunado para usted, señor Winterborne, ha resultado bueno para mí.

9

—Señor Winterborne —exclamó Fernsby, horrorizada cuando entró en el despacho y vio a un Rhys sucio, apaleado y desnudo de cintura para arriba salvo por la chaqueta—. Dios mío, ¿qué le ha pasado? ¿Lo han agredido unos matones? ¿Ladrones tal vez?

—Un edificio, de hecho.

—¿Cómo?

—Ya se lo explicaré después, Fernsby. Ahora necesito una camisa. —Sacó con dificultad la receta del bolsillo de la chaqueta y se la dio—. Lleve esto al farmacéutico y pídale que me prepare el tónico. Se me dislocó el hombro y me duele horrores. Indique también a mi abogado que quiero que esté en mi despacho en media hora.

—Camisa, medicamento, abogado —enumeró la mujer para recordarlo—. ¿Va a demandar a los propietarios del edificio?

Con una mueca de malestar, Rhys se sentó en la silla de su escritorio.

—No —murmuró—. Pero tengo que revisar mi testamento inmediatamente.

—¿Está seguro de que no prefiere ir antes a su casa a asearse? Está más bien... desaliñado.

—No, esto no puede esperar. Diga a Quincy que me traiga

agua caliente y una toalla. Me lavaré aquí como pueda. Y traiga algo de té... no, café.

—¿Aviso al doctor Havelock, señor?

—No. Ya me ha atendido la doctora Gibson. Por cierto, vendrá el lunes por la mañana para una entrevista de trabajo. Voy a contratarla para que ayude a Havelock.

—¿Doctora? ¿Es una mujer? —se sorprendió la señora Fernsby, que arqueó tanto las cejas que le sobresalieron por encima de la montura de las gafas.

—¿No ha oído hablar de mujeres médico? —soltó Rhys con sequedad.

—Supongo que sí, pero nunca he visto a ninguna.

—La verá el lunes.

—Sí, señor —murmuró la secretaria, y se marchó del despacho.

Con esfuerzo, Rhys tendió la mano hacia el tarro de las bolitas de menta, tomó una, se la metió en la boca y volvió a ponerse bien la chaqueta sobre los hombros.

Mientras la menta se le desintegraba en la lengua, se obligó a enfrentarse a lo que lo había horrorizado durante el trayecto de vuelta a los almacenes Winterborne.

¿Qué habría sido de Helen si él hubiera muerto?

Siempre había vivido sin temor, corriendo riesgos calculados, haciendo lo que le apetecía. Ya había aceptado que algún día aquel negocio seguiría adelante sin él: había previsto dejar la empresa a su junta directiva, el grupo de asesores y amigos de confianza que había ido adquiriendo a lo largo de los años. Su madre dispondría de recursos más que suficientes, pero ni quería ni se merecía tener ningún control sobre la empresa. Había también legados generosos para ciertos empleados, como la señora Fernsby, y cantidades que se distribuirían a parientes lejanos.

Pero hasta ahora Helen no aparecía en su testamento. Tal como estaban las cosas, si el accidente de ese día hubiera sido mortal, ella se habría quedado sin nada, después de que él le hubiera arrebatado la virginidad y tal vez dejado embarazada.

Lo aterró darse cuenta de lo vulnerable que era la situación de Helen. Por su culpa.

La cabeza le dolía terriblemente. Apoyó el brazo ileso en la mesa, recostó la frente en el pliegue del codo e intentó dar coherencia a sus frenéticos pensamientos.

Tendría que moverse deprisa para salvaguardar el futuro de Helen. La cuestión de cómo protegerla a largo plazo, sin embargo, era más compleja.

Como de costumbre, su personal fue rápido y eficiente. Quincy, el ayuda de cámara que había contratado hacía tan solo unos meses cuando prestaba sus servicios a Devon Ravenel, le llevó una camisa limpia, un chaleco, un balde de agua caliente y una bandeja con todo lo necesario para acicalarse. Al ver el estado en que se encontraba su patrón, el normalmente impasible hombre mayor chasqueó la lengua y murmuró de consternación mientras lo lavaba, lo cepillaba, lo peinaba y le hacía los últimos retoques para que Rhys estuviera presentable. Lo peor fue ponerle la camisa limpia y el chaleco; como la doctora Gibson había predicho, el hombro herido le dolía cada vez más.

Después de que la señora Fernsby le trajera el tónico de la farmacia y una bandeja con café caliente y coñac, Rhys estuvo listo para recibir al abogado.

—Winterborne —dijo Charles Burgess cuando entró en el despacho, mirándolo con una mezcla de diversión y preocupación—. Me recuerda un muchacho rudo que conocí en High Street.

Rhys sonrió al letrado fornido y canoso que tiempo atrás había llevado los asuntos legales de poca importancia de su padre. Más adelante, cuando la tienda de comestibles acabó convirtiéndose en una enorme empresa mercantil, había pasado a ser uno de los asesores de Rhys. Burgess formaba actualmente parte de la junta directiva de la compañía privada. Meticuloso, perspicaz y creativo, podía abrirse paso a través de los obstáculos legales como las ovejas del norte de Gales por los páramos de las tierras altas.

—La señora Fernsby me ha contado que tuvo un accidente en unas obras —comentó Burgess a la vez que se sentaba al otro lado de la mesa. Sacó un bloc y un lápiz del bolsillo interior de la chaqueta.

—Sí. Lo que me hizo pensar que tengo que revisar mi testamento sin demora. —Y procedió a explicarle su compromiso con Helen, ofreciéndole una versión cuidadosamente expurgada de los últimos acontecimientos.

—Desea asegurar el futuro de lady Helen supeditado a un matrimonio legal y consumado, supongo —dijo Burgess tras escucharlo y tomar unas cuantas notas.

—No; a partir de ahora. No quiero dejarla desamparada si algo me ocurriera antes de la boda.

—No está obligado a incluir a lady Helen en su testamento hasta que se convierta en su esposa.

—Quiero constituir un fideicomiso de cinco millones de libras a su nombre sin demora. —Al ver la expresión atónita del abogado, aclaró con franqueza—: Podría estar embarazada.

—Comprendo. —El lápiz de Burgess se movió rápidamente por la página—. Si nace un hijo en los nueve meses posteriores a su fallecimiento, ¿desearía incluirlo en su testamento?

—Sí. Él, o ella, heredará la empresa. Si no hay ningún hijo, todo pasará a manos de lady Helen.

El lápiz dejó de moverse.

—Perdone —dijo Burgess—, pero apenas hace unos meses que conoce a esta mujer.

—Es lo que quiero —insistió Rhys de manera inexpresiva.

Helen lo había arriesgado todo por él. Se le había entregado sin condiciones. No iba a hacer menos por ella.

No planeaba reunirse próximamente con el Creador, desde luego; era un hombre sano, con la mayor parte de la vida por delante. Pero el accidente de aquel día, por no hablar del choque de trenes del mes anterior, le había demostrado que nadie se salvaba de los caprichos del destino. Si algo le sucedía, quería que Helen tuviera todo lo que era suyo. Todo, incluidos los almacenes Winterborne.

Kathleen y Devon llegaron a la Casa Ravenel justo a tiempo de tomar el té de la tarde, que estaba dispuesto en una larga mesita de centro situada delante del sofá.

Tras entrar en la habitación, Kathleen se dirigió hacia Helen, a quien abrazó como si llevaran dos meses, y no dos días, separadas. Helen la correspondió con el mismo entusiasmo. Hacerse confidencias y llorar juntas la pérdida de Theo había hecho que Helen pensara en Kathleen como en una hermana mayor. Había encontrado en ella una amiga generosa y comprensiva.

Cuando Theo se había casado con Kathleen, todo el mundo había esperado que aquello le hiciera sentar la cabeza. Los Ravenel habían estado marcados durante generaciones por el carácter explosivo que los había distinguido cuando luchaban junto a los conquistadores normandos en 1066. Por desgracia, los siglos posteriores habían demostrado que la naturaleza guerrera de los Ravenel solo era adecuada para el campo de batalla.

Para cuando Theo heredó el condado, Eversby Priory, la finca familiar, estaba prácticamente arruinada. La casa solariega estaba muy deteriorada, los arrendatarios languidecían de hambre y las tierras llevaban décadas sin mejoras y sin un drenaje decente. Nunca se llegaría a saber qué habría conseguido Theo como conde de Trenear. Solo tres días después de su boda, había perdido los estribos y había querido montar un caballo poco adiestrado. El animal lo había tirado y él había muerto desnucado.

Kathleen, Helen y las gemelas creían que tendrían que irse de la finca en cuanto Devon Ravenel, un primo lejano de Theo, tomara posesión de todo. Para su sorpresa, les había permitido quedarse, y se había dedicado a salvar Eversby Priory. Junto con su hermano menor West, Devon estaba logrando que la finca volviera a ser viable, aprendiendo todo lo que podía sobre agricultura, mejora de las tierras, maquinaria agrícola y administración de fincas.

Kathleen se separó de Helen para abrazar a las gemelas. Bajo la gris luz invernal que se colaba por las ventanas, el cabello castaño rojizo de Kathleen refulgía. Era una mujer menuda con un rostro de una belleza claramente felina en el que destacaban unos seductores ojos castaños y unos pómulos prominentes.

—¡Cuánto os he extrañado! —exclamó—. Todo es espléndido. ¡Tengo muchas cosas que contaros!

—Yo también —respondió Helen con una sonrisa incómoda.

—Para empezar, os hemos traído compañía de Eversby Priory —anunció Kathleen.

—¿Ha venido el primo West de visita? —preguntó Helen.

En aquel instante, unos ladridos retumbaron en el vestíbulo.

—¡*Napoleón* y *Josefina*! —exclamó Pandora.

—Los perros os echaban mucho de menos —comentó Kathleen—. Esperemos que no causen problemas o volverán de inmediato a Hampshire.

Dos cocker spaniels negros irrumpieron ruidosamente en la habitación y se abalanzaron sobre las gemelas, que se dejaron caer al suelo para jugar con ellos. Pandora, a gatas, fingió saltar sobre *Napoleón*, que se puso boca arriba para rendirse alegremente. Kathleen abrió la boca para protestar, pero sacudió la cabeza, resignada, puesto que sabía que sería inútil intentar tranquilizar a las bulliciosas muchachas.

Lord Devon Trenear entró en la habitación y sonrió al ver semejante alboroto.

—¡Qué tranquilidad! —comentó—. Como un cuadro de Degas: *Jóvenes damas tomando el té*.

El conde era un hombre atractivo, de cabello oscuro y ojos azules, con un aire experimentado que sugería un pasado lleno de desventuras. Su mirada se posó en Kathleen y se volvió absorta y cálida, la expresión de un hombre enamorado por primera vez en su vida. Se acercó a ella y le apoyó una mano en el hombro, mientras hacía lo propio con la barbilla en los rizos rojizos que llevaba recogidos en lo alto de la cabeza. Helen nunca lo había visto tocar a Kathleen con tanta familiaridad.

—¿Os habéis portado bien durante nuestra ausencia? —les preguntó Devon.

—Dos de nosotras, sí —respondió Cassandra desde el suelo.

—Pandora, ¿qué has hecho? —quiso saber Kathleen.

—¿Por qué das por sentado que fui yo? —se quejó la muchacha con fingida indignación, lo que provocó las carcajadas de todos. Sonrió y se levantó, sujetando al perro, que quería lamerle la cara—. Y ya puestos a hacer preguntas, ¿por qué llevas un anillo en el dedo, Kathleen?

Todas las miradas se dirigieron hacia la mano izquierda de Kathleen. Esta, tímidamente satisfecha, la extendió para que la vieran. Cassandra dejó a *Josefina*, se puso de pie de un brinco y se reunió con Pandora y Helen para observar detenidamente la joya. La alianza, que lucía un rubí de una rara tonalidad conocida como «sangre de pichón», estaba montada en una filigrana en oro amarillo.

—Antes de tomar el tren a Hampshire —les confió Kathleen—, Devon y yo nos casamos en el Registro Civil.

Las tres hermanas Ravenel soltaron exclamaciones de júbilo. La noticia no era una sorpresa total: los últimos meses, todos en la casa habían observado la creciente atracción entre Devon y Kathleen.

—Es maravilloso —aseguró Helen, sonriendo de oreja a oreja.

—Espero que no penséis demasiado mal de mí por casarme estando todavía de luto —comentó Kathleen en tono apagado. Después, retrocedió y prosiguió, muy seria—. No me gustaría que ninguna de vosotras creyera que me he olvidado de Theo, o que no he respetado su memoria. Pero como sabéis, siento un profundo respeto y cariño por Devon, y decidimos...

—¿Cariño? —la interrumpió Devon con las cejas arqueadas. Había un brillo travieso en sus ojos azules. Kathleen había sido educada en un hogar estricto, donde siempre se había censurado que se expresaran los sentimientos, y a Devon le encantaba chincharla por su reserva.

—Amor —murmuró Kathleen, tímidamente.

—¿Cómo? —soltó él con la cabeza ladeada, como si no la hubiera oído.

—Estoy enamorada de ti. Te adoro —se rindió Kathleen, ruborizada—. ¿Puedo continuar?

—Puedes —accedió Devon, y la acercó más a él.

—Como iba diciendo, decidimos casarnos más pronto que tarde.

—No podría alegrarme más —aseguró Cassandra—. Pero ¿por qué no podíais esperar a celebrar una boda como es debido?

—Ya os lo explicaré luego. Ahora tomemos el té.

—Podrías explicárnoslo mientras lo tomamos —insistió Pandora.

—No es el momento oportuno —contestó Kathleen, evasiva.

Y entonces Helen supo, gracias a su propia experiencia, que Kathleen estaba embarazada. Era la explicación más lógica para un matrimonio apresurado y para la dificultad de explicar el motivo a una joven de diecinueve años.

Un ligero rubor coloreó sus mejillas al pensar que Devon y Kathleen tenían que haber compartido cama como marido y mujer antes de casarse. Era un poco escandaloso.

Pero no tanto como lo habría sido si ella no hubiera hecho lo mismo con Rhys Winterborne el día anterior.

—Pero ¿por qué...? —insistió Pandora.

—¡Vaya por Dios! —intervino Helen—. Los perros están husmeando la mesa donde está el té. Vamos, sentémonos y yo serviré. Kathleen, ¿cómo está el primo West?

Kathleen se acomodó en una butaca y dirigió una mirada agradecida a Helen.

El tema de West distrajo a las gemelas, tal como Helen había previsto. El hermano de Devon, un joven atractivo que pretendía ser más cínico de lo que era en realidad, se había convertido en la persona favorita de las gemelas. Las trataba con cariño fraternal, con interés y benevolencia, como si fuera el hermano mayor que nunca tuvieron realmente. Theo siempre había vivido en internados y, después, en Londres.

La conversación se centró pronto en Eversby Priory. Devon describió el inmenso filón de hematites que habían descubierto en las tierras y los planes para explotar el mineral en una cantera y venderlo.

—¿Somos ricos ahora? —quiso saber Pandora.

—No es de buena educación preguntar eso —le advirtió Kathleen a la vez que se llevaba la taza a los labios. Sin embargo, antes de dar un sorbo, murmuró—: Pero sí, lo somos.

Las gemelas rieron encantadas.

—¿Tanto como el señor Winterborne? —preguntó Cassandra.

—Nadie es tan rico como el señor Winterborne, tonta —soltó Pandora.

Al ver que Devon fruncía el ceño, se disculpó:

—Oh. No teníamos que hablar de él.

Devon dirigió de nuevo la conversación hacia Eversby Priory y las chicas escucharon ávidamente los planes previstos para construir una estación en el pueblo. Todos estuvieron de acuerdo en que sería comodísimo poder acceder al ferrocarril tan cerca de casa, en lugar de tener que ir a la estación de Alton.

El té era suntuoso, un lujo que los Ravenel siempre habían conservado a pesar de que hubieran tenido que sacrificar otras cosas. Lo tomaban en un juego de porcelana floreado que les llevaban en una bandeja de plata junto con un soporte de tres pisos lleno de bollos recién hechos, tartaletas de frutas, tostadas con mermelada de damasco, y emparedados de mantequilla y berro o ensalada de huevo. Cada pocos minutos, un criado les proporcionaba más agua caliente o rellenaba las jarritas de leche.

Mientras la familia reía y charlaba, Helen se esforzó por participar, pero cada poco la mirada se le iba hacia el reloj de la repisa de la chimenea. Las cinco y media: solo faltaba hora y media para que terminara el momento en que era aceptable hacer una visita. Partió un bollo, le aplicó un poco de miel y esperó a que se calentara y fundiera antes de llevárselo a la boca. Estaba delicioso, pero debido a la ansiedad apenas podía tragar nada. Sorbía el té, asentía y sonreía, escuchando solo a medias la conversación.

—La compañía es muy grata, pero me gustaría descansar un rato —anunció por fin Kathleen tras dejar la servilleta junto al plato—. Ha sido un día agotador. Os veré a la hora de la cena.

Devon se levantó y la ayudó con la silla.

—Pero si ni siquiera son las siete aún —soltó Helen, tratando de disimular su consternación—. Puede que venga alguien. Después de todo, es día de visitas.

—Dudo de que venga nadie —dijo Kathleen, sonriendo—. Devon ha estado fuera y no hemos enviado ninguna invitación. —Se detuvo un instante para escrutar con más atención el rostro de Helen—. A no ser que estemos esperando a alguien.

El reloj de la repisa sonó ridículamente fuerte en medio del silencio.

Tictac, tictac, tictac.

—Sí —afirmó Helen sin pensar—. Estoy esperando a alguien.

—¿A quién? —preguntaron Kathleen y Devon a la vez.

—Milord —tercié el primer lacayo desde la puerta—, el señor Winterborne ha venido a verlo por un asunto personal.

Tictac, tictac, tictac.

A Helen se le aceleró el pulso cuando Devon la miró fijamente. Al ver su expresión, le pareció que se le iba a salir el corazón por la boca.

—¿Le ha hecho pasar? —preguntó al lacayo tras dirigir de nuevo su atención hacia él.

—Sí, milord. Lo está esperando en la biblioteca.

—Por favor, no eches al señor Winterborne —suplicó Helen, obligándose a mostrarse serena.

—No pienso hacerlo —respondió Devon, pero sus palabras sonaron a velada amenaza.

Kathleen tocó suavemente el brazo de su marido y le susurró algo.

Devon bajó los ojos hacia ella y su mirada perdió parte de su violencia. Pero su cuerpo seguía emanando una perturbadora sensación de fiereza.

—Quedaos aquí arriba —murmuró, y se marchó.

10

—Helen, ¿otra tacita de té? —ofreció Kathleen, que parecía increíblemente sosegada, sentada en su butaca.

—Sí. —Helen dirigió una rápida mirada de súplica a Pandora y Cassandra—. ¿Por qué no sacáis los perros al jardín?

Las gemelas se apresuraron a hacerlo, y los perros se marcharon dando brincos tras ellas.

—Helen —dijo Kathleen en cuanto estuvieron solas—, ¿qué diablos hace aquí el señor Winterborne y cómo sabías tú que iba a venir?

Helen alzó despacio la mano hacia el cuello alto de su vestido y rodeó con el índice la fina cinta de seda que llevaba colgada. Notó el peso reconfortante del anillo de compromiso que ocultaba entre los pechos. Lo sacó, liberó el anillo y se lo puso en el dedo.

—Fui a verlo —dijo sin rodeos, cubriendo suavemente con su mano la de Kathleen para mostrarle la piedra de luna—. Ayer.

Kathleen se quedó mirando el anillo, perpleja.

—¿Fuiste a ver al señor Winterborne tú sola?

—Así es.

—¿Lo organizó él? ¿Envió alguien a buscarte? ¿Cómo...?

—Él no sabía nada. Fue idea mía.

—¿Y te regaló este anillo?

—Yo se lo pedí —aclaró Helen con una sonrisa irónica—.

Más bien se lo exigí. —Retiró la mano y se reclinó en la silla—. Ya sabes que el diamante nunca me gustó.

—Pero ¿por qué...? —Kathleen se interrumpió y la observó, confundida.

—Quiero casarme con el señor Winterborne —aseguró Helen en voz dulce—. Ya sé que tú y el primo Devon pensáis en lo mejor para mí y confío en vuestro juicio. Pero desde que se rompió el compromiso no he tenido un instante de paz. Me di cuenta de que le había tomado cariño y...

—Hay cosas que tú no sabes, Helen...

—Las sé. El señor Winterborne me contó ayer que se había comportado de forma grosera y ofensiva contigo. Lo lamenta mucho, y ha venido a disculparse. Fue un error que cometió impulsivamente; puedes estar segura de que no hablaba en serio.

—Supe que no hablaba en serio en aquel mismo instante —indicó Kathleen, frotándose los ojos, cansada—. El problema es que Devon entró en la habitación y oyó lo bastante como para enfurecerse. Todavía no ha tenido tiempo para ver la situación en perspectiva.

—Pero ¿tú sí? —preguntó Helen, ansiosa.

—Puedo entender y perdonar unas palabras precipitadas. Mi objeción a tu compromiso con el señor Winterborne no tiene nada que ver con lo que sucedió ese día, es la misma de siempre: tú y él no tenéis nada en común. Pronto te presentarás en sociedad y conocerás a muchos caballeros agradables, cultos, educados y...

—Ninguno de ellos querría pasar ni un minuto conmigo si no tuviera dote. Y no los necesito para comparar: el señor Winterborne es el hombre que elegiría por encima de todos los demás.

—Hace solo una semana me decías, entre lágrimas, lo mucho que te había asustado al besarte —comentó Kathleen. Era evidente que se estaba esforzando por entender a su cuñada.

—Y me asustó. Pero me diste el consejo perfecto, como siempre. Dijiste que algún día, cuando encontrara al hombre adecuado, besarlo sería maravilloso. Y lo es.

—Él... dejaste que... —Kathleen abrió unos ojos como platos.

—No me hago ilusiones en cuanto al señor Winterborne. O, por lo menos, no muchas. Es implacable y ambicioso, y está acostumbrado a imponer su voluntad. Puede que no sea siempre un caballero en el sentido estricto de la palabra, pero tiene su propio código de honor. Y... —esbozó una sonrisa sorprendida— tiene debilidad por mí. Creo que me he convertido en una flaqueza suya, y es un hombre que necesita tener flaquezas.

—¿Cuánto tiempo pasaste con él ayer? ¿Estabais en los almacenes o en su casa? ¿Quién os vio juntos? —Había empezado a calcular cómo minimizar el perjuicio que la visita habría ocasionado a la reputación de Helen. Sin duda, la reacción de Devon sería la misma.

Helen empezaba a darse cuenta de la razón que había tenido Rhys al insistir en acostarse con ella, a pesar de que hubiera querido manipularla. Era el arma perfecta para combatir todo tipo de argumentos.

No le quedaba más remedio que usarla.

—Kathleen —dijo con dulzura—, he comprometido mi honra.

—No necesariamente. Puede que haya rumores, pero...

—Tengo que casarme con él. —Al ver la expresión perpleja de su cuñada, repitió las palabras recalcando la obligatoriedad—: Tengo que casarme con él.

—¡Oh! —Kathleen titubeó al comprender—. Habéis...

—Sí.

Kathleen guardó silencio mientras intentaba asimilar aquella revelación.

—Mi pobre Helen —dijo por fin con los ojos castaños relucientes de preocupación—. Estarías asustada. Por favor, cielo, dime si te coaccionó o...

—No, no fue nada de eso —se apresuró a explicar—. Te aseguro que fue totalmente consentido. Tuve la posibilidad de negarme. El señor Winterborne me explicó qué iba a pasar. No fue desagradable en absoluto. Fue... —Bajó la mirada—. Me resultó placentero —dijo, y añadió en voz muy baja—: Estoy segura de que eso está mal por mi parte.

—No está mal —la animó Kathleen tras un instante, y le dio unas palmaditas tranquilizadoras en la mano—. Hay quien dice que las mujeres no deberían disfrutar de ese acto, pero en mi opinión, hace que sea mucho más fascinante.

A Helen siempre le había gustado lo pragmática que era Kathleen, pero nunca tanto como ahora.

—Creía que me despreciarías por haberme acostado con él —soltó con alivio.

—No es que pueda decirse que me alegre —sonrió Kathleen—. Pero no puedo culparte por hacer exactamente lo mismo que yo. Ya que estamos hablando con franqueza, estoy embarazada de Devon.

—¿De veras? —repuso Helen, encantada—. Se me ocurrió que podría ser la razón de que os hubierais casado tan deprisa.

—Lo es. Eso y que lo amo con locura. —Tendió la mano hacia la azucarera, tomó un terrón no muy grande y empezó a mordisquearlo. Vaciló al proseguir—. No sé cuánto sabes sobre estos asuntos. ¿Conoces las posibles consecuencias de acostarte con un hombre?

—Puede engendrarse un hijo —asintió.

—Sí, a no ser que él... tome medidas preventivas. —Al ver la expresión vaga de Helen, prosiguió—: ¿Puedo preguntarte algo bastante personal, cielo?

Helen asintió con cautela.

—¿Terminó... dentro de ti? ¿En el último momento?

—No estoy segura —respondió Helen, perpleja.

Kathleen sonrió con tristeza al ver la confusión que reflejaba el rostro de la joven.

—Ya hablaremos después —dijo—. Según parece, el señor Winterborne no te lo explicó todo. —Absorta, sujetó el reloj de oro que le colgaba de una larga cadena alrededor del cuello y se dio golpecitos con su lisa superficie de metal en los labios—. ¿Qué vamos a hacer? —preguntó, más bien para sí misma.

—Esperaba que Devon y tú dejarais de poner objeciones a nuestro enlace.

—Yo ya no las pongo —aseguró Kathleen—. En la práctica, nadie está en condiciones de oponerse a él ahora. Y te debo mi apoyo después de la forma en que me entrometí en vuestra relación. Lo siento, Helen. De verdad que solo intentaba ayudarte.

—Ya lo sé. No te preocupes por eso. Todo ha salido a la perfección.

—¿Ah, sí? —Kathleen la observó con cara de asombro—. Se te ve feliz. ¿Es posible que el señor Winterborne sea realmente la causa?

—Lo es. —Helen se llevó las manos a las mejillas sonrojadas y soltó una carcajada—. Tengo punzadas y palpitaciones solo de pensar que está abajo. Tengo calor y frío, y apenas puedo respirar. —Titubeó—. ¿Es eso el amor?

—Eso es deseo. Es amor cuando puedes respirar. —Reflexionando, dobló y desdobló varias veces una servilleta en la rodilla—. Hay que abordar la situación con cuidado. Devon no tiene que enterarse de que el señor Winterborne y tú os acostasteis; no será tan razonable como yo. Se lo tomará como una ofensa al honor de la familia y... ¡Oh, no quiero ni pensarlo! Pero yo le convenceré de que acepte el matrimonio. Puede llevarme unos días, pero...

—El señor Winterborne va a decírselo hoy.

Kathleen dejó la servilleta y miró atentamente a su cuñada.

—¿Qué? Creía que había venido a disculparse...

—Sí, pero después va a pedir su aprobación a nuestro compromiso. Si Devon se la niega, le dirá que está obligado a dar su consentimiento porque ya no soy virgen.

—¡Dios mío! —exclamó Kathleen, poniéndose en pie—. Tenemos que detenerlo.

—Puede que el señor Winterborne ya se lo haya dicho —aventuró Helen, consternada.

—Aún no lo ha hecho —aseguró Kathleen, cruzando la habitación presurosa, seguida de Helen—. Si lo hubiera hecho, habríamos oído gritos, ruido de cosas al romperse y...

En ese momento estalló un clamor terrible en el piso de abajo: juramentos, porrazos, un fuerte ruido sordo, una caída violenta. Las paredes de la casa retumbaban.

—Espera —murmuró Kathleen—. Ya se lo ha dicho.

Ambas corrieron juntas escalera abajo y cruzaron el vestíbulo. Para cuando llegaron, la biblioteca estaba patas arriba, con una mesita volcada, libros esparcidos por el suelo y un jarrón de porcelana hecho añicos. Se oían gruñidos beligerantes y maldiciones apagadas mientras los dos hombres luchaban atrozmente cuerpo a cuerpo. Tras conseguir darse impulso, Devon empujó a Rhys con la fuerza suficiente como para estrellarlo contra la pared.

Rhys cayó a cuatro patas con un gruñido ronco.

Alarmada, Helen soltó un grito y corrió hacia él, que se desplomó lentamente de costado.

—¡Devon! —chilló Kathleen, interponiéndose en el camino de su marido.

—Hazte a un lado —gruñó él con la cara ensombrecida por la sed de sangre. Había montado en cólera, de aquella clase que aumentaba exponencialmente cuanto más se intentaba calmarlo. Una de las mujeres de su familia había sido deshonrada, y solo la muerte compensaría tal ofensa. Solo había dos personas en el mundo que pudieran lidiar con él cuando estaba así: su hermano West y Kathleen.

—Déjalo —le pidió Kathleen, y se situó delante de Winterborne—. Vas a hacerle daño.

—No el suficiente. —Hizo ademán de apartarla de un empujón. Sin darse cuenta, Kathleen se puso una mano sobre el vientre. Más tarde le confiaría a Helen que el impulso de protegerse la barriga mucho antes de que empezara a notársele el embarazo, antes incluso de haberse hecho a la idea de que iba a tener un hijo, no tenía sentido.

Sin embargo, aquel pequeño acto inconsciente bastó para desarmar a Devon, que tras dirigir la mirada al vientre de su mujer, se detuvo en seco, respirando con dificultad.

—En mi estado, no conviene que me angustie —soltó Kathleen al darse cuenta de su inesperada ventaja.

—¿Vas a usarlo contra mí a partir de ahora? —replicó Devon, indignado.

—No, cariño, solo los próximos siete meses y medio. Después tendré que encontrar otra cosa para usar en tu contra. —Se acercó a él y se estrechó contra su cuerpo rígido. Él la rodeó con sus brazos y ella le acarició la nuca para tranquilizarlo—. Ya sabes que no puedo permitir que mates a nadie antes de cenar —susurró—. Eso desbarata los horarios de toda la casa.

Rhys sufría demasiado como para prestar atención al intercambio. Seguía de costado, medio acurrucado, pálido.

Tras sentarse en el suelo a su lado, Helen le recostó la cabeza en su regazo.

—¿Te ha lastimado? —preguntó con ansiedad—. ¿Es la espalda?

—El hombro. Dislocado... esta mañana.

—¿Te ha visto un médico?

—Sí. —Flexionó los dedos para comprobar su estado—. No pasa nada —murmuró. Empezó a incorporarse con dificultad y se detuvo con un gruñido.

Helen se situó bajo su brazo ileso para ayudarlo y notó que se le entrecortaba la respiración cuando le presionó sin querer el dolorido costado.

—No es solo el hombro —dijo, alarmada.

—*Cariad*, no hay una sola parte del cuerpo que no me duela —soltó Rhys con una carcajada fatigosa. Se sentó como pudo y recostó la espalda en un sofá. Cerró los ojos y soltó el aire con dificultad.

—¿Qué necesitas? —preguntó, solícita, Helen—. ¿Qué puedo hacer por ti? —Vio que le habían caído unos mechones de cabello sobre la frente y se los apartó con delicadeza.

Rhys abrió los ojos y la miró apasionadamente.

—Puedes casarte conmigo —le contestó.

Ella sonrió a pesar de lo preocupada que estaba.

—Ya te dije que lo haría —dijo, tocándole cariñosamente la mejilla.

—¿Qué diablos te pasa, Winterborne? ¿Eres un quejica? —espetó Devon, que se había situado detrás de su prima, irritado.

—Lo golpeaste contra la pared —señaló Kathleen.

—Le he hecho cosas peores antes y nunca lo mandé al suelo. —Los dos hombres boxeaban habitualmente y se entrenaban en un club que enseñaba tanto pugilismo como Savate, una forma de lucha que tenía sus orígenes en las calles de París.

—El señor Winterborne se ha dislocado el hombro esta mañana —les explicó Helen.

Devon se sorprendió y, acto seguido, se enfureció.

—Maldita sea —masculló—, ¿por qué no dijiste nada?

—¿Habría importado algo? —comentó Rhys con los ojos entornados.

—¡No, dados los disparates que estabas soltando!

—¿Qué disparates? —preguntó Kathleen en tono sereno mientras acariciaba el brazo de su marido.

—Dijo que Helen había ido a verlo ayer. Sola. Y que después... —Se detuvo, puesto que no deseaba repetir la ofensiva afirmación de su amigo.

—Es verdad —soltó Helen.

Era extraño ver a Devon, que a lo largo del último año se había acostumbrado a tener frecuentes sorpresas, tan descolocado. Pero la miró abriendo la boca como si fuera la tapa de una maleta mal cerrada.

—He sido deshonrada —añadió Helen, tal vez con demasiada alegría. Pero tras veintiún años de ser tímida y previsible, de sentarse en silencio en los rincones, había descubierto un placer impropio en escandalizar a los demás.

En medio del silencio aturdido que siguió a este anuncio se volvió hacia Rhys y empezó a deshacerle el nudo de la corbata de seda. Él levantó la mano para detenerla, pero se estremeció de dolor.

—*Cariad* —dijo con voz ronca—, ¿qué pretendes?

—Echarle un vistazo a tu hombro —respondió a la vez que le apartaba las solapas de la chaqueta.

—Aquí no. Después iré al médico.

Aunque comprendió que deseara intimidad, ella no iba a permitir que se marchara de la Casa Ravenel estando herido y presa del dolor.

—Tenemos que saber si se ha vuelto a dislocar.

—Está bien —cedió él, y gruñó atormentado cuando Helen intentó pasarle la chaqueta por el hombro.

Kathleen se arrodilló al otro lado de Rhys para ayudarla.

—No se mueva —le pidió—. Deje que lo hagamos nosotras.

Empezaron a quitarle la prenda. Y a pesar de hacer acopio de fuerzas, cuando tiraron de la chaqueta hacia abajo, Rhys las apartó de un empujón.

—¡Aaay!

Helen miró a Kathleen con preocupación.

—Tendremos que cortársela —indicó esta.

Rhys temblaba con los ojos cerrados.

—Ni hablar —murmuró—. Ya me han quitado así la ropa esta mañana. Déjenlo.

Kathleen dirigió una mirada de súplica a su marido.

Devon resopló y fue a buscar algo a la mesa de la biblioteca. Regresó con una navaja de plata con una hoja larga y reluciente. El sonido que hizo al abrirse, aunque tenue, hizo que Rhys se estremeciera y abriera los ojos de golpe. Se movió para defenderse y volvió a dejarse caer sobre el trasero, maldiciendo de dolor.

—Tranquilo, idiota —soltó Devon con ironía mientras se ponía de cuclillas a su lado—. No voy a matarte. Tu ayuda de cámara lo hará por mí cuando le digas que has destrozado dos camisas hechas a medida y una chaqueta en un día.

—No voy a...

—Winterborne —le advirtió en voz baja Devon—. Has ofendido a mi mujer, seducido a mi prima y ahora estás demorando mi cena. Este sería un momento excelente para que mantuvieras tu bocaza cerrada.

Rhys aguantó estoicamente mientras Devon le rasgaba las costuras de las prendas hasta que empezaron a desprendérsele del cuerpo como la corteza de un abedul.

—Milady —dijo a Kathleen—, le pido disculpas por cómo me comporté aquel día. Por mis palabras. Yo... —soltó un gruñido cuando Helen lo inclinó hacia delante para retirarle la manga suelta del dolorido brazo— no tengo excusa.

—También fue culpa mía —aseguró ella, tirando de la tela a medida que Devon iba cortando el chaleco. Al ver la sorpresa en los ojos de Rhys, prosiguió con decisión—: Actué impulsivamente, y provoqué una situación difícil para todos. Sabía que no tenía que ir sola a casa de un caballero, pero, debido a lo preocupada que estaba por Helen, cometí un error. Acepto sus disculpas, señor Winterborne, si usted acepta las mías.

—Fue culpa mía —insistió Rhys—. No tendría que haberla ofendido. Nada de lo que dije iba en serio.

—Lo sé.

—Nunca me he sentido atraído por usted. No podría desear menos a una mujer.

—La repulsión es mutua, señor Winterborne —respondió Kathleen, conteniendo una carcajada—. ¿Sellamos la paz y empezamos de nuevo?

—¿Y qué hay de lo que le ha hecho a Helen? —terció Devon, indignado.

Rhys observó con recelo cómo la navaja le rasgaba la camisa.

—Eso fue culpa mía —intervino la joven—. Ayer fui a los almacenes y pedí ver al señor Winterborne sin que este me hubiera invitado. Le dije que seguía queriendo casarme con él, hice que me cambiara el anillo por otro nuevo y después... lo seduje. —Se detuvo al darse cuenta de lo mal que había sonado—. No en los almacenes, claro.

—Madre mía, espero que no opusiera resistencia —soltó Kathleen, muy seria.

Devon dirigió una mirada atónita a su mujer.

—Di a Sutton que vaya a buscar una de mis camisas —le pidió—. Una de las más holgadas.

—Enseguida. —Kathleen se puso de pie—. Quizá también tendría que traer... —Se detuvo e hizo una mueca cuando la pechera de la camisa de Rhys se deslizó hacia abajo y le dejó al descubierto el hombro magullado. Tenía aspecto de ser muy doloroso, con los músculos visiblemente machucados bajo la piel.

La angustia al verlo dejó muda a Helen, que le rodeó suavemente la muñeca con los dedos y notó cómo Rhys se inclinaba ligeramente hacia ella, como si intentara absorber la caricia.

—¿Cómo te hiciste esto? —preguntó Devon con sequedad a la vez que movía un poco a Rhys hacia delante para verle la espalda, donde los moratones se habían extendido.

—Fui con Severin a ver una propiedad cerca de King's Cross —explicó entre dientes—. Unos escombros cayeron de un edificio declarado ruinoso.

—¿Desde cuándo eres tan propenso a los accidentes? —se sorprendió Devon con el ceño fruncido.

—Desde que empecé a pasar más tiempo con mis amigos —contestó Rhys con ironía.

—Supongo que sería demasiado esperar que los escombros cayeran también sobre Severin —soltó Devon.

—No se hizo ni un rasguño.

Con un suspiro, Devon dijo a Kathleen:

—Necesitaremos coñac y bolsas de hielo además de la camisa. Y una cataplasma de alcanfor, como la que utilizamos para mis costillas fisuradas.

—Lo recuerdo —repuso Kathleen con una sonrisa. Se dirigió hacia la puerta con rapidez, la abrió de golpe y se detuvo en seco al encontrarse con varias personas apiñadas en el umbral. Recorrió con la mirada a tres criadas, un lacayo, la señora Abbott y el ayuda de cámara de Devon.

El ama de llaves fue la primera en reaccionar.

—Como os estaba diciendo —dijo—, ya va siendo hora de que sigáis con vuestros quehaceres y cuidéis vuestros modales.

Kathleen carraspeó para contener una carcajada.

—Sutton —dijo al ayuda de cámara—, tiene que traer esas cosas para nuestro invitado. ¿Oyó bien a lord Trenear o quiere que le repita la lista?

—Coñac, hielo, una cataplasma y una camisa holgada —respondió el hombre con gran dignidad—. También traeré un trozo de tela para preparar un cabestrillo para el brazo del caballero.

Cuando Sutton se fue, Kathleen se volvió hacia el ama de llaves.

—Señora Abbott, me temo que un jarrón de porcelana cayó al suelo sin querer.

Antes de que la mujer pudiera responder, las tres criadas se ofrecieron con entusiasmo a recoger el estropicio. Cabía preguntarse si su afán obedecía a su celo por el trabajo o al deseo de estar en la misma habitación que Winterborne ahora que se encontraba medio desnudo. A juzgar por la forma en que estiraban el cuello, era lo segundo.

—Lo haré yo misma, milady —afirmó el ama de llaves, y ahuyentó a las criadas—. Voy por la escoba.

Kathleen se volvió hacia las gemelas, que también habían aparecido.

—¿Hay algo que queráis preguntar, chicas?

—¿Podríamos saludar al señor Winterborne? —pidió Pandora, esperanzada.

—Después, tesoro. Ahora mismo no está en condiciones de hablar con nadie.

—Dile que sentimos mucho que le cayera un edificio encima, por favor —pidió Cassandra, muy seria.

—Lo haré. Marchaos, vamos —ordenó Kathleen con voz risueña.

Las gemelas se alejaron a regañadientes de la biblioteca.

Tras cerrar la puerta, Kathleen regresó junto al grupo situado cerca del sofá. Por el camino, recogió una manta de viaje que descansaba sobre el brazo de una butaca.

Devon estaba examinando el hombro de Winterborne, palpándolo con cuidado para averiguar si se había salido de su sitio o no.

—Tendrías que estar en casa, en cama —soltó con brusquedad—, no arrastrándote por Londres para proponer matrimonio a jóvenes a las que has mancillado.

—En primer lugar, yo no me arrastro —replicó Rhys con el ceño fruncido—. Y en segundo, Helen...

Ella lo observó con compasión, conocedora de lo mucho que detestaba perder la prestancia. Rhys iba siempre impecablemente vestido y era dueño de sí mismo. Su propio nombre denotaba éxito, lujo y elegancia. Nada de eso encajaba con encontrarse en el suelo, apaleado, magullado y desvestido a la fuerza.

—¿Y en segundo lugar? —lo apremió con cariño.

—Tú no estás mancillada —dijo él con voz ronca y la cabeza todavía gacha—. Eres perfecta.

Helen notó una dulce punzada en el corazón. Deseaba con toda su alma reconfortarlo y mecerlo entre sus brazos. Pero tuvo que conformarse con acariciarle suavemente el cabello negro. Rhys acercó la cabeza a su mano como un lobo cariñoso y ella le deslizó la palma por la cara hacia la mandíbula para seguir hacia la perfecta línea de su hombro bueno.

—Parece estable —comentó Devon, que apoyó el peso de su cuerpo en los talones—. Creo que no ha vuelto a lastimarse. Helen, si sigues mimando a este calavera delante de mí, le dislocaré el otro hombro.

Helen apartó la mano avergonzadamente.

Rhys alzó la cabeza para dirigir una mirada tosca a Devon.

—Esta noche se irá conmigo —anunció.

A Devon le centellearon peligrosamente los ojos.

—Si crees que...

—Pero preferiríamos casarnos en junio —se apresuró a interrumpirlo Helen—. Y, sobre todo, nos gustaría contar con tu bendición, primo Devon.

—Tenga, señor Winterborne —dijo Kathleen animadamente, tapándole el torso desnudo con la manta que acababa de recoger de la butaca—. Ayudémoslo a sentarse en el sofá; el suelo está demasiado frío.

—No necesito ayuda —se quejó Rhys, y logró encaramarse con esfuerzo al asiento de piel—. Helen, ve a hacer el equipaje.

La joven no supo qué hacer. No quería oponerse a Rhys, especialmente ahora que estaba herido y vulnerable. Pero no quería dejar la Casa Ravenel en condiciones tan dudosas. Devon había sido muy bueno con ella y con las gemelas al permitir que permanecieran en Eversby Priory, cuando otro en su lugar las habría echado sin miramientos. Helen no deseaba dividir la familia fugándose y excluyendo a todos de su boda.

Miró a Kathleen, suplicándole ayuda en silencio.

Su cuñada la entendió al instante, así que habló a Rhys en tono conciliador.

—No hay por qué precipitarse, ¿no cree, señor Winterborne? Se merecen una ceremonia como es debido, rodeados de familiares y amigos. No una chapuza a toda prisa.

—La chapuza les bastó a usted y Trenear —replicó—. Si él no tuvo que esperar para celebrar la boda, ¿por qué tengo que hacerlo yo?

—No nos quedó más remedio —respondió Kathleen con alegre disgusto tras titubear un instante.

El ágil cerebro de Rhys tardó dos segundos en procesar las implicaciones de aquella afirmación.

—Está embarazada —afirmó con tono inexpresivo—. Felicidades.

—No tendrías que habérselo dicho —murmuró Devon.

—Pero el señor Winterborne formará pronto parte de nuestra

familia, Devon —se justificó Kathleen con una sonrisa mientras se sentaba.

Devon se frotó la cara con una mano, como si las palabras de su mujer le hubieran ocasionado un instantáneo dolor de cabeza.

—Puede que Helen esté pronto en las mismas circunstancias —añadió Rhys, irritándolo adrede todavía más—. Podría esperar también un hijo.

—Todavía no lo sabemos —intervino la aludida a la vez que le tapaba bien el pecho con la manta—. Si resulta que es así, nuestros planes tendrán que cambiar, por supuesto. Pero preferiría esperar hasta tener la certeza.

Rhys la miró sin esforzarse en ocultar el deseo que ardía bajo su calma.

—No puedo esperar para tenerte —soltó.

—Pero lo harás —intervino Devon con frialdad—. Esta es la condición que pongo para dar mi consentimiento. Has tratado a Helen como un peón en una partida de ajedrez y has manejado la situación en beneficio propio. Ahora esperarás hasta junio, porque eso es lo que tardaré en poder mirarte sin querer estrangularte. Mientras tanto, ya me he hartado de que las Ravenel anden desbocadas por Londres. Ahora que tenemos nuestros asuntos en regla, me llevaré la familia de vuelta a Hampshire. —Echó un vistazo a Kathleen con una ceja arqueada, y ella asintió para mostrarle su conformidad.

Al mismo tiempo, se oyó un gemido tras la puerta de la biblioteca:

—¡Noooo!

Kathleen dirigió una mirada burlona hacia el origen del sonido.

—Pandora, no escuches a escondidas, por favor —pidió.

—No soy Pandora, soy Cassandra —fue la respuesta contrariada que les llegó desde detrás de la puerta.

—No es verdad —soltó, indignada, otra voz joven—. ¡Cassandra soy yo, y Pandora está intentando meterme en un lío!

—Las dos estáis metidas en un lío —respondió Devon sucintamente—. Id arriba.

—No queremos irnos de Londres —dijo una de las gemelas.

—El campo es muy *aburritante* —añadió la otra.

Devon miró a Kathleen y los dos tuvieron que esforzarse por contener la risa.

—Entonces ¿cuándo podré ver a Helen? —quiso saber Rhys.

Devon parecía saborear la cólera contenida de su antiguo amigo.

—Si fuera por mí, no la verías hasta el día de la boda.

Rhys volvió a mirar a su amada.

—*Cariad*, quiero que...

—Por favor, no me pidas eso —le suplicó Helen—. Casarnos en junio es lo que habíamos planeado antes. No has perdido nada. Volvemos a estar prometidos y, de esta forma, tendremos la familia de nuestro lado.

Ella vio en su cara cómo él luchaba contra sus emociones: furia, orgullo, necesidad.

—Por favor —añadió con dulzura—, dime que me esperarás.

11

Después de haber enviado al señor Winterborne a casa en su carruaje con el brazo en cabestrillo y una bolsa de hielo sujeta alrededor del hombro, los Ravenel cenaron y se acostaron temprano. A Kathleen la había complacido, aunque no sorprendido, que Devon, a pesar del resentimiento que profesaba a su amigo, se había asegurado de que estuviera bien cuidado antes de marcharse. No había duda de que, aunque Winterborne lo había enojado y decepcionado, Devon lo perdonaría.

Kathleen observó agradecida cómo se quitaba la bata para meterse en la cama con ella. Su marido, a quien le encantaba practicar equitación, pugilismo y otros deportes, estaba en una forma espléndida.

Una vez tumbado boca arriba, Devon se estiró con un suspiro de placer.

Kathleen se apoyó en un codo y le recorrió ociosamente el oscuro vello pectoral con la punta de los dedos.

—¿No crees que es demasiado severo no permitirles verse los próximos cinco meses? —preguntó.

—Es imposible que Winterborne se mantenga tanto tiempo alejado de ella.

—¿Por qué se lo prohibiste, entonces? —preguntó Kathleen mientras le seguía el firme contorno de la clavícula.

—El muy cabrón va por la vida como un ejército victorioso;

si no le obligara a retirarse de vez en cuando, me despreciaría. Además, todavía me gustaría matarlo por lo que le hizo a Helen. —Soltó un breve suspiro—. Sabía que no teníamos que dejar solas a las chicas, ni siquiera un día. Y pensar que estaba preocupado por las gemelas, cuando era Helen la que iría a buscarse un escándalo.

—No fue a buscarse ningún escándalo —replicó Kathleen con sensatez—. Fue a... bueno, a recuperar a su prometido. Y hay que valorar todos los aspectos de la situación: no es justo culparlo a él de todo.

—¿Por qué te pones de parte de Winterborne si has estado en contra de este matrimonio desde el principio? —se sorprendió Devon con las cejas arqueadas.

—Por Helen. Sabía que haría lo que fuera por el bien de la familia, hasta casarse con un hombre al que no amaba. También sabía que el señor Winterborne la intimidaba. Pero eso ha cambiado. Creo que ahora lo quiere de verdad. Ya no le tiene miedo. La forma en que hoy se mantuvo firme ante él me llevó a cambiar de opinión sobre el enlace. Si es lo que ella quiere, la apoyaré.

—No puedo pasar por alto el descaro de Winterborne —refunfuñó Devon—. Aunque solo fuera por consideración hacia mí, no tendría que haber arrebatado la inocencia a una joven que se encuentra bajo mi protección. Es una cuestión de respeto.

Kathleen se incorporó más hasta situarse sobre él y le contempló fijamente los hermosos ojos azules.

—Y esto lo dice un hombre que me sedujo en prácticamente cada habitación, en cada escalera y cada rincón de Eversby Priory —bromeó—. ¿Dónde estaba tu consideración hacia la inocencia entonces?

—Eso era distinto —aseguró, relajando la expresión.

—¿Por qué, si puede saberse?

Devon le dio la vuelta e invirtió hábilmente sus posiciones, con lo que le provocó una risita.

—Porque te quería mucho... —respondió con voz ronca.

Kathleen se retorció entre risas mientras él le desabrochaba el camisón.

—... y como señor de la casa —añadió Devon—, me pareció que había llegado el momento de hacer uso del derecho de pernada.

—¿Como si yo fuera una campesina medieval? —replicó ella a la vez que lo empujaba para tumbarlo boca arriba y se encaramaba sobre él.

Tras sujetarle las manos inquietas, trató de inmovilizarlo utilizando para ello su propio peso.

—No vas a poder, amor mío. Pesas tanto como una mariposa —comentó Devon con una carcajada. Disfrutando de aquel juego, se quedó quieto sin resistirse mientras ella le sujetaba con más fuerza las muñecas—. Una mariposa resuelta —concedió. Al alzar los ojos hacia ella, su sonrisa se desvaneció y sus ojos adquirieron una intensa tonalidad azul—. Fui un cabrón egoísta —comentó en voz baja—. No tendría que haberte seducido.

—Yo me dejé —señaló Kathleen, sorprendida por su remordimiento. Pensó que Devon estaba cambiando, que estaba madurando rápidamente mientras cargaba con las responsabilidades que habían recaído sobre él tan inesperadamente.

—Ahora lo haría de otra forma. Perdóname. —Frunció el ceño y siguió reprochándose a sí mismo—: No me criaron para ser honorable. Es algo muy difícil de aprender.

—No hay nada que perdonar ni lamentar —aseguró Kathleen, deslizando sus manos sobre las de él hasta que sus dedos quedaron entrelazados.

Devon negó con la cabeza sin permitirle que lo absolviera.

—Dime cómo puedo expiar mi culpa —pidió.

—Ámame —susurró ella, rozándole los labios con los suyos.

Con cuidado, Devon se volvió hasta tenerla atrapada bajo su cuerpo.

—Lo haré siempre —afirmó con voz ronca, y le poseyó la boca mientras le recorría el cuerpo con las manos.

Le hizo el amor despacio, con una destreza exquisita. Mucho después de haberla preparado, le separó finalmente los muslos con delicadeza y la penetró. Ella se movió, frustrada cuando él se negó a profundizar más, por mucho que intentara apremiarlo a hacerlo.

—Devon... —dijo respirando entrecortadamente—, necesito más.

—¿Más de qué? —Acercó sus labios al cuello de Kathleen.

—¡Oh, no soporto que me hagas anhelar! —exclamó, frunciendo el ceño y retorciéndose.

—Casi tanto como te encanta —sonrió él, que cedió y empujó un centímetro más.

—Más... —jadeó Kathleen—. Por favor, Devon...

—¿Así?

Kathleen arqueó el cuerpo, con los labios abiertos para emitir un grito silencioso mientras él la tomaba con fuerza, con tierna urgencia, amándola en cuerpo y alma.

—¡Fernsby! —llamó Rhys mientras revisaba ceñudo el fajo de documentos que tenía sobre la mesa.

La secretaria particular apareció enseguida en la puerta abierta de su despacho.

—¿Sí, señor Winterborne?

—Pase. —Colocó bien el montón de papeles, volvió a introducirlos en un sobre de cartón y ató el cordel que lo sujetaba—. Acabo de mirar los documentos que han enviado del despacho del señor Severin. —Le entregó el sobre.

—¿Los relativos al bloque de edificios de viviendas cerca de King's Cross?

—Sí. Escrituras, hipotecas, acuerdos con contratistas, etcétera. —Le dirigió una mirada sombría—. Pero en toda esta documentación no hay ni un solo papel que contenga el nombre del propietario. Severin sabe perfectamente que no puede esperar que compre la propiedad sin saber quién la está vendiendo.

—Tenía entendido que era un requisito legal que figurara el nombre del propietario.

—Hay formas de evitarlo. —Rhys señaló con la cabeza el sobre que ella sostenía—. La hipoteca no estaba financiada por un banco, sino a través de un préstamo de una cooperativa de viviendas. Según la escritura, la propiedad pertenece a una sociedad de inversión. Me apuesto cien libras a que la mantiene en fideicomiso para una persona anónima.

—¿Por qué se tomaría alguien tantas molestias en lugar de comprarla a su propio nombre?

—Yo mismo, en el pasado, he comprado propiedades anónimamente para impedir que el precio de compra se disparara al saberse mi nombre. Y tengo adversarios en los negocios a quienes les encantaría ponerme de vez en cuando en mi lugar, negándome algo que quiero. Es probable que los motivos de este hombre sean parecidos. Pero quiero saber su nombre.

—¿No se lo diría el señor Severin si se lo preguntara directamente?

—Ya me lo habría dicho —respondió Rhys, sacudiendo la cabeza—. Sospecho que sabe que el negocio se iría al traste si yo me enterara.

—¿Quiere que recurra al mismo hombre que contratamos para investigar la compra de la fábrica de conservas?

—Sí, él servirá.

—Me encargaré ahora mismo. Además, el doctor Havelock está aguardando fuera para hablar con usted.

—Dígale que tengo el hombro como nuevo y... —repuso, entornando los ojos con impaciencia.

—Me importa un comino su hombro —dijo una voz grave desde la puerta—. He venido por un asunto más importante.

Quien hablaba era el doctor William Havelock, anteriormente médico particular de varias familias privilegiadas de Londres. También había sido cronista especializado en medicina con puntos de vista progresistas y había escrito sobre asuntos de medicina y salud pública relacionados con la ley de pobres. Con el tiempo los debates políticos que él suscitaba molestaron a sus adinerados pacientes, que acabaron recurriendo a otros médicos menos polémicos.

Rhys había contratado a Havelock hacía diez años, desde que los almacenes habían empezado a despuntar en Cork Street. Necesitaba un médico que se ocupara de sus empleados y los mantuviera sanos y productivos.

El doctor Havelock, un viudo de mediana edad, era un hombre robusto y atlético con cabeza leonina y pelo cano, y unos ojos que habían visto lo mejor y lo peor de la humanidad. Su rostro curtido solía reflejar malhumor, pero cuando estaba con sus pacientes, sus rasgos se suavizaban con la expresión bondadosa de un abuelo, lo que le permitía ganarse su confianza.

—Doctor Havelock —dijo la señora Fernsby con cierto reproche—, le he pedido que aguardara en la sala de espera.

—Como a Winterborne no le importa alterar mi agenda, he decidido alterar la suya —replicó el galeno como si tal cosa.

Ambos se miraron con los ojos entornados.

Se había especulado bastante en los almacenes sobre que, bajo el habitual antagonismo entre Havelock y la señora Fernsby, en el fondo los dos se atraían mutuamente. Al verlos en ese momento, Rhys se inclinó a pensar que el rumor era cierto.

—Buenos días, Havelock —dijo—. ¿Cómo he alterado su agenda?

—Enviándome una visita inesperada un día en que tengo muchos pacientes que atender.

Rhys interrogó a la señora Fernsby con la mirada.

—Se refiere a la doctora Gibson —aclaró la secretaria—. La entrevisté ayer como me pidió. Como me pareció cualificada, además de agradable, se la envié al doctor Havelock.

—¿Cómo puede valorar usted si está cualificada o no, Fernsby? —soltó este con brusquedad.

—Se graduó con honores y premios —replicó ella.

—En Francia —indicó Havelock con ligero desdén.

—Teniendo en cuenta cómo los médicos ingleses fueron incapaces de salvar a mi pobre marido —espetó la señora Fernsby—, acudiría a un médico francés sin dudarlo.

—Pase, Havelock, y hablaremos de la doctora Gibson —intercedió Rhys para que aquello no se convirtiera en una pelea de gallos.

—Me gustaría tomar un poco de té, Fernsby —soltó con retintín el médico cuando pasó por su lado al entrar en el despacho.

—Señora Fernsby para usted. Y podrá tomar todo el té que quiera en la cantina del personal.

Havelock se volvió para mirarla, ofendido.

—¿Por qué puede él llamarla Fernsby? —preguntó.

—Porque él es el señor Winterborne y usted no. —Y miró a Rhys—. ¿Le apetece un té, señor? Si es así, supongo que podría poner una taza de más para el doctor Havelock en la bandeja.

—Creo que sí. Gracias, Fernsby —respondió de modo inexpresivo Rhys, sin demostrar lo divertida que le resultó la reacción de su secretaria.

—Dejé claro a la doctora Gibson que su contratación estaba supeditada a su aprobación —aseguró Rhys a Havelock una vez la secretaria se hubo ido.

La frente del hombre mayor se llenó de arrugas cuando frunció el ceño.

—Esa muchachita engreída me informó de que era un hecho consumado —se quejó.

—El mes pasado me dijo que necesitaba un ayudante, ¿no?

—Uno de mi agrado, ya que soy yo quien va a tener que formarlo y orientarlo.

—¿Duda de su competencia?

Havelock podría haber arruinado la incipiente carrera de Garrett Gibson con un simple «sí». Sin embargo, era demasiado honesto para ir por esos derroteros.

—Si hubiera venido a verme un hombre con su preparación, lo habría contratado en el acto. Pero ¿una mujer? Hay demasiados prejuicios que superar. Hasta las pacientes femeninas preferirán un médico varón.

—Al principio. Hasta que se acostumbren a la idea. —Al ver la objeción en la expresión del galeno, Rhys prosiguió en tono de divertida censura—. Havelock, tengo empleadas a cientos de mujeres muy trabajadoras y que hacen gala de su destreza todos los días. Hace poco, ascendí a una vendedora al puesto de directora de su sección y su rendimiento ha sido igual al de cualquier hombre en ese mismo cargo. Y, evidentemente, las habilidades de Fernsby están más allá de toda duda. No soy un radical, Havelock: le hablo de hechos. Por tanto, como hombres sensatos, demos a la doctora Gibson la oportunidad de demostrar lo que vale.

Havelock se mesó el pelo canoso mientras reflexionaba.

—Ya he librado batallas suficientes para toda una vida, Winterborne. No me interesa formar parte de la lucha de las mujeres contra las injusticias que sufren.

Rhys sonrió, mirándolo con ojos implacables.

El médico soltó un suspiro quejumbroso, conocedor de que la suerte estaba echada.

—Maldita sea, Winterborne —soltó.

El día era tan gélido que el aire congelaba la nariz y helaba los dientes. Helen se estremeció, se rodeó más el cuello con la capa corta de lana y apretó los labios entumecidos en un intento vano de calentarlos.

Según las normas del luto, había pasado tiempo suficiente desde la muerte de Theo como para que ya fuera aceptable que las hermanas Ravenel llevaran la cara descubierta en público, siempre y cuando lucieran un velo en la parte posterior del sombrero. Helen agradecía no tener que seguir viendo las cosas a través de una capa de crepé negro.

La familia Ravenel y una reducida comitiva de criados estaban a punto de partir de Londres en un tren en dirección a Hampshire. Helen tuvo la impresión de que la estación de Waterloo, un complejo de edificios con una intrincada red de andenes y adiciones que ocupaban cuatro hectáreas, no podía haber estado mejor diseñada para provocar la máxima confusión posible a los viajeros. El volumen de pasajeros prácticamente se doblaba cada año, lo que obligaba a la estación a ampliarse según se iba necesitando. Para empeorar las cosas, los empleados del ferrocarril solían dar información contradictoria sobre dónde llegaba o de dónde salía un tren. Los mozos de cuerda llevaban el equipaje a trenes equivocados y se confundían al guiar a la gente a las paradas de carruajes de alquiler y las taquillas de billetes. Los pasajeros se enfurecían y gritaban frustrados mientras se arremolinaban en el interior de los edificios abiertos por un solo lado.

Helen dio un brinco cuando, cerca de ellos, una banda empezó a tocar una marcha militar con entusiasmo estridente. El primer batallón del regimiento de los Coldstream Guards llegaba de Chichester, y una muchedumbre se había congregado para darle la bienvenida.

—Voy a preguntar dónde está nuestro puñetero tren —dijo Devon, molesto por el estruendo, a Kathleen—. No os mováis de aquí hasta que regrese. Ya he dicho al lacayo que tiene que tumbar a cualquier hombre que se te acerque a ti o a las chicas.

Tras mirarlo, Kathleen apoyó los pies firmemente en las tablas del suelo, como si estuviera echando raíces en él.

Devon sacudió la cabeza, sonriendo a su pesar.

—No te pega hacerte la obediente —la informó y le acarició la mejilla con un dedo enguantado.

—¿Tendría que serlo? —preguntó ella viéndolo alejarse.

—Sería interesante verlo por lo menos una vez —replicó Devon, volviendo la cabeza para mirarla, pero sin aminorar el paso.

Con una risita, Kathleen se acercó a Helen.

Mientras las gemelas observaban con los ojos abiertos como platos el desfile de los Coldstream ataviados con su reluciente casaca roja adornada con botones dorados, Kathleen se puso seria y observó con preocupación la expresión apagada de Helen.

—Lamento que tengamos que marcharnos de Londres —dijo.

—No hay nada de lo que lamentarse. Estoy resignada.

No era cierto, claro. Le inquietaba estar tanto tiempo separada de Rhys. Especialmente a la vista de lo furioso que le había puesto que ella se negara a fugarse con él. No estaba acostumbrado a esperar o a que se le negara algo que quería.

Desde que Rhys había dejado la Casa Ravenel, Helen le había escrito a diario. En la primera carta, le había preguntado por su salud. En la segunda, le había informado de los planes de viaje de la familia, y en la tercera, se había atrevido a preguntarle, en un momento de inseguridad, si lamentaba su compromiso.

Después de las dos primeras cartas, le había llegado a las pocas horas una sucinta respuesta escrita con una caligrafía extraordinariamente precisa. En la primera, Rhys le aseguraba que el hombro se le estaba curando rápidamente, y, en la segunda, le agradecía la información sobre la partida inminente de los Ravenel.

Pero no había habido respuesta a la tercera carta.

Tal vez lamentara el compromiso. Tal vez ella lo hubiera decepcionado. Pero ¿en tan poco tiempo? Para evitar preocupar al resto de la familia, hizo todo lo que pudo por ocultar su desánimo, pero Kathleen se lo notó enseguida.

—El tiempo pasará muy rápido. Ya lo verás —murmuró.

—Sí —dijo Helen, consiguiendo esbozar una sonrisa tensa.

—Habríamos tenido que regresar a la finca aunque no se hubiera dado esta situación con el señor Winterborne. Hay mucho que hacer ahora que se está preparando el terreno para el ferrocarril y la cantera, y no puede recaer todo en West.

—Lo entiendo. Pero... espero que el primo Devon no siga siendo tan severo con el señor Winterborne.

—Pronto cederá —le aseguró Kathleen—. No intenta ser severo, es solo que tú y las gemelas estáis bajo su protección, y se preocupa mucho por vosotras. —Tras echar un vistazo alrededor, bajó la voz—: Como dije a Devon, no es ningún crimen que un hombre haga el amor a una mujer con la que tiene intención de casarse. Y no pudo discutírmelo. Pero no le gusta la forma en que el señor Winterborne manejó la situación.

—¿Volverán a ser amigos? —se atrevió a preguntar Helen.

—Lo siguen siendo. Cuando nos hayamos instalado y transcurran unas semanas, convenceré a Devon de que invite al señor Winterborne a Hampshire.

—Eso me gustaría —dijo la joven tras sujetarse las manos enguantadas para contener su entusiasmo y no hacer el ridículo en público.

—Mientras tanto, habrá mucho con lo que mantenerte ocupada —aseguró Kathleen con ojos centelleantes—. Tienes que explorar toda la casa para elegir lo que quieras llevarte a Londres. Te irás con tus pertenencias, claro, pero también con muebles y adornos que contribuyan a que tu nuevo hogar te resulte acogedor.

—Es muy generoso por tu parte, pero no me gustaría llevarme nada que pudieras querer más adelante.

—Hay doscientas habitaciones en Eversby Priory. Muchas de ellas están llenas de muebles que nadie usa jamás y de cuadros que nadie contempla. Llévate lo que quieras: te corresponde por derecho de nacimiento.

La sonrisa de Helen se desvaneció al oír estas últimas palabras.

Su conversación se perdió en medio del rugido y el resuello del tren que llegaba al otro lado del andén. El olor a metal, la carbonilla y el vapor llenaron el lugar, mientras las tablas parecieron vibrar de impaciencia bajo sus pies. Helen retrocedió a pesar de que la locomotora no suponía ninguna amenaza. La banda siguió tocando, los soldados desfilando y la gente vitoreando. De los vagones bajaron pasajeros a cuyo encuentro acudieron mozos de cuerda con carretillas, y hubo tanto griterío que Helen se tapó los oídos con las manos enguantadas. Kathleen fue a ocuparse de las gemelas al ver que el gentío avanzaba en oleadas. Las personas se movían y chocaban entre sí a su alrededor, mientras el lacayo, Peter, hacía lo que podía por evitar que nadie empujara a las cuatro mujeres.

Una fuerte ráfaga de viento llegada del lado abierto del enorme hangar abrió la parte delantera de la capa corta de Helen. El botón de un alamar se había soltado de la presilla de seda bordada. Ella sujetó los extremos de la capa y se volvió de espaldas al viento para intentar abrochar la presilla. Tenía los dedos tan fríos que no podía moverlos bien.

Un par de muchachas que cargaban maletas y sombrereras la rozaron con las prisas por salir del andén, y Helen se tambaleó. Tras dar un par de pasos para conservar el equilibrio, topó con una figura enorme y robusta.

Soltó el aire, sorprendida, cuando unas manos la sujetaron para que no se cayera.

—Le ruego me disculpe, no... —soltó, jadeante.

Se encontró mirando unos ojos oscuros. Notó un cosquilleo en el estómago y le flaquearon las rodillas.

—Rhys... —susurró.

Sin decir nada, él sujetó el alamar de la capa y pasó la presilla de seda alrededor del botón. Iba elegantemente vestido con un bonito abrigo de lana negro y un sombrero gris. Pero su refinado atuendo no hacía nada por suavizar su tensión.

—¿Por qué has venido? —logró preguntar Helen con el pulso acelerado.

—¿Creías que iba a dejar que te fueras de Londres sin despedirnos?

—No esperaba... pero quería... es decir, me alegra... —Se calló, aturdida.

—Ven conmigo —le susurró Rhys poniéndole una mano en la espalda para conducirla hacia una alta barrera de madera que cruzaba parcialmente el andén. La pared estaba cubierta de anuncios y avisos relativos a alteraciones de los servicios ferroviarios.

—¡Milady! —oyó Helen detrás de ella y volvió la cabeza para mirar.

El lacayo Peter la contemplaba nervioso mientras intentaba proteger al resto de la familia de la avalancha de pasajeros que salían de la estación.

—Milady, el conde me ordenó que las mantuviera juntas.

—Yo cuidaré de ella —le dijo Rhys secamente.

—Pero, señor...

Kathleen, que acababa de percatarse de que Rhys estaba allí, interrumpió al lacayo:

—Deles cinco minutos, Peter. —Dirigió a Helen una mirada suplicante y levantó cinco dedos para asegurarse de que la entendía. Helen asintió rápidamente a modo de respuesta.

Rhys la llevó a un rincón resguardado entre la barrera de madera y una columna de hierro fundido. Se puso de espaldas a la gente para taparla e impedir que la vieran.

—Me ha costado mucho dar contigo. —Su voz grave superó el estrépito que los envolvía—. Vuestro tren no sale de este andén.

—El primo Devon ha ido a averiguar dónde tenemos que esperar.

Una brisa gélida jugueteó con unos mechones rubios sueltos de Helen y se le coló por el cuello del vestido. Ella se estremeció e intentó arroparse mejor con la capa.

—Te castañetean los dientes —dijo Rhys—. Acércate más.

—No creo que... no es necesario que... —dijo ella con una mezcla de consternación y anhelo al ver que él se estaba desabrochando el abrigo cruzado.

Sin hacer caso de sus quejas, Rhys la estrechó contra su cuerpo y la envolvió con su abrigo.

Helen cerró los ojos en aquella oscuridad cálida e íntima y la gruesa lana amortiguó el ruidoso ajetreo circundante. Se sintió como un animalito del bosque acurrucado en su madriguera, oculto de los peligros del exterior. Rhys era corpulento, fuerte y cálido, y ella no pudo evitar relajarse entre sus brazos dado que reconocía aquel cuerpo como el origen de su bienestar.

—¿Mejor? —Su voz le acarició el oído.

Helen asintió y le apoyó la cabeza en el pecho.

—¿Por qué no respondiste mi tercera carta? —preguntó en tono apagado.

Él le tomó el mentón con los dedos enguantados para levantarle la cara.

—Puede que no me gustara tu pregunta —le respondió con un brillo burlón en los ojos.

—Tenía miedo de que... Quiero decir, pensé que...

—¿Que yo podría haber cambiado de parecer? ¿Que podría haber dejado de quererte? —Algo en su voz le erizó la nuca a la joven—. ¿Quieres una prueba de lo que siento por ti, *cariad*?

Antes de que pudiera contestar, la besó en la boca de una forma que solo podía describirse como escandalosa. A Rhys le daba igual. La quería, y tenía la intención de que ella lo supiera, lo sintiera, lo saboreara. Ella le recorrió los hombros con las manos hasta rodearle el cuello para conservar el equilibrio puesto que las rodillas le cedieron. El beso prosiguió, suspendido eternamente, mientras él mantenía sus labios inquietos y ardientes en los de ella y le rozaba la mejilla con el frío cuero negro de sus guantes. Aturdida, Helen comprendió que no lo movía la rabia. Había ido a la estación porque quería que le demostrara su amor. Estaba tan poco seguro de ella como ella de él.

Tras finalizar el beso con una vibración ronca en la garganta, Rhys levantó la cabeza. El vaho le salía de la boca a ráfagas. Dejó de rodearla con su abrigo y retrocedió para separarse de ella.

Helen se estremeció ante el envite del aire frío.

Rhys se metió la mano en el abrigo para hurgar en un bolsillo interior. Luego tomó la mano enguantada de Helen y le puso un sobre sellado en la palma.

—Di a tu familia que vaya al andén ocho por el puente peatonal —dijo antes de que ella pudiera preguntarle qué era aquel sobre.

—Pero ¿cuándo...?

—*Hwyl fawr am nawr.* —La miró una última vez con un destello de soledad en los ojos—. Significa «hasta la vista». —Después de orientarla hacia donde estaba su familia, le dio un empujoncito.

Helen se detuvo y se volvió para mirar atrás con su nombre en los labios. Pero él ya se iba, abriéndose paso entre la muchedumbre con paso decidido.

Helen se metió la carta en la ajustada manga y no la leyó hasta mucho más tarde, después de que Devon hubiera llevado a la familia al tren correcto y estuvieran todos sentados en un vagón de primera clase. Cuando el convoy salió de la estación de Waterloo dando comienzo al viaje de dos horas hasta Hampshire, sacó cuidadosamente el sobre.

Como las gemelas miraban por la ventanilla y Kathleen estaba entretenida charlando con Devon, rompió el sello de cera roja y desdobló la hoja.

Helen:

Me preguntas si lamento nuestro compromiso.

No. Lamento cada minuto que estás lejos de mí. Lamento cada paso que no me acerca a ti.

Lo último que pienso cada noche es que tendrías que estar entre mis brazos. No hay paz ni placer en una cama vacía, donde duermo contigo solo en sueños y me despierto maldiciendo el alba.

Si tuviera derecho a hacerlo, te prohibiría ir a ninguna

parte sin mí. No por egoísmo, sino porque estar separado de ti es como intentar vivir sin respirar.

Piensa en ello. Me has robado cada aliento, *cariad*. Y ahora tengo que contar los días hasta que pueda recuperarlo de ti, beso a beso.

WINTERBORNE

12

Arrodillada ante una estantería en un rincón de lectura del piso de arriba, Helen repasó hileras de libros y apartó los que quería empaquetar. En las tres semanas transcurridas desde su regreso a Eversby Priory, había llenado una habitación con las pertenencias que iba a llevarse a su nuevo hogar. Cada objeto tenía un significado personal, como un costurero de palisandro que perteneciera a su madre, una bandejita de porcelana para el tocador pintada con querubines, una alfombrilla de baño infantil bordada y una butaca de caoba con el asiento triangular en el que su abuela se sentaba siempre durante sus visitas.

Estar ocupada era la única forma de distraerse de la añoranza melancólica que le invadía el corazón.

«*Hiraeth*», pensó con tristeza. Las comodidades familiares de su hogar habían perdido su encanto, y sus hábitos corrientes se habían vuelto pesados. Hasta ocuparse de las orquídeas y tocar el piano le resultaba tedioso.

¿Cómo podía parecerle nada interesante comparado con Rhys Winterborne?

Había pasado muy poco tiempo a solas con él, pero en aquellas escasas horas la había poseído y dado placer con tanta intensidad que ahora, en comparación, sus días eran aburridos.

Acercó la mano a las libretas botánicas de su madre y las colocó una por una en un baúl de lona.

Eran, en total, doce libretas baratas, forradas con una sencilla tela azul, y de páginas pegadas en lugar de cosidas. Para Helen, su valor era incalculable.

Lady Jane Trenear había llenado cada una de ellas con información sobre las orquídeas, incluidos bosquejos de diversas variedades y anotaciones sobre su temperamento y propiedades individuales. A veces las había utilizado a modo de diario, e incluido pensamientos y observaciones personales.

Leer aquellas libretas había ayudado a Helen a conocer a su esquiva madre mucho más que en vida. Jane había permanecido semanas o meses seguidos en Londres y había dejado el cuidado de sus hijos en manos de institutrices y sirvientes. Incluso cuando había estado en Eversby Priory había parecido más una invitada glamurosa que una madre. Helen no recordaba haberla visto de otro modo que no fuera perfectamente ataviada y perfumada, con pendientes, collares y pulseras, y una orquídea fresca en el pelo.

Nadie habría pensado que Jane, siempre admirada por su belleza e ingenio, tenía alguna preocupación. Pero en la intimidad de sus diarios, Jane se había revelado como una mujer solitaria y ansiosa, frustrada por la incapacidad de tener más de un hijo varón.

Un par de hijas me han desgarrado como si fuera una salchicha —había escrito después del nacimiento de las gemelas—. Antes de haberme rehecho siquiera del parto, el conde me dio las gracias por darle «dos parásitos más». ¿Por qué no fue un varón por lo menos una de ellas?

Y en otra libreta:

La pequeña Helen está resultando ser de ayuda con las gemelas. Admito que me gusta más que antes, aunque me temo que siempre será una criatura pálida con cara de conejo.

A pesar de estas palabras hirientes, Helen compadecía a su madre, que había sido cada vez más desdichada en su matrimonio con Edmund Trenear. Lord Trenear había sido un marido desencantado y difícil. Su carácter mutaba de ardiente a gélido, y rara vez adoptaba un punto intermedio.

No fue hasta después de la muerte de su madre cuando Helen comprendió finalmente por qué sus padres habían parecido siempre reacios a reconocer su existencia.

Había averiguado la verdad mientras cuidaba a su padre durante su última enfermedad, consecuencia de un día frío y húmedo de cacería. La salud de Edmund había sufrido un rápido deterioro a pesar de los esfuerzos de su médico. Cuando el conde se sumió en un semidelirio, Helen se turnaba con Quincy, su ayuda de cámara de confianza, para atenderlo día y noche. Le habían administrado tónico e infusiones de salvia para aliviarle el dolor de garganta y puesto cataplasmas en el pecho.

—El médico volverá pronto —le susurró Helen mientras le secaba cariñosamente los restos de saliva de la barbilla después de un acceso de tos—. Ha tenido que ir a ver a un paciente en el pueblo, pero ha dicho que no le llevaría demasiado tiempo.

—Quiero que... al final... esté conmigo... uno de mis hijos —dijo el conde con una voz seca y ronca tras abrir los ojos legañosos—. No tú.

—Soy Helen, padre. Su hija —le indicó ella con dulzura, creyendo que no la reconocía.

—Tú no eres mía... nunca lo fuiste. Tu madre... tuvo un amante... —El esfuerzo de hablar le provocó más tos. Cuando los espasmos le hubieron remitido, descansó en silencio con los ojos cerrados, negándose a mirarla.

—No hay nada de cierto en eso —le había asegurado Quincy después—. El pobre señor no sabe lo que dice por culpa de la fiebre. Y su madre, que Dios la bendiga, tenía tantos admiradores que los celos envenenaron el alma al señor. Es usted una Ravenel de pies a cabeza, milady. Jamás lo dude.

Helen fingió creer a Quincy. Pero supo que lo que le había

dicho el conde era verdad. Eso explicaba por qué no tenía ni el carácter ni el aspecto de los Ravenel. No era extraño, pues, que sus padres la despreciaran: ella era fruto del pecado.

Durante los últimos momentos lúcidos del conde, Helen había llevado a las gemelas a verlo para que se despidieran de él. Aunque había avisado a Theo, este no llegó de Londres a tiempo. Una vez el conde cayó inconsciente, Helen no se sintió con ánimos de pedir a las gemelas que lo acompañaran durante su agonía.

—¿Tenemos que quedarnos? —había susurrado Cassandra mientras se pasaba un pañuelo por los ojos enrojecidos. Estaba sentada con Pandora en un banco situado junto a la ventana. Las gemelas no tenían recuerdos cariñosos de su padre, ni consejos o anécdotas que pudieran rememorar. Lo único que podían hacer era permanecer allí en silencio y escuchar su respiración débil y agitada, y aguardar tristemente a que falleciera.

—De todos modos, no querría que estuviéramos aquí —dijo Pandora con voz inexpresiva—. Nunca le hemos importado nada ninguna de las dos.

Helen, que se había apiadado de sus hermanas menores, las abrazó y besó.

—Yo me quedaré con él —les prometió—. Id a rezar por él, y encontrad algo silencioso que hacer.

Se marcharon agradecidas. Cassandra se detuvo en la puerta para mirar por última vez a su padre, pero Pandora salió de la habitación con paso enérgico, sin mirar atrás.

Helen se acercó a la cabecera de la cama y observó al conde, un hombre alto y esbelto que parecía haberse encogido en el enorme lecho. Tenía la tez teñida de gris y cerosa, y el cuello hinchado le desdibujaba la forma de la mandíbula. Su gran fuerza de voluntad había quedado reducida a un débil aliento de vida. Helen pensó que el conde parecía haberse apagado lentamente los dos años transcurridos desde el fallecimiento de Jane. Tal vez había estado llorando su muerte. La suya había sido una relación complicada: dos personas unidas por las decepciones y los resentimientos del mismo modo que otras estaban unidas por el amor.

Se atrevió a tomar la mano flácida del conde, una serie de venas y huesecillos envuelta en una fina capa de piel.

—Lamento que Theo no esté aquí —dijo humildemente—. Sé que no soy quien usted querría tener a su lado al final. Pero no puedo dejar que se enfrente a esto usted solo.

Cuando hubo terminado, Quincy entró en la habitación con los hundidos ojos negros brillantes de lágrimas que le resbalaban hasta el bigote canoso. Sin decir nada, ocupó el banco junto a la ventana, resuelto a esperar con ella.

Estuvieron una hora cuidando al conde, cuya respiración laboriosa era cada vez más débil. Hasta que, finalmente, lord Edmund Trenear falleció en compañía de un criado y una hija que no llevaba ni una gota de su sangre.

Tras la muerte del conde, Helen jamás se atrevió a hablar con Theo sobre su origen. Estaba segura de que él lo sabía: esa era la razón de que nunca hubiera querido presentarla en sociedad, y de que su actitud hacia ella se hubiera hecho eco del desprecio de su padre. Tampoco tuvo el valor suficiente para confiárselo a Kathleen o las gemelas. Aunque no había hecho nada malo, se avergonzaba mucho de su origen ilegítimo. Por más que tratara de ignorarlo, el secreto permaneció oculto en su interior como una dosis de veneno a la espera de ser liberada.

Y ahora le preocupaba no habérselo contado todavía a Rhys. Sabía cuánto le gustaba la idea de casarse con la hija de un noble. Le resultaría increíblemente difícil confesar que no era una Ravenel. Y Rhys se llevaría una decepción. Pensaría peor de ella.

Aun así... tenía derecho a saberlo.

Helen metió las demás libretas en el baúl suspirando. Al dirigir una mirada rápida a la estantería vacía, se fijó en que había algo apretujado en el rincón polvoriento. Con el ceño fruncido, apoyó los codos en el suelo y metió la mano entre los estantes para sacarlo.

Un papel de carta.

Tras incorporarse, abrió con cuidado la hoja estrujada y vio unas cuantas líneas escritas con la letra de su madre. Las palabras estaban separadas más de lo habitual, e inclinadas hacia atrás.

Queridísimo Albion:

Ya sé que es una locura apelar a tu corazón cuando dudo de que lo tengas. ¿Por qué no he recibido noticias tuyas? ¿Qué hay de las promesas que me hiciste? Si me abandonas, harás que Helen nunca sea querida por su propia madre. La veo sollozar en su cuna y no me siento con ánimos de tocarla. Tiene que llorar sola, desconsolada, igual que tengo que hacerlo yo ahora que me has dejado.

No voy a guardar las formas. Mi pasión no puede doblegarse a la razón. Vuelve conmigo y te juro que enviaré lejos a la niña. Diré a todo el mundo que es enfermiza y que tiene que criarse con una niñera en un clima seco y cálido. Edmund no pondrá objeciones; antes bien, se alegrará de su marcha.

Nada tiene que cambiar para nosotros, Albion, siempre que seamos discretos.

Volvió la carta inacabada, pero el dorso estaba en blanco.

Helen había extendido el papel arrugado en el suelo y lo estaba alisando con la palma de la mano. Se sentía vacía, desvinculada de unos sentimientos que no deseaba admitir ni analizar.

Albion.

Nunca había querido saber el nombre de su padre. Pero no pudo evitar preguntarse qué clase de hombre había sido. ¿Seguiría vivo? ¿Y por qué su madre no había terminado de escribir la carta?

—¡Helen!

El llamado inesperado la sobresaltó. Alzó la cabeza, obnubilada, cuando Cassandra entró corriendo en la habitación.

—¡Ha llegado el correo y hay una caja de los almacenes

Winterborne! —exclamó la muchacha—. El lacayo la ha llevado a la sala de visitas de la planta baja. Tienes que venir enseguida porque queremos... —Se detuvo con el ceño fruncido—. Estás muy colorada. ¿Qué te pasa?

—Es el polvo de los libros —alcanzó a decir—. He estado empaquetando las libretas de madre y me ha hecho estornudar mucho.

—¿No puedes dejarlo para más tarde, por favor, Helen? Queremos abrir tus regalos de inmediato. Algunas cajas tienen la indicación «perecedero» y creemos que pueden contener dulces.

—Bajaré enseguida —aseguró mientras se guardaba la carta bajo los pliegues de la falda.

—¿Quieres que te ayude con los libros?

—Gracias, cielo, pero preferiría encargarme de ello yo misma.

—Pero nos consume la impaciencia...

Helen miró a su hermana y observó que recientemente había perdido el aspecto desgarbado y juguetón de la niñez. Guardaba un parecido asombroso con Jane: la belleza inmaculada de su estructura ósea y sus labios en forma de corazón, los rizos dorados y los ojos azules con tupidas pestañas.

Por suerte, Cassandra era una versión más dulce y mucho más buena de su madre. Y Pandora, a pesar de ser tan dada a las travesuras, era la chica más tierna que se pudiese imaginar. Gracias a Dios que estaban las gemelas; siempre habían sido lo único constante en su vida, nunca le había faltado su amor.

—¿Por qué no empezáis a abrir las cajas sin mí? —sugirió—. Bajaré enseguida. Si alguien pone reparos, diles que te he designado mi representante oficial.

—Si hay dulces, te guardaré algunos antes de que Pandora se los coma todos —dijo Cassandra, sonriendo de satisfacción. Se marchó corriendo con un vigor impropio de una dama y bajó la escalera principal gritando—: ¡Helen dice que empecemos sin ella!

Sonrió y se sentó un momento para contemplar, absorta, el

baúl de lona con su carga invisible de secretos y recuerdos dolorosos. Tanto Jane como Edmund descansaban en paz y, sin embargo, parecía que todavía tenían la capacidad de herir a sus hijos desde la tumba.

Pero no iba a permitírselo.

Cerró con decisión el baúl de lona y silenció así los susurros del pasado. Tomó la carta inconclusa de su madre, la llevó a la chimenea y la echó sobre las brasas. El papel polvoriento se contrajo y se retorció antes de prenderse con una llama blanca.

Lo observó hasta que todas las palabras se hubieron convertido en cenizas.

Y se quitó el polvo de las manos mientras salía de la habitación.

13

Helen se animó en cuanto entró en la alegre y bulliciosa sala de visitas delantera. West y las gemelas estaban sentados en la alfombra, desenvolviendo cestas y cajas, mientras Kathleen abría la correspondencia en el escritorio del rincón.

—Siempre pensé que no me gustaban los galanteos —aseguró West, examinando el contenido de una cesta procedente de los almacenes Winterborne—. Pero resulta que lo veía desde el punto de vista equivocado. El galanteo es una de esas actividades en que es mejor recibir que dar.

Weston Ravenel se parecía mucho a su hermano mayor. Atractivo, de ojos azules, tenía la misma complexión fornida y el mismo encanto de dudosa reputación. Había dedicado los últimos meses a aprender sobre agricultura y producción láctea. El ex calavera nunca había sido tan feliz como cuando había pasado un día en compañía de los arrendatarios, trabajando la tierra y volviendo a casa con las botas y los pantalones enlodados.

—¿Nunca has cortejado a nadie, primo West? —preguntó Pandora.

—Solo si he estado seguro de que la dama en cuestión era demasiado inteligente como para aceptarme. —Se levantó con un movimiento ágil al ver a Helen.

—¿Así que no quieres casarte? —preguntó en tono desenfadado ella, y fue a sentarse en el sofá vacío.

—¿Cómo voy a contentarme con un solo bombón de toda la caja? —soltó West con una sonrisa a la vez que le ponía una caja plana de satén azul en el regazo.

Helen levantó la tapa y se le desorbitaron los ojos al ver un tesoro de caramelos, gelatina de crema, fruta escarchada, tofes y bolitas de malvavisco, todo en cucuruchos de papel encerado. Su mirada perpleja se dirigió hacia el montón de exquisiteces que se iba acumulando cerca de ella: beicon y un jamón ahumado de Wiltshire, una caja de salmón curado, tarros de mantequilla danesa, mollejas en conserva, una bolsita de dátiles, una canasta de frutas tropicales, ruedas de Brie con la corteza blanca, unos bonitos quesos envueltos en mallas, tarros de pasta de higos, huevos de codorniz en vinagre, botellas de licor de frutas de colores preciosos que debía beberse a sorbos en vasitos pequeños y una lata dorada con esencia de cacao.

—¿En qué estará pensando el señor Winterborne? —exclamó con una risita nerviosa—. Ha enviado comida suficiente para un regimiento.

—Es evidente que intenta cortejar a toda la familia —opinó West—. No puedo hablar por los demás, pero personalmente me siento totalmente galanteado.

La voz pesarosa de Kathleen llegó desde el rincón:

—Podría comerme yo sola todo ese jamón. —Aquellos últimos días había empezado a tener unos antojos insaciables, seguidos de unas náuseas incipientes.

West se levantó y le llevó, sonriente, un bote de cristal lleno de almendras.

—¿Qué tal esto?

Kathleen levantó la tapa y se zampó una almendra. El ruido que hizo al masticarla se oyó en toda la habitación. Como le gustó, siguió comiendo, una tras otra.

—No vayas tan deprisa, querida, que te atragantarás —le aconsejó West, divertido. Y se acercó al aparador para servirle un poco de agua.

—Me muero de hambre —se quejó Kathleen—. Y estas almendras son justo lo que se me antojaba estos días, solo que no lo he sabido hasta ahora. ¿Envió solo un bote el señor Winterborne?

—Nos enviará más si se lo pido —se ofreció Helen.

—¿De veras? Porque... —Kathleen se calló de golpe con la atención puesta en la carta que tenía en la mano.

Helen sintió un escalofrío en la espalda a modo de corazonada de que algo terrible había sucedido. Vio que Kathleen se encorvaba un poco, como para protegerse de algo. Cuando quiso depositar el bote en la mesa, lo dejó casi fuera del borde. El recipiente se cayó y, afortunadamente, aterrizó en la alfombra, lo que impidió que se hiciera añicos. Kathleen ni siquiera se dio cuenta, concentrada como estaba en la carta.

—¿Qué pasa? —preguntó Helen, acudiendo a su lado justo antes que West.

Kathleen se había quedado blanca y su respiración era agitada.

—Mi padre... —susurró—. Solo he podido leer la primera parte. No puedo pensar. —Le tendió la carta a Helen.

Un mes atrás lord Carbery había sufrido un accidente en una pista cerrada de sus caballerizas en Glengarriff: su montura se había encabritado, lo que había provocado que él se golpeara la cabeza contra el extremo de una viga de apoyo. Aunque Carbery había sobrevivido, su salud se había resentido desde entonces.

Al dar el vaso de agua a Kathleen, West hizo que lo sujetara con ambas manos, como si fuera una niña pequeña.

—Bébete esto, princesa —dijo en voz baja. Cruzó una mirada alarmada con Helen—. Iré a buscar a Devon. No puede andar lejos. Va a reunirse con el leñador para comentarle que hay que talar el roble del lado oriental.

—No es necesario que lo interrumpas —aseguró Kathleen con voz tensa pero tranquila—. Esto puede esperar a que haya terminado. Estoy bien. —Se llevó el vaso a los labios con mano temblorosa y bebió penosamente varios tragos.

Helen miró a West, situado detrás de Kathleen, le indicó con un gesto que fuera, y él se marchó tras asentir con la cabeza.

—Falleció hace dos días —murmuró Helen tras volver a la carta y leerla—. El administrador explica que, desde el accidente, lord Carbery estaba aquejado de dolores de cabeza y ataques. Una noche se fue temprano a la cama y murió mientras dormía. —Apoyó una mano cariñosa en el hombro de Kathleen y notó que ella temblaba ligeramente en su esfuerzo por contener sus sentimientos—. Lo siento mucho, cielo.

—Era un desconocido para mí —comentó Kathleen en voz baja—. Me envió lejos para que me criaran otras personas. No sé qué debería sentir por él.

—Te comprendo.

—Lo sé —dijo ella con una amarga sonrisa mientras cubría con sus dedos fríos los de Helen.

Se quedaron un instante en silencio. Pandora y Cassandra se acercaron, vacilantes.

—¿Podemos hacer algo por ti, Kathleen? —preguntó Pandora, inclinándose junto a su silla.

Kathleen contempló el rostro serio de la muchacha y, tras sacudir la cabeza, tendió la mano para acercarla más a ella. Cassandra se colocó al otro lado y las abrazó a ambas.

—No hay por qué preocuparse —aseguró Kathleen—. Estaré bien. ¿Cómo no iba a estarlo, si tengo las mejores hermanas del mundo? —Cerró los ojos y apoyó la cabeza en la de Pandora—. Hemos pasado muchas cosas juntas en muy poco tiempo, ¿verdad?

—¿Significa esto otro año de luto? —quiso saber Pandora.

—No para vosotras —la tranquilizó Kathleen—, solo para mí. —Suspiró—. Voluminosa por el embarazo y moviéndome pesadamente vestida de negro, pareceré uno de esos gánguiles cargados de desechos que se envían a alta mar.

—Eres demasiado menuda para ser un gánguil —objetó Cassandra.

—Serás un remolcador —precisó Pandora.

Kathleen rio entre dientes y besó a las gemelas. Sus mejillas volvían a tener algo de color. Se levantó de la silla y se alisó la falda.

—Hay mucho que hacer —anunció—. El funeral se celebrará en Irlanda. —Dirigió una mirada afligida a Helen—. No he estado ahí desde que era niña.

—No tienes que tomar ninguna decisión ahora mismo —aconsejó la joven—. Tal vez deberías ir arriba y acostarte.

—No puedo. Hay cosas que tengo que... —Se detuvo al ver que Devon entraba en la habitación.

Le recorrió el cuerpo con ojos penetrantes, que se posaron en su semblante pálido.

—¿Qué pasa, mi amor? —preguntó con dulzura.

—Mi padre nos ha dejado. —Se esforzó por mostrarse prosaica—. No es ninguna sorpresa, claro. Ya sabíamos que estaba delicado.

—Ya. —Devon avanzó para estrecharla entre sus brazos.

—Estoy muy tranquila —dijo ella con la cabeza apoyada en el hombro.

Devon le besó la sien. Tenía el rostro tenso por la preocupación, y los ojos azules llenos de ternura.

—No voy a llorar —aseguró su mujer con naturalidad—. Sin duda, él no habría querido mis lágrimas.

—Suéltamelas a mí, entonces —susurró Devon tras acariciarle el pelo.

Kathleen escondió la cara en la pechera de su camisa y pareció perder el ánimo. Pasados unos segundos, se oyó un sollozo entrecortado que no se detenía. Su marido le apoyó la mejilla en la cabeza y la estrechó con más fuerza contra la firmeza reconfortante de su cuerpo.

Al darse cuenta de que eran demasiados para lo que se había convertido en un momento muy íntimo, Helen hizo un gesto a las gemelas para que salieran de la habitación.

—Vayamos a la biblioteca y pidamos té —sugirió tras cerrar la puerta.

—Jo, nos dejamos los dulces —se lamentó Pandora.

—¿Qué va a pasar, Helen? —preguntó Cassandra mientras recorrían el vestíbulo—. ¿Irá Kathleen a Irlanda para el funeral?

—Creo que, si es posible, tendría que hacerlo. Es importante despedirse.

—Pero su padre no lo sabrá —objetó Pandora.

—No lo digo por él —murmuró Helen, entrelazando un brazo con el de su hermana menor y dándole unas palmaditas cariñosas en la mano—, sino por ella.

14

Telegrama

Señor Rhys Winterborne
Cork Street, Londres

Acaba de llegar noticia fallecimiento de mi suegro lord Carbery. Aunque circunstancias no son las mejores, se agradecería mucho tu presencia en Hampshire.

Agradeceré envíes almendras saladas a lady Trenear.

TRENEAR

—Fernsby —llamó Rhys secamente tras alzar la vista del telegrama—, anule todos mis compromisos esta semana y compre dos billetes en el siguiente tren a Hampshire. Envíe a alguien para que pida a Quincy que haga mi equipaje y el de él. Y diga a un dependiente de la sección de comestibles que llene una bolsa de viaje con tarros de almendras saladas.

—¿Tantas almendras?

—Sí.

Cuando la secretaria salió presurosa del despacho, Rhys apoyó la frente en el escritorio.

—*Diolch i Dduw* —murmuró—. Gracias a Dios.

Si no hubiera llegado pronto una excusa para volver a ver a su amada, no habría tenido más remedio que irrumpir en Eversby Priory como un depredador. Lamentaba la muerte del padre de Kathleen, pero estaba desesperado por volver a ver a Helen. Le parecía imposible tenerla fuera de su alcance. De momento, lo único que había podido hacer era esperar, que era solo lo que se le daba mal en la vida.

Helen le había enviado tres o cuatro cartas a la semana para contarle el día a día de la familia y los acontecimientos en el pueblo, las obras que se hacían en la casa y los avances de la cantera del filón de hematites. Había incluido descripciones de las tareas efectuadas, como confeccionar velas o cosechar los ruibarbos que cultivaban en uno de los invernaderos. Cartas remilgadas, alegres, afables y llenas de noticias.

El deseo lo volvía loco, lo estaba matando.

Su trabajo, sus almacenes, habían absorbido siempre su ilimitada energía, pero ahora no le bastaban. Ardía de deseo, a tal punto que sentía una calentura constante bajo la piel. No sabía muy bien si Helen era la enfermedad o la cura.

Resultó que el siguiente tren salía en tres horas. Como no había tiempo suficiente para preparar su vagón privado, ni ninguna locomotora disponible a la cual engancharlo, estuvo más que contento de ir en un tren corriente. Por algún milagro, el imperturbable Quincy logró hacer su equipaje con tanta eficiencia que lograron llegar a tiempo a la estación. Si todavía le quedaba alguna duda sobre las ventajas de tener un ayuda de cámara, se disipó para siempre.

Durante las dos horas de trayecto entre Londres y la estación de Alton, Rhys se dio cuenta de que viajaba inclinado hacia delante en su asiento, como para apremiar al esforzado motor a ganar velocidad. Finalmente el tren se detuvo en Alton, y Rhys encontró un carruaje de alquiler que los llevara a Eversby Priory.

La enorme casa solariega de la época de Jacobo I estaba en obras desde que Devon la había heredado. Profusamente adornada con antepechos y arcadas, y plagada de hileras de elaborados fustes de chimenea, se erigía sobre su entorno como la viuda imperiosa de un noble en un baile. El hallazgo de un yacimiento de hematites en sus tierras había sido providencial; sin una gran inyección de capital, la casa solariega habría estado en ruinas antes de que la siguiente generación la hubiese heredado.

Los recibió el mayordomo, Sims, que dijo algo como que no les esperaban tan pronto. Quincy estuvo de acuerdo en que su llegada había sido precipitada, y ambos sirvientes intercambiaron una rápida mirada de comprensión por las dificultades que suponía trabajar para un señor impetuoso y exigente.

Mientras esperaba paseándose impaciente por la sala de visitas a que apareciera alguien, Rhys pensó que la comodidad de aquella estancia no se asemejaba en absoluto a la de su casa, mucho más moderna. Él siempre había preferido lo nuevo, ya que asociaba las cosas viejas con el deterioro y la decadencia. Pero el encanto apagado de Eversby Priory era relajante y acogedor. Tenía algo que ver con el modo en que los muebles estaban dispuestos sobre la alfombra floreada. Había libros y periódicos amontonados en mesitas, y cojines y mantas de viaje esparcidos por todas partes. Un par de amistosos spaniels negros entraron para husmearle la mano, y se marcharon al oír un ruido distante en la casa. El aroma de dulces horneados llegó a la estancia para anunciar que se aproximaba la hora del té.

Rhys no había sabido cómo interpretar que lo hubieran invitado a Eversby Priory cuando la familia estaba de luto. En tales circunstancias, por lo que él sabía, que no era mucho aparte de los artículos que vendía en sus almacenes, la familia de un finado reciente no invitaba ni recibía a nadie. Las visitas solían dar el pésame después del funeral.

Sin embargo, Quincy, que era ducho en esos menesteres y hacía décadas que conocía a los Ravenel, le había explicado la importancia de la invitación.

—Según parece, lord y lady Trenear han decidido tratarlo

como a un miembro de la familia, aunque todavía no se haya casado con lady Helen, señor. —Y, tras volverse, había añadido con un deje de desaprobación—: Esta nueva generación Ravenel no se muestra excesivamente tradicional.

Los pensamientos de Rhys volvieron al presente cuando Devon entró en la habitación.

—Dios mío, Winterborne. —Devon parecía aturdido y algo cansado—. Envié el telegrama esta misma mañana —comentó, pero le sonrió como antes y alargó el brazo para darle un fuerte apretón de manos. Daba la impresión de que había dejado de lado sus diferencias.

—¿Cómo está lady Trenear?

Devon titubeó, como si se planteara cuánto tenía que contar.

—Delicada —respondió por fin—. Está llorando más por el padre que nunca tuvo que por el padre que acaba de perder. He avisado a lady Berwick, que llegará mañana de Leominster. Su presencia reconfortará a Kathleen; los Berwick la acogieron en su casa cuando sus propios padres la mandaron lejos de Irlanda.

—¿Será allí el funeral?

—En Glengarriff —dijo Devon, asintiendo con la cabeza—. Tendré que llevarla. Huelga mencionar que todo esto ocurre en el momento menos oportuno.

—¿No podrías encontrar a alguien apropiado para acompañarla?

—No en su estado. He de estar con ella.

—La forma más rápida de ir es tomar el vapor de Bristol a Waterford y pernoctar en Granville; hay un hotel excelente cerca de la estación de ferrocarril. Podríais tomar un tren a Glengarriff al día siguiente —comentó Rhys, pensando en la logística del desplazamiento—. Si lo deseas, mandaré un telegrama a mis oficinas para que efectúen los preparativos del viaje. Ellos conocen los horarios y detalles de todos los barcos y paquebotes de vapor con origen y destino en Inglaterra, además de todas las estaciones y apeaderos ferroviarios.

—Te lo agradecería mucho.

Sin comentar nada, Rhys tomó la bolsa de viaje de cuero que había llevado y se la dio.

Con las cejas arqueadas, Devon abrió los cierres y echó un vistazo dentro. Una sonrisa le iluminó el semblante al ver un montón de botes de almendras saladas empaquetados entre capas de papel de seda.

—Tengo entendido que a lady Trenear le gustan, ¿no? —dijo Rhys.

—Antojos, ya sabes. Muchas gracias, Winterborne. —Cerró la bolsa y prosiguió afablemente—: Ven a tomar un coñac a la biblioteca.

—¿Dónde está todo el mundo? —preguntó Rhys tras titubear un momento.

—West está en la cantera y regresará pronto. Las gemelas han salido a dar un paseo y mi esposa está descansando arriba. Helen seguramente esté en el invernadero, con sus orquídeas.

Saber que su amada estaba cerca, sola en el invernadero, le aceleró el corazón a Rhys.

—¿No es un poco temprano para un coñac? —soltó tras dirigir una mirada discreta, pero ansiosa, al reloj de la repisa de la chimenea.

Devon lo contempló, incrédulo, y soltó una risita.

—Pero bueno... ¿Qué clase de galés eres? —Y añadió—: Muy bien. Voy a entregar esto a mi esposa. —Levantó la bolsa que sostenía—. Como recompensa a tu generosidad, evitaré saber dónde estás el mayor tiempo posible. Pero si tú y Helen llegáis tarde a tomar el té, te haré responsable de ello. —Hizo una pausa—. Está en el primer invernadero, detrás del jardín tapiado.

Rhys asintió. Se estaba armando de valor y se le estaba haciendo un nudo en el estómago al pensar en cómo iba a reaccionar Helen al verlo.

—No le des más vueltas, Heathcliff —soltó Devon con una mueca—. Se alegrará de verte.

Aunque, dado que no leía novelas, la referencia se le escapó, le molestó que fuera tan evidente que estaba hecho un manojo de nervios. Se maldijo en silencio, aunque no pudo evitar preguntar:

—¿Me ha mencionado?

—¿Mencionado, dices? —exclamó Devon con las cejas arqueadas—. Eres lo único de lo que habla. Ha estado leyendo libros de historia sobre Gales y dando la lata con relatos de *Owain Glyndŵr* y algo llamado el *Eistedfodd*. —Y prosiguió con un brillo entre burlón y amistoso en los ojos—: El otro día parecía toser tanto que pensamos que había pillado un resfriado, hasta que nos dimos cuenta de que estaba practicando el alfabeto galés.

Normalmente, Rhys habría replicado con sarcasmo, pero en esta ocasión apenas se fijó en la pulla. Se le había henchido el pecho de regocijo.

—No tiene por qué hacer eso —comentó.

—Helen quiere complacerte. Ella es así. Lo que me lleva a algo que quiero dejarte claro: ella es como una hermana menor para mí. Y aunque, evidentemente, soy el menos indicado para sermonear a nadie sobre decoro, espero que estos próximos días te comportes con ella como un monaguillo.

—Yo fui monaguillo —soltó Rhys con una mirada hosca—, y puedo asegurarte que lo que se dice sobre su castidad es una exageración.

Sonriendo a su pesar, Devon se volvió y se encaminó hacia el vestíbulo principal.

Rhys fue en busca de Helen. Como no quería alarmarla corriendo y abalanzándose sobre ella como un poseso, se obligó a caminar con paso acompasado. Salió por el invernadero anexo a la parte posterior de la casa y cruzó una extensión de césped muy bien cortado.

Un serpenteante sendero de grava avanzaba entre arbustos de floración invernal, y unos viejos muros de piedra recubiertos de parra entrelazada como si fuera encaje. Los jardines de la finca lucían limpios y sobrios mientras la tierra helada aguardaba la llegada de la primavera. Una brisa cargada de olor a turba, humo y juncia le recordó el valle donde había vivido en su primera infancia hasta que su familia se trasladó a Londres. No podía decirse que Llanberis, con su terreno pedregoso y sus lagunas de montaña, se pareciera en nada a aquel entorno tan cuidado. Pero los lugares con lagos y lluvia desprenden un olor especial, y Hampshire lo tenía.

Cuando se acercaba a los cuatro invernaderos, percibió movimiento en el primero: una figura esbelta, vestida de negro, que pasaba ante los cristales helados. El corazón le dio un vuelco, y notó calor en las mejillas a pesar del gélido aire de febrero. No sabía qué esperar, o por qué estaba tan nervioso como un chaval con su primera novia. Poco tiempo atrás, se habría reído si alguien le hubiera dicho que una joven ingenua, apenas una muchacha, lo reduciría a aquel estado.

Con un nudillo llamó con suavidad al cristal. Subió un peldaño de piedra, entró en el recinto sin esperar respuesta y cerró la puerta.

Nunca había estado dentro del invernadero. Helen se lo había descrito detalladamente cuando él había estado en Eversby Priory, pero, por entonces, tenía que cargar con unas muletas y una pierna escayolada. Había lamentado no ir a verlo, puesto que había comprendido lo importante que era para ella.

En el interior, el ambiente era húmedo, cálido y margoso. Parecía un mundo ajeno a Inglaterra; un palacio de cristal lleno de colores vivos y formas exóticas. Lo recibió la acritud de la tierra de las macetas y un denso follaje, junto con el intenso perfume de las orquídeas y un penetrante olor a vainilla. Su mirada asombrada recorrió una fila tras otra de plantas altas, de mesas con macetas y otros recipientes que contenían orquídeas, de orquídeas trepadoras que crecían por las paredes y se elevaban hacia un reluciente firmamento de cristal.

Una figura estilizada asomó por detrás de una inflorescencia compuesta de flores blanquísimas. Los ojos cristalinos de Helen atraparon la luz, y sus hermosos labios adoptaron la forma redondeada de una rosa de té cuando, perpleja, dijo su nombre en silencio. Avanzó hacia él, tropezando un poco al doblar la mesa demasiado deprisa. Aquel atisbo de torpeza, su apuro evidente, lo electrizó. O sea que ella lo había extrañado. Deseaba tenerlo a su lado.

Llegó hasta ella con tres pasos y la estrechó con tanta fuerza que la levantó del suelo. El impulso los hizo describir medio círculo. Tras bajarla de nuevo, hundió la cara en el cálido y fragante cuello de Helen y la olió, absorbió todo su ser.

—*Cariad* —dijo con voz ronca—, es la primera vez que te veo moverte sin la elegancia de un cisne.

—Ha sido por la sorpresa —afirmó ella con una risa temblorosa y le cogió las frías mejillas con sus manos cálidas y delicadas—. Estás aquí —susurró, como si le costara creérselo.

Él la acarició con la cara, jadeante, asombrado por lo sedosa que tenía la piel y lo tierno que era su cuerpo. Algo parecido a la euforia, solo que más fuerte, le recorría las venas y lo embriagaba.

—Te comería entera —murmuró, y prescindió de las manos que lo acariciaban para buscarle los labios y rozarlos con los suyos. Helen reaccionó al instante y le deslizó, ansiosa, los dedos hacia el cabello para sujetarle la parte posterior de la cabeza.

Él le susurró palabras cariñosas, toscas y tiernas a la vez, entre beso y beso, mientras Helen lo aferraba. Cuando ella le acarició le lengua con la suya tal como él le había enseñado, la sensación le llegó a la entrepierna y, tambaleante, Rhys tuvo que apoyarse en el borde de la mesa para no caerse. ¡Joder!, tenía que detenerse ya o luego no podría. Interrumpió el beso y emitió un suspiro, y luego otro, esforzándose por dominar su deseo. Los brazos le temblaron cuando los obligó a soltarse.

No fue de ayuda que Helen le fuera dando besos suaves como flores a lo largo del contorno tenso de la mandíbula, infundiéndole una dulce sensación.

—Creí que vendrías mañana o pasado... —comentó ella.

—No podía esperar —aseguró él, y Helen apoyó la mejilla en la suya.

—Debo de estar soñando.

Demasiado excitado para contenerse, Rhys la sujetó por las caderas y la restregó soezmente contra las suyas.

—¿Es esto bastante real para ti, *cariad*? —Un gesto vulgar que ningún caballero habría hecho.

Pero Helen ya sabía qué podía esperar de él. Se le desorbitaron los ojos al notar la presión que le llegaba a través de las capas de la falda. Pero no retrocedió.

—Te noto muy... vigoroso —dijo—. ¿Cómo tienes el hombro?

—¿Por qué no me cortas la camisa y le echas un vistazo?

—Aquí en el invernadero no —respondió ella con una risita gutural y, tras apoyar los talones de nuevo en el suelo, se volvió hacia una de las plantas de la mesa que tenían al lado, arrancó una pequeña y perfecta orquídea verde y se la introdujo en el ojal de la solapa izquierda.

—¿*Dendrobium*? —aventuró Rhys, mirando la flor.

—Sí, ¿cómo lo has sabido? —Buscó la anillita de seda bajo la solapa y sujetó en ella el tallo—. ¿Has estado informándote sobre las orquídeas?

—Un poco —respondió Rhys, recorriéndole la nariz con la punta de un dedo. No podía dejar de tocarla, de juguetear con ella—. Trenear me dijo que has estado estudiando la historia de Gales.

—Sí. Es fascinante. ¿Sabías que el rey Arturo era galés?

Divertido, él le acarició el pelo, que llevaba trenzado y recogido en alto de forma intrincada.

—Si hubiera existido, lo habría sido.

—Sí que existió —aseguró Helen, muy seria—. Hay una piedra con una huella de su caballo cerca de un lago llamado Llyn Barfog. Quiero verla algún día.

—Lo has pronunciado bien, *cariad*. —Sonreía de oreja a oreja—. Pero la *ll* no es del todo así. Tienes que dejar salir el aire por ambos lados de la lengua.

Helen repitió el sonido varias veces, sin lograr por completo la pronunciación de Rhys. Estaba tan adorable con la punta de la lengua apoyada tras los incisivos que él no pudo evitar robarle otro beso, chupándole brevemente el cálido satén de sus labios.

—No tienes que aprender galés —le dijo.

—Quiero hacerlo.

—Es un idioma difícil. Y hoy en día no supone ninguna ventaja saberlo —repuso, y añadió compungido—: Mi madre siempre me decía que tenía que evitar hablar en galés tanto como pecar.

—¿Por qué?

—Era malo para el negocio —explicó, y deslizó sus manos despacio por los brazos y la espalda de Helen—. Ya sabes los prejuicios que hay contra los de mi clase. La gente cree que los galeses somos moralmente atrasados y perezosos... sucios, incluso.

—Sí, pero eso es absurdo. Las personas civilizadas nunca dirían cosas así.

—No en público. Pero algunas las dicen, y peores aún, en la intimidad de su hogar. —Frunció el ceño—. Habrá quien piense peor de ti por casarte conmigo. No te lo dirán a la cara, pero se lo verás en los ojos. Incluso cuando te sonrían.

No era algo que hubieran comentado antes; la inferioridad social de Rhys era un tema delicado para él, y Helen no había querido arriesgarse a ofenderlo. Se sintió aliviado al sincerarse finalmente con ella. Pero, al mismo tiempo, admitir que, para ella, casarse con él sería rebajarse, le dejó un regusto amargo.

—Seré una Winterborne —dijo Helen con calma—. Debería preocuparles lo que yo piense de ellos.

Eso le hizo sonreír.

—Y les preocupará —aseguró—. Serás una mujer influyente, con recursos suficientes para conseguir lo que quieras.

Ella le tocó la cara y le ejerció una suave presión en la mejilla con los dedos.

—Lo que más me importará será hacer feliz a mi marido.

Rhys se inclinó hacia ella, sujetando la mesa a ambos lados de su cuerpo para dejarla encerrada.

—Te costará bastante trabajo, esposa mía —le advirtió en voz baja.

—¿No te resulta fácil ser feliz? —preguntó ella tras recorrerle el labio inferior con la yema del pulgar mientras buscaba la respuesta en sus ojos.

—No. Solo lo soy cuando te tengo cerca.

Y acto seguido la besó ardorosamente, introduciéndole la lengua para darle placer hasta dejarla demasiado aturdida como para negarle nada. Le sujetó la falda con una mano y, por una fracción de segundo, estuvo tentado de tomar lo que su cuerpo atormentado le estaba pidiendo a gritos: hacerla suya allí mismo. Sería fácil subirla a la mesa, levantarle la falda, separarle las piernas...

Finalizó el beso con un gruñido y apoyó la frente en la de ella.

—Llevo demasiado tiempo sin ti, *cariad*. —Respiró hondo y exhaló despacio—. Di algo para distraerme.

—Has mencionado a tu madre —repuso Helen con la cara sonrojada y los labios algo hinchados—. ¿Cuándo voy a conocerla?

Rhys rio entre dientes; no podía haber elegido una forma más efectiva de enfriar su pasión.

—Después de haberlo pospuesto el máximo tiempo posible.

Su madre, Bronwen Winterborne, era una mujer severa y delgada que siempre iba tiesa como un palo. Sus brazos fuertes le habían administrado muchísimos correctivos en su niñez, pero no recordaba ni una sola vez que lo hubieran rodeado con ternura. Aun así, había sido una buena madre, con la que no le había faltado comida ni ropa, y que le había enseñado el valor de la disciplina y el trabajo duro. Siempre había sido fácil admirarla, aunque no tanto amarla.

—¿No le gustaré? —quiso saber Helen.

Rhys procuró imaginar lo que pensaría su madre de aquella criatura sutil y vivaz con la cabeza llena de libros y música en los dedos.

—Creerá que eres demasiado bonita. Y demasiado dulce. No conoce tu clase de fortaleza.

—¿Crees que soy fuerte? —Parecía complacida.

—Sí —respondió Rhys sin titubear—. Tienes una voluntad férrea. —Y, con una mirada sombría, añadió—: De otro modo, no podrías manejarme así de bien.

—¿Manejarte? —Helen se escabulló de él pasando con garbo por debajo de uno de sus brazos y se acercó a otra mesa—. ¿Es eso lo que hice al ceder a tu ultimátum y acostarme contigo?

La reprimenda insinuante le aceleró el pulso. Fascinado y excitado, la siguió mientras ella recorría las hileras de orquídeas.

—Sí, y al marcharte de Londres después de hacer que suspirara por ti. Ahora me tienes a tu merced como a un perro, suplicando más.

—Yo no veo ningún perro —replicó Helen, juguetona—. Solo un lobo muy grande.

Rhys la sujetó por detrás y le apoyó la boca en un lado del cuello.

—Tu lobo —soltó con voz ronca, y le arañó suavemente la piel con los dientes.

Helen arqueó el cuerpo y se recostó en él. Por la forma en que temblaba cuando la tocaba, Rhys sabía que lo deseaba.

—¿Voy a tu habitación esta noche? ¿Cuando esté oscuro y todo el mundo se haya acostado? —sugirió Helen.

«Sí, por favor», pensó él, ardiendo de deseo. Ansiaba el placer y el clímax, la sensación de que el cuerpo hermoso y suave de Helen se le entregaba. Pero, sobre todo, se moría por los apacibles minutos posteriores, cuando ella yacería entre sus brazos y solo le pertenecería a él.

Cerró los ojos y apoyó suavemente la barbilla en la oreja de Helen. Pasó medio minuto antes de que pudiera hablar.

—Has leído cuentos de hadas. Ya sabes lo que les sucede a las niñas que visitan a los lobos.

—Sí —susurró ella tras volverse entre sus brazos, y acercó sus labios sonrientes a los de Rhys.

15

—Ven a jugar, primo Devon —rogó Pandora—. Necesitamos más gente o el juego no durará nada. —Estaba sentada con Cassandra en la mesa de juego del salón de arriba, donde todos se relajaban después de cenar.

Las gemelas habían sacado el único juego de tablero que tenían, llamado «La mansión de la felicidad». El anticuado juego inglés, cuyo tablero mostraba un recorrido en espiral con casillas que representaban virtudes y vicios, estaba concebido para enseñar valores a los niños.

Devon negó con la cabeza con una sonrisa perezosa mientras tiraba de Kathleen para tenerla recostada en el hombro al sentarse a su lado en el sofá.

—Ya jugué la última vez —respondió—. Hoy le toca a West.

Helen observó, divertida, la mirada mortífera que West dirigía a su hermano mayor. Los dos hermanos Ravenel detestaban aquel juego ejemplarizante y moralizador que las gemelas les obligaban a menudo a jugar.

—Está cantado que voy a perder —se lamentó West—. Siempre acabo en «El reformatorio».

—Donde te corresponde estar —se burló Devon.

West fue a sentarse a la mesa.

—Nos falta un cuarto jugador —afirmó Pandora—. Helen, si dejaras de remendar...

—No, no se lo pidas —protestó Cassandra—. Siempre gana.

—Ya juego yo —se ofreció Rhys y, tras beberse el último trago de coñac, fue a ocupar la última silla de la mesa de juego. Sonrió a West, como hacen los compañeros de fatigas.

Helen estaba encantada con la soltura con que Rhys trataba ahora a su familia. Cuando había ido a ver a los Ravenel en Londres, sus modales habían sido contenidos y cautelosos. Ahora, sin embargo, se mostraba relajado y encantador, y participaba de buen grado en la conversación.

—Acaba de convertirse en un borracho —le informó Pandora con gran seriedad cuando su ficha cayó en uno de los vicios—. Le toca ir a la casilla de los azotes y quedarse dos turnos en ella.

Helen sonrió al ver cómo Rhys procuraba parecer debidamente escarmentado.

Cassandra hizo girar la pequeña peonza de madera y avanzó de modo triunfal su ficha hasta la casilla «Sinceridad».

Después le tocó a West, que llevó su ficha hasta una casilla que amenazaba con castigar a quien no guardaba las festividades religiosas.

—Pasarás tres turnos en el cepo —le anunció Cassandra.

—¿Condenado al cepo simplemente por no guardar las fiestas? —protestó West, indignado.

—Es un juego severo —respondió Cassandra—. Lo inventaron a finales del siglo pasado, y entonces te podían condenar al cepo e incluso a la horca solo por robar una loncha de beicon.

—¿Cómo sabe eso? —se sorprendió Rhys.

—En la biblioteca tenemos un libro que habla de ello —explicó Pandora—. *Crímenes a lo largo de la historia*. Trata de criminales abyectos y de castigos horrendos y espantosos.

—Lo hemos leído tres veces por lo menos —añadió Cassandra.

West contempló a las gemelas con el ceño fruncido antes de volverse hacia el sofá y preguntar:

—¿Deberían leer un libro así?

—No, claro que no —contestó Kathleen—. Lo habría retirado si hubiera sabido que estaba allí.

Pandora se inclinó hacia Rhys.

—Es demasiado baja para ver los libros más arriba del sexto estante —le susurró con complicidad—. Es donde tenemos todos los que son inadecuados.

West tosió para contener la risa, mientras que Rhys estudió el tablero con repentino interés.

—Helen también sabe que están allí —añadió Pandora.

—Ya está, ya lo has conseguido —le comentó Cassandra con el ceño fruncido—. Ahora se llevarán todos los libros interesantes.

—Bueno, ya los hemos leído todos —replicó Pandora, encogiéndose de hombros.

—Existe una versión más nueva de este juego —intervino Rhys, cambiando hábilmente de tema—. Una empresa americana compró los derechos, y lo han revisado para que los castigos sean menos rigurosos. Lo vendemos en mis almacenes —comentó.

—¡Eso, compremos la versión menos sangrienta del juego! —exclamó West—. O, mejor aún, enseñemos póquer a las gemelas.

—West —le advirtió Devon con los ojos entornados.

—El póquer es mucho más saludable que un juego con más azotes que una novela del marqués de Sade.

—West —soltaron Devon y Kathleen a la vez.

—Señor Winterborne —preguntó Pandora con súbito interés—, ¿de dónde salen estos juegos de tablero? ¿Quién los inventa?

—Cualquiera que diseñe uno puede contratar a un impresor para reproducirlo.

—¿Y si Cassandra y yo hiciéramos uno? ¿Podríamos venderlo en su tienda?

—Yo no quiero hacer ningún juego —se quejó Cassandra—. Solo quiero jugar con ellos.

Pandora la ignoró, con toda la atención dirigida hacia Rhys.

—Tráigame un prototipo y le echaré un vistazo —le dijo este—. Si me parece que puedo venderlo, lo patrocinaré y le pagaré la primera impresión. A cambio de un porcentaje de sus beneficios, claro.

—¿Cuál es el porcentaje habitual? —quiso saber Pandora—. Sea cual sea, le daré la mitad.

—¿Por qué solo la mitad? —repuso Rhys con una ceja arqueada.

—¿Acaso no me merezco un descuento por formar parte de su familia política? —replicó Pandora ingeniosamente.

—Sí, por supuesto. —Rhys soltó una carcajada, y su aspecto resultó tan juvenil y desinhibido que a Helen se le aceleró el corazón.

—¿Cómo voy a saber qué juegos ya se han hecho? —Pandora estaba entusiasmada con la idea—. Quiero que el mío sea distinto de los demás.

—Le enviaré uno de cada juego de tablero que vendemos para que pueda examinarlos.

—Gracias, eso me sería muy útil. Mientras tanto... —Pandora tamborileó con los dedos sobre la mesa con la mirada perdida—. No puedo seguir jugando ahora —anunció, y se levantó rápidamente, lo que obligó a West y Rhys a ponerse también de pie—. Hay trabajo que hacer. Ven conmigo, Cassandra.

—Pero iba ganando —se quejó su hermana con la mirada puesta en el tablero—. ¿No es demasiado tarde para empezar algo así?

—No cuando se tiene un caso grave de *imaginasomnio*. —Y tiró de Cassandra, todavía sentada.

Cuando las gemelas se hubieron marchado, Rhys miró a Helen con una leve sonrisa.

—¿Siempre se inventa palabras?

—Desde que tengo memoria. Le gusta expresar cosas como la tristeza de una tarde lluviosa o lo enojoso que resulta descubrir una nueva carrera en una media. Pero ahora está tratando de quitarse esta costumbre. Teme que pueda dejarla en ridículo durante la temporada de Londres.

—Lo haría —aseguró Kathleen con pesar—. Las lenguas viperinas no paran nunca, y las muchachas animadas como Pandora y Cassandra rara vez lo tienen fácil durante la temporada londinense. Lady Berwick solía regañarme por reírme demasiado fuerte en público.

Devon dirigió una mirada amorosa a su mujer.

—Yo lo habría encontrado encantador —aseguró.

—Sí, pero tú nunca participaste de la temporada de Londres —dijo Kathleen con una sonrisa—. West y tú estabais en otro sitio, haciendo lo que hacen los juerguistas.

—¿Se quedarán lady Helen y las gemelas en la finca mientras tú y lady Trenear estáis en Irlanda? —preguntó Rhys a Devon, tras acercarse al aparador a servirse un coñac.

—Es lo mejor —respondió Devon—. Hemos pedido a lady Berwick que las acompañe durante nuestra ausencia.

—De otro modo, levantaría suspicacias —explicó Kathleen—. Aunque todos sabemos que West es como un hermano para Helen y las gemelas, sigue siendo un soltero con mala reputación.

—Que me costó mucho ganar. —West fue a sentarse en una butaca junto a la chimenea—. De hecho, insisto en que tengan una acompañante: no quiero que mi mala fama se vea empañada por la sospecha de que se puede dejar a mi cuidado tres muchachas inocentes.

—Lady Berwick será una buena influencia para las gemelas —indicó Kathleen—. Ella nos enseñó a mí y a sus dos hijas, Dolly y Bettina, a comportarnos en sociedad, y no fue nada fácil.

—Partiremos hacia Irlanda pasado mañana —comentó Devon arrugando un poco el ceño—. Si Dios quiere, estaremos pronto de vuelta.

West estiró las piernas delante del fuego y entrelazó las manos sobre el abdomen.

—Supongo que tendré que posponer la visita de Tom Severin. Lo invité a venir a Hampshire de aquí a dos días para ver los progresos del trabajo preliminar de la cantera y las vías férreas.

—Sería mejor mantener a Severin alejado de mí —dijo Rhys de forma tan terminante que Helen se sorprendió.

Todos lo miraron. Estaba de pie junto al aparador, rodeando con sus dedos la copa de coñac para calentar el licor ambarino. Lo hizo girar suavemente mientras lo observaba con una frialdad que Helen nunca le había visto.

Devon fue el primero en hablar.

—¿Qué ha hecho Severin ahora?

—Ha intentado convencerme de que comprara un bloque de edificios cerca de King's Cross. Pero el nombre del propietario no aparecía en los documentos. Ni siquiera en las hipotecas.

—¿Cómo es posible? —se sorprendió Devon.

—Una sociedad de inversión lo mantiene todo en fideicomiso. Contraté un investigador para que averiguara qué hay detrás de ese elaborado papeleo legal. Descubrió un acuerdo de cesión, ya firmado y validado, que entrará en vigor al finiquitarse la compra. El importe total de la propiedad será para el último hombre del mundo con el que haría negocios. Y Severin lo sabe.

Devon dejó de rodear a Kathleen con el brazo para inclinarse hacia delante con la mirada llena de interés.

—¿Vance? —aventuró.

Rhys asintió con la cabeza.

—¡Joder! —soltó Devon en voz baja.

Helen, perpleja, miró primero a uno y luego al otro.

—Ya sabes cómo es Severin —comentó West en medio del tenso silencio—. No actúa con mala intención. Seguramente decidió que si te enterabas después, ya sería historia.

—Si el trato se hubiera cerrado antes de enterarme de que el dinero irá a parar a manos de Vance, me habría asegurado de que Severin fuera historia —afirmó Rhys mientras los ojos le destellaban peligrosamente—. Nuestra amistad se ha roto para siempre.

—¿Quién es el señor Vance? —preguntó Helen.

Nadie respondió.

Kathleen rompió cautelosamente el silencio:

—Bueno, es el sobrino de lord Berwick. Como los Berwick no tuvieron ningún hijo varón, el señor Vance es el presunto heredero de su patrimonio. Cuando lord Berwick fallezca, todo pasará a manos de él, y lady Berwick y sus hijas dependerán de su buena voluntad. Por ello han procurado siempre ser hospitalarios con él. Yo he coincidido con el señor Vance en algunas ocasiones.

—¿Y qué opinas de él? —quiso saber Devon.

—Es un hombre detestable —respondió Kathleen con gesto torcido—. Mezquino, cruel y arrogante. Siempre está endeudado hasta las cejas, pero se cree un genio de las finanzas. En el pasado intentó más de una vez pedir dinero prestado poniendo como aval su futura herencia. Lord Berwick estaba furioso.

Helen miró a Rhys, preocupada por lo sombría que era su expresión. Los actos de su amigo parecían haberlo herido profundamente.

—¿Estás seguro de que el señor Severin sabía la aversión que tienes al señor Vance? —le preguntó, titubeante.

—Lo sabía —contestó secamente Rhys y bebió un trago de coñac.

—¿Por qué lo hizo, entonces?

Rhys negó con la cabeza sin decir nada.

—Severin puede ser insensible cuando quiere conseguir algo —comentó Devon, pensativo—. Tiene una mente privilegiada: no es ninguna exageración decir que es un genio. Sin embargo, su talento suele ser a costa de... —Titubeó, en busca de la palabra correcta.

—¿La decencia? —sugirió West con ironía.

—Cuando se trata con Severin —prosiguió Devon tras asentir compungido—, jamás hay que olvidar que, sobre todo, es un oportunista. Su cerebro está tan atareado tratando de conseguir un resultado concreto que no se molesta en tener en cuenta los sentimientos de nadie, incluidos los suyos. Dicho esto, ha habido veces en que he visto a Severin esforzarse mucho por ayudar a otras personas. También tiene cosas buenas. —Se encogió de hombros—. Es una pena que renuncies a su amistad.

—Renunciaría a cualquier persona o cualquier cosa con tal de asegurarme de no tener ningún tipo de relación con Albion Vance —replicó Rhys.

16

Helen agachó la cabeza como si estuviera concentrada en la labor que tenía en el regazo. La invadió una sensación extraña, enfermiza, nauseabunda. De algún modo sus manos siguieron realizando la familiar tarea de coser, pasando ágilmente la aguja por la costura maltrecha de una camisa. Una mezcla de pensamientos alarmantes se le agolpó en la cabeza, y trató de separarlos y entenderlos.

Albion era un nombre poco habitual, pero no completamente fuera de lo común. Podría ser una coincidencia.

«Por favor, Dios mío, que sea una coincidencia.»

La había asustado la expresión que de pronto había adoptado el rostro de Rhys: era la clase de odio que un hombre se llevaría a la tumba.

Su ansiedad iba en aumento, y el esfuerzo por mantenerse tranquila por fuera le resultaba insoportable. Tenía que salir de la habitación. Tenía que ir a algún lugar donde pudiera estar sola e inspirar profundamente... y tenía que buscar a Quincy.

El ayuda de cámara había llegado a la finca con Rhys. Quincy sabía más que nadie sobre los secretos de su familia. Insistiría para que le contara la verdad.

Mientras los demás seguían charlando, Helen hizo un nudo en el hilo con que estaba cosiendo y se agachó despacio hacia el costurero que tenía cerca de los pies. Buscó a tientas las tijeritas, separó sus hojas perversamente afiladas y pasó aposta el dedo índice por una de ellas hasta notar la sensación y el dolor de haberse cortado. Sacó rápidamente la mano y observó con fingida consternación la gota de sangre que se le formaba en la herida.

Rhys lo vio. Soltó un sonido galés de contrariedad expulsando de golpe el aire entre los dientes: *Wfft*. Extrajo un pañuelo de su chaqueta y se acercó rápidamente a ella. Sin decir nada, se puso de cuclillas delante de su silla y le envolvió el dedo con la prenda doblada.

—Tendría que haber mirado al buscar las tijeras —se lamentó Helen.

Los ojos de Rhys habían perdido toda la dureza y frialdad de antes y se mostraban llenos de preocupación. Le quitó con cuidado el pañuelo para examinarle el corte del dedo.

—No es profundo. Pero hay que curarlo.

—¿Quieres que llame a la señora Church, cielo? —preguntó Kathleen desde el sofá.

—Iré yo a las dependencias del servicio —respondió Helen con naturalidad—. Será más fácil allí, donde lo tendrá todo a mano.

—Te acompaño —dijo Rhys y, tras ponerse de pie, la ayudó a levantarse.

—No, quédate —repuso Helen rápidamente mientras se sujetaba el pañuelo alrededor del dedo—. Todavía no te has terminado el coñac. —Se apartó de él y, esquivando su mirada, sonrió a los presentes antes de comentar—: Es tarde. Aprovecharé para retirarme. Buenas noches a todos.

Una vez la familia le hubo respondido, Helen salió del salón con pasos acompasados, conteniendo las ganas de echar a correr. Bajó la escalera, cruzó el vestíbulo principal y enfiló la escalera de servicio. A diferencia del silencio y la soledad de la planta baja, el piso inferior bullía de actividad. Los criados habían terminado de cenar y estaban retirando platos y cubiertos mientras la cocinera supervisaba los preparativos de las comidas del día siguiente.

Le llegó una carcajada del comedor del servicio. Al aproximarse más a la puerta, vio que Quincy estaba sentado a la larga mesa con varios sirvientes. Al parecer, les estaba deleitando con explicaciones y anécdotas de su nueva vida en Londres. Quincy había sido siempre un miembro muy querido del servicio y, sin duda, todos lo extrañaban desde que se había ido a trabajar para Rhys.

Mientras pensaba cómo podría atraer su atención sin causar revuelo, oyó tras ella la voz del ama de llaves.

—¿Lady Helen?

Se volvió y vio a la señora Church con la cara regordeta llena de preocupación.

—¿Qué la trae aquí abajo, milady? Solo tiene que llamar y le enviaré a alguien.

—Un pequeño accidente con las tijeras de costura —explicó con una sonrisa pesarosa a la vez que levantaba el dedo—. Me pareció que lo mejor era venir aquí directamente.

La señora Church, que al ver la herida adoptó la actitud de una gallina con sus polluelos, la condujo dos puertas más allá, a la habitación donde llevaba a cabo las tareas relativas a la gestión de la casa y que también le servía de cuarto de estar. Desde que Helen tenía uso de razón, la señora Church tenía allí un gran botiquín. Cuando Theo, ella o las gemelas se hacían daño o caían enfermos, iban a aquella estancia del ama de llaves para que los vendaran, medicaran o reconfortaran.

—Parece que esta noche están todos muy alegres —comentó Helen, sentada a la pequeña mesa.

—Sí —contestó la señora Church, abriendo el botiquín—, están encantados con la visita del señor Quincy. Le han preguntado mil cosas, la mayoría sobre los almacenes. Quincy trajo un catálogo para que todo el mundo se maravillara. Ninguno de nosotros puede imaginarse que puedan encontrarse tantos productos bajo un mismo techo.

—Los almacenes Winterborne son imponentes. Como un palacio.

—Eso dice Quincy. —Tras aplicar tintura de benjuí al corte, cortó una tirita de una pieza de gorgorán blanco empapado de cola de pescado e impregnado de solución de agua de lavanda. Luego rodeó hábilmente el dedo de Helen—. Trabajar con su señor Winterborne parece haber vigorizado a Quincy. Hacía años que no lo veía tan lleno de vida.

—Me alegra oírlo. De hecho... —Helen intentó quitar importancia a sus palabras— me gustaría hablar a solas con Quincy, si es tan amable de pedirle que venga aquí.

—¿Ahora?

Helen asintió a modo de respuesta.

—Naturalmente, milady. —Se produjo un silencio indescifrable—. ¿Ocurre algo malo?

—Sí, creo que sí —dijo Helen en voz baja.

—¿Querrá un poco de té? —ofreció la señora Church con el ceño fruncido.

Helen negó con la cabeza.

—Voy a buscar a Quincy ahora mismo.

En menos de dos minutos llamaron a la puerta, y la figura baja y fornida de Quincy entró en la estancia del ama de llaves.

—Lady Helen —dijo con los ojos negros coronados por unas densas cejas blancas.

Fue un alivio verlo. A falta de cualquier muestra de cariño o interés de su padre o de Theo, Quincy había sido la única presencia masculina amable en su vida. De niña, había recurrido a él cada vez que estaba en apuros. Y él siempre la había ayudado sin dudarlo, como en aquella ocasión en que había roto sin querer una hoja de la *Enciclopedia Británica* y él había cortado la página entera con una cuchilla de afeitar tras asegurarle que a su familia no le pasaría nada por verse privada de la historia de la astronomía croata. O en aquella otra en que había tirado una estatuilla de porcelana y Quincy le pegó la cabeza con tanto cuidado que nadie notó nada.

—Lamento haber interrumpido su velada —dijo, dándole la mano.

—No es ninguna interrupción, sino un placer, como siempre —aseguró Quincy mientras le apretaba afectuosamente la palma.

—Siéntese, por favor —pidió ella, señalando la otra silla que había ante la mesa.

—Ya sabe que eso no sería apropiado —comentó Quincy, aún de pie, con las arruguitas de las comisuras de los ojos marcadas.

Helen asintió ligeramente, y su sonrisa se volvió tensa.

—Ya —estuvo de acuerdo—, pero no se trata de una conversación corriente. Me temo... —Se detuvo un instante puesto que las palabras se le trababan, negándose a salir a la luz. Lo intentó de nuevo, pero solo fue capaz de repetir, aturdida—: Me temo...

Quincy estaba delante de ella, mirándola con una expresión paciente y alentadora.

—Tengo algo importante que preguntarle —logró decir por fin Helen—. Y necesito que me diga la verdad. —Para su fastidio, se le humedecieron los ojos—. Creo que ya sé la respuesta, pero sería de ayuda que usted me lo dijera... —Se detuvo al ver cómo a Quincy le cambiaba la cara.

—Tal vez no debería preguntar nada —se aventuró a sugerir el ayuda de cámara con los hombros encorvados como si llevara a cuestas una carga terrible.

—Tengo que hacerlo, Quincy... —Se notó el pulso en las sienes al mirar al ayuda de cámara—. ¿Es Albion Vance mi padre?

Quincy sujetó despacio la silla vacía, la colocó bien y se desplomó en ella. Tras entrelazar los dedos, apoyó las manos en la mesa.

—¿De dónde ha sacado tal idea? —preguntó con los ojos puestos en el marco de la única ventana.

—Encontré una carta inacabada que le escribió mi madre.

Quincy se quedó callado. Tenía la mirada distante, como si estuviera contemplando el lugar más lejano del mundo.

—Ojalá no lo hubiera hecho.

—Ojalá. Por favor, Quincy, dígamelo... ¿es él mi padre?

El hombre volvió a fijar su atención en Helen para responder finalmente:

—Sí.

—¿Me parezco a él? —susurró Helen tras estremecerse.

—No se parece a ninguno de los dos —indicó con suavidad—. Solo se parece a sí misma. Un ser único y encantador.

—Con cara de conejo —dijo Helen, y podría haberse abofeteado por haber hecho un comentario tan autocompasivo. Disgustada, explicó—: Mi madre también escribió eso.

—Su madre era una mujer complicada. Era competitiva con todas las mujeres del mundo, incluidas sus propias hijas.

—¿Amó alguna vez a mi padre?

—Hasta el último día de su vida.

Sorprendida por la respuesta, la joven dirigió una mirada escéptica a Quincy.

—Pero ella y el señor Vance...

—No fue su única indiscreción. El conde tampoco le fue siempre fiel. Pero sus padres se querían a su manera. Después de que la aventura de su madre con el señor Vance hubiera terminado y usted hubiera nacido, sus padres reanudaron su relación. —Se quitó las gafas, sacó un pañuelo de la chaqueta y limpió meticulosamente los cristales—. Usted fue la víctima propiciatoria. La tenían arriba, en su habitación, fuera de su vista y de sus pensamientos.

—¿Y qué me dice del señor Vance? ¿Amaba a mi madre?

—Caras vemos, corazones no sabemos. Pero no le creo capaz de este sentimiento en concreto. —Se puso de nuevo las gafas—. Sería mejor que fingiera no haberse enterado nunca de esto.

—No puedo —dijo Helen, apoyando los codos en la mesa para presionarse los ojos con las palmas de la mano—. El señor Winterborne lo detesta.

—No hay galés que no lo haga —aseguró Quincy en tono seco, nada propio de él.

Ella bajó las manos y lo miró.

—¿Qué ha hecho? —quiso saber.

—La aversión del señor Vance hacia los galeses es de sobra conocida. Escribió un panfleto muy citado por quienes quieren erradicar el uso del galés en las escuelas. Cree que habría que obligar a los hijos de los galeses a hablar solo inglés. —Se detuvo un instante—. Pero, además de eso, el señor Winterborne le guarda rencor por algún motivo personal. No sé de qué se trata, solo que es algo tan infame que no quiere hablar de ello. Es un tema peligroso que es mejor no tocar.

—¿Me está sugiriendo que oculte esta información al señor Winterborne? —soltó Helen, mirándolo perpleja.

—Jamás diga nada de esto al señor Winterborne, ni a nadie.

—Pero tarde o temprano lo averiguará.

—Si lo hace, usted puede decir que no lo sabía.

—No podría mentirle —aseguró ella, negando con la cabeza, triste y aturdida.

—Muy pocas veces en la vida una mentira es lo mejor. Y esta es una de ellas.

—Pero el señor Vance podría abordar algún día al señor Winterborne y contárselo. O podría incluso abordarme a mí. —Consternada, se frotó las comisuras de los ojos—. ¡Dios mío!

—Si lo hace —respondió el ayuda de cámara—, finja quedarse estupefacta. Nadie sabrá jamás que usted estaba enterada de ello.

—Lo sabré yo. Y creo que debo decírselo al señor Winterborne, Quincy.

—No lo haga. Por el bien del señor Winterborne. La necesita, milady. En el breve período de tiempo que hace que lo conozco ha cambiado para bien gracias a usted. Si lo quiere, no le obligue a tomar una decisión que le causaría un dolor irreparable.

—¿Una decisión? —repitió con los ojos abiertos como platos—. ¿Me está diciendo que es posible que rompiera nuestro compromiso si lo supiera?

—Sería improbable. Pero no imposible.

Helen sacudió la cabeza ligeramente. No podía concebirlo. No, después de las cosas que Rhys le había dicho y hecho, de la forma en que la había abrazado y besado aquella misma tarde.

—No haría eso —aseguró.

—Perdóneme por hablar con franqueza, lady Helen —insistió Quincy con los ojos brillantes de emoción—. Pero la conozco desde que estaba en la cuna. Siempre me pareció que era una gran injusticia, y una lástima, que se despreciara y desatendiera así a una niña inocente. Tanto su padre como su madre, que en paz descansen, la culpaban de pecados que habían cometido ellos, no usted. ¿Por qué debería continuar pagando las consecuencias? ¿Por qué no debería dejar que la quieran como siempre se ha merecido?

—Quiero hacerlo. Pero antes tengo que contar al señor Winterborne la verdad sobre quién soy.

—El señor Winterborne es buen patrón —dijo Quincy con cierta inquietud pasado un momento—. Exigente, pero justo y generoso. Cuida de su personal y lo trata con respeto, hasta la última fregona. Pero hay límites. La semana pasada, vio que Peter, uno de sus criados, abofeteaba a un chaval que mendigaba porque había corrido hacia él en la calle. Castigó los oídos de Peter con un sermón bochornoso y lo despidió en el acto. El pobre hombre se disculpó y le suplicó que lo perdonara, pero el señor se mostró intransigente. Algunos criados y yo tratamos de interceder por Peter, y él amenazó con despedirnos si nos atrevíamos a insistir. Aseguró que había errores que no podía perdonar. —Hizo una pausa—. Con el señor Winterborne hay una línea que nunca debe cruzarse. Si alguien lo hace, lo aleja totalmente de su vida sin miramientos.

—No haría eso con su esposa —protestó Helen.

—Estoy de acuerdo. —Quincy desvió la mirada antes de añadir con dificultad—: Pero usted todavía no es su esposa.

Anonadada, Helen se preguntó si Quincy tendría razón, si sería realmente tan arriesgado hablar a Rhys sobre su padre.

—El señor Winterborne no es un hombre corriente, milady.

No le tiene miedo a nada, y no tiene que rendir cuentas a nadie. En ciertos sentidos, está incluso por encima de la ley. Diría que se comporta mejor de lo que haría la mayoría de gente en su situación. Pero puede ser imprevisible. Si quiere casarse con él, tendrá que guardar silencio, milady.

17

Las campanadas lejanas de un reloj sonaron en la casa cuando Helen salió a escondidas de su habitación y avanzó entre las sombras del vestíbulo de arriba. Habían alojado a Rhys en una habitación de invitados del ala este, lo que le iba de perlas. Necesitarían privacidad para la conversación que iban a mantener.

Tenía más miedo del que había tenido jamás. El corazón le latía tan fuerte que le parecía que algo le estaba golpeando el pecho por fuera. No conocía lo suficiente a Rhys como para saber con certeza cómo iba a reaccionar cuando se lo contara. Lo que sentía por ella se basaba en un ideal de perfección, en una esposa aristocrática colocada en un pedestal. La noticia que iba a darle no significaba bajarse del pedestal, sino lanzarse por un precipicio.

El problema no era algo que ella hubiera hecho. El problema era quién era, y eso no tenía solución. ¿Sería Rhys capaz algún día de mirarla sin ver en ella reminiscencias de Albion Vance? Había pasado casi toda su vida con personas que debían quererla y no lo hacían. No soportaría pasarse el resto de ella con un marido que hiciera lo mismo.

Cuando llegó al ala este, tenía un frío terrible a pesar de su bata forrada de lana y las gruesas zapatillas bordadas. Se acercó tiritando a la puerta de Rhys y llamó cautelosamente.

Se le hizo un nudo en el estómago al ver ante ella la enorme figura oscura de Rhys recortada contra el brillo del hogar y de una lamparita de noche. Solo llevaba una bata que le dejaba el pecho al descubierto e iba descalzo. Le rodeó la cintura con un brazo, tiró de ella, cerró la puerta y echó la llave.

En cuanto Rhys la estrechó contra sí, Helen apoyó la mejilla en la zona del pecho que no cubría la bata.

—Estás nerviosa, *cariad* —dijo él al notar que temblaba, y la abrazó con más fuerza.

Ella asintió contra su pecho.

—¿Tienes miedo de que te lastime? —añadió él, rodeándole cariñosamente la mejilla con una mano.

Helen supo que se estaba refiriendo a la unión física que la había dejado tan dolorida la primera vez. Lo que de verdad temía era, naturalmente, otra clase muy distinta de dolor.

—Sí —se obligó a responder tras humedecerse los labios—. Pero no de la forma en que tú...

—No, no —la tranquilizó Rhys—. Esta vez será distinto. —Agachó la cabeza y la abrazó como si intentara rodearla con todo su ser—. Seré tierno. Tu placer significa más para mí que ninguna otra cosa en la vida. —Le deslizó una mano por la cadera hasta la curva de las nalgas. Luego le acarició el vientre antes de bajar a la entrepierna.

La caricia provocadora la excitó de tal modo que las piernas le temblaron y apenas pudo mantenerse de pie. Tomó aire para hablar, pero se le quedó atorado en la garganta.

—No es eso, es que... —dijo, vacilante, una vez logró contener un sollozo acuciante—. Tengo miedo porque creo que... que podría perderte.

—¿Perderme? —Rhys la miró fijamente y ella apartó los ojos. Tras un momento, le preguntó—: ¿Por qué deberías preocuparte por eso?

Era el momento de decírselo. Trató de soltarlo: «Albión Vance es mi padre.» Pero no fue capaz. Sus labios se negaron a formar las palabras. Solo pudo quedarse allí y estremecerse como la cuerda de un piano, mientras las finas vibraciones de la cobardía la recorrían.

—No lo sé —dijo por fin.

Como seguía tiritando, con la cabeza vuelta para que él no la viera, Rhys se inclinó para plantarle un beso en la mejilla.

—Vaya, te has alterado —exclamó en voz baja, y la levantó del suelo con una facilidad pasmosa.

Era tan fuerte que podría aplastarla con los músculos portentosos de su tórax y sus brazos. Pero fue cariñoso y cuidadoso cuando la llevó en brazos hasta una butaca tapizada junto a la chimenea y se sentó con ella de lado en el regazo. Le quitó una zapatilla, le tomó el pie helado con su cálida mano y empezó a masajeárselo despacio. Le frotó el puente con el pulgar, con lo que le alivió un dolor del que ni siquiera era consciente. Ella reprimió un gemido silencioso cuando él pasó a masajearle la planta del pie. Le apretó con suavidad cada uno de los dedos, y le describió círculos pequeños en el pulpejo. Pasado un rato, le sujetó el otro pie, y se lo frotó y apretó pacientemente hasta que ella se relajó en su regazo con la cabeza apoyada en su pecho, oyendo los latidos de su corazón. Respiraba lentamente sumida en una especie de trance que la adormilaba, aunque seguía despierta.

En el exterior, el viento invernal surcaba veloz las colinas herbosas y zarandeaba las ramas de los árboles como puertas desatrancadas. La casa crujía y emitía todo tipo de ruidos a medida que avanzaba la noche.

Rhys la meció cómodamente mientras escuchaban los chisporroteos del roble en la chimenea y contemplaban cómo las llamas bailaban y soltaban chispas. Nadie había abrazado a Helen tan cerca, ni tanto rato.

—¿Por qué crujen tanto las casas viejas? —preguntó Rhys distraídamente mientras jugueteaba con la trenza de Helen y se pasaba la sedosa punta por la mejilla.

—Cuando el calor se esfuma por la noche, las viejas tablas de madera se contraen unas contra otras.

—Es una casa demasiado grande. Y dejaron que te las arreglaras sola en este lugar mucho tiempo. Antes no sabía lo sola que estabas.

—Contaba con la compañía de las gemelas. Yo velaba por ellas.

—Pero nadie velaba por ti.

Sintió un profundo desasosiego, como siempre que pensaba en su niñez. Había sido como si su supervivencia hubiera dependido de que no se quejara en ningún momento y de que nunca llamara la atención.

—Oh, no... no lo necesitaba.

—Todas las niñas necesitan sentirse seguras y queridas. —Le apartó de la cara los mechones sueltos, recorriéndole delicadamente con los dedos los brillos cambiantes del resplandor del hogar en su pelo—. Cuando creces sin algo, su carencia siempre te acompaña. Incluso cuando finalmente lo tienes.

—¿Te sientes así alguna vez? —preguntó ella, alzando los ojos hacia él, asombrada.

—Mi fortuna es tan grande, *cariad*, que las cifras asustarían a cualquier hombre sensato —explicó Rhys con una sonrisa burlona de sí mismo—. Pero hay algo dentro de mí que no deja de insistirme en que mañana podría haber desaparecido hasta el último chelín. —Le siguió con la mano el contorno de la cadera y después el muslo. Tras sujetarle la rodilla, fijó la mirada en los ojos de Helen—. Cuando estuvimos en Londres, me dijiste que tu mundo era muy reducido. Bueno, pues mi mundo es muy grande. Y tú eres la persona más importante en él. Ahora hay alguien que te protege y te quiere, Helen. Con el tiempo te acostumbrarás y dejarás de preocuparte. —Cuando ella le hundió la cara en el pecho, él le acercó la boca a la oreja y le susurró—: Estamos unidos para siempre. ¿Recuerdas?

Helen le rozó con la mejilla la bata de terciopelo.

—Todavía no hemos pronunciado nuestros votos.

—Lo hicimos la tarde que estuviste en mi cama. Eso es lo que aquello significó. —Le puso los dedos bajo el mentón y le levantó la cabeza para que lo mirara. La diversión le marcó más las arruguitas de las comisuras de los ojos—. Lo siento, mi vida, pero no vas a poder librarte de mí.

Helen contempló desesperadamente el rostro de Rhys, sus sombras y ángulos fuertes y marcados que servían de marco imponente a aquellos fascinantes ojos negros. Rhys, que no le ocultaba nada, le permitía ver la ternura que estaba reservada solo para ella. Sintió la irresistible atracción que había entre ellos, como la fuerza de gravedad entre dos estrellas binarias. La recostó mejor contra su pecho, flexionando su fuerte cuerpo bajo el de ella. Helen se notó los pechos calientes e hinchados, y se volvió para apretujarlos contra él. Aturdida por la culpa y el deseo, le rodeó el cuello con los brazos. Quería más, ansiaba su piel, su sabor, sentirlo dentro de ella.

«Díselo —le gritó su conciencia atormentada—. ¡Díselo!»

En cambio, se oyó susurrar:

—Quiero irme a la cama ya.

Debajo de ella, donde estaba en contacto íntimo con él, sintió una creciente presión.

—¿Sola? —preguntó él, provocador, arqueando las cejas.

—Contigo.

18

Rhys no sabía por qué Helen parecía especialmente vulnerable aquella noche, a merced de alguna ansiedad íntima que no quería explicarle. Siempre se guardaba algo en secreto, una punta del alma vuelta hacia dentro. El misterio que la envolvía, aquella nota esquiva de su carácter lo cautivaba. Que Dios lo ayudara, porque nunca había querido estar dentro de una mujer tanto como le ocurría con ella.

La llevó hasta la cama y la depositó suavemente.

Con una decisión que lo pilló desprevenido, Helen le sujetó el cinturón de la bata y se lo desabrochó. La prenda se abrió y le dejó al descubierto el miembro enhiesto... y entonces ella posó las manos en él. A Rhys se le secó la boca, y tuvo la sensación de que iba a estallar cuando ella empezó a explorar la forma y la textura de aquella ardiente erección.

Se sacudió para que la bata le resbalara hacia el suelo y se quedó con las manos suspendidas en el aire, sin saber muy bien dónde ponerlas. Ni en sus mejores sueños habría imaginado que Helen haría algo así de motu proprio. La finura con que lo hacía, tocándolo con sus delgados dedos con la misma delicadez con que tocaba el piano o sostenía una taza de porcelana, encendió todavía más su pasión.

—¿Es más sensible aquí? —le preguntó al observar que él daba un respingo y contenía la respiración cuando ella llegó al glande.

Incapaz de articular una palabra coherente, Rhys asintió con un sonido ronco.

Entonces Helen le acarició la polla con la palma abierta. Mientras ella deslizaba los dedos hacia la bolsa testicular, Rhys atisbó el brillo azul de la piedra de luna del anillo que simbolizaba que él tenía derecho sobre ella. La rodeó con ambas manos con extremo cuidado, como si estuviera manejando algo peligrosamente volátil. Lo que era cierto. Su cuerpo era un mero recipiente rebosante de deseo, a punto de explotar. La parte primitiva de su cerebro sintió un placer obsceno al ver la imagen morbosa de aquella ninfa rubia sobándole la verga. El contraste entre elegancia y ordinariez lo atrajo de una forma primaria.

Tras sujetarle la base, ella formó un delicado aro con los dedos y los deslizó hacia arriba. Le tocó con el pulgar la punta expuesta y, cuando le dibujó un suave círculo, los ojos de Rhys le hicieron chiribitas y se le nubló la vista. Notó una fuerte pulsación en lo más profundo de la pelvis, señal de que estaba a pocos segundos de eyacular. Con un gemido, intentó apartarle las manos.

—Basta... no... mi amor...

Pero ella se inclinó más hacia él de tal modo que su aliento le rozaba el glande. Y lo besó, dejando los labios en la punta húmeda. La brutal reacción de su cuerpo casi amedrentó a Rhys. Jadeante, se apartó y se tumbó boca abajo en la cama para intentar que la sensación remitiera. Respiraba agitadamente, a grandes bocanadas.

—Helen... —susurró, aferrándose a las sábanas—. Dios mío, Helen...

Notó que ella se movía a su lado y que la cama se hundía levemente bajo su liviano cuerpo.

—¿Te ha gustado? —le preguntó ella con cautela.

El graznido que emitió él al asentir vigorosamente se perdió entre las sábanas.

—Menos mal. —Pareció aliviada.

Pasado un instante, Rhys notó que se encaramaba a él. Se

había quitado el camisón y estaba tendiendo su cuerpo desnudo encima del suyo como si fuera un gato. Él se excitó súbitamente al sentir el tentador contacto: su sedosa piel femenina, las curvas de sus pechos, la matita de rizos que le acariciaba las nalgas...

—He hablado con Kathleen —dijo ella, y su aliento le hizo cosquillas en la nuca, erizándole el vello—. Me explicó algunas cosas que creía que yo debería saber sobre las relaciones conyugales.

Cuando él se movió y se estremeció bajo ella, Helen se contorneó para amoldarse más al cuerpo masculino.

—Helen... estate quieta.

—¿Te resulta incómodo que esté encima de ti? —ronroneó.

—No; es solo que estoy tratando de no correrme.

—Oh. —Helen le apoyó la mejilla en la nuca—. Hay hombres que pueden hacerlo más de una vez —comentó amablemente.

A pesar de su ardiente excitación, Rhys no pudo evitar esbozar una sonrisa con la cara hundida en el colchón.

—¡Qué bien informada estás, *cariad*!

—Quiero aprender todo lo que sabría hacer una querida para complacerte.

Rhys se volvió con cuidado para quedar tumbado de lado y que ella pudiera apartarse antes de que él la cubriera con su cuerpo. Le sujetó la cabeza con las manos de modo que sus cabellos entre dorados y plateados le asomaban entre los dedos.

—Mi vida —dijo—, no hace falta que te preocupes por eso. Todo lo que tiene que ver contigo es un placer para mí.

—Estoy segura de que descubrirás cosas que no te gustarán —aseguró Helen, con ojos recelosos.

—Eso espero. Si no tuvieras ningún defecto, los míos se notarían demasiado.

—Igualaré los tuyos —le aseguró con un dejo de ironía que Rhys nunca le había oído.

—Si te estás refiriendo a tu timidez, aprenderás a superarla.

—Pegó su cadera a la de ella—. Mira, si no, los progresos que has hecho conmigo.

Helen soltó una carcajada, sonrojada. Recorrió el costado de Rhys con una mano y la deslizó prudentemente entre ambos cuerpos.

—¿Cómo se llama esto? —preguntó, sujetándole de nuevo el miembro—. ¿Cuál es su nombre?

—¿No incluyó eso en su charla tu cuñada? —repuso Rhys tras apretar los dientes estoicamente.

—Me dijo algunas palabras con que se lo designa en inglés, pero quiero saber cómo se llama en galés.

—¿Es así como piensas empezar a aprender galés? —preguntó Rhys, casi jadeando—. ¿Con blasfemias?

—Ajá.

—Bueno, pues la mayoría de palabras galesas sobre este tema parecen sacadas de un manual de agricultura —comentó Rhys tras inclinarse para besarla—. La palabra para el miembro viril de un hombre es *goesyn*. Tallo.

Helen repitió las sílabas mientras se lo tocaba y acariciaba con enloquecedora suavidad.

—Cuando un hombre penetra a una mujer —graznó él—, la palabra es *dyrnu*. Trillar. —Y empezó a descender por el cuerpo de Helen plantándole besos, saboreando su cálida piel espolvoreada ligeramente con talco. Tras soplarle suavemente los protectores rizos de su sexo, murmuró—: Esto es un *ffwrch*. Un surco por arar. —Se agachó lo suficiente para que ella notara la punta de la lengua mientras le recorría la entrepierna inocentemente cerrada. Notó que a la joven le temblaban ambos muslos—. Y la palabra para esto... —profundizó un poco más hasta encontrar el capuchón todavía escondido— es *chrib*, un trozo de panal. —Hurgó de nuevo, excitando aquella parte tan sensible hasta que la distinguió claramente con la punta de la lengua.

Siguió lamiéndola y excitándola lentamente mientras Helen se retorcía debajo de él. Estaba absorto en ella, ajeno a todo lo que discurría fuera de aquella habitación, de aquella cama. ¡Qué hermosa era! Su piel era del color de las perlas, y la palma de las manos y la planta de los pies eran tan suaves como patas de gatito. Tenía puntos sensibles por todo el cuerpo, y separaba involuntariamente los dedos de los pies cuando él le besaba el puente del pie, o extendía la pierna cuando le acariciaba la corva con la lengua.

Se elevó de nuevo sobre ella y se apoyó con cuidado para colocar el miembro turgente en aquel exquisito canal y dejar que ella sintiera lo que estaba a punto de darle. Ella estaba ansiosa, a tal punto que el pulso se le hizo visible en el cuello.

—¿Me quieres, Helen?

—Sí... Sí...

Temeroso de lastimarla si la penetraba con ímpetu, le sujetó las caderas para que dejara de retorcerlas y le susurró que se quedara quieta; tenía que hacerlo despacio. Helen estaba mojada pero tensa, y se negaba a entregarse fácilmente. Hizo que le rodeara el cuello con los brazos y, jadeante, empezó a adentrarse en ella, con embestidas breves, cada vez algo más profundas. Le besó los labios y el cuello. Se le agolpaban en la cabeza imágenes de la otra vez que habían estado juntos y de cómo le había hecho daño; en esta ocasión iba a hacer todo lo posible para que disfrutara.

Cuando la hubo penetrado hasta el fondo, se detuvo para observarla. Ella tenía la piel húmeda y reluciente, y los ojos, brillantes. Parecía salida de un mundo mítico, de fantasía; un encantador ángel extraviado que le había caído del cielo. Se hundió más en el tierno abrazo de sus caderas y sus muslos, y se deleitó con su cuerpo tembloroso debajo de él mientras el aire le acariciaba la espalda sudada como una delicada tela de seda fría. Le recorrió con la boca un pecho y el gemido gutural que ella emitió le regaló los oídos. Jugueteó con ambos senos, rodeando sus firmes curvas con las manos, levantándoselos mientras la excitaba y le mordisqueaba los pezones.

—Cuando empuje hacia ti, *cariad*, levanta las caderas así —la instruyó con voz ronca a la vez que le pasaba una mano bajo las nalgas y la impulsaba hacia arriba para facilitar su avance. Se retiró lentamente y volvió a impulsarse hacia delante, y ella le acercó el cuerpo con un movimiento tímido que provocó que una oleada de fuego candente le recorriera el cuerpo. Se esforzó por recuperar el aliento—. Sí, así, muy bien, mi... ¡Ah! Dios mío, me vas a matar... —Notó que Helen afianzaba bien los pies, con lo que pudo adelantar las caderas cuando él se hundió en ella. Le resultó tan nuevo, tan increíblemente tierno y dulce, que fue como si estuvieran haciendo otra cosa y no follando.

Jamás había estado tan excitado, ni sentido un deseo tan imperioso. Mientras la poseía sin perder el ritmo, notó que el placer se le escapaba puesto que se estaba acercando rápida e irresistiblemente al clímax. Pero todavía no quería que terminara. Apretó los dientes y logró parar. Helen se retorció bajo su cuerpo entre gemidos.

—Espera... —pidió Rhys.

—No puedo...

—Necesito que esperes.

—Oh, por favor...

—En un minuto. —La sujetó de tal modo que no podía moverse.

—Eso significa nunca —se quejó ella, y emitió una risita insegura.

Cuando Rhys hubo controlado su deseo, empezó otra vez, aumentando gradualmente el ritmo mientras iba acumulando tensión en su interior. Se detenía cada pocos minutos, dentro de Helen, dejando que su deseo amainara para poder seguir empujando. Los gemidos de Helen se fueron volviendo más fuertes, y sus movimientos, más exigentes. Vio cuando ella perdía el control, con los ojos cerrados y la cara colorada.

Y entonces, tras pasarle los brazos bajo las corvas, le empujó las piernas hacia atrás y las caderas hacia arriba hasta que le quedaron los pies balanceándose en el aire, y entonces la penetró con más ardor. Completamente abierta para él, Helen lo ayudaba, lo sujetaba deliciosamente. Cuando gritó con los dientes apretados, él se inclinó para sellarle los labios con los suyos. Después, le obligó a separarlos y sorbió los sonidos que ella emitía. Helen llegó así al orgasmo, estremeciéndose de placer, y él ya no pudo contenerse más. Toda la tensión acumulada se liberó con tal fuerza que le llegó hasta la coronilla. Eyaculó dentro de ella, entregándole hasta la última gota de su esencia mientras ella la extraía de él con unas contracciones interminables.

Aturdido por la fuerza de su orgasmo, le bajó las piernas y se quedó suspendido sobre ella, jadeando. Helen le rodeó la espalda con los brazos, obligándolo a descender sobre ella hasta que quedaron tumbados tan juntos como las páginas de un libro. Deseaba permanecer así, fusionado, sujeto y acariciado dentro de ella, el resto de su vida. Pero con un último esfuerzo, se desplomó hacia un lado y se separó de ella.

Transcurrido un rato, Helen se levantó de la cama con mucho sigilo y regresó con un paño que había mojado en el lavabo del rincón. Cuando empezó a limpiarle con cuidado la entrepierna, él se tumbó boca arriba y enlazó las manos tras la cabeza para disfrutar viendo cómo ella le realizaba aquel servicio íntimo.

—Nadie me ha dado jamás tanto placer, *cariad*.

Helen se detuvo para dirigirle una sonrisa. Cuando hubo terminado sus cuidados, puso a un lado el paño, apagó la lámpara y volvió a meterse en la cama. Él los tapó a ambos con las mantas y recostó a Helen en su hombro.

—¿Has estado con muchas mujeres? —se atrevió a preguntar ella, acurrucada contra él.

Rhys le recorrió con la mano la suave línea de la espalda mientras reflexionaba su respuesta. ¿Cuánto tenía que contar un hombre a su esposa, o más bien futura esposa, sobre las mujeres a las que había conocido antes que a ella?

—¿Acaso importa? —replicó.

—No. Pero siento curiosidad por saber cuántas queridas has tenido.

—Los almacenes han sido siempre mi querida más exigente.

—Seguro que detestas estar lejos de ellos —comentó Helen, presionándole los labios en el hombro.

—Ni la mitad de lo que detesto estar lejos de ti.

—Todavía no has contestado a mi pregunta —insistió Helen, cuyo beso se convirtió en una sonrisa.

—Si te refieres al tradicional acuerdo de ponerle una casa a una mujer y pagarle las facturas, solo he tenido una querida. Duró un año. —Tras una breve pausa, añadió con franqueza—: La verdad es que es muy raro: pagas la compañía de una mujer en la cama y también fuera de ella.

—¿Por qué lo hiciste?

—Otros hombres de mi posición tienen queridas —respondió, encogiéndose de hombros—. Un socio me la presentó después de que su anterior acuerdo hubiera finalizado. Necesitaba un nuevo protector, y la encontré atractiva.

—¿Llegaste a quererla?

Rhys no estaba acostumbrado a pensar en su pasado ni a comentar cómo se sentía respecto a sus acciones. No entendía de qué iba a servir airear sus debilidades ante Helen. Pero como ella permaneció a la espera de una respuesta, prosiguió a regañadientes.

—Nunca supe si su cariño fue real, o si estaba incluido en la factura. Creo que ni siquiera ella lo sabía.

—¿Querías que te tuviera cariño?

Él negó con la cabeza. Helen le pasó la mano suavemente por el tórax y el abdomen, y aquel momento fue tan apacible que acabó contándole más de lo que pretendía:

—He tenido amantes de vez en cuando. Mujeres que no querían que las mantuvieran y que a veces les gustaba algo de dureza.

—¿Algo de dureza? —repitió Helen, socarrona.

—Algo de clase baja —explicó Rhys—. Un bruto en la cama.

—Pero tú eres tierno —aseguró ella, poniéndole la mano en el pecho.

Rhys se movía entre la diversión y el bochorno al recordar algunas de las anécdotas más escabrosas de su pasado.

—Me alegro de que opines eso, *cariad* —dijo.

—Y tampoco eres de clase baja. —Helen empezó a dibujarle de nuevo figuras invisibles en el pecho.

—Lo que está claro es que no soy de clase alta —aseguró él con ironía—. «Aristócratas del bacalao», nos llaman. Hombres que han amasado una fortuna en los negocios pero que son de origen humilde.

—¿A qué se debe lo del bacalao?

—El término solía aplicarse a los comerciantes ricos que se establecieron en las colonias americanas e hicieron dinero con el comercio del bacalao. Ahora se utiliza para cualquier hombre de negocios próspero.

—Otra forma de decirlo es «nuevo rico». Nunca se utiliza como cumplido, claro. Pero debería ser así. Que un hombre llegue a lo más alto por sus propios medios es admirable. —Cuando notó que él se reía silenciosamente, insistió—: Lo es.

Rhys volvió la cabeza para besarla.

—No tienes que halagar mi vanidad.

—No te estoy halagando. Tú me pareces admirable.

Tanto si de verdad se lo parecía como si simplemente interpretaba el papel de leal esposa, sus palabras aliviaron las partes torturadas de su alma como un bálsamo curativo. ¡Dios, cómo necesitaba aquello! Siempre lo había necesitado: tener la figura joven y esbelta de Helen apretada contra él y tanteándole tímidamente el cuerpo con las manos. Se quedó quieto y permitió que se lo explorara para satisfacer su curiosidad.

—¿Hubo alguna vez una mujer con la que realmente pensaras casarte?

Rhys vaciló, poco dispuesto a que se dejara al descubierto su pasado. Pero Helen ya había atravesado su coraza.

—Hubo una chica que me gustaba —admitió.

—¿Cómo se llamaba?

—Peggy Gilmore. Su padre era un fabricante de muebles que abastecía mis almacenes. —Evocó recuerdos poco gratos, repasó imágenes estremecedoras, palabras, diversos sentimientos—.

Una chica bonita de ojos verdes. No la cortejé; la cosa nunca llegó tan lejos.

—¿Por qué no?

—Sabía que un buen amigo mío, Ioan, estaba enamorado de ella.

—Es un nombre galés, ¿verdad? —preguntó Helen, pasándole una pierna por encima de la suya.

—Sí, la familia de Ioan, los Crewe, vivían en High Street, cerca de la tienda de mi padre. Hacían y vendían equipos de pesca. Tenían un gigantesco salmón disecado en el escaparate. —Esbozó una ligera sonrisa al recordar cómo le fascinaban los peces y los reptiles disecados expuestos en la tienda—. El señor Crewe persuadió a mis padres de que me permitieran asistir a clases de caligrafía con Ioan dos tardes a la semana. Les convenció de que les iría bien para el negocio tener a alguien que supiera escribir con letra clara y legible. Años después, cuando empecé a ampliar mi tienda, contraté a Ioan para que llevara el control de las existencias. Era un hombre honesto, estupendo, muy valioso. No podía culpar a Peggy por preferirlo a él antes que a mí; yo nunca la habría amado como él.

—¿Se casaron? ¿Trabaja todavía en la tienda?

Un sentimiento sombrío se apoderó de Rhys, como siempre que pensaba en los Crewe. No quería que el pasado se inmiscuyera en los momentos que pasaba con Helen.

—No hablemos más de ello, *cariad*. No es una historia agradable, y contarla saca lo peor de mí.

Pero ella no se arredró.

—¿Tuvisteis algún altercado?

Rhys se limitó a negar con la cabeza, sin decir nada, irritado. Creyó que Helen desistiría entonces. Pero notó que le ponía los labios en la mejilla mientras le hundía una mano en el pelo y se la dejaba ligeramente apoyada en la cabeza. Aquel consuelo silencioso, tan inesperado, lo desarmó por completo.

Desconcertado ante su incapacidad de ocultarle nada, soltó un suspiro.

—Hace cuatro años Ioan murió.

Helen se quedó quieta y callada mientras asimilaba la información. Pasado un momento, lo besó de nuevo, esta vez en el pecho. Sobre el corazón.

«Maldita sea», pensó Rhys al darse cuenta de que iba a contárselo todo. Era incapaz de marcar ninguna distancia con ella.

—Él y Peggy se casaron —explicó—. Fueron felices un tiempo. Hacían buena pareja, y Ioan había ganado una fortuna con sus acciones de los almacenes. Daba a Peggy todo lo que deseaba. —Hizo una pausa antes de admitir con tristeza—: Excepto su tiempo. Ioan trabajaba las mismas horas que siempre y se quedaba en los almacenes hasta muy tarde todas las noches. La dejaba sola demasiado rato. Yo tendría que haberlo impedido, haberle dicho que se fuera a casa y prestara atención a su esposa.

—Pero tú no eras quién para decirle eso.

—Tendría que haberlo hecho, como amigo suyo que era... —Notó que Helen recostaba la cabeza en su pecho—. Eso no será ningún problema en nuestro matrimonio —murmuró—. No haré horarios de soltero.

—Nuestra casa es contigua a los almacenes. Si trabajas hasta demasiado tarde, simplemente iré a buscarte.

Esa respuesta pragmática casi le hizo sonreír.

—No te costará nada tentarme para que deje el trabajo —aseguró, jugueteando con su pelo, cuyos mechones le cubrían el tórax como pálidas cintas.

—¿Disgustaba eso a Peggy?

—Sí, necesitaba más compañía de la que Ioan le proporcionaba. Iba a eventos sociales sin él y, finalmente, fue presa de las atenciones de un hombre que la encandiló y sedujo. —Rhys titubeó, con el mismo nudo en la garganta que se le había hecho las pocas veces que había relatado la historia. Se obligó a seguir y narró los acontecimientos como si estuviera jugando al solitario—. Acudió a Ioan, avergonzada y llorosa, y le dijo que esperaba un hijo que no era de él. Ioan la perdonó y le aseguró que la apoyaría. Afirmó que la culpa era suya por haberla dejado sola. Le prometió reconocer al hijo como suyo propio, y amarlo como si fuera su verdadero padre.

—Qué honorable —comentó Helen con ternura.

—Ioan era mejor hombre de lo que yo podré ser jamás. Se dedicó en cuerpo y alma a Peggy. Estuvo con ella durante las horas previas al parto, desde las contracciones hasta que se inició el alumbramiento. Pero fue mal. El parto duró dos días, y los dolores se volvieron tan terribles que tuvieron que administrar cloroformo a Peggy. Pero lo hicieron demasiado deprisa, lo que le provocó una reacción adversa que acabó con su vida en cinco minutos. Cuando se lo dijeron, Ioan sufrió un colapso debido a la impresión y la pena. Tuve que llevarlo a su habitación.

Negó con la cabeza, maldiciendo el recuerdo de su propia impotencia, su abrumadora necesidad de enmendar cualquier entuerto y solucionarlo todo, y la forma en que se había estrellado una y otra vez con el hecho de no poder hacerlo.

—La desesperación lo enloqueció —prosiguió—. Los siguientes días tuvo visiones, hablaba con personas imaginarias. Preguntaba cuándo Peggy acabaría de dar a luz como si el reloj se hubiese detenido para siempre en aquel momento. —Esbozó una sonrisa forzada—. Ioan era el amigo con el que siempre hablaba cuando tenía un problema peliagudo, cuando necesitaba meditar algo. Empecé a preguntarme si yo mismo me habría vuelto algo loco, porque más de una vez me encontré pensando: «Dios mío, tengo que hablar con Ioan de todo lo que está ocurriendo para que podamos decidir qué hacer.» Solo que el problema era él. Estaba deshecho. Hice que lo visitaran médicos, un sacerdote, amigos y parientes, cualquiera que pudiera llegar a él. —Tragó saliva con fuerza—. Una semana tras la muerte de Peggy, Ioan se ahorcó.

—¡Oh, Dios mío! —susurró Helen.

Los dos guardaron silencio un buen rato.

—Ioan era como un hermano para mí —dijo finalmente Rhys—. He esperado que la situación mejorara con el tiempo.

Pero hasta ahora, no ha sido así. Lo único que puedo hacer es alejarlo de mi mente y no pensar en ello.

—Lo entiendo —dijo Helen, como si fuera cierto. Le describió con suavidad un círculo en el pecho con la palma de la mano—. ¿Murió el bebé?

—No; sobrevivió. Era una niña. La familia de Peggy no la quiso, dado sus orígenes, y la envió a su padre biológico.

—¿Sabes qué fue de ella?

—Me importa un comino —repuso Rhys con amargura—. Es hija de Albion Vance.

Un extraño aturdimiento invadió a Helen, como si se le acabara de desprender el alma del cuerpo. Se quedó inmóvil pegada a él mientras los pensamientos se le arremolinaban en la cabeza como mariposas nocturnas en la oscuridad. ¿Cómo no se le había ocurrido antes que era probable que su madre no fuera la única mujer que Vance había seducido y abandonado?

La pobre criaturita no deseada tenía ya cuatro años. ¿Qué habría hecho Vance con ella? ¿La habría acogido en su casa?

No sabía por qué, pero lo dudaba.

Con razón Rhys lo detestaba.

—Lo siento —dijo en voz baja.

—¿Qué sientes? Tú no tienes nada que ver en todo esto.

—Simplemente... lo siento.

Notó que Rhys inspiraba con fuerza, y una oleada de compasión y ternura se llevó por delante su aturdimiento. Quería consolarlo por el dolor del pasado y por el venidero.

El fuego, reducido a brasas en un lecho de cenizas, emitía un tenue brillo amarillento. La mayoría del calor de la habitación procedía de la única figura masculina. Ella le recorrió el cuerpo con los labios y las manos. Él se quedó quieto, interesado en saber qué pretendía su amada. El firme abdomen se le contrajo cuando ella le deslizó la boca por allí. Al llegar a la entrepierna, inhaló la fragancia íntima de Rhys: un olor a almizcle con un ligero perfume que le recordó al del abedul, dulzón, como el de un prado en verano. Oyó la exclamación grave que soltó Rhys cuando le tocó el miembro viril y se lo sujetó mientras aumentaba rápidamente de tamaño entre sus dedos.

Con voz entrecortada, Rhys barbotó unas súplicas apremiantes. Helen no creyó que se percatara de que estaba hablando en su lengua materna, que era imposible que ella entendiera, claro. Pero, guiada por su tono y su vehemencia, agachó la cabeza para besarle el glande. Como Rhys movió las caderas involuntariamente y gruñó como si le doliera, titubeó. Pero él le puso una mano temblorosa en la cabeza y le acarició el pelo en lo que parecía una mezcla de ruego y bendición. Helen se atrevió entonces a rodearlo con los labios y notó un sabor salado al retroceder despacio. Rhys se puso tenso, como un hombre atado a un potro de tortura, y gimió cuando ella repitió la succión.

Acto seguido, había tumbado de costado a Helen y encajado sus cuerpos como si fueran dos cucharas. Le pasó un brazo musculoso por la corva y le levantó el muslo y ella, tensa por la sorpresa, notó que la penetraba. Entonces, él le besó el cuello y le susurró en galés unas palabras tiernas como caricias. Sus labios le encontraron el punto vulnerable detrás de la oreja, donde sabía que ella era especialmente sensible. Ella se relajó mientras él se colocaba bien y la embestía hacia arriba en un ángulo que le excitó un nuevo punto íntimo. Después de apoyarle la pierna sobre la suya, le deslizó una mano entre los muslos.

Entre gemidos, la joven se entregó al ritmo que él establecía, mientras su fuerza vital la penetraba profundamente. Rhys movía las caderas con creciente energía, provocándole intensas sensaciones, hasta que el placer pareció envolverla por completo. Helen sintió una oleada de calor, seguida de otra más fuerte. Buscando sofocar sus gritos, se volvió para morder el brazo que Rhys le había pasado bajo el cuello. El aliento de él le abrasaba el cuello a ráfagas rápidas, y notó que la arañaba con los dientes y le rascaba la piel con la incipiente barba. Se retorció para acoplar sus caderas a las de Rhys y permitirle una penetración total, y él, con un gruñido entrecortado, lo hizo con vehemencia y hasta el fondo.

Finalmente, ambos se quedaron inmóviles mientras se relajaban poco a poco. Cuando Helen pudo moverse por fin, bajó la pierna. Se notaba pesada y sin fuerzas, plenamente satisfecha. En lo más profundo de su intimidad, donde Rhys seguía presionándola, notó una pulsación insistente y no supo si procedía de él o de ella.

Rhys le recorrió suavemente el cuerpo con una mano, acariciándole la cadera y la cintura. Helen se estremeció cuando él le mordisqueó el lóbulo de la oreja. Le había encajado las piernas detrás de las de ella, que notaba la agradable aspereza del vello masculino.

—Se te olvidó hablar en inglés —comentó con voz lánguida—. Durante el acto.

—Te deseaba tanto que no podría haber dicho ni mi propio nombre —dijo Rhys mientras le lamía una oreja.

—No nos habrá oído nadie, ¿verdad?

—No fue ninguna casualidad que me dieran una habitación alejada de la familia.

—A lo mejor temían que roncaras —bromeó ella, y de pronto se detuvo—. ¿Roncas?

—Creo que no. Eso tendrás que decírmelo tú.

—La criada no puede encontrarme aquí por la mañana cuando venga a encender la chimenea —comentó Helen con un suspiro tras acurrucarse más entre sus brazos—. Tendría que regresar a mi cuarto.

—No, quédate. —La sujetó con más fuerza—. Te despertaré temprano. Nunca duermo después del alba.

—¿Nunca? ¿Por qué no?

—Es lo que tiene ser el hijo de un tendero —respondió Rhys, sonriéndole ociosamente en el cuello—. Para mí la jornada empezaba con la primera luz del día, cuando entregaba las cestas con los pedidos a familias de todo el barrio. Si era lo bastante rápido, podía detenerme cinco minutos para jugar a las canicas con los amigos antes de volver a la tienda. —Rio entre dientes—. Siempre que mi madre oía que las canicas me repiqueteaban en el bolsillo, me las quitaba y me arreaba una colleja. Decía que no había tiempo para jugar con tanto trabajo por hacer. De modo que empecé a envolverlas en un pañuelo para que no sonaran.

Helen se lo imaginó de niño: un chaval larguirucho que se apresuraba a hacer sus tareas matutinas con un alijo de canicas prohibidas en el bolsillo. Una intensa emoción le hinchó el pecho; una felicidad electrizante casi rayana en el dolor.

Lo amaba. Amaba al niño que había sido, y al hombre que era. Amaba su aspecto, su olor, su tacto, el encanto brusco de su acento, el orgullo y la decidida voluntad que lo habían llevado tan lejos en la vida, y las otras mil cualidades que lo hacían ser un hombre tan extraordinario. Se volvió entre sus brazos, se apretujó tanto como pudo contra su cuerpo y poco a poco se sumió en un sueño agitado.

19

—El carruaje está subiendo por el camino de entrada —anunció Cassandra, arrodillándose en el sofá para mirar por la ventana de la sala de visitas—. Ya casi han llegado a la casa.

La tarea de ir a recoger a lady Berwick y su doncella a la estación de ferrocarril de Alton y llevarlas a Eversby Priory había recaído en West.

—Dios mío —murmuró Kathleen, llevándose una mano al pecho.

Se había pasado toda la mañana yendo de habitación en habitación, tensa y abstraída, para asegurarse de que todo estaba perfecto hasta el último detalle. Se habían examinado detenidamente los arreglos florales, de los que se había eliminado cualquier flor marchita. Se habían sacudido y cepillado a fondo las alfombras, limpiado la plata y el cristal con un paño suave, y puesto velas nuevas en cada uno de los candelabros. Se habían colocado fruteros colmados de fruta fresca y puesto botellas de champán y de soda en recipientes con hielo en todos los aparadores.

—¿Por qué te preocupa tanto cómo esté la casa? —le preguntó Cassandra—. Lady Berwick ya la vio una vez, cuando te casaste con Theo.

—Sí, pero por entonces yo no era la responsable de nada. Ahora llevo viviendo aquí casi un año, y si hay algo que esté mal, sabrá que es culpa mía. —Hablaba ensimismada, andando en círculo sin cesar—. Acordaos de hacer una genuflexión cuando llegue lady Berwick. Y no le preguntéis cómo está. No le gusta. Limitaos a darle las buenas tardes. —Se detuvo súbitamente y dirigió una mirada ansiosa alrededor—. ¿Dónde están los perros?

—En el salón de arriba —contestó Pandora—. ¿Quieres que los baje aquí?

—No, por Dios. Lady Berwick no permite a los perros entrar en la sala de visitas. —Se detuvo en seco al recordar algo incómodo—. Y no digáis nada del cerdo que tuvimos viviendo en casa como una mascota el año pasado —ordenó, y se puso a caminar de nuevo—. Cuando os pregunte algo, procurad responder con sencillez, y no bromeéis. No le gustan las ocurrencias.

—Lo haremos lo mejor posible —aseguró Pandora—. Pero Cassandra y yo no le caemos bien. Después de conocerla en la boda, oí que decía a alguien que nos portábamos como cabras salvajes.

—Le escribí que ambas os habéis convertido en unas jovencitas con una formación muy completa y con muy buenos modales —comentó Kathleen sin dejar de andar.

—¿Le mentiste? —preguntó Pandora, abriendo los ojos como platos.

—Entonces acabábamos de empezar las clases de etiqueta —dijo Kathleen a la defensiva—. Supuse que nuestros progresos serían algo más rápidos.

—Ojalá hubiera prestado más atención —lamentó Cassandra, preocupada.

—A mí me importa un pimiento si le parezco bien o no a lady Berwick —aseguró Pandora.

—Pero a Kathleen sí —indicó Helen con dulzura—. Por eso vamos a procurar hacerlo lo mejor posible.

—Ojalá pudiera ser perfecta como tú, Helen —suspiró Pandora.

—¿Como yo? —Helen movió la cabeza con una risita incómoda—. Te puedo asegurar que soy la persona más imperfecta del mundo, cielo.

—Oh, ya sabemos que has cometido errores —dijo Cassandra con alegría—. Lo que ha querido decir Pandora es que tú siempre pareces perfecta, que es lo que realmente importa.

—Bueno —la contradijo Kathleen—, no es eso lo que en verdad importa.

—Pero no hay ninguna diferencia entre ser perfecta y parecerlo mientras nadie pueda distinguirlo —aseguró Cassandra—. El resultado es el mismo, ¿no?

—Sé que hay una buena respuesta para eso —comentó Kathleen, frotándose la frente, inquieta—. Pero ahora mismo no se me ocurre.

Pasados unos minutos, el mayordomo, Sims, hizo pasar a lady Berwick a la sala de visitas.

Lady Eleanor Berwick era una mujer voluminosa, alta, de espaldas anchas y pecho generoso, con una forma de moverse que recordó a Helen la proa de un majestuoso buque surcando aguas tranquilas. El efecto se vio realzado por el suave movimiento tras ella de la compleja falda de su vestido azul oscuro cuando entró en la habitación. Con su cara estrecha, sus labios finísimos y sus ojos de párpados gruesos, la condesa no era una mujer hermosa. Sin embargo, poseía un aplomo enorme y daba la impresión de conocer la respuesta a cualquier pregunta que valiera la pena hacer.

Helen vio el placer que reflejó el semblante de lady Berwick en cuanto sus ojos se posaron en Kathleen, que había corrido a su encuentro. Era evidente que la mujer mayor correspondía al afecto que Kathleen le profesaba. No obstante, cuando Kathleen la rodeó con los brazos, lady Berwick se mostró perpleja ante aquella demostración de cariño.

—Cielo —exclamó con una nota de censura.

Kathleen no la soltó.

—Iba a mostrarme circunspecta —aseguró con voz apagada

en el hombro de la mujer mayor—. Pero en cuanto la vi, me sentí como si volviera a tener cinco años.

La mirada de lady Berwick se volvió distante.

—Sí —dijo por fin tras ponerle una de sus largas y pálidas manos en la espalda—. No es fácil quedarse sin padre. Y tú has tenido que pasar dos veces por ese trance, ¿verdad? —Su voz era como el té sin azúcar, vigorizante. Le dio unas palmaditas afectuosas y dijo—: Pongámonos nuestra coraza de control.

Kathleen asintió y se separó de ella. Lanzó una mirada desconcertada a la puerta.

—¿Dónde ha ido West?

—El señor Ravenel estaba ansioso por librarse de mi presencia —respondió secamente lady Berwick—. No pareció disfrutar de nuestra conversación en el carruaje. —Y tras una pausa elocuente, comentó con gesto adusto—: Es un joven muy alegre, ¿no?

Helen estuvo segura de que aquellas palabras no eran ningún cumplido.

—Puede que West parezca un poco irreverente —empezó Kathleen—, pero puedo asegurarle que...

—No hace falta que me expliques cómo es. Sin duda, poquito de todo y pura apariencia.

—Usted no lo conoce... —dijo entre dientes una de las gemelas.

Al oír el susurro rebelde, lady Berwick se volvió bruscamente para contemplar a las tres hermanas Ravenel.

Kathleen se apresuró a presentarlas, y cada una de ellas hizo una genuflexión cuando le tocó su turno.

—Lady Berwick, estas son mis cuñadas: lady Helen, lady Cassandra y lady Pandora.

Los ojos desapasionados de la condesa se fijaron primero en Cassandra, a la cual dirigió un gesto inequívoco para que se acercara.

—Su postura es solamente aceptable —observó—, pero puede corregirse. ¿Qué talentos tiene, jovencita?

Como estaba preparada para esta pregunta, Cassandra respondió:

—Sé coser, dibujar y pintar a la acuarela, milady. No toco ningún instrumento, pero soy muy leída.

—¿Ha estudiado idiomas?

—Un poco de francés.

—¿Tiene algún hobby?

—No, señora.

—Excelente. Los hombres temen a las mujeres con hobbies. —comentó lady Berwick a Kathleen—. Es una belleza. Con algo más de refinamiento, será la reina de la temporada londinense.

—Yo tengo un hobby —aseguró Pandora, a destiempo.

Lady Berwick se volvió hacia ella con las cejas arqueadas.

—No me diga —dijo con voz gélida—. ¿Cuál, señorita atrevida?

—Estoy haciendo un juego de tablero. Si todo sale bien, lo venderé en grandes almacenes y ganaré dinero.

—¿Un juego de tablero? —se asombró la dama, dirigiéndole una mirada inquisitiva.

—De la clase que sirve para entretenerse en casa —explicó Kathleen.

Lady Berwick se volvió de nuevo hacia Pandora y la observó con los ojos entornados. Por desgracia, la muchacha se olvidó de continuar con la vista baja y le sostuvo la mirada con descaro.

—Un exceso de vitalidad —comentó lady Berwick—. Sus ojos son de un agradable tono azul, pero su mirada es la de un ciervo salvaje.

Helen se arriesgó a lanzar una mirada rápida a Kathleen, que parecía dispuesta a defender a Pandora.

—Pandora solo es... —empezó.

Pero lady Berwick la hizo callar con un gesto.

—¿No le preocupa que ese hobby, junto con el repulsivo deseo de ganar dinero, pueda alejar a cualquier posible pretendiente?

—No, señora.

—Pues debería. ¿No quiere casarse? —Ante la falta de respuesta de Pandora, insistió, impaciente—. ¿Y bien?

—¿Tengo que decir lo convencional o puedo ser sincera? —preguntó Pandora a Kathleen.

Lady Berwick respondió antes que Kathleen:

—Hable con sinceridad, jovencita.

—En ese caso, no, no quiero casarme. Nunca. Me caen bien los hombres, por lo menos los que he conocido, pero no me gustaría tener que obedecer a un marido y satisfacer sus necesidades. No me haría nada feliz tener un montón de hijos y quedarme en casa tejiendo mientras él sale a pasárselo bien con sus amigos. Preferiría ser independiente.

La habitación se quedó en silencio. Lady Berwick no mudó su expresión, ni pestañeó una sola vez mientras contemplaba a Pandora. Daba la impresión de que iba a librarse una batalla sin palabras entre la autoritaria dama y la indómita joven.

—Seguro que ha leído a Tolstói —soltó por fin lady Berwick.

Pandora, a quien la inesperada afirmación de la condesa pilló desprevenida, parpadeó.

—Pues sí —admitió, perpleja—. ¿Cómo lo ha sabido?

—Ninguna joven quiere casarse después de haber leído a Tolstói. Por eso yo jamás permití que ninguna de mis hijas leyera novelas rusas.

—¿Cómo están Dolly y Bettina? —intervino Kathleen, preguntando por las hijas de la condesa para cambiar de tema.

Pero ni lady Berwick ni Pandora iban a dejarse distraer.

—Tolstói no es la única razón por la que no quiero casarme —aseguró la joven.

—Sean cuales sean sus razones, son poco sensatas. Ya le explicaré yo por qué debe casarse. Además, es una muchacha poco convencional, y ha de aprender a ocultarlo. La felicidad elude a cualquier persona, hombre o mujer, que se sale de lo corriente.

—Sí, señora —dijo Pandora, mirándola con una mezcla de interés y extrañeza.

Helen sospechó que las dos mujeres se enzarzarían en una discusión monumental.

—Acérquese —dijo lady Berwick a Helen.

Esta la obedeció y esperó pacientemente a que la condesa la examinara.

—Un porte elegante —comentó lady Berwick—, con la mirada pudorosa y baja. Encantadora. Pero no sea demasiado tímida, porque eso motivará que la gente la acuse de orgullosa. Tiene que mostrarse lo suficientemente segura de sí misma.

—Lo intentaré, señora. Gracias.

La condesa la observó con ojos apreciativos.

—Está prometida con el misterioso señor Winterborne... —añadió.

—¿Es misterioso, señora? —preguntó Helen con una leve sonrisa.

—Para mí, lo es, puesto que no lo conozco personalmente.

—El señor Winterborne es un hombre de negocios —explicó Helen con cautela—; un caballero con muchas obligaciones que lo mantienen tan ocupado que no puede asistir a demasiados eventos sociales.

—Y tampoco lo invitan a los que son exclusivos, dado que pertenece a la burguesía. Estará afligida ante la perspectiva de un matrimonio desigual. Él es de clase inferior a la suya.

Aunque estas palabras le dolieron, Helen se obligó a mostrarse imperturbable, consciente de que la condesa la estaba poniendo a prueba.

—El señor Winterborne no es inferior a mí en ningún sentido, señora. El carácter permite medir a un hombre mucho mejor que sus orígenes.

—Bien dicho. Por suerte para el señor Winterborne, casarse con una Ravenel lo elevará lo suficiente como para permitirle alternar con la alta sociedad. Espero que demuestre ser digno de semejante privilegio.

—Pues yo espero que la aristocracia sea digna de él —replicó Helen.

—¿Es un hombre de nobles pensamientos? ¿De gustos refinados? ¿De comportamiento exquisito? —preguntó la condesa con una mirada penetrante.

—Tiene buenos modales, es inteligente, honesto y generoso.

—Pero ¿no refinado? —insistió lady Berwick.

—Sean cuales sean los refinamientos de los que el señor Winterborne carece, no hay duda de que los adquirirá si lo desea. Pero yo no le pediría que cambiara nada de él, puesto que ya hay mucho que admirar y correría el peligro de enorgullecerme de él en demasía.

—¡Qué joven tan extraordinaria! —exclamó lady Berwick, mirándola con un brillo cálido en sus ojos grises—. «Fría como el viento de las Shetland», como decía mi abuelo escocés. Menudo desperdicio entregarla a un galés; estoy segura de que podríamos haberla casado con un duque. Aun así, esta clase de unión, la alianza entre riqueza y linaje, es hoy en día necesaria hasta para las mejores familias. Tenemos que aceptarlo con elegancia y paciencia. —Se dirigió entonces a Kathleen—. ¿Ya valora el señor Winterborne la buena suerte que tiene al conseguir una esposa así?

—Podrá decidirlo por sí misma cuando lo conozca —respondió Kathleen con una sonrisa.

—¿Cuándo será eso?

—Espero que el señor Winterborne y lord Trenear lleguen de un momento a otro. Han ido a caballo al perímetro oriental de la finca para comprobar cómo va la preparación de la zona para la instalación de las vías férreas y un apeadero. Prometieron regresar y cambiarse a tiempo para el té de la tarde.

Antes de que Kathleen hubiera terminado siquiera la frase, Devon apareció en la puerta.

—Y así ha sido —confirmó, sonriendo a su mujer. La mirada que cruzaron antes de que se acercara para conocer a lady Berwick contuvo un rápido intercambio: una pregunta silenciosa, preocupación y apaciguamiento.

Lo siguió Rhys, vestido igualmente con ropa de montar: pantalones de pana, botas y una chaqueta de grueso velarte. Se detuvo junto a Helen con una sonrisa en los labios. Olía a campo: frío aire matinal, vegetación húmeda y caballos. Como siempre, su aliento desprendía cierto aroma a menta.

—Buenas tardes —le dijo, en el mismo tono suave con que le había dado los buenos días al despertarla a muy temprana hora esa misma mañana.

Al recordar la noche que habían pasado juntos, Helen notó que iba a sonrojarse de aquel modo que solo él le provocaba: un rubor de intensidad creciente. Había dormido mal, sin dejar de dar vueltas y más vueltas en la cama, con la cabeza llena de inquietudes. Más de una vez había sido consciente de que Rhys la calmaba y le acariciaba la espalda para que conciliara de nuevo el sueño. Cuando finalmente la había despertado al amanecer, ella le dirigió una mirada a modo de disculpa y masculló:

—No querrás volver a dormir conmigo.

Rhys soltó una ligera risa, la estrechó contra él y le acarició la espalda desnuda.

—Pues te sorprenderá que insista en hacerlo de nuevo esta noche. —Y después, le hizo el amor una última vez, a pesar de sus débiles protestas porque tenía que marcharse.

Ahora, para intentar no sonrojarse más, Helen desvió la mirada.

—¿Has montado a gusto? —le preguntó en voz baja mientras observaba cómo Kathleen presentaba a Devon a lady Berwick.

—¿A qué clase de monta te refieres? —El tono de Rhys fue tan anodino que al principio Helen no captó la broma.

—No seas malo —le susurró, lanzándole una mirada escandalizada.

Él le sonrió, le tomó la mano y se la acercó a los labios. Sentir la cariñosa presión de su boca en el dorso de los dedos no la ayudó a sofocar el creciente rubor.

La voz crispada de lady Berwick le llegó desde unos metros de distancia:

—Veo que ya no está tranquila y serena. Lady Helen, presénteme al caballero que parece haberla alborotado tanto.

La joven se dirigió hacia ella, acompañada de Rhys.

—Lady Berwick, este es el señor Winterborne —dijo.

El rostro de la condesa experimentó un cambio curioso cuando contempló a aquel galés corpulento y moreno. Se le enterneció la mirada, normalmente dura, y se le sonrosaron las mejillas como a una chiquilla. En lugar de agachar la cabeza para saludarlo, le tendió la mano.

Sin dudarlo, Rhys tomó con suavidad los dedos llenos de anillos de la mujer mayor y le hizo una elegante reverencia.

—Es un placer —afirmó con una sonrisa tras enderezarse.

Lady Berwick lo examinó, mirándolo casi perpleja, aunque su voz siguió siendo fría:

—Es usted joven. Debo admitir que esperaba que estuviera más entrado en años, en vista de sus logros.

—Empecé a aprender el oficio de mi padre a muy temprana edad, milady.

—Me lo han descrito como un «magnate de los negocios». Según tengo entendido, este término se utiliza para describir a alguien que ha amasado una fortuna tan enorme que no puede medirse con los parámetros normales.

—He tenido algún que otro golpe de suerte.

—La falsa modestia es orgullo disimulado, señor Winterborne.

—Este tema me incomoda —admitió con franqueza.

—Como tiene que ser; hablar de dinero es vulgar. Pero, a mi edad, pregunto lo que me apetece y dejo que me critiquen si se atreven.

De repente, Rhys rio de aquella forma tan natural y atractiva que tenía, de modo que los dientes blancos le destacaron en la tez morena.

—Yo jamás la criticaría ni le negaría nada, lady Berwick —aseguró.

—Bueno, pues entonces tengo una pregunta para usted. Lady

Helen insiste en que, al casarse con usted, no lo hace por debajo de sus posibilidades. ¿Está usted de acuerdo?

—No —respondió, mirando a Helen con ternura—. Todos los hombres se casan por encima de sus posibilidades.

—¿Cree, entonces que tendría que casarse con un hombre de noble linaje?

Tras prestar de nuevo toda su atención a la condesa, Rhys se encogió de hombros.

—Lady Helen está tan por encima de todos los hombres que ninguno la merece —respondió—. Así pues, ¿por qué no podría ser yo el elegido?

Lady Berwick se carcajeó a pesar suyo mientras lo miraba como hechizada.

—Arrogante pero encantador —sentenció—. Casi estoy de acuerdo con usted.

—Tal vez tendríamos que pedir a los caballeros que vayan a refrescarse y ponerse un atuendo más adecuado para tomar el té —intervino Kathleen—. Pues creo que al ama de llaves le dará un síncope si ve que pisan las alfombras con esas botas tan embarradas.

—Sea lo que sea un síncope, estoy seguro de no querer ser la causa de ninguno —sonrió Devon antes de agacharse para besar la frente de su esposa, a pesar de lo mucho que esta le había advertido que a lady Berwick le disgustaban las expresiones de afecto.

Tras hacer unas educadas reverencias, los hombres salieron de la habitación.

—En esta casa no falta el vigor masculino, ¿verdad? —dijo lady Berwick con una mueca. Su mirada se volvió distante al contemplar la puerta vacía y prosiguió, casi como si hablara consigo misma—: Cuando era joven, había un aprendiz de lacayo en la finca de mi padre. Un granuja bien parecido del norte de Gales, con el cabello negro como el azabache y una mirada de complicidad...

Un recuerdo lejano la había conmovido, algo que guardaba

en su interior pero cuya ternura emanaba de la expresión suavizada de su rostro.

—Un granuja —repitió en voz baja—, pero galante. —Tras reponerse, lanzó una mirada severa a las muchachas que la rodeaban—. Recuerden bien lo que les digo, jovencitas. No hay mayor enemigo de la honra que un galés encantador.

Al notar que Pandora le daba un discreto codazo en el costado, Helen reflexionó, apesadumbrada, que ella podía dar fe de ello.

20

—No cruces las piernas, Pandora. Ocupa totalmente el asiento. Cassandra, procura que el ropaje de la falda no se desparrame cuando te sientas. —Lady Berwick dio estas y otras instrucciones a las gemelas durante el té vespertino, con la pericia de una mujer que había educado a muchas jóvenes en el arte de los buenos modales.

Pandora y Cassandra se esmeraron en seguir las indicaciones de la condesa, aunque más tarde se lamentaron en privado de la forma en que la mujer había convertido el agradable ritual del té en una prueba de resistencia.

Kathleen y Devon lograron centrar la mayor parte de la conversación en uno de los temas favoritos de lady Berwick: los caballos. Tanto lord como lady Berwick eran muy aficionados a la equitación y se dedicaban al adiestramiento de caballos purasangre en su finca de Leominster. De hecho, era así como habían conocido a los padres de Kathleen, lord y lady Carbery, quienes poseían en Irlanda unas caballerizas especializadas en ejemplares árabes.

Lady Berwick se mostró muy interesada al saber que Kathleen heredaría por lo menos una docena de caballos árabes, y un terreno que incluía una escuela de equitación, cuadras, potreros y un recinto cerrado. A pesar de que quien iba a heredar el título y las propiedades de lord Carbery era su pariente varón más cercano, un sobrino nieto suyo, las caballerizas, que habían sido construidas por los padres de Kathleen, jamás habían sido vinculadas al mayorazgo.

—Organizaremos el desplazamiento de tres o cuatro caballos hasta aquí —explicó Devon—, pero habrá que vender el resto.

—Lo difícil será encontrar compradores que conozcan el carácter de los caballos árabes —comentó Kathleen con el ceño fruncido—. Hay que tratarlos de un modo distinto que a las demás razas. Dejar un caballo árabe en manos de un propietario inadecuado podría causar muchos problemas.

—¿Qué haréis con las caballerizas? —quiso saber Rhys.

—Me gustaría vendérselas al próximo lord Carbery y olvidarme del asunto —respondió Devon—. Por desgracia, según el administrador, a Carbery no le interesan los caballos.

—¿No le interesan los caballos? —repitió lady Berwick, aparentemente horrorizada.

—Cuando lord Trenear y yo lleguemos a Glengarriff —dijo Kathleen tras asentir con aire compungido—, podremos hacernos una idea de todo lo que hay que hacer. Me temo que tendremos que quedarnos un par de semanas para solucionarlo todo. Puede que incluso un mes.

—Me temo que no podré quedarme tanto tiempo en Eversby Priory —comentó la condesa, frunciendo el ceño.

—¡Oh, qué pena! —soltó con poca sinceridad West, que se había sentado lo más lejos posible de lady Berwick.

—Mi hija Bettina va a dar a luz su primer hijo —prosiguió lady Berwick—. Tengo que estar con ella en Londres cuando nazca el bebé.

—¿Por qué no se aloja en la Casa Ravenel con Helen y las gemelas? —sugirió Devon—. Podría ocuparse de ellas igual de bien en Londres que aquí.

—Eso me encantaría —afirmó Pandora, juntando las manos, entusiasmada—. En la ciudad hay muchas más cosas que hacer...

—¡Oh, diga que sí, milady! —exclamó Cassandra, dando brincos en la silla.

La condesa les dirigió una mirada severa a ambas.

—Esta demostración es impropia —dijo, y cuando las muchachas se hubieron quedado completamente calladas, se dirigió a Devon—. Creo que sería una solución ideal, milord. Sí, haremos eso.

Helen permaneció quieta y callada, pero el corazón se le aceleró al pensar que regresaría a Londres, donde estaría más cerca de Rhys. No osó mirarlo, ni siquiera cuando lo oyó hablar tranquilamente a lady Berwick.

—Las acompañaré a usted y las chicas en el tren a Londres, si le parece bien.

—Me lo parece, señor Winterborne —contestó decididamente la condesa.

—Estoy a su disposición —prosiguió él—. Sería un privilegio ayudarla en todo lo que necesite mientras esté en la ciudad.

—Gracias —dijo la condesa con suma dignidad—. Viniendo de un hombre con tantos contactos, sé que es un ofrecimiento nada despreciable. Abusaremos de su confianza si es necesario. —Se detuvo para echarse otro terrón de azúcar en el té—. Quizá podría visitarnos en la Casa Ravenel de vez en cuando.

—Será un placer —sonrió Rhys—. A cambio, me gustaría recibirla en los almacenes Winterborne como a mi invitada personal.

—¿En unos grandes almacenes? —preguntó lady Berwick, que pareció desconcertada—. Yo solo frecuento tiendas pequeñas, donde los comerciantes conocen mis preferencias personales.

—Mis dependientas le mostrarían la variedad más amplia de artículos de lujo que haya visto jamás reunidos. Hablemos de guantes, por ejemplo. ¿Cuántos pares le dan a elegir en una tienda pequeña? ¿Una docena? ¿Dos docenas? En el mostrador de guantes de los almacenes Winterborne verá diez veces esta cantidad, hechos de piel de cabritilla, de becerro, de ante, de alce, de pecarí, de antílope y hasta de canguro. —Al ver lo interesada que estaba la condesa, Rhys prosiguió—: No menos de tres países intervienen en la confección de nuestros mejores guantes. La piel de cordero se curte en España, se corta en Francia y se cose a mano en Inglaterra. Cada guante es tan delicado que puede meterse en la cáscara de una nuez.

—¿Vende guantes de ese tipo en sus almacenes? —preguntó la condesa, evidentemente interesada.

—Sí. Y tenemos ochenta secciones más que ofrecen productos de todo el mundo.

—Estoy intrigada —admitió la dama—. Pero codearme con la plebe... el gentío...

—Podría llevar a las chicas fuera del horario comercial, cuando ya no haya clientes normales —sugirió Rhys—. Indicaré a algunas dependientas que se queden para atenderlas. Si lo desea, mi ayudante lo organizará todo para que la modista de los almacenes reciba en privado a lady Helen. Ya hay que empezar a preparar su ajuar, ¿no?

—Ya tendría que haberse hecho —aseguró Kathleen e interrogó a su marido con la mirada.

—Como soy neófito en estas cuestiones —respondió Devon—, lo dejo a vuestro criterio.

—Pues si lady Berwick accede y Helen quiere —dijo Kathleen—, la modista de los almacenes Winterborne podría empezar a elaborar el ajuar mientras lord Trenear y yo estamos fuera.

—Me encantaría —asintió Helen, que miró a Rhys un instante y supo ver más allá de su apariencia relajada. A juzgar por el brillo de sus ojos, estaba segura de que se hallaba urdiendo todo tipo de planes.

—Consideraré debidamente el asunto... —comentó lady Berwick, frunciendo el ceño al ver que Pandora repiqueteaba en la mesa con los dedos de ambas manos en un arranque de entusiasmo—. Jovencita, no use la mesita de té a modo de pandereta.

A Helen le resultaba un placer y un tormento a la vez pasar un día normal y corriente con Rhys allí, en Eversby Priory. Lo veía, lo tenía a su alcance, pero siempre estaban en compañía de otras personas. Era agotador tener que ocultar todo lo que sentía; cómo se le aceleraba el corazón cuando él entraba en la habitación. Nunca había imaginado lo fuerte que sería la combinación de deseo físico y amor. En ocasiones la invadía la melancolía al pensar que el tiempo con él se le escurría entre los dedos como si fuera arena. Tenía que contarle lo de su padre... solo que aún era incapaz de hacerlo.

Las horas anteriores a la medianoche se le hicieron eternas: anduvo arriba y abajo, se movió de un lado a otro y aguardó en su cuarto a que la casa se quedara finalmente en silencio. Corrió descalza por los pasillos hasta el ala este en bata y camisón blanco, con la impaciencia circulándole por las venas.

Cuando llegó al cuarto de Rhys, la puerta se abrió antes de que la tocara siquiera, y un brazo fuerte asomó para tirar de ella hacia dentro. La puerta se cerró, la llave giró en la cerradura y Rhys la estrechó entre sus brazos con una risita suave. A Helen le electrizó sentir el cuerpo de Rhys y la fuerte presión que ejercía contra su vientre. Él era incapaz de pensar mientras la exploraba ávidamente con la boca, desencadenando una oleada de deseo que la inexperta joven era incapaz de controlar. Reaccionó obnubilada; lo necesitaba urgentemente, por lo que le introdujo las manos en el pelo para acercarle más la cabeza.

Después de desnudarla donde estaba, Rhys la llevó a la cama. Tras tenderse encima de ella, empezó a darse un banquete de lujuria con lentitud deliberada, mordiéndole y lamiéndole el cuello, los pechos y las muñecas, a la vez que la acariciaba entre los muslos para excitarla. Le separó los delicados labios y con la punta de los dedos le rozó con cuidado ambos lados del capuchón. Helen fue incapaz de dejar de retorcerse, de tensar el cuerpo, de entrelazar sus extremidades con las de él. Rhys se resistía, ansioso por juguetear, deseoso de disfrutar de la variedad cuando lo único que ella quería era tenerlo dentro ya.

—No estás lo bastante mojada para mí, *cariad* —le susurró al oído.

—Lo estoy —logró replicar Helen entre jadeos.

—Enséñamelo.

Tras vacilar un segundo, ella bajó la mano para sujetarle la erección. Cuando notó la fuerte palpitación del miembro, que aumentó de tamaño hasta que ya no pudo rodearlo con los dedos, se le escapó un grito ahogado. Tras guiarlo entre sus muslos, frotó el glande en las suaves capas y pliegues de su sexo, restregándose la parte más sensible de Rhys hasta que brilló de humedad. Los dos se estremecieron de placer.

Rhys empujó la polla por la abertura para abrirse camino. Helen arqueó el cuerpo, impotente y sorprendida, solo consciente del placer de sentirlo dentro. Él le sujetó las caderas para moverla contra su erección, lo que le hizo emitir sonidos nuevos para ella, gimiendo y ronroneando debido al intenso éxtasis que le provocaba la forma en que él la poseía.

Cuando dejó de estremecerse y volvió a respirar normalmente, Rhys la movió fácilmente. Se encontró así a horcajadas en su regazo, con él sentado en el borde de la cama. La postura le resultó extraña e incómoda, y le entrelazó los brazos detrás del cuello por miedo a caerse hacia atrás.

Rhys le deslizó una mano por la espalda para tranquilizarla. Le mordisqueó los labios y le rozó el labio inferior con los dientes. Como parecía estar aguardando algo, Helen bajó los ojos para observar, desconcertada, la desenfrenada erección que ocupaba el espacio entre sus cuerpos, preguntándose qué esperaba Rhys de ella.

—Pareces una paloma atrapada en una trampa —le dijo él tras reírse en voz baja con la luz de la lámpara bailándole en sus ojos negros.

—No sé qué hacer —se lamentó Helen, acalorada y avergonzada.

Tras rodearle las nalgas con la mano libre, Rhys se la acercó con cuidado a su cuerpo.

—Desciende sobre mí, *cariad*.

Helen abrió unos ojos como platos al comprender lo que quería.

Se aferró a sus hombros y le obedeció mientras bajaba centímetro a centímetro con mucha cautela. Se detuvo antes de hacerlo por completo, incómoda. Rhys la ayudó a terminar de empalarse.

Los abanicos negros que formaban las pestañas del galés descendieron a la vez que fruncía el ceño. El lustre del sudor había conferido a su cara y su pecho la apariencia de bronce fundido. Se mordió el labio y murmuró algo en galés.

—No entiendo —susurró Helen.

—Menos mal —dijo él tras inspirar—. Te hice un cumplido, pero era grosero. Agárrate a mí. —Retrocedió y se apoyó en los codos para que ella quedara parcialmente recostada en su tórax—. ¿Mejor así?

Helen asintió con un gritito de alivio. En esta posición, podía controlar la profundidad de la penetración. Era una sensación asombrosa tener toda aquella fuerza musculosa, aquel cuerpo robusto, sujeto entre los muslos.

Con un destello de desafío en la mirada, Rhys elevó ligeramente la pelvis a modo de pícara invitación.

Helen se movió con cuidado, subiendo y bajando, conteniendo el aliento cuando él la penetraba. Rhys fue paciente y la dejó experimentar, mientras a ella el corazón le latía como un martillo. Encontró un movimiento adelante y atrás que le provocaba espasmos de calor. Y, a juzgar por su apasionado gemido, a Rhys también le gustaba. Cada vez que se elevaba lo suficiente, él le atrapaba los pezones con la boca, y empezó a deleitarse tentándolo: unas veces le permitía tener lo que ansiaba y otras se lo negaba. Se le había soltado la cinta del pelo y la cabellera le rodeaba los hombros como una cortina plateada que hacía cosquillas a Rhys en la cara y el pecho.

—Te gusta atormentarme —dijo él con los ojos entornados de placer.

—Sí, mucho... —De hecho, era divertido a la vez que excitante, de un modo que jamás había imaginado.

Un atisbo de sonrisa le iluminó el rostro y se desvaneció rápidamente cuando ella descendió más, llenándose de él. Rhys empezó entonces a responder entusiastamente al ritmo que ella imprimía a la vez que se aferraba con las manos a las sábanas. A Helen le encantó verlo sucumbir a la pasión con la cabeza echada atrás de modo que le quedaba expuesto el cuello y los músculos del pecho, muy marcados. Un torrente de sensaciones le recorrió el cuerpo, que, tembloroso, se unió al de él. Rhys siguió empujando, y sus movimientos se volvieron bruscos y enérgicos, para terminar impulsándose con tanta fuerza que levantaba las caderas y casi toda la espalda de la cama.

En cuanto pudo, Rhys se sentó de nuevo y apartó el pelo de la cara de Helen con una mano temblorosa para mirarla a los ojos.

—¿He sido demasiado brusco contigo, *cariad*? —preguntó.

—No. —La joven se estiró perezosamente sobre él—. ¿Lo he sido yo contigo?

—Sí, ¿no has oído cómo te pedía clemencia? —soltó Rhys tras reír entre dientes y relajarse.

—¿Era eso lo que hacías? —Agachó la cabeza de modo que su cabellera cayó sobre ellos como una cortina envolvente—. Creía que me estabas apremiando a seguir.

—Eso también —admitió él y, esbozando una sonrisa, la acercó más.

Charlaron ociosamente un rato, mientras la noche se iba adormeciendo y las sombras proyectadas se desvanecían en los rincones.

—Has cautivado a lady Berwick a su pesar —le comentó Helen y se recostó en su pecho cuando él apoyó la espalda en la cabecera de la cama—. Creo que te invitó a visitarnos en la Casa Ravenel antes de darse cuenta de lo que estaba haciendo.

—Lo haré con la frecuencia que ella me permita —aseguró Rhys mientras le acariciaba el esbelto brazo.

—Estoy segura de que querrá ver los almacenes Winterborne, después de lo que le contaste sobre los guantes. ¿Cómo sabías que eso la tentaría?

—La mayoría de mujeres de su edad va a la sección de guantes antes que a otra.

—¿A qué sección van las mujeres de mi edad?

—A la de perfumes y polvos de maquillaje.

—Lo sabes todo sobre las mujeres, ¿eh? —comentó Helen, divertida.

—Yo no diría eso, *cariad*. Pero sé en qué les gusta gastarse el dinero.

Ella se volvió de lado y le recostó la cabeza en el hombro.

—Convenceré a lady Berwick de que te invite a cenar en cuanto estemos instaladas en Londres —suspiró—. Será difícil verte y comportarme con corrección.

—Sí, tendrás que abstenerte de tocarme.

—Lo intentaré —dijo ella tras sonreír y besarle el pecho.

Rhys se quedó callado un instante y luego dijo:

—No me gusta la relación que hay entre lady Berwick y Vance. Diré a Trenear que le deje claro que no quiero que Vance se acerque a menos de una milla de ti o de las gemelas.

Helen trató de mantenerse relajada, aunque el comentario la dejó helada. Conocer a su verdadero padre... la idea era horrorosa, pero aun así sentía curiosidad. ¿Estaba mal sentir curiosidad?

—No, yo tampoco lo querría —dijo, y el corazón se le aceleró—. ¿Tiene familia el señor Vance?

—Su esposa falleció el año pasado de neumonía. No tenían hijos vivos; todos nacieron muertos. El resto de sus familiares vive en el norte y no suele ir a la ciudad.

—Es irónico que tenga una hija ilegítima con la esposa de tu amigo, pero ningún hijo legítimo propio. —Sintió un atisbo de tristeza—. Me pregunto si la pobre criaturita habrá sobrevivido.

—Mejor que no lo haya hecho —repuso Rhys con tono inexpresivo—. Cualquier hijo suyo es fruto del diablo y no puede sino acabar mal.

Helen se puso tensa, aunque comprendía a Rhys.

En aquella cultura la sangre lo significaba todo. La propia sociedad se basaba en el principio de que el linaje de una persona determinaba toda su vida: su moralidad, su temperamento, su inteligencia, su posición social, todo lo que llegaría a hacer. Nadie podía ir contra la sangre de sus antepasados: su futuro había quedado decidido por su pasado. Por eso muchos aristócratas consideraban que casarse con plebeyos era una degradación. Por eso un hombre próspero que hubiera llegado a lo más alto por sus propios méritos pero con quinientos años de bajo linaje jamás sería tan respetado como un noble. Por eso la gente creía que los delincuentes, los dementes y los tontos solo engendrarían más de lo mismo.

La sangre contaba.

Rhys, que notó el cambio en Helen, la recostó en la cama y se inclinó sobre ella.

—¿Qué ocurre? —le preguntó.

Ella tardó en responder.

—Nada. Es solo que me has parecido bastante cruel.

—No me gusta lo que Vance saca de mí, pero no puedo evitarlo —comentó él tras un instante—. No volveremos a mencionarlo.

Mientras él se acomodaba a su lado, Helen cerró los ojos y contuvo las lágrimas. Desconsolada, deseó poder hablar con alguien de aquella situación. Con alguien aparte de Quincy, quien ya le había dejado clara su opinión. Deseó poder confiar el asunto a Kathleen, pero su cuñada ya tenía que lidiar con muchas preocupaciones y, en su estado, no necesitaba ninguna más.

Sus pensamientos se vieron interrumpidos cuando Rhys la estrechó contra su cálido cuerpo.

—Ahora descansa, mi amor —le susurró—. Te prometo que, cuando despiertes por la mañana, tu bestia malhumorada se habrá convertido de nuevo en un hombre.

21

El día siguiente sucumbió a la vorágine de hacer el equipaje. Los criados llenaron frenéticamente baúles, bolsas de viaje, maletas y sombrereras para cada miembro de la familia excepto West. Resultó que Kathleen, Devon, Sutton, el ayuda de cámara, y Clara, la doncella, tenían que partir hacia Bristol en tren aquella misma tarde. Después de pernoctar en un hotel del puerto, por la mañana tomarían un vapor rumbo a Waterford. A petición de Rhys, la oficina de transportes de los almacenes Winterborne les había organizado el viaje prestando meticulosa atención a todos los detalles.

Unos minutos antes de dirigirse a la estación de Alton, Kathleen se encontró en su habitación a Helen, que estaba preparando una maleta de mano.

—¿Qué estás haciendo, cielo? —preguntó Kathleen casi sin aliento—. Clara tendría que haberse encargado ya de todo.

—Me ofrecí a ayudarla. Necesitaba unos minutos más para hacer su propio equipaje.

—Gracias. Dios mío, esto ha sido una locura. ¿Habéis terminado las gemelas y tú de preparar vuestras cosas para ir a Londres?

—Sí, saldremos por la mañana con el señor Winterborne y lady Berwick. —Abrió la maleta, que estaba sobre la cama, para

239

mostrarle su contenido—. Échale un vistazo. Espero haber pensado en todo.

Había metido el chal ombré de lana, que era el favorito de Kathleen, un bote de almendras saladas, un lápiz y un bloc, un costurero de viaje que contenía tijeritas y pinzas, cepillo para el pelo, horquillas, pañuelos y guantes de reserva, un tarro de crema hidratante, un frasco de agua de rosas, una taza, un pastillero, un par más de calzones de lino, un monedero y una novela en tres volúmenes.

—Las gemelas trataron de convencerme de que incluyera un par de pistolas, por si el vapor era asaltado por piratas —comentó Helen—. Tuve que recordarles que hace dos siglos y medio que los piratas no surcan el mar de Irlanda.

—¡Qué decepción! Estoy segura de que los habría despachado con rapidez. Bueno, a falta de aventuras, por lo menos tendré una novela para leer. —Sacó uno de los volúmenes, leyó el título y se echó a reír—. ¿*Guerra y paz*?

—Es larga y muy buena —explicó Helen—. Sé que todavía no la has leído porque la teníamos guardada por encima del sexto estante en la biblioteca. Y aunque Tolstói tenga tendencia a predisponer a las jóvenes contra el matrimonio, como afirma lady Berwick, en tu caso es demasiado tarde porque ya estás casada.

Sin dejar de reírse, Kathleen volvió a meter el libro en la maleta.

—Nada podría predisponerme contra el matrimonio después de la forma en que Devon es conmigo. Firme como la estrella polar y muy tierno. He descubierto que lo necesito mucho más de lo que había imaginado.

—Él también te necesita.

Kathleen cerró la maleta y dirigió una mirada cariñosa a su cuñada.

—Te extrañaré mucho, Helen. Pero me aliviará saber que tú y las gemelas os lo estáis pasando bien en Londres. Me imagino que el señor Winterborne estará a menudo en la Casa Ravenel y hará lo que sea, excepto saltos mortales hacia atrás, si eso te hace feliz. —Hizo una pausa antes de añadir en voz baja—: Te ama, ¿sabes? Es evidente.

Helen no supo qué contestar. Anhelaba abrirle el corazón y confiarle que por más que Rhys la amara, eso no bastaría para superar lo terrible que era que ella fuese quien era. Enterarse lo destrozaría.

Esbozó una sonrisa forzada y volvió la cabeza, fingiendo timidez.

Pasado un momento, Kathleen la rodeó con los brazos.

—Serán unos días felices para ti, cielo. No tendrás problemas con lady Berwick. Es la mujer más honorable que conozco, y la más sabia. Las gemelas y tú debéis confiar en ella mientras nosotros estemos fuera.

—Lo haré. —Abrazó con fuerza a Kathleen—. No te preocupes por nada. Pasaremos unos días relajados y agradables mientras esperamos a que regreséis.

A cualquiera que hubiera presenciado cómo se despedía la familia Ravenel se le podría haber perdonado que supusiera que el grupo iba a estar separado varios años en lugar de unas semanas. Por suerte, lady Berwick, que habría deplorado semejante demostración de sentimientos, estaba en su habitación en aquel momento. Rhys, por su parte, había decidido, con mucho tacto, retirarse a la biblioteca para que la familia tuviera intimidad.

Tanto Pandora como Cassandra trataron de permanecer tranquilas y graciosas, pero cuando llegó la hora de decirse adiós, ambas se echaron a llorar y abrazaron a la vez a Kathleen, hasta que apenas pudo verse su menuda figura, emparedada entre las dos. Durante casi un año, Kathleen las había tratado con una mezcla de interés y cariño que era, indudablemente, maternal. Las gemelas iban a echarla muchísimo de menos.

—Ojalá fuéramos contigo —dijo Pandora con voz quebradiza.

Cassandra sollozó.

—Vamos. —La voz de Kathleen llegó del interior del abrazo envolvente de las chicas—. Pronto estaremos juntas, cielos míos. Mientras tanto, os lo pasaréis muy bien en Londres. Y volveré con un caballo precioso para cada una de vosotras. ¡Imaginaos!

—¿Y si el mío se marea? —preguntó Cassandra.

Kathleen trató de contestar, pero como seguía sepultada entre las gemelas, le costaba que la oyeran.

Divertido, Devon avanzó y sacó a su mujer de la maraña entusiasta de brazos.

—Los caballos dispondrán de compartimentos acolchados en el barco —explicó—. También llevarán unas cintas de lona por bajo del lomo, como hamacas, para evitar que den un traspié o caigan. Yo permaneceré bajo cubierta con ellos para mantenerlos calmados.

—Y yo también —añadió Kathleen.

Devon le dirigió una mirada de advertencia.

—Como comentamos antes, durante el viaje de vuelta mi trabajo será cuidar de los caballos mientras que el tuyo será cuidar de mi futuro hijo o hija.

—No soy ninguna inválida —se quejó Kathleen.

—Ya, pero sí eres lo más importante del mundo para mí, y no voy a poner en peligro tu seguridad.

—¿Cómo voy a discutir contigo? —Kathleen cruzó los brazos, intentando mostrarse indignada.

—No puedes hacerlo —respondió Devon, y la besó, sonriente. Después, se volvió hacia las gemelas, las estrechó entre sus brazos y les dio un beso en la parte superior de la cabeza—. Adiós, diablillos. Procurad no dar demasiados problemas a lady Berwick, y cuidad de Helen.

—Es hora de irse —anunció West desde la puerta—. ¿Seguro que no necesitáis que os acompañe a la estación?

Devon sonrió a su hermano.

—Gracias, pero el carruaje ya va cargadísimo. Además, no

quiero alejarte de aquí cuando tendrías que estar haciendo las veces de anfitrión de lady Berwick.

—Tienes razón —aseguró West débilmente, pero cuando se volvió, hizo un gesto discreto solo para Devon.

—Kathleen —dijo Pandora—, el primo West ha vuelto a hacer eso con el dedo.

—Me ha dado un calambre en la mano —se apresuró a indicar West, y miró con los ojos entornados a su prima.

Kathleen sonrió y se acercó a él para rodearle el cuello con los brazos.

—West, ¿qué vas a hacer cuando todos te dejemos en paz? —dijo con cariño.

—Os echaré de menos, maldita sea —respondió West con un suspiro, y le besó la frente.

Antes de que el resto de la familia partiera la mañana siguiente, West llevó aparte a Helen para hablar a solas con ella. Se dirigieron despacio al invernadero anexo a la casa, una habitación de piedra y cristal llena de exuberantes palmeras y helechos. Por los cristales de las ventanas se divisaba un grupo de hayas lloronas, cuyas ramas flácidas estaban combadas y encorvadas como si las tribulaciones del invierno las hubieran dejado exhaustas. Una bandada de pinzones reales de tonos grises y naranjas descendió del cielo color ceniza para alimentarse de la alfombra de hayucos alrededor de los troncos nudosos.

—Esta será la primera vez que tú y las gemelas estaréis en Londres más de una noche sin que haya nadie de la familia que cuide de vosotras —dijo West, agachando la cabeza para evitar golpeársela con las cestas llenas de plantas variadas que colgaban del techo.

—Estará lady Berwick —señaló Helen.

—Ella no es de la familia.

—Kathleen la tiene en muy alta estima.

—Solo porque ella la acogió después de que sus padres intentaran exponerla en una esquina con un cartel que rezara «Niña gratis» colgado del cuello. Oh, ya sé que Kathleen la considera una fuente de sabiduría, pero tú y yo sabemos que no será fácil. La condesa y Pandora van a estar todo el rato enfrentándose.

Helen le sonrió al ver la preocupación en sus ojos azul oscuro.

—Solo será un mes. Aprenderemos a llevarnos bien con ella. Y el señor Winterborne estará cerca.

—Eso no me tranquiliza —aseguró West con el ceño fruncido.

—¿Qué te preocupa? —repuso Helen, perpleja.

—Que te va a manipular y se va a aprovechar de ti hasta que te sientas como si te hubieran pasado por un escurridor de rodillos.

—Winterborne no se aprovechará de mí.

—Eso lo dices porque ya lo ha hecho —soltó West con un bufido. Apoyó las manos en los hombros de Helen, que inclinó la cabeza hacia atrás para mirarlo—. Amiga mía, quiero que seas precavida, y recuerda que Londres no es un lugar fabuloso lleno de felicidad y pastelerías, y que los desconocidos no son todos héroes disfrazados.

—No soy tan ingenua —le reprochó ella.

—¿Estás segura? —replicó West con las cejas arqueadas—. Porque la última vez que estuviste allí decidiste visitar a Winterborne tú sola y, por extraño que parezca, regresaste a casa perfectamente desvirgada.

—Él y yo hicimos un trato —se justificó, ruborizada.

—No había necesidad de ningún trato. Se habría casado contigo de todos modos.

—Eso no lo sabes.

—Cariño, al parecer todo el mundo lo sabía, excepto tú. No, no te molestes en replicarme; no tenemos tiempo. Solo quiero que tengas en cuenta que si surge cualquier problema, si tú o las gemelas estáis en algún aprieto, quiero que me avises. Pide a un lacayo que lleve una nota a la oficina de telégrafos más cercana y acudiré veloz como el rayo. Promete que lo harás.

—Prometido —dijo Helen, y se puso de puntillas para besarle la mejilla antes de añadir—: Creo que tú eres un héroe disfrazado.

—¿En serio? —West negó con la cabeza con tristeza—. Pues es una suerte que no sepas más cosas de mí. —Le ofreció el brazo—. Ven, tenemos que reunirnos con los demás en el vestíbulo. ¿No tendrás un espejito de bolsillo?

—Me temo que no. ¿Por qué?

—Te he demorado, lo que significa que a estas alturas a lady Berwick le habrán brotado serpientes en la cabeza y no podré mirarla directamente.

Nadie se sorprendió cuando lady Berwick insistió en que Rhys se sentara a su lado durante el viaje a Londres. Él la complació, por supuesto, pero de vez en cuando se volvía para contemplar nostálgicamente a Helen, que ocupaba un asiento detrás de ellos con el bastidor de bordar en el regazo.

Mientras trabajaba en un aplique de flores, uniendo los contornos de una hoja con un delicado punto de espina, escuchaba discretamente su conversación. Rhys trataba a lady Berwick con un respetuoso interés, pero no parecía que la condesa lo impresionara en absoluto. Le preguntó por su tema favorito, los caballos y su adiestramiento, y afirmó con franqueza que sabía muy poco de ambas cosas y que, como mucho, era un jinete aceptable. Esta admisión motivó una reacción entusiasta de la condesa, a quien no había nada que le gustara más que ofrecer información y consejo.

Las gemelas, que iban charlando en los asientos situados detrás de ella, captaron la atención de Helen.

—... esa palabra de *Otelo* que no tendríamos que saber —estaba diciendo Pandora—. Ya sabes, lo que Otelo llama a Bianca cuando cree que ama a otro hombre. —Ante la expresión atónita de su hermana, Pandora susurró la palabra prohibida.

—No la conozco —aseguró Cassandra.

—Eso es porque leíste la versión reducida. Pero yo leí la original y busqué la palabra en el diccionario. Significa una mujer que se acuesta con un hombre por dinero.

—¿Por qué pagaría un hombre a una mujer para que duerma con él? —se sorprendió Cassandra—. A no ser que haga mucho frío y no tenga mantas suficientes. Pero sería más sencillo comprar más mantas, ¿no?

—Yo preferiría dormir con perros. Dan más calor que las personas.

Inquieta, Helen pensó que no estaba bien mantener a las gemelas tan protegidas de las realidades de la vida. Años atrás tuvo que encargarse ella de hablarles con antelación de los períodos menstruales, para que cuando empezaran a tenerlos no se impresionaran ni asustaran como le había sucedido a ella. ¿Por qué tendrían que desconocer todo lo demás? Al fin y al cabo, mujer prevenida vale por dos. Decidió que les explicaría lo básico en la primera ocasión posible, antes que permitir que llegaran a conclusiones erróneas por su cuenta.

El tren llegó a la estación de Waterloo, con sus andenes concurridos y su aire cargado de la habitual cacofonía. En cuanto las Ravenel y su comitiva estuvieron en el andén, cuatro empleados con el uniforme azul de los almacenes Winterborne acudieron a su encuentro para recogerles el equipaje, colocarlo en unas carretillas y abrirles paso con eficiencia. A Helen le divirtió secretamente lo mucho que lady Berwick se esforzó por no parecer impresionada cuando los acompañaron fuera hasta un par de carruajes particulares, uno para la familia y el otro para los criados, y un carro para el equipaje.

El carruaje de Rhys era un magnífico vehículo de diseño moderno, acabado con un reluciente lacado en negro y ornado con el conocido monograma *W* en el lateral. De pie, junto a la portezuela, Rhys las ayudó a subir, empezando por lady Berwick, seguida de Helen. Se detuvo cuando una de las gemelas le tiró, implorante, de la manga.

—Les ruego me disculpen un momento —dijo a las mujeres ya sentadas.

La portezuela se cerró, dejando dentro a Helen y lady Berwick.

—¿Qué está pasando? —preguntó la condesa con el ceño fruncido.

Helen sacudió la cabeza ligeramente, desconcertada.

Se oyó un suave clic, y la portezuela se abrió unos centímetros antes de cerrarse de nuevo. Clic. Se abrió y se cerró una vez más.

Helen contuvo una sonrisa al caer en la cuenta de que las gemelas estaban jugando con el novedoso tirador exterior, que se abría presionando ligeramente la pieza hacia abajo en lugar de girándola un poco como era habitual.

—¡Jovencitas! —exclamó lady Berwick, enojada, la siguiente vez que se abrió la portezuela—. Entrad de inmediato.

Pandora y Cassandra subieron al carruaje y se sentaron al lado de Helen.

—No se juega con los tiradores —indicó la condesa, dedicándoles una mirada gélida.

—El señor Winterborne dijo que podíamos —murmuró Pandora.

—Parece que el señor Winterborne sabe muy poco sobre los modales que debe tener una joven.

Cuando se sentó junto a la condesa, Rhys respondió muy serio, aunque se le habían marcado ligeramente las arruguitas de las comisuras de los ojos.

—Perdóneme, milady. Cuando vi su interés, se me ocurrió mostrarles cómo funciona el mecanismo.

—Hay que contener las jóvenes mentes activas —comentó la condesa, aplacada, en tono mucho más tranquilo—. Pensar demasiado incita al vicio.

Helen presionó el codo en el costado de Pandora para advertirle que no abriera la boca.

—Mis padres eran de la misma opinión —replicó Rhys relajadamente—. Según mi padre, una mente hiperactiva me volvería una persona insolente e insatisfecha. «Debes saber cuál es tu sitio y no salirte de él», me decía.

—¿Le hizo caso? —preguntó lady Berwick.

—Si lo hubiera hecho, milady, en este momento estaría llevando una tienda en High Street, no sentado en un carruaje con una condesa —respondió tras soltar una suave risita.

22

Para decepción de Helen, durante la primera semana londinense tuvo pocas ocasiones de ver a Rhys. Tras los días que había estado ausente de su despacho, el trabajo se le había acumulado y tenía muchos asuntos pendientes. Una tarde, cuando fue de visita a la Casa Ravenel, su trato con Helen se limitó a una charla banal, con la condesa y las gemelas sentadas cerca. Las normas de lady Berwick al respecto eran inflexibles: las visitas tenían que hacerse durante unas horas concretas y no durar más de quince minutos. Pasado un cuarto de hora, la condesa dirigía una mirada significativa al reloj.

Rhys cruzó una mirada con Helen en un momento de impaciencia y anhelo compartidos.

—Debería marcharme ya —anunció, levantándose con el gesto torcido.

—Ha sido una visita muy agradable, señor Winterborne —aseguró lady Berwick, que también se puso de pie—. Nos encantaría que cenara con nosotros mañana si su agenda se lo permite.

—¿El viernes? —Rhys frunció el ceño, apesadumbrado—. Nada me gustaría más, milady, pero ya tengo un compromiso para asistir a una cena privada con el primer ministro.

—¿El señor Disraeli? —preguntó Helen con los ojos abiertos como platos—. ¿Es amigo tuyo?

—Conocido. Quiere mi apoyo para un proyecto de ley que reformará la legislación laboral y garantizará a los trabajadores el derecho de ir a la huelga.

—No sabía que fuera ilegal —comentó Helen.

—Solo hay un puñado de sindicatos legalmente autorizados: carpinteros, albañiles, obreros de la fundición —aclaró Rhys con una sonrisa al ver su interés—. Pero otros sindicalistas ejercen ese derecho igualmente, y van a la cárcel por ello.

—¿Quieres que tengan derecho a hacer huelga? —preguntó Helen—. ¿A pesar de ser propietario de un negocio?

—Sí, la clase obrera debería disfrutar de los mismos derechos que toda la sociedad.

—Las mujeres no debemos preocuparnos por ese tipo de asuntos —intervino lady Berwick, descartando el tema con un gesto de la mano—. Procuraré encontrar una fecha que nos vaya bien a todos para la cena, señor Winterborne.

—Lo acompañaré fuera —se ofreció Helen, que se esforzaba por dominar la frustración que le provocaba no poder pasar a solas ni un minuto siquiera.

Lady Berwick negó con la cabeza.

—Querida, es impropio acompañar a un caballero hasta la puerta —sentenció.

Helen lanzó una mirada de súplica a sus hermanas.

Al instante, Pandora dio un discreto empujoncito a su silla con la pierna y la tiró al suelo.

—¡Porras! —exclamó—. Será posible...

—¡Pandora, esa boca! —la reprendió la condesa, centrándose en ella.

—¿Qué tengo que decir cuando tiro algo?

Se produjo un breve silencio mientras lady Berwick pensaba la respuesta.

—Puedes decir «cáspita».

—¿Cáspita? —repitió Pandora con desagrado—. Pero es una palabra muy sosa...

—¿Qué significa? —quiso saber Cassandra.

Y así, mientras las gemelas tenían ocupada a lady Berwick, Helen se escabulló al pasillo con Rhys.

Sin decir nada, él le puso una mano en la nuca y le acercó los labios para besarla con pasión y puro deseo masculino. Ella inspiró con fuerza cuando la estrechó contra su cuerpo y notó su aliento en la mejilla a ráfagas abrasadoras.

—¿Helen? —la voz de la condesa les llegó desde el salón delantero.

Rhys la soltó en el acto y se la quedó mirando, abriendo y cerrando las manos como si ardieran en deseos de tocarla.

Aturdida, la joven intentó serenarse.

—Será mejor que te vayas —susurró con las rodillas todavía temblorosas. Y en broma añadió—: ¡Cáspita!

Rhys le dirigió una mirada irónica antes de recoger el sombrero y los guantes de una mesita auxiliar semicircular.

—No puedo volver a visitarte durante las horas convenidas, *cariad*. Estos últimos quince minutos he sufrido como un hombre hambriento ante el escaparate de una pastelería.

—¿Cuándo volveré a verte?

—Me aseguraré de que os lleve a los almacenes el lunes por la tarde —respondió mientras se ponía el sombrero y los guantes.

—¿Tendremos intimidad ahí? —preguntó Helen, poco convencida, y lo siguió hasta la puerta.

Él se detuvo para mirarla y le acarició la mejilla con el dedo índice. La suave caricia del guante de piel negra la hizo estremecer.

—Los almacenes son mi territorio —respondió Rhys, sujetándole la mandíbula y contemplándole la boca—. ¿Tú que crees?

El día siguiente, en el salón había por lo menos doce mujeres a las que lady Berwick había invitado por una razón especial. Eran las matronas que supervisaban los eventos más importantes de la temporada londinense. Era responsabilidad suya forjar la siguiente generación de esposas y madres, y los destinos de las jóvenes casaderas dependían de su favor.

—Hablad lo menos posible —indicó lady Berwick con severidad a las muchachas—. Recordad que el silencio es oro. —Y añadió para Pandora—: En tu caso, es platino.

Las tres hermanas ocupaban un rincón del salón, con la boca cerrada y los ojos bien abiertos mientras el grupo de matronas charlaba y bebía té a la salud de la reina. Una discusión cordial sobre el tiempo acabó con el consenso general de que había hecho un frío excepcional, y de que aquel año, sin duda, la primavera llegaría tarde.

Helen prestó atención al modo en que lady Berwick averiguaba la opinión general sobre la modista de los almacenes Winterborne, y en que todas las presentes le aseguraron que la empleada en cuestión, la señora Allenby, creaba modelos de extraordinaria calidad. Ahora que la señora Allenby se había convertido en modista oficial de la corte, era imposible conseguir hora sin pasar antes por una lista de espera.

—Es de suponer, sin embargo, que lady Helen no tendrá que esperar para que la atienda —comentó sonriente una matrona.

La aludida mantuvo la vista pudorosamente baja.

—Pues claro que no —respondió por ella lady Berwick—. El señor Winterborne ha sido de lo más complaciente.

—¿Lo ha conocido ya? —preguntó una de las señoras.

Varias sillas crujieron al unísono cuando el grupo se inclinó hacia delante con los oídos aguzados para escuchar bien la respuesta de la condesa.

—Nos acompañó a Londres en el tren.

Mientras un murmullo alborotado recorría el grupo, lady Berwick dirigió una mirada significativa a Helen, que captó la indirecta.

—Si no tiene ninguna objeción —dijo recatadamente—, mis hermanas y yo nos retiraremos para estudiar nuestras lecciones de historia.

—Muy bien, querida, ocupaos de vuestra educación.

Tras hacer una genuflexión al grupo, Helen y las gemelas salieron de la habitación. Cuando cruzaban el umbral, hubo una lluvia de preguntas sobre el señor Winterborne en el salón.

—Vamos arriba —dijo Helen, incómoda, al ver que las gemelas se paraban para enterarse de lo que decían—. Quienes escuchan a escondidas oyen cosas malas sobre ellos.

—Sí —admitió Pandora—, pero también cosas fascinantes sobre los demás.

—Chisss... —susurró Cassandra, esforzándose por oír.

—... sus rasgos son agradables, aunque no lo delicados que cabría esperar —estaba diciendo lady Berwick. Y tras una breve pausa, bajó un poco la voz—. Tiene una abundante mata de pelo, muy negro, una barba cerrada muy viril y un físico robusto.

—¿Y de carácter? —quiso saber alguien.

—Noble como un semental de Berbería —contestó lady Berwick con entusiasmo—. Evidentemente, está bien dotado para las funciones de la paternidad.

Se sucedió un aluvión de comentarios y preguntas.

—Me gustaría saber si alguna vez hablan de actos benéficos en sus reuniones —susurró Cassandra con gracia, mientras Helen se la llevaba de allí.

Como habían logrado sobrevivir a la reunión de las damas sin suicidarse socialmente, el día siguiente Pandora, Cassandra y Helen tuvieron permiso para saltarse la obligación de recibir visitas. Pandora engatusó a Cassandra para que la ayudara con las ilustraciones de su juego de tablero mientras Helen se sentó sola en el salón de arriba con un libro.

Durante varios minutos, miró las palabras sin leerlas, mientras la cabeza le daba vueltas en un tiovivo agotador. Helada, a pesar de lo cálida que estaba la habitación, dejó el libro y se rodeó el cuerpo con los brazos.

—Milady. —Peter, el lacayo, estaba en la puerta del salón—. Lady Berwick desea que se reúna con ella en la sala de visitas.

—¿Le ha dicho el motivo? —preguntó Helen, desconcertada, tras erguirse en la silla.

—Para ayudarla con una visita.

Helen se levantó algo inquieta.

—¿Ha mandado llamar también a las gemelas? —preguntó.

—No, milady, solo a usted.

—Dígale que ahora mismo bajo, por favor.

Tras alisarse el pelo y enderezarse la falda, Helen bajó la escalera y se dirigió a la sala de visitas. Al ver que lady Berwick la estaba esperando en la puerta, pestañeó y aminoró el paso.

—Me ha mandado llamar —dijo con el ceño fruncido a modo de interrogación.

La condesa estaba de espaldas a la persona que ocupaba la sala de visitas. Estaba tan erguida y elegante como de costumbre, pero algo en ella le recordó a un estornino que había visto una vez posado en la mano de un pajarero ambulante. El pájaro tenía las alas sujetas a los costados, pero sus ojitos desesperados y brillantes reflejaban sus ansias de libertad.

—El heredero de mi marido ha venido a conocerte sin avisar —le explicó lady Berwick en voz baja—. Habla muy poco. Endereza bien la espalda.

Y, sin más preparación, tiró de ella hacia el interior de la habitación.

—Lady Helen —dijo la condesa sin alterarse—, este es mi sobrino, el señor Vance.

23

Helen sintió una punzada masiva, como si se le hubiera escaldado el cuerpo. Luego solo sintió los latidos brutales de su corazón, como un puño llamando con fuerza a la puerta. Hizo una genuflexión sin levantar la vista.

—Encantado —murmuró Vance. Su voz era agradable, seca y suave, no demasiado grave.

Una fuerza exterior parecía guiar los movimientos de Helen. Entró en la habitación y fue a sentarse en una butaca cercana al sofá, no sin arreglarse la falda por la fuerza de la costumbre. Cuando Vance se hubo acomodado en el sofá, se obligó a sí misma a mirarlo.

Albion Vance era extraordinariamente atractivo, de una forma que le puso la piel de gallina. Nunca había visto a nadie parecido, con aquel cutis blanco e inapropiadamente juvenil, aquellos ojos de una tonalidad pálida entre gris y azul claro, y aquel cabello cortísimo, blanco como la nieve, que relucía como el interior de una ostra. Sus rasgos afilados le recordaron las cabezas de cera que se veían en los escaparates de las barberías, preparadas para mostrar la última moda en peinados. De estatura normal y delgado, tenía las piernas cruzadas con una elegancia felina.

Para su disgusto, vio que tenía cejas y pestañas oscuras, lo mismo que ella. Era una situación rarísima, y agradeció la calma sobrenatural que se había apoderado de ella y que sofocaba cualquier sensación.

Vance la observó con desapego. Había en él algo depravado, la sensación de una llama gélida que avivaba un espíritu egoísta.

—Me recuerda usted a su madre —observó—. Aunque es usted más delicada.

—¿La conocía usted, señor Vance? —preguntó, plenamente consciente de que él se había formado un juicio sobre ella allí mismo y no había salido airosa—. No recuerdo haberlo visto en Eversby Priory.

—La veía de vez en cuando en eventos sociales, cuando estaba en la ciudad. —Sonrió dejando al descubierto una dentadura perfecta—. Poseía una belleza fascinante. Y la impetuosidad de una niña. Le encantaba bailar y no podía tener los pies quietos cuando sonaba la música. Una vez le comenté que me recordaba aquel cuento, el de los zapatos rojos.

Helen nunca había soportado aquella historia en que una niña que se había atrevido a ponerse unos zapatos rojos el día de su confirmación había sido condenada a bailar con ellos hasta la muerte.

—¿Se refiere al de Hans Christian Andersen? Se trata de una moraleja sobre que los pecados se pagan con la muerte, ¿verdad?

La sonrisa se desvaneció de sus labios y volvió a mirarla a los ojos, ahora con más aprecio que desdén.

—He de admitir que no recuerdo la moraleja de la historia —dijo.

—Seguro que ha pasado mucho tiempo desde que la leyó. —Helen adoptó aquella expresión inescrutable que siempre había molestado tanto a las gemelas que la habían apodado esfinge—. Los zapatos rojos se convierten en armas mortales después de que una niña sucumbe a la tentación de usarlos.

Vance la contempló receloso, preguntándose si sus palabras eran una pulla deliberada.

—Lamenté el fallecimiento de su madre y, más recientemente, el de su padre y su hermano. Han sido tiempos trágicos para los Ravenel.

—Esperamos que el futuro nos depare días mejores —comentó Helen en tono neutro.

Vance se volvió hacia lady Berwick con una sonrisa inquietante, artera.

—Los Ravenel parecen estar recuperándose muy bien —indicó—. Desde luego, nuestra Kathleen ha demostrado ser muy inteligente al atrapar al siguiente conde de Trenear sin pérdida de tiempo.

La condesa no logró ocultar del todo lo mucho que la molestó la insinuación de que Kathleen se había casado con Devon por oportunismo e interés.

—Es un matrimonio por amor —aseguró secamente.

—Como su primer matrimonio. ¡Qué bien le viene a Kathleen su facilidad para enamorarse!

Helen lo aborreció. Había algo corrupto en él, algo insaciablemente cruel. Le horrorizó pensar que la sangre de aquel hombre corría por sus venas. Recordó lo que Rhys había dicho unas noches atrás: «Cualquier hijo suyo es fruto del diablo y no puede sino acabar mal.» Ahora que había conocido a Vance, tenía que darle la razón. ¿Cómo pudo su madre dejarse cautivar por un hombre así? ¿Cómo pudo Peggy Crewe?

El mal debía de tener su encanto, igual que la bondad.

—Lady Helen —dijo Vance entonces—. Me han dicho que está prometida con el señor Winterborne. Es una lástima que tenga que casarse con un hombre que no procede del ámbito adecuado para usted. Pero, aun así, los felicito a ambos.

El comentario le dolió mucho más que cuando lady Berwick había dicho lo mismo en Hampshire. Solo la certeza de que Vance la estaba provocando adrede le impidió perder la compostura. Pero estuvo tentada de responderle que si le preocupaba tanto que la gente no se moviera de los «ámbitos adecuados», tendría que haberse abstenido de tener aventuras con mujeres casadas.

—Espero que alguien le haya advertido que los hijos pueden salirle ordinarios y rebeldes, por más que se esmere en su educación —prosiguió Vance—. Es algo que se lleva en la sangre. Se puede domesticar un lobo, pero su descendencia seguirá naciendo salvaje. Los galeses son volubles y deshonestos por naturaleza. Mienten con facilidad y con frecuencia, incluso cuando no es necesario. No hay nada que les guste más que mortificar a sus superiores, y harán o dirán lo que sea para eludir el trabajo honrado.

Helen pensó en Rhys, que había trabajado constantemente durante toda su vida, y que no había hecho nada para merecer el desprecio de un hombre que había disfrutado desde su nacimiento de una vida privilegiada. Como notó que empezaba a apretar los puños, se obligó a seguir con las manos juntas en su regazo.

—¿Cómo es que está tan informado sobre este tema? —preguntó.

Lady Berwick trató de interceder.

—Señor Vance, creo que...

—La mayoría es del dominio público —dijo Vance a Helen—. Pero, además, me recorrí todo Gales para reunir información para un panfleto que estaba escribiendo. Consideré mi obligación demostrar la necesidad de prohibir el galés en sus escuelas. Es un mal medio de enseñanza, y aun así se empecinan en perpetuarlo.

—Imagínese —dijo Helen en voz baja.

—Sí, sí —prosiguió Vance, que, o bien no captó su sarcasmo o bien prefirió ignorarlo—. Hay que hacer algo para despertar su inteligencia, y eso empieza por obligarlos a hablar inglés, tanto si les gusta como si no. —A medida que iba hablando, Helen vio que ya no lo hacía de cara a la galería ni intentaba provocarla, sino que sus palabras obedecían a una sincera convicción—. Hay que salvar a los galeses de su propia indolencia y brutalidad. Tal como están las cosas ahora mismo, ni siquiera sirven para sirvientes.

Lady Berwick miró rápidamente la expresión de Helen y quiso reducir la tensión.

—Habrá sido un alivio volver a Inglaterra de su viaje —comentó a Vance.

Su respuesta fue categórica:

—Preferiría que me lanzaran al fuego del infierno antes que regresar a Gales.

Incapaz de soportarlo más, Helen se levantó.

—Estoy segura de que eso puede arreglarse, señor Vance —dijo con frialdad.

Vance, al que pilló desprevenido, se puso lentamente en pie.

—Pero bueno... —alcanzó a decir.

—Le ruego me disculpe. Tengo correspondencia que atender —se excusó Helen. Y se marchó sin decir nada más, esforzándose por no echar a correr como le pedía el cuerpo.

Helen no tenía idea de los minutos que había pasado acurrucada en la cama, llevándose un pañuelo a los ojos llorosos. Intentaba respirar a pesar de las repetidas punzadas que sentía en la garganta.

No tener padre habría sido mucho mejor que aquello. Albion Vance era más detestable de lo que jamás habría imaginado, pervertido en todos los sentidos. Y ella descendía de él. La sangre de aquel hombre le corría por las venas como si fuera veneno.

Los hijos heredan los pecados de los padres. Todo el mundo conocía este precepto bíblico. Seguro que en su carácter habría algo vil heredado de él.

Oyó que llamaban suavemente a la puerta, y entonces entró lady Berwick con dos copas llenas de un líquido ambarino.

—Te has comportado muy bien —comentó, deteniéndose al llegar a los pies de la cama.

—¿Al insultar a su invitado? —repuso Helen con la voz alterada por el llanto.

—No era mi invitado —respondió lacónicamente la condesa—. Es un parásito despreciable. Un gusano que se daría un banquete con las llagas de Job. No tenía ni idea de que se presentaría hoy sin avisar.

Helen se quitó el pañuelo húmedo de los ojos y se sonó la nariz.

—Winterborne se enfadará —aseguró—. Me dejó muy claro que no quería que me relacionara de ninguna forma con el señor Vance.

—Pues yo en tu lugar no se lo diría.

—¿Me está aconsejando que se lo oculte? —Rodeó el pañuelo con los dedos con tanta fuerza que lo dejó hecho una bola.

—Creo que tú y yo sabemos por qué te conviene no decírselo a Winterborne.

Helen se la quedó mirando como una tonta. Dios mío, la condesa lo sabía. Sí, lo sabía.

Tras acercarse al borde de la cama, lady Berwick le ofreció una copa.

—Coñac —dijo.

Helen se acercó la bebida a los labios y bebió un sorbo prudente, seguido de otro. El licor, cuyo sabor le pareció muy fuerte, le abrasó los labios.

—Creía que las damas no bebían coñac —comentó con voz ronca.

—En público no. Sin embargo, puede tomarse en privado cuando se precisa un estimulante.

Mientras Helen sorbía el coñac, la condesa le habló sin superioridad, sino más bien con una sinceridad despiadada, suavizada con un toque sorprendente de amabilidad.

—El año pasado, cuando informé a Vance de que Kathleen iba a casarse con un miembro de tu familia, me confió la aventura que había tenido con tu madre. Afirmó que tú eras hija suya. La primera vez que te vi, no tuve ninguna duda de ello. Tu cabello es del mismo color que el suyo, y tienes las cejas y los ojos iguales.

—¿Lo sabe Kathleen?

—No. No estaba segura de que tú lo supieras hasta que vi la cara que pusiste antes de entrar en la sala. Pero te serenaste rápidamente. Tu autodominio fue admirable, Helen.

—¿Tenía intención de darme la noticia hoy el señor Vance?

—Sí. Sin embargo, frustraste sus planes de montar una escena. —La condesa se detuvo para beber un trago de coñac y luego afirmó lúgubremente—: Antes de irse, me pidió que te dejara meridianamente claro que es tu padre.

—Esa palabra no se le puede aplicar.

—Estoy de acuerdo. Un hombre no tiene derecho a ser llamado padre simplemente porque una vez tuvo un espasmo en las entrañas de una mujer en el momento oportuno.

Helen sonrió levemente a pesar del abatimiento que la embargaba. Aquello era algo que podría haber dicho Kathleen. Tras incorporarse más en la cama, se frotó las comisuras de los ojos con el índice y el pulgar.

—Querrá dinero —dijo con tono inexpresivo.

—Evidentemente. Pronto serás una vía de acceso a una de las mayores fortunas de Inglaterra. Y no me cabe duda de que en el futuro también te pedirá que influyas en las decisiones empresariales de tu marido.

—Yo no le haría eso a Winterborne. Además... no podría vivir preocupada por las amenazas de Vance.

—Yo llevo décadas haciéndolo, mi querida muchacha. Desde el día que me casé con lord Berwick, supe que hasta que tuviera un hijo varón, tendría que doblegarme ante Vance. Ahora tienes que hacerlo tú también. Si no satisfaces sus demandas, te arruinará el matrimonio. Puede que incluso antes de que empiece siquiera.

—No tendrá ocasión de hacerlo —aseguró Helen, abatida—. Yo misma se lo contaré al señor Winterborne.

A lady Berwick casi se le salieron los ojos de las órbitas.

—No serás tan insensata como para creer que te seguirá queriendo si lo sabe.

—No, no me querrá. Pero le debo la verdad.

Tras acabarse el coñac con un trago impaciente, la condesa dejó la copa y le habló con convicción e irritación:

—Dios mío, jovencita, quiero que prestes atención a cada palabra que voy a decirte. —Esperó a que la mirada atormentada de Helen se fijara en la suya—. El mundo es duro con las mujeres. Nuestro futuro se cimenta en la arena. Yo soy condesa, Helen, y aun así, en el invierno de la vida es probable que me convierta en una viuda pobre, en una mera nulidad. Tienes que hacer lo que sea necesario para casarte con Winterborne, porque hay una cosa que una mujer necesita por encima de todas: seguridad. Aunque pierdas el cariño de tu esposo, una mínima parte de su fortuna te garantizará que jamás te hundirás en la pobreza. Mejor aún si le das un hijo: este es el origen del verdadero poder e influencia de una mujer.

—El señor Winterborne no querrá un hijo que descienda de Albion Vance.

—No podrá hacer nada al respecto una vez haya sucedido, ¿no?

—No podría engañarlo de ese modo —aseguró Helen con los ojos abiertos como platos.

—Querida, eres muy ingenua —dijo lady Berwick secamente—. ¿Crees que no hay ninguna parte de su vida, pasada y presente, que él te oculte? Los maridos y las esposas nunca son del todo sinceros entre sí; ningún matrimonio sobreviviría a ello.

Al notar unas punzadas en las sienes y un amago de náuseas en el estómago, Helen temió que iba a tener migraña.

—Me encuentro mal —susurró.

—Termínate el coñac. —La condesa se acercó a la ventana y apartó ligeramente la cortina para echar un vistazo fuera—. Vance quiere hablar contigo mañana. Si te niegas, irá a ver a Winterborne antes de que termine el día.

—No me negaré —aseguró Helen, pensando con tristeza que diría la verdad a Rhys en el momento que ella decidiera y a su manera.

—Le enviaré una nota para quedar con él en territorio neutral. No puede volver a la Casa Ravenel.

—El Museo Británico —sugirió Helen tras reflexionar un momento—. Las gemelas quieren visitar las Galerías Zoológicas. Él y yo podríamos hablar allí sin que nadie se dé cuenta.

—Sí, buena idea. ¿Qué sitio debería indicar como lugar de encuentro?

Helen se quedó con la copa de coñac suspendida en el aire.

—La exposición de serpientes venenosas —soltó, y se acabó el licor.

Lady Berwick sonrió levemente.

—Como conozco muy bien a Vance, sé cómo te planteará la situación —aseguró con expresión sombría—. No hablará de chantaje: te lo venderá como un tributo anual, a cambio de permitirte hallar la felicidad con Winterborne.

—No existe ningún tributo sobre la felicidad —repuso Helen a la vez que se frotaba la frente.

La condesa la observó con una mezcla de compasión y tristeza.

—Mi pobre muchacha... lo que es seguro es que no puede obtenerse gratis.

24

—¿Estás segura de que no te pasa nada, Helen? —preguntó Cassandra tras descender del carruaje familiar—. Has estado muy callada y tienes los ojos vidriosos.

—Me duele un poco la cabeza, nada más.

—Oh, lo siento. ¿Quieres que dejemos la visita al museo para otro día?

—No, no me encontraré mejor por quedarme en casa. Puede que caminando un poco se me pase.

Avanzaron juntas, tomadas del brazo, mientras Pandora, más adelantada, se dirigía rápidamente hacia el imponente pórtico del Museo Británico.

—¡Pandora, no galopes como un caballo de tiro! —exclamó lady Berwick, que resoplaba impaciente para seguir a la joven.

El Museo Británico, un edificio cuadrado de estilo griego con un patio de una hectárea, era tan grande que, a pesar de que ya habían estado en él media docena de veces, tan solo habían visto una tercera parte de sus exposiciones. La noche anterior, cuando lady Berwick había sugerido sin darle importancia una excursión al museo, las gemelas habían estado encantadas. Helen, sabedora del motivo real de la visita, se había mostrado más apagada.

Después de comprar las entradas y recoger los planos impresos en el vestíbulo, el grupo se dirigió hacia la escalera principal que conducía a las plantas superiores. En lo alto de los peldaños, en la entrada de las Galerías Zoológicas había ingeniosamente dispuestas tres jirafas altísimas. Las patas delanteras del animal de mayor tamaño medían más aún que lady Berwick. Delante de las jirafas, una barandilla de madera impedía a la gente acercarse a ellas.

Las mujeres se detuvieron para contemplar con asombro los animales disecados.

Como era de prever, Pandora avanzó con la mano extendida.

—Pandora —soltó bruscamente lady Berwick—, si tocas los objetos expuestos no volveremos a venir al museo.

Pandora se volvió para dirigirle una mirada de súplica.

—Esta es una jirafa que en su día vagaba por la sabana africana, ¿no quiere saber cómo es al tacto?

—Claro que no.

—No hay ningún cartel que lo prohíba.

—La barandilla lo da a entender.

—Pero la jirafa está tan cerca... —insistió Pandora, afligida—. Si usted mirara hacia otro lado cinco segundos, podría tender la mano y tocarla... y así no tendría que preguntármelo más.

Tras soltar un suspiro, lady Berwick echó un ceñudo vistazo alrededor para asegurarse de que nadie las veía.

—Date prisa —dijo secamente.

Pandora se acercó, se inclinó por encima de la barandilla para tocar la extremidad y la rodilla arrugada del animal, y retrocedió enseguida.

—Es como el pelaje de un caballo —informó satisfecha—. Los pelos no medirán más de medio centímetro. ¿Quieres tocarla, Cassandra?

—No, gracias.

—Vamos, entonces —dijo, tomando la mano de su hermana gemela—. ¿Qué quieres ver, los animales de pezuña o los de garra?

—Los de garra.

Lady Berwick empezó a seguir a las chicas, pero se detuvo

para echar un último vistazo a la jirafa. Con unos cuantos pasos apresurados, se plantó frente al animal expuesto, le tocó disimuladamente la pata y miró a Helen con aire de culpabilidad.

Helen, con los ojos puestos en el plano del museo, contuvo una sonrisa y fingió no haberla visto.

Después de que la condesa se reuniera con las gemelas en la galería sur, Helen se dirigió hacia la galería norte, que constaba de cinco amplias salas llenas de vitrinas enormes. Llegó a la segunda sala y pasó ante las serpientes expuestas. Se detuvo al ver un lagarto con una gran gorguera alrededor del cuello que le recordó la de la reina Isabel. Según la placa que había junto al animal, el lagarto podía desplegarla para parecer amenazador.

Antes de que pudiera alcanzar la vitrina siguiente, que contenía diversas serpientes, un hombre se situó a su lado. Como sabía que era Vance, cerró los ojos un momento, mientras se ponía en tensión debido a la hostilidad que sentía hacia él.

Vance se quedó observando un par de camaleones africanos.

—Tu perfume es el mismo que llevaba tu madre —murmuró por fin—. Orquídeas y vainilla... Nunca lo he olvidado.

Que conociera tan bien el aroma de su madre la pilló desprevenida. Nadie se había fijado jamás en que ella llevaba la misma fragancia.

—Encontré la receta en una de sus libretas.

—Te queda bien.

Ella alzó los ojos y vio que la estaba examinando con la mirada.

A tan corta distancia, Albion Vance resultaba cautivador, con su cara de pómulos altos moldeada con una delicadeza marcadamente andrógina. Sus ojos eran del color del cielo en noviembre.

—Eres una muchacha bonita, pero no tan hermosa como ella —comentó—. Te pareces a mí. ¿Estaba resentida contigo?

—Preferiría no hablar de mi madre con usted.

—Quiero que sepas que significaba algo para mí.

Helen volvió a concentrar su atención en los animales de la

vitrina. Vance parecía esperar una respuesta, pero no se le ocurrió ninguna.

Su silencio pareció molestarlo.

—Yo soy el seductor despiadado que abandonó a su amante y su hija recién nacida, claro —soltó Vance en tono tedioso—. Pero Jane no tenía la menor intención de abandonar al conde, ni yo quería que lo hiciera. En cuanto a ti... no estaba en posición de hacer nada por ti, ni tú por mí.

—Pero ahora que estoy prometida con un hombre adinerado —indicó Helen con frialdad—, finalmente se ha interesado. No perdamos el tiempo, señor Vance. ¿Tiene una lista de exigencias o prefiere nombrar una cifra?

—Esperaba que pudiéramos llegar a un acuerdo sin ser groseros —comentó con las delgadas cejas oscuras arqueadas.

Helen permaneció callada, aguardando con una paciencia forzada mientras lo miraba de un modo que parecía incomodarlo.

—Eres como un carámbano —soltó él—. Tienes algo de vestal. Te falta espíritu. Por eso careces de la belleza de tu madre.

—¿Qué quiere, señor Vance? —insistió Helen, negándose a picar el anzuelo.

—Entre las muchas inquietudes filantrópicas de lady Berwick hay una organización benéfica que administra pensiones a indigentes ciegos —dijo por fin—. Quiero que convenzas a Winterborne de que done veinte mil libras al patronato de esta organización. Le explicarás que su generoso donativo se usará para comprar una propiedad en West Hackney que proporcionará beneficios anuales que se destinarán a los pensionistas invidentes.

—Pero usted ha diseñado una forma de beneficiarse personalmente —dijo Helen despacio.

—El donativo tiene que hacerse enseguida. Necesito capital de inmediato.

—¿Quiere que pida esto al señor Winterborne antes de estar casados siquiera? —preguntó Helen, incrédula—. No creo que pueda convencerlo.

—Las mujeres tienen sus recursos. Ya te las arreglarás.

—No dará el dinero sin investigar antes la organización benéfica —comentó ella, negando con la cabeza—. Lo averiguará.

—No habrá documentos que pueda descubrir —respondió Vance con suficiencia—. No hay nada que pueda vincularme con esa organización benéfica ni con la propiedad de West Hackney; los acuerdos son verbales.

—¿Qué será de los pensionistas invidentes?

—Parte del dinero les llegará, naturalmente, para que todo parezca legítimo.

—A ver si lo he entendido claramente: está haciendo chantaje a su propia hija para estafar a indigentes ciegos. ¿Es correcto?

—Nadie está estafando a ningún indigente: para empezar, el dinero no es suyo. Y esto no es chantaje. Una hija tiene la obligación natural de ayudar a su padre cuando este lo necesita.

—¿Por qué tendría yo alguna obligación hacia usted? —preguntó Helen, perpleja—. ¿Qué ha hecho usted nunca por mí?

—Te di el regalo de la vida.

Como vio que hablaba muy en serio, Helen le dirigió una mirada incrédula. Tuvo unas súbitas ganas de reír. Se tapó los labios con los dedos para contener aquella risa medio histérica, pero fue peor. No pudo evitar ver la expresión ofendida de Vance.

—¿Te hace gracia? —soltó él.

—Di-disculpeme —dijo Helen, tratando de tranquilizarse—. Pero no tuvo que esforzarse demasiado, ¿no? Aparte de un... espasmo en las entrañas de una mujer en el momento oportuno.

—No degrades la relación que tuve con tu madre —la reprendió Vance, mirándola con dignidad glacial.

—Oh, sí. Ella significaba mucho para usted. —La risa amarga remitió, y Helen inspiró con dificultad—. Supongo que Peggy Crewe también.

—De modo que Winterborne te habló de ella —comentó él con la fría mirada fija en ella—. Pensé que podría haberlo hecho.

La proximidad de una mujer y tres niños que se acercaban a observar los animales expuestos impidió a Helen responder.

Fingió interesarse en una vitrina que contenía tortugas terrestres y marinas, y se dirigió despacio hacia allí, acompañada de Vance.

—No hay motivo para que Winterborne me odie eternamente por hacer algo que ha hecho la mayoría de hombres —aseguró Vance—. No soy el primero que se acuesta con una mujer casada, y tampoco seré el último.

—Por su culpa, la señora Crewe falleció en el parto, y su marido, un hombre al que el señor Winterborne quería como a un hermano, también terminó muerto —indicó Helen.

—¿Es culpa mía que aquel hombre fuera tan mentecato como para suicidarse? ¿Es culpa mía que aquella mujer no tuviera una complexión lo bastante fuerte para dar a luz? Además, toda la situación podría haberse evitado si Peggy no se hubiese abierto de piernas para mí. Yo me limité a tomar lo que se me ofrecía gustosamente.

Su insensibilidad dejó a Helen sin aliento. No parecía tener el menor atisbo de conciencia. ¿Cómo habría acabado siendo así? Se lo quedó mirando, buscando algún rastro de humanidad, algún signo de culpa, de remordimiento o tristeza. No lo encontró.

—¿Qué hizo con la niña? —quiso saber.

La pregunta pareció sorprenderlo.

—Me ocupé de que una mujer cuidara de ella —contestó.

—¿Cuándo fue la última vez que la vio?

—Nunca la vi. Ni tengo intención de hacerlo —respondió, impaciente—. Esto no tiene nada que ver con el asunto que nos ocupa.

—¿Le interesa el bienestar de ella?

—¿Por qué tendría que interesarme a mí si no le interesa a su familia materna? Nadie quiere a esa malnacida bastarda.

No cabía duda de que había pensado lo mismo sobre ella. Helen sintió una creciente preocupación por la niña, su media hermana. ¿La estarían cuidando y educando bien? ¿Estaría desatendida? ¿Maltratada?

—¿Cómo se llama la mujer que cuida de ella? ¿Dónde vive?

—Eso no es asunto tuyo.

—Al parecer tampoco suyo —replicó Helen—, pero me gustaría saberlo.

—¿Para usarlo de alguna forma en mi contra? ¿Para intentar avergonzarme? —soltó, sonriendo con suficiencia.

—¿Por qué querría avergonzarlo? A mí me interesa evitar el escándalo tanto como a usted.

—Pues te aconsejo que olvides a la niña.

—Debería darle vergüenza —dijo Helen con tranquilidad—. No solo ha eludido cualquier responsabilidad hacia su propia hija, sino que también intenta impedir que otra persona la ayude.

—Llevo cuatro años manteniéndola. ¿Qué más quieres que haga? ¿Dar de comer personalmente a esa mocosa?

Helen trató de pensar a pesar de la ira que empezaba a sentir. No podría averiguar cómo estaba su media hermana si no podía sonsacar a Vance aquella información. Se devanó los sesos para recordar lo que Rhys le había contado una vez sobre negociaciones comerciales.

—Me ha pedido una gran cantidad de dinero y esperará recibir más en el futuro —dijo—, pero lo único que me ha ofrecido a cambio es dejarme conservar algo que ya poseo. No cerraré el trato sin que me haga una concesión. Una pequeña: no le costará nada decirme quién tiene a su hija.

Hubo un largo silencio antes de que Vance respondiera:

—Ada Tapley. Es una asistenta de los familiares de mi abogado en Welling.

—¿Dónde...?

—Es un pueblo situado en la carretera principal de Londres a Kent.

—¿Cómo se llama la niña?

—No tengo ni idea.

«Claro que no.» Helen se retorció interiormente de rabia.

—¿Cerramos el trato, entonces? ¿Convencerás a Winterborne de que haga el donativo a la organización benéfica lo antes posible?

—Si quiero casarme con él —admitió ella con tono inexpresivo—, no me quedará más remedio que hacerlo.

Vance sonrió de oreja a oreja.

—Me resulta divertido que él crea que ha conseguido una Ravenel para tener descendencia y que, en lugar de eso, vaya a dar continuidad a mi linaje. Miembros galeses de la familia Vance, que Dios nos asista.

Unos minutos después de su marcha, Helen seguía observando la vitrina de animales bien conservados y dispuestos. Tenían los ojos ciegos de cristal desorbitados de sorpresa, como si no alcanzaran a entender por qué habían ido a parar allí.

En ese momento fue plenamente consciente de su propia ruina y, al hacerlo, una nueva sensación se apoderó de ella: el desprecio hacia sí misma.

Nunca le pediría a Rhys el supuesto donativo benéfico. Ni podría casarse con él. Ya no. Jamás impondría a Albion Vance, ni a ella misma, en la vida de su amado.

Contar la verdad a Rhys sería la pesadilla más espantosa. No sabía cómo reuniría el valor para hacerlo, pero no había otra opción.

Una sombra de pesar la acechaba, pero no podía sucumbir todavía a ella. Ya habría tiempo de lamentarse después.

Años, de hecho.

Aquel mismo día, mucho más tarde, tras haber regresado del museo, Helen se sentó ante el escritorio del salón de arriba y mojó una pluma en el tintero.

Querida señora Tapley:
Recientemente tuve conocimiento de una niña que le fue entregada para sus cuidados cuando era recién nacida, hará unos cuatro años. Me gustaría saber si todavía reside con usted y, si es así, le agradecería cualquier información que pueda proporcionarme sobre ella...

25

—Todo esto me parece bastante impropio —comentó lady Berwick, frunciendo el ceño cuando el carruaje de la familia Ravenel se aproximaba a la callejuela detrás del enorme edificio de los grandes almacenes—. Comprar a las seis de la tarde, y en semejante lugar. Pero el señor Winterborne insistió mucho.

—Compraremos en privado —le recordó Pandora—. Lo que, bien mirado, es mucho más discreto que ir de compras dando un paseo a mediodía.

—Las dependientas no conocerán mis preferencias. Podrían ser impertinentes —insistió la condesa, a quien la idea no había agradado.

—Le prometo que serán muy serviciales —aseguró Helen. Habría continuado, pero el dolor punzante e intermitente que sentía estaba empeorando. La ansiedad por ver a Rhys le había provocado una migraña. No sabía cómo haría para simular no pasaba nada. ¿Cómo podría hablarle, sonreírle y mostrarse cariñosa con él cuando sabía que jamás se casarían? El malestar se extendió por su frente y sus ojos como una mancha.

—Yo solo quiero ver los guantes —precisó remilgadamente lady Berwick—. Después me sentaré en una silla y esperaré mientras te atiende la modista.

—No creo que vaya a tardar mucho —murmuró Helen con los ojos cerrados—. Puede que tenga que regresar pronto a casa.

—¿Te duele la cabeza? —preguntó Cassandra, preocupada.

—Me temo que sí.

—Pobrecita —dijo la gemela, tocándole el brazo con cariño.

Pandora no fue tan compasiva.

—Por favor, trata de sobreponerte. Piensa en algo relajante; imagina que tu cabeza es un cielo lleno de apacibles nubes blancas.

—Más bien parece un cajón lleno de cuchillos —murmuró Helen con tristeza mientras se frotaba las sienes—. Te prometo que aguantaré todo lo que pueda, cielo. Sé que quieres tener tiempo para hacer compras.

—Te llevaremos a la sección de muebles para que te tumbes en una *chaise-longue* —sugirió Pandora amablemente.

—Las damas no se recuestan en público —intervino lady Berwick.

El lacayo las ayudó a bajar del vehículo y las condujo hasta una de las entradas traseras, donde un portero uniformado las estaba esperando.

Con su lacerante dolor de cabeza, Helen siguió a ciegas a la comitiva. Oyó los susurros de asombro de lady Berwick mientras la guiaban por los amplios arcos que conectaban las opulentas salas de techos altos con relucientes arañas que iluminaban los suelos de madera encerados. En las mesas y los mostradores se amontonaban tesoros, y había vitrinas que contenían hileras y más hileras de artículos lujosos. En lugar de ser espacios pequeños y cerrados, las secciones de los almacenes eran salas abiertas y espaciosas que animaban a los clientes a deambular por ellas libremente. El aire olía a madera encerada, perfume y novedad; olía a caro.

Cuando llegaron a la rotonda central de seis plantas de altura, cada una de ellas enmarcada por unos balcones con adornos de voluta, coronada con una inmensa cúpula con vidrieras de colores, lady Berwick no pudo esconder su asombro.

—Es la catedral de las compras —comentó Pandora reverentemente, siguiendo la mirada de la condesa hacia arriba.

La dama estaba demasiado pasmada para regañarla por esa blasfemia.

Rhys se acercó a ellas, relajado y atractivo con su traje negro. Ni siquiera su migraña creciente pudo impedir un brillo de placer al verlo, tan poderoso y seguro de sí mismo en aquel mundo que él había creado. Su mirada se cruzó con la de ella un instante breve y apasionado, antes de dirigirse hacia lady Berwick. Tras tomar la mano de la mujer mayor, le hizo una reverencia y le sonrió mientras se enderezaba.

—Bienvenida a los almacenes Winterborne, milady.

—Esto es extraordinario —afirmó lady Berwick, desconcertada, casi quejumbrosa. Echó un vistazo a un lado y otro, a las salas que parecían no tener fin, como si hubiera un par de espejos situados para reflejarlas infinitamente—. Los almacenes tendrán una superficie de dos acres, ¿no?

—Cinco, incluidas las plantas superiores —la corrigió Rhys como si tal cosa.

—¿Cómo va nadie a encontrar nada en medio de tanto exceso?

Rhys le dirigió una sonrisa tranquilizadora.

—Está todo bien organizado y hay varias dependientas para ayudarla —señaló una hilera de empleadas, todas impecablemente vestidas de negro, crema y azul intenso, que era el emblema de los almacenes. Cuando hizo un gesto con la cabeza, la señora Fernsby se acercó. Llevaba un elegante vestido negro con el cuello y los puños de encaje color crema.

—Lady Berwick —dijo Rhys—, le presento a mi secretaria particular, la señora Fernsby. Ella está aquí para ayudarla en todo lo que necesite.

En cinco minutos, las aprensiones de lady Berwick habían dado paso a un placentero desconcierto gracias a que la señora Fernsby y las dependientas se dedicaron a satisfacer hasta su último deseo. Mientras ella era conducida al mostrador de los guantes, Pandora y Cassandra examinaban los productos que se ofrecían en la planta baja.

Rhys se reunió con Helen.

—¿Qué pasa? —le preguntó.

La luz brillante pareció traspasarle el cerebro. Ella trató de sonreír, pero el esfuerzo le resultó insoportable.

—Me duele la cabeza.

Rhys la volvió hacia él con un susurro compasivo. Le tocó la frente y en la mejilla como para comprobar si tenía fiebre.

—¿Has tomado algo para combatirlo?

—No —musitó ella.

—Ven conmigo. —Rhys hizo que le tomara del brazo—. Encontraremos algo en la sección de farmacia que te haga sentir mejor.

Helen dudaba de que hubiera algo que pudiera ayudarla, ahora que la migraña había clavado sus garras en ella.

—Lady Berwick no querrá perderme de vista.

—No se dará ni cuenta. Van a tenerla ocupada dos horas por lo menos.

La joven estaba demasiado indispuesta para discutir, de modo que dejó que Rhys se la llevara con él. Afortunadamente, no le hizo preguntas ni intentó entablar conversación.

Llegaron a la sección de farmacia, donde un reluciente embaldosado blanco y negro sustituía la madera del suelo. Esta sala estaba mucho más oscura, puesto que se había apagado la mayoría de luces al cerrar los almacenes. A ambos lados de la sala, las paredes estaban llenas de armarios, estantes y mesas, mientras que una península con encimera salía de otra. Todos los estantes estaban abarrotados de tarros de polvos, pastillas, linimentos y cremas, además de botellas y frascos de tinturas, jarabes y tónicos. En las mesas había un surtido de confites medicinales: pastillas de hierbas y de cayena para la tos, azúcar de arce y goma arábiga. Normalmente, a Helen no le habría importado la mezcla de aromas astringentes y a tierra que impregnaba el ambiente, pero con lo mal que se encontraba, le resultó nauseabundo.

Había alguien en la península, revisando los cajones y tomando notas. Cuando se acercaron, vio que era una mujer delgada, no mucho mayor que ella, que vestía un conjunto de paseo color burdeos y llevaba el cabello castaño coronado con un práctico sombrero.

—Buenas tardes, señor Winterborne —dijo la mujer, sonriendo con simpatía tras alzar los ojos.

—¿Todavía trabajando? —preguntó Rhys.

—No; voy a ir a un orfanato local para visitar la enfermería. Tengo poco material y el doctor Havelock me dijo que lo tomara de aquí. Lo pagaré mañana, naturalmente.

—Los almacenes correrán con ese gasto —indicó Rhys sin dudarlo—. Es por una causa encomiable. Llévese lo que necesite.

—Gracias, señor.

—Lady Helen —dijo Rhys—. Esta es la doctora Garrett Gibson, uno de los dos médicos que atienden a nuestro personal.

—Buenas tardes —murmuró Helen con una sonrisa forzada mientras se apretaba con los dedos la sien derecha para procurar mitigar el dolor.

—Es un honor —dijo la otra mujer, pero observó a Helen con preocupación—. Parece tener molestias. ¿Puedo hacer algo por usted?

—Necesita polvos para el dolor de cabeza —explicó Rhys.

—¿Le afecta el dolor a toda la cabeza o está concentrado en una zona? —quiso saber la doctora mientras examinaba a Helen desde el otro lado del mostrador con sus intensos ojos verdes.

—En las sienes. —Helen se detuvo para hacer inventario de los diversos dolores agudos que tenía en la cabeza, como si le hubieran introducido carbones encendidos al azar—. Y también detrás del ojo derecho.

—Una migraña, entonces —sentenció la doctora Gibson—. ¿Cuánto rato hace que empezó?

—Apenas unos minutos, pero está aumentando con la velocidad de una locomotora.

—Yo le recomendaría unos polvos antineurálgicos; son más efectivos para la migraña porque contienen citrato de cafeína. Permítame que le traiga una caja.

—Perdone la molestia —se disculpó Helen con voz débil, apoyándose en el mostrador.

Rhys le puso una mano tranquilizadora en la parte inferior de la espalda.

—Las migrañas son una tortura —aseguró la doctora Gibson, que se acercó rápidamente a un armario y hurgó en las cajas y latas que contenía—. Mi padre las sufre. Es duro como la piel de un hipopótamo, pero se va a la cama en cuanto le empieza una. —Sacó una lata verde con un gesto de satisfacción y la llevó al mostrador—. Puede que se sienta algo mareada después de tomar una dosis, pero diría que eso es mejor que sufrir un dolor terrible.

A Helen le gustó mucho su forma de ser, competente y simpática, en absoluto desapasionada como cabría esperar de un médico.

Mientras la doctora Gibson destapaba la lata, Rhys sujetó una parte corrediza de la encimera del mostrador, la empujó hacia atrás y se agachó para sacar una rejilla que contenía cuatro botellas de soda fría.

—Un refrigerador de mostrador —dijo al ver el interés de Helen—. Como los de las tiendas de comestibles.

—Nunca he estado en una tienda de comestibles —admitió Helen mientras observaba cómo Rhys sacaba una botella de la rejilla. Todas ellas tenían forma de huevo con una base redondeada que les impedía sostenerse por sí solas.

La doctora Gibson sacó un paquete de papel de la lata de polvos antineurálgicos y lo desdobló para formar un cucurucho.

—El sabor es espantoso —indicó mientras se lo daba a Helen—. Le sugiero que lo vierta lo más atrás que pueda de la lengua.

Rhys quitó el bozal de alambre que sujetaba el corcho en el cuello de la botella y entregó el recipiente a Helen. Sonrió al ver su indecisión.

—Nunca has bebido directamente de una botella, ¿verdad? —La acarició con la mirada mientras le pasaba con suavidad un nudillo por el contorno de la mandíbula—. Procura no levantarla demasiado rápido.

Helen se llevó el cucurucho a la boca, echó la cabeza atrás y dejó que los polvos amargos se le deslizaran por la garganta. Entonces, con cuidado, se acercó la botella a los labios, se vertió parte del líquido frío y gaseoso en la boca y se lo tragó. El refresco de lima le enmascaró la amarga medicina.

—Toma un poco más, *cariad* —aconsejó Rhys mientras con el pulgar le quitaba una gotita que le había quedado en la comisura de los labios—. Esta vez, sella el borde con los labios.

Dio dos tragos más, con lo que hizo desaparecer el sabor de los polvos y le devolvió la botella, que él dejó destapada en la rejilla.

—Empezará a surtir efecto en unos cinco minutos —aseguró la doctora, mirando con comprensión a Helen.

Esta cerró los ojos y se llevó otra vez los dedos a las sienes para procurar aliviar la sensación de que le estuvieran atravesando el cráneo con agujas. Era consciente del cuerpo fornido de Rhys a su lado, y de algún modo su presencia le era reconfortante y angustiante a la vez. Pensó en lo que tenía que hablar con él, y en cómo reaccionaría, y encorvó los hombros.

—Hay personas a quienes les va bien una bolsa de hielo o una cataplasma de mostaza —oyó que le decía la doctora Gibson—. O un masaje en los músculos del cuello.

Helen, agitada, dio un respingo al notar que Rhys le ponía las manos en la nuca.

—Oh, aquí no... —pidió.

—Chisss.

Tras encontrarle puntos que le dolían terriblemente, Rhys empezó a darle un suave masaje.

—Apoya los antebrazos en el mostrador —le pidió.

—Si alguien nos ve...

—Nadie nos verá. Relájate.

Aunque no podía decirse que las circunstancias fueran lo que Helen habría considerado relajantes, obedeció.

Rhys le friccionó la nuca con los pulgares mientras le presionaba los puntos de tensión de la base del cráneo con los demás dedos. Ella agachó la cabeza, a medida que sus músculos iban siendo mimados y obligados a relajarse. Las manos fuertes de Rhys le fueron dando friegas cuello abajo, hacia los hombros, con ligeras variaciones de presión sin dejarse ningún punto tenso. Helen acabó respirando cada vez más hondo, sucumbiendo al placer de aquel contacto.

—El orfanato al que va a ir —preguntó Rhys a la doctora Gibson mientras la seguía masajeando y palpando—, ¿ya ha estado antes en él?

—Sí, procuro ir semanalmente. También visito un asilo de pobres. Ninguno de los dos sitios puede permitirse los servicios de un médico, y las enfermerías están siempre llenas.

—¿Y dónde quedan?

—El asilo de pobres está en Clerkenwell. El orfanato queda algo más lejos, en Bishopsgate.

—No son sitios lo bastante seguros como para que vaya usted sola.

—Conozco bien Londres, señor. No me pongo nunca en peligro y llevo un bastón para defenderme.

—¿De qué sirve un bastón? —preguntó Rhys, escéptico.

—En mis manos, es un arma peligrosa —le aseguró la doctora.

—¿Está cargado?

—No, pero puedo asestar tres veces más golpes con un bastón liviano que con uno más pesado. A sugerencia de mi maestro de esgrima, le he hecho muescas en puntos estratégicos para poder asirlo mejor. Me ha enseñado algunas técnicas efectivas para derribar a un adversario con un bastón.

—¿Practica la esgrima? —se sorprendió Helen con la cabeza todavía gacha.

—Sí, milady. La esgrima es un deporte excelente para las mujeres: proporciona fortaleza, mejora la postura y favorece una respiración correcta.

Aquella mujer le caía cada vez mejor a Helen.

—Es usted fascinante —comentó.

—¡Qué amable es! —exclamó la doctora Gibson con una breve risita de sorpresa—. Me temo que usted, en cambio, ha defraudado mis expectativas: creía que sería esnob, y resulta que es verdaderamente encantadora.

—Sí que lo es —corroboró Rhys mientras describía círculos con los pulgares en el cuello de su prometida.

Para asombro de Helen, los carbones ardientes que parecía tener en la cabeza se iban apagando para dar paso a un maravilloso frescor: notaba que aquel tormento atroz remitía segundo a segundo. Pasados unos minutos, apoyó la palma de las manos en el mostrador y se incorporó pestañeando.

—Casi no me duele —dijo entre aliviada y maravillada.

Rhys la volvió con cuidado hacia él y la recorrió con la mirada.

—Tienes mejor color —comentó mientras le apartaba un mechón rubio que le colgaba sobre el ojo derecho.

—Es extraordinario —afirmó Helen—. Hace apenas unos minutos me sentía fatal y ahora...

La había invadido una euforia que no solo había ahuyentado sus anteriores preocupaciones, sino que le hacía imposible restituirlas. Era de lo más extraño saber exactamente por qué tendría que estar angustiada y descontenta y, por alguna razón, ser incapaz de sentirse así. Eran los efectos del medicamento, por supuesto. No duraría. De momento, sin embargo, agradecía el respiro.

Se tambaleó ligeramente al volverse hacia la otra mujer, y Rhys la rodeó al instante con un brazo para sostenerla.

—Gracias, doctora Gibson —dijo—. Creía que estaba acabada.

—Le aseguro que no ha sido ninguna molestia —aseguró la doctora con un brillo amable en sus ojos verdes. Empujó por el mostrador la lata que contenía los polvos antineurálgicos—. Tómelos otra vez de aquí a doce horas si es necesario. Nunca lo haga más de dos veces al día.

Rhys recogió la lata y la examinó antes de metérsela en el bolsillo de la chaqueta.

—A partir de ahora, la mandaré llamar cuando necesite un médico —aseguró Helen a la doctora Gibson, y, señalando el bastón con la empuñadura curvada que colgaba del borde del mostrador, añadió—: O un guardaespaldas.

—No dude en hacerlo, por favor —repuso la otra mujer riendo—. A riesgo de parecer presuntuosa, también puede llamarme si necesita una amiga, por cualquier motivo.

—Lo haré —respondió Helen, encantada—. Sí, es amiga mía. Vayamos un día a un salón de té; siempre he querido hacerlo. Sin mis hermanas, quiero decir. Dios mío, qué seca tengo la boca. —Aunque no fue consciente de moverse, vio que de repente estaba rodeando el cuello de Rhys con los brazos, inclinándose pesadamente hacia él. Estaba acalorada como si le estuviera dando el sol—. ¿Puedo tomar más agua de lima? —le preguntó—. Me gusta la forma en que me chisporrotea en la boca. Como si unas hadas me danzaran en la lengua.

—Sí, mi amor. —La voz de Rhys era tranquilizadora y agradable, a pesar de estar mirando a la doctora Gibson con recelo—. ¿Qué más hay en estos polvos?

—Estará más centrada en unos minutos —le aseguró—. Al principio suele producirse cierto aturdimiento cuando la medicación llega a la sangre.

—Ya lo veo. —Sin dejar de rodear a Helen con un brazo, tomó la botella abierta de la rejilla y se la dio—. Con cuidado, *cariad*.

—Me gusta beber directamente de la botella —anunció ella antes de dar un trago largo y saciante de agua de lima—. Ahora se me da muy bien. Mira. —Volvió a beber para mostrárselo, y él sujetó la botella con la mano para sostenérsela con suavidad.

—No bebas tan deprisa o las burbujas te darán hipo —le susurró con un brillo de ternura y diversión en los ojos.

—No te preocupes por eso —repuso Helen y señaló a la

mujer situada al otro lado del mostrador—: La doctora Gibson lo cura todo.

—Lamentablemente —dijo la doctora con una sonrisa mientras recogía el bastón con la empuñadura curvada—, hasta ahora no he podido dar con la cura del hipo.

Una vez Rhys hubo devuelto la botella a la rejilla, Helen le rodeó la cintura con los brazos, un gesto que, en algún lugar remoto de su cerebro, sabía que era escandaloso, pero en aquel momento le parecía la única forma de sostenerse en pie—. ¿Te has fijado que hipo rima con tipo?

—Doctora Gibson... —dijo Rhys tras recostarse delicadamente la cabeza de Helen en el pecho—, cuando se vaya, busque a una de las dependientas y pídale discretamente que vaya a ver a la modista y reprograme para otro día la visita de lady Helen.

—Le aseguro que estará bien en pocos minutos más... —empezó la doctora.

—No quiero que empiece a planear así su vestido de novia. Vaya usted a saber qué acabaría llevando puesto el día señalado.

—Un vestido con los colores del arcoíris —intervino Helen con la voz soñadora y la cara hundida en la chaqueta de Rhys—. Y unos zapatos de unicornio.

Rhys dirigió una mirada elocuente a la doctora.

—Muy bien —comentó esta—. Que pasen una buena tarde.

Helen echó la cabeza atrás parar mirar a Rhys.

—Bromeaba sobre los zapatos de unicornio —aseguró.

Él, que la sujetaba con ambos brazos, torció el gesto. ¡Oh, qué corpulento y qué fuerte era! ¡Y qué guapo!

—¿De veras? —preguntó cariñosamente—. Porque si es necesario atraparé un unicornio para ti. Seguro que habrá suficiente para hacer una maleta a juego.

—No, no lo conviertas en equipaje, suéltalo.

—Como quieras, *cariad*.

Alzó la mano para seguirle la curva firme y seductora de los labios con la punta de un dedo.

—Ya vuelvo a ser yo —le aseguró ella—. Ya no diré más tonterías.

Al ver que Rhys la contemplaba socarronamente, quiso aparentar solemnidad, pero no puedo evitar que se le escapara la risa.

—Hablo en se-serio —insistió.

Rhys no la contradijo, sino que se limitó a besarle la nariz, las mejillas y el cuello.

—Me haces cosquillas —se quejó Helen, retorciéndose entre risitas, y le hundió los dedos en el cabello, cuyos hermosos y densos mechones eran como el satén negro.

Los labios de Rhys se entretuvieron en un punto especialmente sensible bajo la mandíbula hasta que los nervios de Helen le vibraron de emoción. Torpemente, le guio la cabeza para acercarle los labios a los de ella, y él la complació con suma sensualidad. Ella se relajó y se movió con soltura cuando él se volvió para apoyarse en el mostrador, rodeándola con los brazos para que no se cayera.

Rhys apoyó su cabeza en la de ella, le sujetó la nuca con una mano y se la masajeó hasta que todo dolor o tensión desapareció. Ella arqueó el cuerpo hacia él, ronroneando de placer. Era divino estar entre los brazos de su espléndido enamorado... que aún ignoraba que pronto dejaría de amarla.

Este último pensamiento hizo que todo le pareciera menos mágico.

Rhys percibió su cambio e interrumpió los besos.

Helen seguía con los ojos cerrados. Tenía los labios hinchados y ansiaba más fricción y presión sedosa.

—¿Besan como tú los demás hombres? —susurró.

—No lo sé, tesoro mío. Y tú jamás lo averiguarás —respondió Rhys, divertido. Su aliento cargado de menta acariciaba la nariz de Helen. La saboreó rápidamente, con un besito seductor—. Abre los ojos.

Helen lo miró mientras él evaluaba en qué estado estaba.

—¿Cómo te sientes ahora? —le preguntó, dejando con cuidado que se sostuviera sola.

—Más centrada —contestó, y se volvió sobre sí misma para comprobar si podía mantener el equilibrio. Ya no estaba mareada. Tenía la migraña controlada y a raya. Y se sentía llena de energía—. La doctora Gibson tenía razón: estoy lo bastante bien como para ir a la modista.

—Ya veremos. Si en media hora todavía te ves capaz de ir, te llevaré con ella. Mientras tanto, quiero enseñarte algo. ¿Crees que podrías subir escaleras?

—Podría subir mil peldaños corriendo.

—Bastará con cuatro tramos.

Una voz interior advirtió a Helen que no era buena idea estar a solas con él: cometería un error y diría algo indebido. Pero le tomó el brazo igualmente para acompañarlo hacia la amplia escalera de travertino.

—No se me ocurrió pedir al ascensorista que se quedara después de su horario normal —se disculpó Rhys mientras subían los peldaños—. Sé lo fundamental para hacerlo funcionar, pero no querría intentarlo por primera vez estando tú en la cabina.

—No quiero montarme en ascensor. Si el cable se rompe... —Se detuvo y se estremeció. Aunque el ascensor de los almacenes era un moderno modelo hidráulico, según se decía mucho más seguro que los antiguos movidos a vapor, la idea de que la subieran y bajaran en una caja cerrada la aterraba.

—No hay ningún peligro. Tiene tres cables de seguridad adicionales, además de un mecanismo automático bajo la cabina que sujeta las guías laterales si todos los cables se rompen.

—Sigo prefiriendo subir escaleras.

Rhys sonrió sin soltarle la mano.

—¿Qué has hecho estos últimos días? —le preguntó cuando terminaron el primer tramo y empezaron el segundo.

—El viernes fuimos al Museo Británico. Y lady Berwick ha estado recibiendo visitas de sus amigos —respondió Helen, tratando de quitarle importancia.

—¿Qué tal el museo?

—Regular.

—¿Solo regular?

—Visitamos las Galerías Zoológicas, que no me gustan tanto como las dedicadas al arte. Todos esos pobres animales con sus extremidades rígidas y sus ojos de cristal... —Le contó lo de Pandora y las jirafas, y cómo lady Berwick se había avanzado con rapidez para tocar una cuando creía que nadie la veía.

Rhys soltó una ligera carcajada.

—¿Pasó algo más mientras estabais allí?

Aunque se le veía relajado, Helen se azoró.

—No se me ocurre nada. —Odiaba mentirle. Se sintió culpable e intranquila, y nerviosa por estar a solas con él, el hombre al que amaba. Y eso le daba ganas de llorar.

—¿Te gustaría sentarte un momento, *cariad*? —sugirió Rhys tras detenerse en el rellano de la tercera planta.

La pregunta era fruto de la amabilidad y la preocupación, pero, por un instante, cuando Helen lo miró, sus ojos lucían una expresión que nunca le había visto, como de querer jugar al gato y el ratón. Fue tan fugaz que pensó que tal vez se lo había imaginado.

—No; estoy bien —aseguró con una sonrisa forzada.

Rhys le escudriñó la cara unos segundos más.

—¿No dijiste que eran cuatro tramos? —preguntó ella mientras Rhys la alejaba de la escalera.

—Sí, el que falta está por aquí.

Desconcertada, Helen pasó con él junto a montones de alfombras francesas, persas e indias, y mesas llenas de muestras de hules, esteras y maderas nobles. En el ambiente flotaba un olor a naftalina y cedro, usados para alejar las polillas.

Él la condujo hasta una modesta puerta con cuatro entrepaños encajada en un entrante de la pared, cerca de un rincón.

—¿Dónde da esta puerta? —preguntó ella al ver que Rhys se sacaba una llave del bolsillo.

—A la escalera que conduce a nuestra casa.

—¿Por qué vamos allí? —se inquietó Helen.

Con expresión insondable, Rhys abrió la puerta y volvió a guardarse la llave en el bolsillo.

—No te preocupes. No tardaremos nada.

Tras cruzar con aprensión el umbral, entró en la escalera cerrada, que recordó de la anterior vez que había estado allí. Pero, en lugar de entrar en la vivienda, Rhys la hizo subir hasta otro rellano, donde había una puerta.

—Desde aquí se accede a una de las azoteas de nuestra casa —dijo—. Es plana y con una barandilla alrededor.

¿Querría enseñarle las vistas de Londres? ¿Exponerla a los elementos en la peligrosa altura de la azotea?

—Hará frío ahí fuera —comentó inquieta.

Rhys se inclinó para plantarle un beso en la frente.

—Confía en mí —le pidió. Y, sin soltarle la mano, abrió la puerta y la hizo cruzar el umbral.

26

Helen se quedó perpleja al encontrarse envuelta en un aire tan cálido como una brisa de verano. Se adentró despacio en una gran galería, formada por miles de cristales relucientes montados en un armazón de hierro forjado.

Aturdida, vio que era un invernadero. ¡En una azotea! La etérea construcción, bonita como una tarta de boda, se erigía sobre una robusta base de ladrillos, con columnas de hierro y vigas soldadas a puntales verticales y traviesas diagonales.

—¿Es para mis orquídeas? —preguntó débilmente.

Rhys se situó detrás de ella y le puso las manos en la cintura.

—Te dije que encontraría un lugar donde ponerlas —comentó, acariciándole la oreja con la nariz.

Un palacio de cristal en el cielo. Era mágico, una genialidad de lo más romántica, y lo había construido para ella. Deslumbrada, contempló el ocaso sobre Londres, un resplandor rojo que rasgaba hacia el oeste el cielo plomizo. Las nubes se abrían en algunos sitios, y una luz dorada atravesaba las figuras algodonosas del color del fuego. Cuatro pisos más abajo, la ciudad se extendía ante ellos, con sus calles antiguas, sus formas oscuras y sus pináculos de piedra dispuestos alrededor del sinuoso contorno del río. Unos lejanos puntos de luz cobraron vida cuando se encendieron las farolas.

Rhys empezó a explicarle que unos conductos de agua caliente circulaban por el suelo y que habría una pila de loza con un grifo, y también algo sobre cómo una prensa hidráulica había comprobado las vigas de hierro. Helen asintió como si lo estuviera escuchando, y esbozó una sonrisa torcida. Solo un hombre podría sacar a colación detalles prácticos en un momento como aquel. Se apoyó en él, deseando que aquel momento durara para siempre a fin de prenderlo en el firmamento junto con un puñado de refulgentes estrellas.

Cuando él empezó a describirle los paneles prefabricados que habían permitido construir la estructura tan deprisa, Helen se volvió entre sus brazos y lo interrumpió con un beso. Él se quedó quieto de la sorpresa, pero medio segundo después reaccionó con total entusiasmo. Llena de amor, de gratitud y desesperación, ella lo besó con demasiada entrega. Se le partió el corazón al pensar que jamás podría llenar aquel lugar tan hermoso con sus orquídeas. Aunque había creído que podría contener el llanto, una lágrima errante le cayó de un ojo, le resbaló por la mejilla y dio a su beso sabor salado.

Rhys la miró con expresión sombría. Le tomó la mejilla con una mano y le secó el tenue rastro húmedo con un pulgar.

—Es solo que soy muy feliz —susurró Helen.

Rhys, al que no había conseguido engañar, le dirigió una mirada escéptica y la estrechó contra su pecho.

—Vida mía —le dijo al oído con voz baja y grave—. No puedo ayudarte si no me lo cuentas.

Ella se quedó helada.

Era el momento de decírselo. Pero arruinaría aquel instante y se acabaría todo. No estaba preparada todavía para despedirse. No lo estaría nunca, pero si pudiera pasar un poco más de tiempo con él, unos días más, viviría de aquel recuerdo lo que le quedara de vida.

—No es nada —se apresuró a decir, y procuró distraerlo con más besos.

Notó reticencia en él. Quería que le contara lo que le pasaba. Así que le rodeó el cuello con un brazo, tiró de él hacia abajo y lo besó hasta que sus lenguas se juntaron, y su sabor fresco y embriagador le inundó todos los sentidos. Rhys se concentró en ella y la apretujó tanto contra su cuerpo que ella tuvo que ponerse de puntillas. Él le exploró ardorosamente el sedoso interior de su boca. Ella le deslizó las manos por debajo de la chaqueta y siguió el contorno de su torso, fuerte y firme, hasta su estilizada cintura.

Rhys levantó la cabeza soltando una maldición silenciosa, mientras se esforzaba por respirar, y se estremeció cuando ella le besó el cuello.

—Estás jugando con fuego, Helen —le advirtió.

Sí. Notaba la fuerza latente de Rhys, a punto de desatarse.

—Llévame a tu habitación —pidió imprudentemente, a sabiendas de que era una de las peores ideas que había tenido en su vida. Le daba igual. Valía la pena cualquier cosa, cualquier escándalo o sacrificio, estar con él una vez más—. Solo unos minutos. No queda lejos.

Rhys negó con la cabeza, tajante.

—Esos malditos polvos para el dolor de cabeza te han hecho perder el pudor —masculló.

Esta curiosa frase, viniendo de él, obligó a Helen a hundirle la cara en el pecho para sofocar una carcajada.

—De eso ya te encargaste tú hace mucho —logró decir.

—Esta tarde no eres la de siempre, *cariad*. ¿Qué te alteró tanto como para provocarte migraña? —dijo Rhys, sin compartir su diversión.

—Nada —respondió ella, seria al oírlo.

—Cuéntamelo —insistió él, levantándole el mentón para que lo mirara.

Al ver la exasperación reflejada en sus ojos, Helen trató de pensar en algo que lo convenciera.

—Te extraño —dijo, y era cierto—. No esperaba que fuera tan difícil estar aquí, en Londres, sabiendo que estás tan cerca sin poder tenerte nunca.

—Puedes tenerme siempre que quieras.

—Te quiero ahora —aseguró ella con una mueca, y le metió una mano por dentro de los pantalones.

—Maldita sea, Helen, vas a volverme loco. —Pero inspiró hondo cuando ella le sujetó el miembro: le cambió la cara y le refulgieron los ojos.

A Helen le encantaba la facilidad con que aquel hombre tan físico reaccionaba a su cercanía; le encantaba su alma y su cuerpo.

Una última estela violácea de luz les pasó por encima y se sumió en la oscuridad, mientras la luna invernal se cubría de nubes en un rincón distante del cielo. Estaban solos los dos, en aquel lugar elevado y oscuro, mientras la ciudad se movía allá abajo sin que sus ruidos lejanos pudieran alcanzarles.

Helen le puso una mano en cada mejilla, deleitándose en la textura masculina de su piel afeitada. ¡Qué vital era! ¡Qué terrenal y real! Rhys permanecía inmóvil, atrapado por su ligero contacto, mientras su cuerpo bullía de una pasión por saciar. Ella notó que estaba a punto de perder el control. El deseo la invadió y le provocó un cosquilleo apremiante en los dedos de las manos y los pies, en las corvas y las flexuras de los codos... en todas partes. No pudo abstenerse de decirle algo que no tenía ningún derecho a decirle:

—Te amo.

Zarandeado hasta lo más íntimo de su ser, Rhys miró a Helen. Sus ojos, angustiados, eran luminosos y tan hermosos que quiso arrodillarse ante ella.

—*Dw i'n dy garu di* —susurró cuando recuperó el aliento, una frase que jamás había dicho a nadie, y la besó bruscamente.

El mundo se cernió sobre los dos en aquel ambiente brillante, donde solo había oscuridad, piel y sentimientos. Rhys la empujó suavemente hacia atrás y la arrinconó contra un puntal de hierro con la superficie plana. Cuando ella se aferró a él, retorciéndose como si estuviera intentando encaramarse, él quiso tocarle la piel, el estado natural de su cuerpo, pero, como siempre, había demasiadas prendas de por medio.

Ardiendo en deseo, le sujetó la parte delantera de la falda para levantársela hasta la larga abertura de los calzones. Le encajó una rodilla entre las piernas, y ella las separó gustosamente, jadeando mientras le acariciaba el interior de los muslos, donde su piel era fina y cálida. Helen se apoyó en el puntal, gimiendo cuando él la besaba. La mata de vello de su sexo estaba caliente y seca, pero en cuanto él le puso la mano en ella, notó un calor íntimo y húmedo. ¡Qué delicada era! ¡Qué suave! No parecía posible que ella pudiera contenerlo por completo en aquel sitio tan pequeño y tan tierno.

Con cuidado, le pellizcó cada uno de los carnosos labios exteriores y se los masajeó para separárselos. Al describirle círculos con los dedos por la abertura y por los sedosos pétalos que la rodeaban, notó que estaba mojada. Helen movía las caderas siguiendo sus tiernas caricias y, cuando notó un dedo excitante en la pequeña perla de su clítoris, se agitó como un pajarillo, echó la cabeza atrás y se aferró a los tirantes de Rhys.

La blancura de su cuello desnudo relució bajo la cálida oscuridad, y Rhys se lo besó con ardor. A tientas, Helen se peleó con los botones de los pantalones para liberar el miembro erecto. Él bajó una mano y le sujetó una corva para hacer que le rodeara la cintura con esa pierna. Ambos jadearon cuando el turgente glande se abrió paso entre el caliente y húmedo sexo de Helen. Para encontrar el ángulo adecuado, Rhys dobló las rodillas y se impulsó hacia arriba con fuerza. Helen soltó un grito y él titubeó, temiendo haberla lastimado. Pero Helen se movía contra su cuerpo con unas contracciones profundas que le arrancaron un sonido entrecortado de lujuria. Tras dejar que se aposentara mejor sobre su miembro, Rhys bajó el pulgar y el índice para abrirle más el sexo. Ella gimió cuando él empezó a moverse hacia arriba, levantándola ligeramente con cada empujón.

Ella solo oía los ruidos ásperos de sus respiraciones y el frufrú incesante de la ropa, además de algún que otro sonido íntimo y húmedo cuando la penetraba. Dentro de su cuerpo, lo sujetó exigiendo más, y él la tomó por las caderas para que lo montara con más fuerza, de forma frenética, usando su cuerpo para obtener placer. Aunaron esfuerzos en medio de aquella creciente sensación para estar cada vez más cerca hasta que ya no hubo más fricción, solo la conexión que les mantenía unidos. Helen gimió y le rodeó más fuerte el cuello con los brazos, y después se quedó en silencio y empezó a estremecerse como en un trance. Su éxtasis hizo llegar al clímax a Rhys, y fue casi como perder el conocimiento, como morir y renacer.

Apoyó entonces la boca en la cabeza de Helen y gimió en voz baja. Después la abrazó, deseoso de que el temblor de sus extremidades remitiera. Helen se relajó contra su cuerpo y le apartó la pierna de las caderas. Pero cuando él hizo, a regañadientes, ademán de retirarse, ella le sujetó los glúteos con las manos para mantenerlo donde estaba, y eso le hizo sentir tan bien que su miembro reaccionó dentro de ella. Le recorrió lentamente la cara con los labios mientras permanecían con los cuerpos todavía unidos y acalorados.

—No sabía que podía hacerse de este modo —susurró Helen con la cabeza recostada en su hombro.

Rhys sonrió y se agachó para tomarle el lóbulo con los dientes y lamerle el borde de la oreja. Su delicado sabor salado lo excitó como si fuera una droga exótica. Jamás se cansaría de ella.

—No tienes que animarme, *cariad* —le dijo con voz ronca—. Alguien tiene que pedirme que me porte como un caballero. Ese es tu trabajo, ¿no?

—Yo nunca te pediré eso —comentó mientras le deslizaba la palma de la mano por una nalga.

Rhys siguió abrazándola. Sabía que le ocultaba algo, que estaba asustada de algo indefinido que no le quería confesar. Pero no la obligaría a hacerlo. De momento.

Pero pronto ajustarían cuentas.

A regañadientes, la soltó y la sostuvo por la cadera mientras se retiraba. Helen soltó un grito ahogado cuando dejó de tenerlo dentro, y él la tranquilizó con un susurro. Sacó un pañuelo del bolsillo de la chaqueta, le secó los labios de su sexo y le puso bien los calzones. Aunque no podía ver el rubor de Helen en la penumbra, notaba el calor que ella irradiaba.

—Todavía hay cosas que tenemos que decirnos —le advirtió en voz baja mientras se abrochaba los pantalones. Y, tras darle un beso en la sien, añadió—: Aunque me gusta tu forma de distraerme.

Helen pasó el resto de la tarde en una nube, incapaz de decidir hasta dónde se debía a los efectos de los polvos antineurálgicos y hasta dónde a su encuentro con Rhys.

Al irse del invernadero de la azotea, él la había llevado a un baño, donde se había arreglado y retocado el peinado. Después la acompañó a ver a la modista en el primer piso y la presentó a la señora Allenby, una mujer alta y delgada con una sonrisa agradable. La modista se mostró compasiva al oír que Helen había tenido migraña, y le comentó que tenía tiempo para tomarle las medidas y que podría regresar otro día, cuando se encontrara mejor, para empezar a planear su ajuar.

Al final de la entrevista, salió y encontró a Rhys esperándola para acompañarla a la planta baja. Cuando recordó su tórrido encuentro sucedido apenas una hora antes, se sonrojó.

—Procura no tener un aspecto tan culpable, *cariad* —le pidió Rhys con una sonrisa—. Me he pasado el último cuarto de hora explicando nuestra desaparición a lady Berwick.

—¿Qué le has contado?

—Le he dado todas las excusas que se me han ocurrido. Algunas hasta eran ciertas.

—¿Se ha creído algo de lo que le has dicho? —preguntó Helen, avergonzada.

—Finge haberlo hecho.

Para alivio de Helen, lady Berwick parecía satisfecha y de

buen humor durante el trayecto de regreso en carruaje a la Casa Ravenel. Había comprado por lo menos una docena de guantes, además de diversos artículos de otras secciones de los almacenes. La condesa admitió que tenía intención de volver pronto, aunque eso significara ir a los almacenes durante el horario comercial y mezclarse con la plebe. Pandora y Cassandra obsequiaron a Helen con explicaciones de todo lo que las dependientas les habían dicho que estaría de moda el año siguiente. Las elegantes agujas de pañuelo iban a ser el último grito, así como los ribetes trenzados dorados y plateados en vestidos y sombreros, y las señoras se peinarían *à la Récamier*, una disposición de ricitos como de un caniche.

—Pobre Helen —dijo Pandora—, volvemos a casa con una montaña de cajas y bolsas, y lo único que llevas tú es una lata de polvos para el dolor de cabeza.

—No necesito nada más —aseguró ella, mirando la lata verde que tenía en el regazo.

—Y mientras nosotras nos lo pasábamos de maravilla comprando —intervino Cassandra con pesar—, la pobre Helen se estaba quitando la ropa.

Helen la miró sobresaltada, y palideció.

—Para la modista —explicó Cassandra—. Dijiste que te tomó las medidas, ¿verdad?

—Sí, claro.

—Bueno, no debió de ser muy divertido.

—No, la verdad. —Helen volvió a fijar la mirada en la lata de polvos, muy consciente del silencio de lady Berwick.

El carruaje llegó a la Casa Ravenel, y el lacayo metió un montón de cajas blancas en la casa con la habilidad de un malabarista. Mientras las gemelas subían a su habitación, lady Berwick pidió al mayordomo que le llevara té al salón.

—¿Querrás tú también un poco? —preguntó a Helen.

—No, gracias, creo que me acostaré pronto —respondió titubeante, procurando serenarse—. ¿Puedo hablar con usted?

—Por supuesto. Acompáñame al salón. —Entraron en la habitación, que estaba fría a pesar del fuego que ardía en la chimenea. Lady Berwick se sentó en una butaca y se estremeció—. Atiza un poco el hogar, por favor.

Helen se acercó a la chimenea y usó el atizador hasta que obtuvo un fuego acogedor.

—En cuanto a mi desaparición con el señor Winterborne... —empezó avergonzadamente tras acercar las manos al calor de las llamas.

—No hacen falta explicaciones. Lo apruebo.

—¿En... en serio? —soltó la joven, estupefacta.

—Ya te dije que debes hacer lo que sea necesario para casarte con el señor Winterborne. En otras circunstancias, lo habría censurado enérgicamente, por supuesto. Pero si permitirle ciertas libertades va a servir para acercarlo más a ti y asegurar la boda, estoy dispuesta a hacer la vista gorda. Una acompañante sabia acepta que a veces hay que perder una batalla para ganar la guerra.

—Es usted extraordinariamente... práctica, milady —dijo Helen, patidifusa, aunque la palabra que le había venido a la cabeza era «despiadada».

—Tenemos que utilizar los medios con que contamos —aseguró la dama con resignación—. Se suele decir que el arma de una mujer es su lengua... pero dista mucho de ser la única.

27

Por la mañana, llegó una carta para Helen por correo postal mientras lady Berwick desayunaba en su habitación y las gemelas seguían acostadas.

Cuando el mayordomo le llevó el sobre en una bandeja de plata, Helen supo de un vistazo que era de Ada Tapley. La recogió con mano temblorosa.

—Preferiría que no mencionara esta carta a nadie —le dijo al sirviente.

—Como prefiera, milady —respondió el mayordomo con mirada imperturbable.

Tras aguardar a que se marchara, Helen abrió el sobre y extrajo la carta. Su mirada recorrió rápidamente las líneas escritas con letra irregular.

Milady:

Me escribió para preguntarme por el bebé que me entregaron para que criara. Le puse Charity para recordarle que podría haberse quedado en la calle si no hubiera sido por la caridad de otras personas, y que tenía que intentar ser merecedora de esa piedad. Siempre fue una buena niña que no me dio ningún problema, pero los pagos para su manutención eran insuficientes. Cada año pedí un aumento, y jamás recibí ni un penique más. Hace cinco meses no me quedó más remedio que enviarla al Orfanato de Stepney, en Saint George-in-the-East.

Escribí al abogado para decirle que iría a recogerla de nuevo si hacía que me mereciera la pena, pero nunca me llegó ninguna respuesta. Ruego que ese desgraciado reciba algún día un duro castigo por permitir que la pobre criaturita terminara en un lugar así. Como nunca tuvo apellido, la llaman Charity Wednesday, porque la envié allí un miércoles. Si usted puede hacer algo por ella, que Dios la bendiga por ello. Es un doloroso cargo de conciencia para mí.

Atentamente,

ADA TAPLEY

Helen agradeció no haber desayunado todavía. Le habría sido imposible no vomitarlo después de leer la carta. Se levantó de un brinco y anduvo arriba y abajo tapándose la boca con una mano.

Su medio hermanita estaba completamente sola desde hacía meses, en una institución donde podía estar pasando hambre, siendo maltratada o haber enfermado.

Aunque no se consideraba una persona violenta, tuvo ganas de matar a Albion Vance de la forma más dolorosa posible. Deseó que fuera posible matar a un hombre varias veces; disfrutaría haciéndolo sufrir.

Sin embargo, ahora tenía que pensar exclusivamente en Charity. Había que sacarla de inmediato del orfanato, encontrarle un hogar, un lugar donde la trataran con amabilidad.

Claro, antes que nada tenía que averiguar si la niña seguía con vida.

Trató de alejar el pánico y la rabia lo suficiente para pensar con claridad. Tenía que ir al orfanato de Stepney, encontrar a Charity y llevarla a la Casa Ravenel. ¿Qué requisitos se exigían para llevarse a un niño de una institución así? ¿Era posible hacerlo sin tener que dar su nombre verdadero?

Necesitaba ayuda.

Pero ¿a quién podría recurrir? A Rhys no, y mucho menos a

lady Berwick, quien le diría que se olvidara de la existencia de la pequeña. Kathleen y Devon estaban demasiado lejos. West le había dicho que lo llamara si lo necesitaba, pero aunque le confiaría sin reservas su propia vida, no sabía muy bien cómo reaccionaría ante esta situación. No se le escapaba que West tenía una veta de despiadado pragmatismo, como lady Berwick.

Pensó en la doctora Gibson, quien le había dicho: «Puede llamarme si necesita una amiga, por cualquier motivo.» ¿Lo habría dicho en serio? ¿Podría contar con ella?

Era arriesgado. La doctora trabajaba para Rhys, y podía contárselo. O podía negarse a verse involucrada en el asunto, por temor a su desaprobación. Pero entonces recordó sus penetrantes ojos verdes y sus modales enérgicos e independientes, y pensó que aquella mujer no temía nada. Además, conocía Londres y había estado antes en un orfanato, por lo que debía conocer algo sobre su funcionamiento.

Aunque era reacia a poner a prueba una amistad antes de haberla entablado siquiera, Garrett Gibson era su mejor opción para rescatar a Charity. Y por algún motivo, basándose en su intuición, estaba segura de que la doctora iba a ayudarla.

—¿Por qué quieres ver a un médico? —preguntó lady Berwick, alzando la vista del escritorio de su habitación—. ¿Tienes otra jaqueca?

—No, señora —contestó Helen desde la puerta—. Se trata de una dolencia femenina.

La condesa frunció los labios de tal modo que recordó el cierre del cordón de un ridículo. Para ser una mujer que hablaba tranquilamente sobre la reproducción y la cría de caballos, se mostraba sorprendentemente incómoda cuando se mencionaban los mismos procesos en la especie humana. A no ser que estuviera en el reducido y exclusivo círculo de sus amigas de la alta sociedad.

—¿Has intentado con una botella de agua caliente?

Helen se planteó cómo podría decirlo con delicadeza.

—Tengo la sospecha de que podría estar «en cierta situación» —dijo.

Lady Berwick adoptó una expresión vaga. Con cuidado, dejó la pluma en su soporte.

—Si tu preocupación procede de tu encuentro con el señor Winterborne la otra noche, es demasiado pronto para saber si hay fruta en el árbol.

—Lo entiendo —aseguró y, con los ojos puestos en la alfombra estampada del suelo, añadió—: No obstante... el señor Winterborne y yo tuvimos otro encuentro mucho antes.

—¿Quieres decir que tú y él...?

—Cuando nuestro compromiso.

La condesa la observó entre exasperada y resignada.

—Galeses —masculló—. Cualquiera de ellos sería capaz de eludir con sus encantos un cinturón de castidad. Entra en la habitación, jovencita. No es un tema que haya que gritar desde el umbral. —Una vez Helen la hubo complacido, preguntó—: ¿Has dejado de tener tu enfermedad mensual?

—Eso creo.

Tras valorar la situación, lady Berwick empezó a verle el lado bueno.

—Si estás en estado de buena esperanza, tu matrimonio con el señor Winterborne es prácticamente un hecho. Mandaré llamar al doctor Hall, que atiende a mi hija Bettina.

—Es usted muy amable, pero ya he enviado una nota a la doctora Gibson para pedirle hora lo antes posible.

—¿Quién has dicho? —repuso la condesa con el ceño fruncido.

—La doctora Gibson. La conocí el lunes por la tarde en los almacenes Winterborne.

—No; te equivocas. Las mujeres no están hechas para ser médicos; les faltan conocimientos, serenidad y coraje. No se puede confiar un asunto tan importante como el parto a una mujer.

—Que me examinara una doctora no atentaría tanto contra mi pudor como si lo hiciera un hombre —aseguró Helen.

Resoplando indignada, lady Berwick dirigió una mirada de súplica al cielo.

—La doctora Gibson puede atenderte aquí —dijo con expresión adusta tras mirarla de nuevo.

—Me temo que tengo que ir a su consulta privada, situada en su domicilio particular, en King's Cross.

—¿No te examinará en la intimidad de tu propio hogar? —se sorprendió la condesa con las cejas arqueadas.

—Tiene lo último en equipos médicos y científicos en su consulta —argumentó Helen, recordando lo que Rhys le había explicado cuando le contó cómo la doctora Gibson le había tratado el hombro dislocado—. Incluida una mesa de reconocimiento. Y una lámpara de luz concentrada.

—Pues eso sí que es extraño —admitió la condesa—. Un médico varón tendría la decencia de cerrar los ojos durante el reconocimiento.

—La doctora Gibson es moderna.

—Eso parece. —Lady Berwick, que recelaba de cualquier cosa moderna, frunció el ceño—. Muy bien, pues.

—Gracias. —Con un alivio indescriptible, Helen se marchó de la habitación antes de que la condesa pudiera cambiar de opinión.

Se fijó una visita a las cuatro de la tarde del día siguiente. Agitada como estada, Helen apenas había podido pegar ojo aquella noche. Cuando cruzó finalmente la puerta de la doctora Gibson, estaba exhausta y hecha un manojo de nervios.

—He puesto un pretexto para venir —soltó en cuanto la doctora la recibió en la estrecha casa georgiana de tres plantas.

—¿Ah, sí? —preguntó sin inmutarse—. Bueno, me alegra que venga a verme sea cual sea el motivo.

Una criada rolliza de cara redonda apareció en el reducido recibidor.

—¿Quiere que le guarde el abrigo, milady?

—No, no puedo quedarme mucho rato.

La doctora Gibson observó a Helen con sus hermosos ojos verdes y una sonrisa socarrona en los labios.

—¿Le apetece que hablemos en el salón?

—Sí. —Helen la siguió hasta una habitación ordenada y agradable, amueblada con sencillez con un sofá y dos butacas tapizadas de azul y blanco, y dos mesitas. El único cuadro que colgaba de las paredes mostraba un grupo de gansos que pasaban ante una casita de campo con un enrejado de rosas, una imagen que la relajó porque le recordó Hampshire. Un reloj tocó cuatro delicadas campanadas desde la repisa de la chimenea.

La doctora se sentó junto a Helen. A la luz apergaminada que se colaba por la ventana delantera, aparentaba ser desconcertantemente joven a pesar de su presencia de ánimo. Iba limpia y aseada como una colegiala, con el cabello castaño recogido en un moño perfectamente hecho. Llevaba un austero vestido sin nada de adornos de un color verde oscuro.

—Si no ha venido como paciente, milady —dijo—, ¿qué puedo hacer por usted?

—Necesito ayuda en un asunto privado. Pensé que usted sería la mejor persona a quien dirigirme, dado que la situación es... complicada. —Hizo una pausa antes de continuar—. Preferiría que lo que vamos a hablar fuera confidencial.

—Tiene mi palabra.

—Quiero hacer indagaciones sobre el bienestar de una niña. Un sobrino de mi mentora, lady Berwick, tuvo una hija fuera del matrimonio y se desentendió de sus responsabilidades hacia ella. La pequeña tiene ahora cuatro años. Al parecer, hace cinco meses, la enviaron al orfanato de Stepney, en la parroquia de Saint George-in-the-East.

—Conozco la zona —repuso la doctora con el ceño fruncido—. Es penosa. Hay lugares que no son seguros ni siquiera de día.

—Aun así, tengo que averiguar si Charity está allí —señaló Helen, que se retorció los dedos enguantados al oír las palabras de la otra mujer.

—¿Es ese su nombre?

—Charity Wednesday.

—Un nombre típico de una institución —soltó la doctora con una mueca. Y añadió—: ¿Quiere que vaya por usted, es eso? No mencionaré su nombre, naturalmente. Si Charity está allí, averiguaré en qué situación y le informaré a usted. Podría hacerme un hueco para ir mañana o pasado mañana.

—Gracias, es muy generoso por su parte, pero... tengo que ir hoy. Incluso aunque usted no pueda.

—Lady Helen, ese no es lugar para una mujer de alta alcurnia. Presenta un nivel de sufrimiento humano que perturbaría mucho a alguien que ha sido criado entre algodones —explicó despacio la doctora Gibson.

Aunque Helen sabía que había hablado con buena intención, sus palabras le dolieron igualmente. Ella no era delicada ni le faltaba carácter; ya había decidido que reuniría toda la fuerza necesaria para hacer lo que debía hacer.

—Me las arreglaré —aseguró—. Si una niña de cuatro años ha sobrevivido en un sitio así, creo que yo podré soportar una visita.

—¿No podría hablarlo con el señor Winterborne? Un hombre con sus recursos...

—No, no quiero que él sepa nada de esto.

Su vehemencia sorprendió a la doctora.

—¿Por qué tiene que ser usted quien se encargue de esta situación? —preguntó con una mirada especulativa—. ¿Por qué correría usted semejante riesgo por una niña a la que solo la une una ligera relación?

Helen guardó silencio, temerosa de revelar demasiado.

—Si tengo que ayudarla, tiene que confiar en mí, lady Helen —añadió la doctora Gibson tras aguardar su respuesta.

—Mi relación con la niña... dista mucho de ser ligera.

—Comprendo. —Esperó un instante antes de preguntar en

voz baja—: ¿Esa niña en realidad es suya? No la juzgaría en absoluto por ello: muchas mujeres cometen errores.

—Charity es mi hermanastra —explicó Helen, ruborizada y obligándose a mirar a los ojos a la doctora—. Su padre, el señor Vance, tuvo una aventura con mi madre hace muchos años. Seducir y abandonar mujeres es una especie de juego para él.

—Ah. Lo es para muchos hombres. Veo las consecuencias brutales de tal juego, por llamarlo de alguna forma, cada vez que visito a las mujeres y los niños que sufren en asilos de pobres. A mi entender, la castración sería la solución ideal. —Dirigió una mirada tranquilizadora a Helen. Y, tras tomar una decisión, se levantó de golpe—. Vamos, pues.

—¿Vendrá conmigo? ¿Ahora? —preguntó Helen, pestañeando de sorpresa.

—De ninguna manera permitiré que lo haga sola. Será mejor que partamos de inmediato. La luz diurna empezará a menguar a las seis y cuarto. Tendrá que despedir a su cochero y su lacayo. Tomaremos un cabriolé de alquiler. Sería temerario llevar un carruaje elegante a ese lugar, y dudo de que su lacayo le permitiera poner un pie en él en cuanto viera la zona.

Helen la siguió del salón al pasillo.

—Eliza —llamó la doctora, y la criada rolliza reapareció—. Voy a estar fuera el resto de la tarde. —La mujer la ayudó a ponerse el abrigo—. Cuide de mi padre, y no le deje comer dulces —añadió y, en un aparte rápido, aclaró la situación a Helen—: Le perjudican la digestión.

—Nunca lo hago, doctora Gibson —se quejó la criada—. Se los escondemos pero él los encuentra sin que lo veamos y se los come a escondidas.

—Espero que presten más atención —insistió la doctora con el ceño fruncido mientras se ponía el sombrero y un par de guantes—. ¡Por el amor de Dios, pero si es tan sutil como un elefante de guerra cuando baja la escalera!

—Camina muy ligero cuando va en busca de los dulces —se defendió la mujer.

La doctora se volvió hacia el perchero y cogió su bastón hábilmente.

—Puede que necesitemos esto —dijo con la determinación de una mujer con una difícil misión que cumplir—. Vamos allá, milady.

28

Después de mandar al lacayo y al cochero de vuelta a la Casa Ravenel con el mensaje de que la visita duraría más de lo previsto, ambas mujeres se dirigieron a pie a Pancras Road. Mientras andaban con paso enérgico, la doctora previno a Helen sobre cómo tenía que comportarse en el East End, especialmente cerca de la zona portuaria.

—Esté atenta a lo que la rodea. Fíjese en la gente que haya en los portales, entre los edificios o junto a los carruajes estacionados. Si alguien se acerca a preguntarle algo, ignórelo, aunque se trate de una mujer o un niño. Ande siempre con determinación. Nunca se muestre indecisa ni perdida, especialmente si lo está, y jamás sonría por ningún motivo. Si dos personas se le acercan, no pase entre ellas.

Llegaron a una calle ancha y se detuvieron cerca de la esquina.

—Siempre se puede encontrar un cabriolé en las vías principales —comentó la doctora—. Ahí viene uno. —Levantó la mano—. Siempre van a toda velocidad, de modo que vigile que no se la lleve por delante cuando se acerque al bordillo. Cuando pare, tendremos que sentarnos deprisa. Los caballos de los cabriolés se suelen sobresaltar y agitar, así que no vaya a caerse del estribo cuando subamos.

Helen asintió, tensa. El corazón le palpitó cuando el vehículo de dos ruedas se detuvo bruscamente delante de ellas. En cuanto la portezuela se abrió, la doctora Gibson subió primero, agachando la cabeza bajo las riendas.

Resuelta, Helen se aferró al guardabarros oval que cubría la rueda para apoyarse y subir tras ella. El estrecho estribo estaba resbaladizo debido al barro y, para empeorar las cosas, el peso y el bulto del polisón amenazaban con tirar de ella hacia atrás. Pero, de algún modo, logró mantener el equilibrio y se lanzó torpemente hacia el interior del vehículo.

—Muy bien... —la animó la doctora, que le impidió tender la mano hacia la puerta—. El cochero se encargará de cerrarla con una palanca.

A través de una trampilla en el techo, indicó su destino al hombre tras dar un bastonazo a un periódico caído por la abertura. La portezuela se cerró de golpe, el cabriolé arrancó y avanzaron por la calle ganando rápidamente velocidad.

Si bien la gente corriente iba todo el tiempo en cabriolés, las jóvenes del nivel social de Helen nunca lo hacían. El viaje en sí fue aterrador, pero excitante a la vez. Casi no podía creer que aquello estuviera ocurriendo. El cabriolé circulaba a una velocidad vertiginosa, abriéndose paso entre los carruajes, carros, ómnibus y animales que llenaban la vía pública, dando tumbos y bandazos, esquivando por los pelos farolas, vehículos estacionados y peatones remolones.

—Ya casi hemos llegado —dijo la doctora Gibson—. Yo pagaré al cochero por el agujero del techo y él abrirá la portezuela con la palanca. Cuidado con las riendas al saltar al suelo, no vaya a ser que se le caiga el sombrero.

El cabriolé se detuvo con brusquedad. La doctora entregó el dinero y dio un pequeño codazo a Helen cuando la portezuela se abrió. Helen se incorporó y puso un pie en el estribo. Tuvo que girar ligeramente las caderas para sacar el polisón del vehículo. Con más suerte que habilidad, saltó a la calle sin caerse de bruces ni perder el sombrero. El polisón le rebotó al tocar el suelo, lo que hizo que se tambaleara hacia delante. Inmediatamente después, la doctora Gibson descendió con elegancia atlética.

—Usted hace que parezca muy fácil —comentó Helen.

—Es práctica —respondió la doctora, ajustándose la inclinación del sombrero—. Además, no llevo polisón. Y ahora recuerde las normas.

Y echaron a andar.

Lo que las rodeaba era muy distinto de cualquier zona de Londres que Helen hubiera visto antes. Hasta el cielo parecía diferente, con el color y la textura de un paño viejo de cocina. Solo había un puñado de tiendas, con los escaparates ennegrecidos y los carteles destartalados. Unas hileras de casas de inquilinos, destinadas en principio a proporcionar refugio a los indigentes, parecían inhabitables. La gente ocupaba la calle, discutiendo, maldiciendo, bebiendo, peleando. Había otras personas sentadas en peldaños o en el bordillo, o bien de pie en algún portal con una lasitud fantasmagórica y unas caras pálidas de ojos hundidos.

A pesar de lo sucia que estaba la calzada, cubierta de mugre y de objetos aplastados por las ruedas, no tenía ni punto de comparación con las callejuelas que se ramificaban de ella, donde el suelo relucía con oscuros riachuelos y charcos de líquido pútrido. Al vislumbrar el cadáver de un animal y un retrete sin puerta, Helen se puso tensa mientras un escalofrío le recorría la espalda. Había gente viviendo en aquel lugar. Gente que comía, bebía, trabajaba y dormía allí. ¿Cómo sobrevivía? Permaneció pegada a la doctora Gibson, a quien no parecía inmutar en absoluto la miseria que se extendía a su alrededor.

Un notable hedor flotaba por todas partes, imposible de evitar. Cada pocos metros, aquel miasma orgánico y putrefacto resultaba más repugnante que el anterior. Al pasar por una callejuela especialmente pestilente, un tufo penetrante le pasó de la nariz al estómago y se lo revolvió.

—Respire por la boca —aconsejó la doctora, acelerando el paso—. Se le pasará.

Afortunadamente, las náuseas remitieron, aunque estaba ligeramente mareada, como si la hubieran drogado, y tenía un sabor a mina de lápiz en la boca. Doblaron una esquina y tuvieron delante un edificio de ladrillo con una alta verja de hierro en la entrada y una cerca con púas a su alrededor.

—Es el orfanato —anunció la doctora.

—Parece una cárcel.

—Los he visto peores. Por lo menos, los jardines están bastante limpios.

Bajaron por la calle hasta la verja, que estaba entreabierta, y entraron. La doctora Gibson tiró con fuerza de una campanilla. La oyeron sonar dentro de la casa.

Pasado un minuto, la doctora hizo ademán de volver a llamar, pero entonces la puerta se abrió.

Una mujer baja y achaparrada salió a su encuentro. Parecía increíblemente cansada, como si no hubiera dormido en años, y la piel le colgaba de la cara.

—¿Es usted la encargada? —preguntó la doctora Gibson.

—Sí. ¿Y ustedes?

—Yo soy la doctora Gibson. Y ella es la señorita Smith.

—Yo soy la señora Leech —masculló la encargada.

—Nos gustaría hacerle unas preguntas, si es posible.

Aunque la cara de la encargada permaneció inmutable, estaba claro que la idea no le apetecía demasiado.

—¿Y qué ganaría yo con ello? —soltó.

—Estoy dispuesta a prestar gratuitamente mis servicios médicos a los niños en la enfermería.

—No necesitamos ningún médico. Las hermanas de la Misericordia vienen tres veces a la semana a atender a los enfermos. —La puerta empezó a cerrarse.

—Por su tiempo —dijo Helen, y le alargó discretamente una moneda.

La encargada la cogió sin vacilar y parpadeó brevemente al ver que se trataba de media corona. Retrocedió y abrió la puerta para dejarlas pasar.

Entraron en una sala en forma de *L*, flanqueada de oficinas por un lado y de una guardería por el otro. En esta última se oía berrear a un bebé. Una mujer, que llevaba el bebé en brazos, andaba atrás y adelante, cruzando cada vez la puerta para intentar calmarlo.

Más adelante, al otro lado de una puerta doble, Helen vio hileras de niños sentados a unas mesas largas. Una multitud de cucharas arañaban sus respectivos cuencos.

—Faltan diez minutos para que terminen —anunció la señora Leech tras echar un vistazo al reloj de bolsillo—. No podré dedicarles más tiempo. —Unos cuantos niños curiosos se habían levantado de sus bancos y se habían acercado a la puerta para contemplar a las visitas. La encargada los fulminó con la mirada—. ¡Volved a la mesa si sabéis lo que os conviene! —Los niños volvieron al comedor y la señora Leech se volvió de nuevo hacia la doctora Gibson y Helen negando con la cabeza con aire cansado—. Algunos de ellos insisten en que sus madres regresarán a buscarlos. Y cada vez que viene una visita se arma cierto alboroto.

—¿Cuántos niños tienen en el orfanato? —preguntó la doctora.

—Ciento veinte varones, noventa y siete niñas y dieciocho bebés.

Helen se fijó en que una niña se había quedado medio escondida detrás de la puerta. Lentamente, asomó la cabeza. Le habían cortado tan mal el cabello, de un tono rubio muy claro, que los rizos, de distintas longitudes, le salían en todas direcciones. En algunas partes se le había enmarañado y apelmazado, lo que le confería el aspecto de un pollo a media muda. Se quedó mirando fijamente a Helen.

—¿Ha regresado alguna madre en el pasado? —quiso saber la doctora Gibson.

—Algunas solían hacerlo. Las muy brujas venían aquí como si esto fuera un alojamiento gratuito. Traían a sus hijos, los dejaban viviendo a costa de la caridad, y volvían a buscarlos cuando les daba la gana. Así que la junta directiva hizo los trámites de admisión y de recogida lo más complicados que pudo para detenerlas. Pero eso supone más trabajo para mí y mi personal, y ya estamos... —Se detuvo con una expresión iracunda al ver a la niñita, que había dado unos pasitos vacilantes hacia Helen—. ¿Qué os he dicho antes? ¡Regresa a la mesa!

La niña no apartó los ojos, asustados y turbados, de Helen.

—¿Mamá? —soltó con una vocecita tan tenue que casi no se oyó en aquella sala tan amplia.

Y echó a correr, moviendo rápidamente sus larguiruchas piernecitas. Tras pasar bajo el brazo de la encargada, se lanzó hacia Helen y se aferró a su falda.

—Mamá —repitió una y otra vez en tono de súplica.

A pesar de lo débil y menudita que era, el impacto casi hizo perder el equilibrio a Helen. La afligió ver cómo la niña se tiraba frenéticamente del pelo cortado, como si buscara un mechón lo bastante largo para mirarlo. La joven se agachó para tranquilizarla. Sus dedos se rozaron, y la manita de la niña sujetó la de ella con tanta fuerza que le dolió.

—¡Charity! —espetó la señora Leech—. Quita tus sucias manos de esta señora. —Tomó impulso para dar un coscorrón a la niña, pero Helen actuó rápidamente y paró el golpe con su propio brazo.

—¿Se llama Charity? —preguntó la doctora Gibson—. ¿Charity Wednesday?

—Sí —contestó la encargada, fulminando a la granujilla con la mirada.

La doctora asintió con la cabeza, asombrada, y se volvió hacia Helen.

—Me pregunto por qué la niña ha... —Se detuvo y bajó los ojos hacia la pequeña—. Tiene que haberse fijado en el color de su cabello... es tan peculiar que... —Dirigía la mirada de una a otra sucesivamente—. Por todos los santos —murmuró.

Helen se había quedado muda. Ya se había dado cuenta de lo mucho que Charity se parecía a ella: las cejas y pestañas oscuras, los ojos gris claro, el pelo rubio claro. Y también se había visto reflejada en la mirada perdida de una niña sin sitio en el mundo.

La pequeña apoyó la cabeza en la cintura de Helen y volvió la carita mugrienta hacia arriba con los ojos cerrados, como si estuviera tomando el sol. Sus rasgos reflejaban agotamiento y alivio. «Estás aquí. Has venido a buscarme. Soy de alguien.»

Cuando era pequeña, puede que Helen hubiera soñado con un momento parecido; no podía acordarse. Solo sabía que nunca había pasado.

Oyó cómo la encargada exigía saber qué estaba ocurriendo y qué querían de Charity, y que la doctora Gibson le contestaba con preguntas. Desde la guardería les llegaba un berreo persistente. Mientras tanto, los niños del comedor se habían alborotado. Unos cuantos habían vuelto a la puerta y las miraban y charlaban entre sí.

Helen se agachó para cargar a la niña en brazos. Su cuerpecito era liviano y enclenque. Charity la rodeó con los brazos y las piernas, aferrada a ella como un monito. La pequeña necesitaba un baño urgentemente. Varios baños. Y habría que quemar el uniforme del orfanato: un vestido de sarga azul y un delantal gris. Helen anhelaba llevársela a algún sitio limpio y tranquilo, y quitarle la mugre, darle de comer algo caliente y nutritivo. Hubo un momento en que se desesperó al preguntarse qué habría que hacer para llevarse a la niña del orfanato, y qué diablos diría a lady Berwick cuando llegara a la Casa Ravenel acompañada de su hermanastra.

Lo que estaba claro es que no iba a abandonarla en aquel sitio.

—Soy tu hermana mayor, tesoro —murmuró—. Me llamo Helen. No sabía dónde estabas, si no habría venido antes a buscarte. Voy a llevarte a casa conmigo.

—¿Ahora? —preguntó la pequeña con voz temblorosa.

—Sí, ahora.

Allí de pie, con la niñita en brazos, Helen se dio cuenta de que el rumbo de su vida acababa de cambiar para siempre, como un tren que pasa por un cambio de agujas y se desvía por otra vía. Jamás volvería a ser una mujer sin niño. Una mezcla de sentimientos confusos se debatía en su interior: miedo de que nadie, ni siquiera Kathleen, estuviera de acuerdo con lo que estaba haciendo; pesar porque había perdido a Rhys, y cada paso que daba lo alejaba cada vez más de él; y una tenue y aislada nota de alegría. Habría compensaciones en el futuro. Habría consuelo.

Pero nunca volvería a haber un hombre como Rhys Winterborne.

Dedicó entonces su atención a las otras dos mujeres, que habían empezado a discutir.

—Señora Leech —dijo con dureza.

Ambas se callaron y la miraron.

Helen siguió hablando en un tono de mando que había tomado prestado de lady Berwick:

—Esperaremos en uno de sus despachos mientras se ocupa de los niños en el comedor. Hágalo deprisa, por favor, porque se nos está acabando el tiempo. Usted y yo tenemos asuntos que discutir.

—Sí, señorita... —contestó la encargada con aspecto abrumado.

—Puede llamarme milady —soltó Helen con frialdad, y la satisfizo la mirada de sorpresa de la mujer.

—Sí, milady —fue su sumisa respuesta.

Una vez la señora Leech las hubo conducido a un despacho con muebles muy viejos, Helen se sentó con Charity en su regazo.

La doctora Gibson paseó por la reducida estancia, echando descaradamente un vistazo a un montón de papeles que había en el escritorio y abriendo varios cajones.

—Si quiere llevársela hoy mismo, lamento decirle que seguramente será imposible —le dijo.

La cabecita de Charity se había separado del hombro de Helen.

—No me dejes aquí —dijo entre resoplidos.

—Chisss... —Helen le alisó unos mechones alborotados—. Vas a venir conmigo. Te lo prometo. —Vio con el rabillo del ojo que la doctora Gibson negaba con la cabeza.

—Yo no haría esa promesa —dijo esta en voz baja.

—Si tengo que quebrantar la ley y simplemente largarme de aquí con ella, lo haré —aseguró Helen, y sentó a Charity más cómodamente en su regazo para seguir alisándole el pelo—. ¿Por qué cree que se lo cortaron tanto? —preguntó.

—Normalmente les afeitan la cabeza al admitirlos como prevención de infestaciones de parásitos.

—Si tanto les preocupan los parásitos —soltó Helen—, podrían darle un baño de vez en cuando.

—No me gusta el agua —dijo Charity, mirándola ansiosamente.

—¿Por qué no, cielo?

—Cuando nos portamos mal, las monjas... —contestó con la barbilla temblorosa— nos meten la cabeza en el cubo para apagar fuegos. —Dirigió una mirada de pena infantil, y volvió a recostar la mejilla en el hombro de su hermanastra.

Lo cierto es que Helen se alegró de la rabia que se apoderó de ella: le permitió pensar con mayor claridad, y le infundió valor. Empezó a mecer suavemente a la pequeña, como si fuera un bebé.

La doctora Gibson se sentó en el borde del escritorio, lo que fue posible porque llevaba un vestido moderno, plano y liso por delante, y con la falda recogida detrás en lugar de polisón. Helen envidió su movilidad.

—¿Qué exigirán para entregárnosla? —quiso saber.

—Según la encargada —contestó la doctora con el ceño fruncido—, tendrá que rellenar documentos administrativos para solicitar lo que ellos denominan «reclamación». Solo le permitirán llevarse a la niña si demuestra un parentesco con ella. Lo que significa que tendrá que obtener una declaración jurada del señor Vance en la que confirme el origen de usted, así como el de ella. Entonces deberá presentarse ante la junta directiva del orfanato. Una vez haya justificado su relación, ellos decidirán si le autorizan o no a llevársela.

—¿Por qué le han puesto tan difícil a la gente adoptar a estos niños? —preguntó Helen, indignada.

—En mi opinión, la junta directiva prefiere conservarlos para poder explotarlos, ofrecerlos para que los contraten y quedarse con sus sueldos. A los seis años, se les enseña un oficio y se pone a trabajar a la mayoría de los niños que residen aquí.

Disgustada, Helen sopesó el problema. Al mirar el cuerpecito desnutrido que tenía entre los brazos, se le ocurrió algo.

—¿Y si su presencia supusiera un peligro? ¿Y si usted le diagnosticara una enfermedad que pudiera propagarse por todo el orfanato a no ser que ella abandonara inmediatamente el edificio?

—Buena idea —dijo la doctora tras analizar la propuesta—. Caramba, cómo no lo pensé antes. Un caso de escarlatina servirá. Y la señora Leech estará de acuerdo con el plan, a cambio de cinco libras. —Titubeó un momento, mientras repasaba mentalmente las posibilidades—. Puede que en el futuro surja la cuestión de la tutela legal, si la junta directiva quisiera reclamar a la niña. Ahora bien, jamás se atreverían a enfrentarse a un hombre como el señor Winterborne.

—No creo que el señor Winterborne vaya a intervenir en esto —indicó Helen en voz baja—. No después de que hable con él mañana.

—Oh. —La doctora Gibson estuvo un instante callada—. Lamento oír eso, milady. Por muchas razones.

El sol acababa de ponerse cuando salieron del orfanato. Conscientes de que su seguridad corría un peligro creciente ahora que estaba oscureciendo, las dos mujeres caminaban rápidamente. Helen llevaba a Charity, que se aferraba a ella rodeándole la cintura con las piernas.

Doblaron la primera esquina y se dirigían hacia la segunda cuando un par de hombres empezaron a seguirlas.

—A dos damas tan elegantes seguro que les sobra algún dinero —dijo uno de ellos.

—Váyanse —espetó la doctora Gibson sin aminorar el paso.

Los hombres se rieron de una forma que hizo que a Helen se le erizara el vello de la nuca.

—Resulta que vamos en la misma dirección —soltó el otro hombre.

—Chusma de los astilleros —susurró la doctora a Helen—. Ignórelos. Pronto llegaremos a la calle principal y dejarán de molestarnos.

Sin embargo, los hombres no tenían intención de permitirles andar más.

—Si no nos sueltan la pasta, me quedaré con este bomboncito —amenazó el que iba detrás de Helen. Y una mano ruda le sujetó el hombro y la obligó a volverse.

Helen se tambaleó un poco debido al peso de la niña, a pesar de lo liviana que era. El hombre siguió reteniéndola por el hombro. Era robusto y de cara redonda, con una piel gruesa con textura de naranja. Por debajo de la gorra impermeable le asomaba un pelo pajizo.

—Tiene la cara de un ángel —dijo achicando los ojos. Inspiró y se humedeció los labios finos. Tenía huecos negros entre los dientes, como si fueran los sostenidos y bemoles de un piano—. Me gustaría darme un revolcón contigo, ya lo creo. —Helen trató de zafarse, pero él la sujetó con más fuerza—. Tú no vas a ninguna parte, mi trocito de... ¡Joder! —gritó cuando un bastón de nogal surcó el aire y le golpeó la muñeca con un chasquido.

Helen retrocedió mientras el palo de nogal silbaba de nuevo y se clavaba en el vientre del rufián, que se dobló hacia delante con un gemido. Tras girar hábilmente el bastón en el aire, la doctora Gibson metió la empuñadura curvada entre las piernas de su adversario y tiró de él como si fuera un gancho. El hombre cayó al suelo y acabó acurrucado como una gamba cocida. Todo esto se produjo en cinco o seis segundos como mucho.

Sin la menor pausa, la doctora se volvió para enfrentarse con el otro hombre, que arremetía contra ella. Pero antes de que la alcanzara, alguien lo sujetó por detrás y le obligó a volverse.

El desconocido hizo gala de agilidad y se agachó con desenvoltura cuando el matón intentó golpearlo. A continuación, sin despeinarse, le soltó una combinación rápida y brutal: un zurdazo, un *cross* de derecha, un gancho de izquierda y un fuerte derechazo. El bribón cayó redondo al lado de su compinche.

—No pasa nada. Ya se acabó —susurró Helen a la niña, que le lloriqueaba, petrificada, en el cuello.

La doctora miró recelosamente al desconocido mientras apoyaba la punta del bastón en el suelo.

Este le devolvió la mirada a la vez que se tocaba el ala del sombrero.

—¿Están ilesas, señoras?

—Sí —respondió secamente Gibson—. Gracias por su ayuda, aunque tenía la situación bajo control.

Helen tuvo la impresión de que a la doctora le molestó verse privada de la posibilidad de acabar con el segundo canalla como había hecho con el primero.

—Es evidente que podría habérselas arreglado usted sola —dijo el desconocido, acercándose a ellas. Era un joven bien vestido, algo más alto que la media y en plena forma—. Pero cuando vi que acosaban a dos damas, pensé que lo menos que podía hacer era echar una mano.

Tenía un acento difícil de situar. De la mayoría de acentos se podía distinguir fácilmente de qué región procedían, a veces hasta precisar el condado. Cuando estuvo más cerca, Helen vio que era muy bien parecido, de ojos azules, cabello castaño oscuro y rasgos marcados.

—¿Qué hace por esta zona? —preguntó con desconfianza la doctora Gibson.

—Voy a encontrarme con un amigo en una taberna.

—¿Cuál?

—The Grapes —respondió. Dirigió la vista hacia Helen y la niña que cargaba en brazos—. Este sitio no es seguro y está anocheciendo rápidamente —comentó—. ¿Quieren que les pare un cabriolé?

—Gracias, pero no necesitamos ayuda —contestó la doctora antes de que Helen pudiera hacerlo.

—Bien, me mantendré a distancia, pero voy a velar por su seguridad hasta que hayan tomado un coche de alquiler.

—Como quiera —dijo la doctora secamente—. Vamos, milady.

Helen vaciló.

—¿Será tan amable de decirnos su nombre para que sepamos a quién debemos nuestra gratitud? —preguntó.

—Discúlpeme, milady, pero preferiría no hacerlo —dijo con expresión más suave al fijar su mirada en la joven.

—Entiendo —sonrió esta.

Él se quitó el sombrero en un gesto cortés de despedida. Helen le sonrió, recordando lo que West le había advertido sobre los desconocidos y los héroes disfrazados.

«¡Espera a que le cuente esto!», pensó.

—Nada de sonrisas —le recordó la doctora Gibson.

—Pero si nos ha ayudado...

—No es ayuda si no se necesita.

Cuando ya casi habían llegado a la calle principal, la doctora se volvió rápidamente.

—Nos está siguiendo de lejos —refunfuñó.

—Como un ángel de la guarda.

—¿Ha visto cómo tumbó a aquel matón? —soltó la doctora Gibson—. Sus puñetazos son rapidísimos, como de boxeador profesional. Cabe preguntarse cómo un hombre así apareció de la nada justo en el momento oportuno.

—Creo que hizo mucho daño a su adversario, aunque usted al suyo... —comentó Helen, admirada—. La forma en que derribó a ese rufián con el bastón... Nunca había visto nada igual.

—No he acertado del todo. Al golpearle la muñeca, no le di exactamente en el nervio cubital. Tendré que revisar mi técnica con mi maestro de esgrima.

—Aun así, fue impresionante —insistió Helen—. Compadezco a quien cometa el error de subestimarla, doctora Gibson.

—Lo mismo digo de usted, milady.

29

Aunque Helen había descubierto hacía poco que le gustaba escandalizar a la gente, había llegado a la conclusión de que era algo sobrevalorado. Añoraba los días tranquilos y apacibles en Eversby Priory, cuando nunca pasaba nada. Ahora estaban ocurriendo demasiadas cosas.

La Casa Ravenel se paralizó cuando ella regresó con una desaliñada huérfana de orígenes inciertos en un estado de salud cuestionable y antihigiénico. Tras dejarla en el suelo, Charity le sujetó la mano y se acurrucó contra ella. Los criados se quedaron perplejos. El ama de llaves, la señora Abbott, acudió al vestíbulo y se quedó petrificada de asombro. Pandora y Cassandra, que bajaban la escalera charlando, se detuvieron al ver a su hermana en el vestíbulo con una niña harapienta.

La reacción más desconcertante fue la de lady Berwick, que salió del salón y se quedó en la puerta. En cuanto dirigió la mirada a Helen y después a la niña que esta tenía a su lado, comprendió la situación sin perder ni un ápice de autodominio. Parecía el general que contempla cómo sus hombres retroceden de una batalla que están perdiendo y analiza cómo reorganizar sus tropas.

Como era de prever, en aquel retablo silencioso, la primera en hablar fue Pandora.

—Esto es como interpretar una obra cuando nadie recuerda su texto —soltó.

Sin decir una palabra ni inmutarse, lady Berwick se volvió y entró de nuevo en el salón.

Helen volvía a tener aquel sabor metálico en la boca. No tenía ni idea de lo que la condesa iba a decirle, pero sabía que sería horrible. Llevó a Charity hasta el pie de la escalera, donde sus hermanas bajaron a recibirlas.

Después de mirar a las gemelas, que descollaban sobre ella, la pequeña se escondió tras las faldas de Helen.

—¿Qué podemos hacer para ayudar? —preguntó Cassandra.

Helen nunca había querido a sus hermanas tanto como en ese momento, por ofrecerse a ayudarla antes de pedirle explicaciones.

—Esta es Charity —explicó—. La he recogido hoy de un orfanato, y hay que lavarla y alimentarla.

—Nos encargaremos de ello. —Pandora alargó la mano hacia la niña—. Ven con nosotras, Charity. ¡Ya verás qué bien nos lo pasamos! Sé juegos y canciones y...

—Pandora —la interrumpió Helen al ver que la pequeña se acobardaba ante la bulliciosa joven—. Con suavidad. —Y bajó la voz para añadir—: No te imaginas de dónde viene. Sé cariñosa con ella —pidió, y se dirigió a Cassandra—: La da miedo bañarse. Intentad lavarla con paños mojados.

Cassandra asintió.

—Milady —intervino la señora Abbott, que se había situado junto a Helen—, le subiré una bandeja con sopa y pan para usted y la pequeña.

—Solo para ella. Yo no tengo apetito.

—Tiene que tenerlo —insistió el ama de llaves—. Parece estar al borde del desmayo. —Antes de que Helen pudiera contestar, se volvió y se marchó presurosa a la cocina.

Helen dirigió los ojos hacia el salón. Un escalofrío de pavor le recorrió todo el cuerpo.

—Tesoro —murmuró a Charity—, estas son mis hermanas, Pandora y Cassandra. Quiero que vayas con ellas y dejes que cuiden de ti mientras yo hablo con alguien.

—¡No me dejes! —exclamó la niña, alarmada.

—Eso nunca. Me reuniré contigo en unos minutos. Por favor, Charity. —Para su consternación, sus palabras solo sirvieron para que la niña la aferrara con más fuerza y se negara a moverse.

Fue Cassandra quien solucionó el problema. Se puso en cuclillas y sonrió a la pequeña.

—¿No quieres venir con nosotras? Somos muy simpáticas. Te llevaré a una habitación muy bonita en el piso de arriba que tiene una chimenea encendida y una caja que toca música. Seis melodías distintas. Ven, te la enseñaré.

Cautelosamente la niña salió de detrás de la falda de Helen y alargó los bracitos para que Cassandra la cargara.

Tras pestañear desconcertada, la muchacha la estrechó entre sus brazos y se levantó con ella.

—Siempre he dicho que tú eres la más simpática de las dos —comentó Pandora con una sonrisa de resignación.

Helen aguardó a que sus hermanas llegaran a lo alto de la escalera y luego fue al salón pensando que dijera lo que dijese lady Berwick, o lo molesta que estuviera, no sería nada comparado con lo que había visto aquel día. No podía quitarse de la cabeza lo que algunas criaturas se veían obligadas a soportar. Nunca volvería a contemplar su entorno privilegiado sin que su mente lo comparara con los callejones y edificios ruinosos de Stepney.

Vaciló al llegar a la puerta del salón, desde donde vio que lady Berwick ocupaba una de las dos butacas situadas cerca del hogar. La condesa tenía el semblante rígido, como si se lo hubieran almidonado y tendido a secar delante del fuego. Ni siquiera miró a Helen.

La muchacha se dirigió a la otra butaca y se sentó.

—Milady, la niña que he traído...

—Ya sé quién es —espetó lady Berwick—. Se parece a su padre. ¿Vas a ocuparte de recoger a todos sus bastardos como si fueran gatos extraviados?

Helen se quedó callada con los ojos puestos en la chimenea mientras la dama la sermoneaba en un tono que helaba la sangre. La condesa hizo comentarios mordaces sobre el carácter y la educación de Helen, sobre los Ravenel, sobre la insensatez de las mujeres que creían que podían, de algún modo, estar exentas de las normas y los criterios de la sociedad, y sobre las muchas iniquidades de Albion Vance y los hombres en general.

Finalmente miró a Helen.

—Nunca me habría esperado esto de ti —soltó, resoplando y con la barbilla temblándole de indignación—. ¡Semejante ardid! ¡Semejante engaño! Estás empeñada en destruirte a ti misma. ¿No ves, jovencita temeraria, que estoy intentando impedir que tires por la borda una vida en la que podrías hacer un bien enorme a los demás? Podrías ayudar a miles de huérfanos en lugar de solamente a una. ¿Crees que tengo el corazón de piedra? Alabo tu compasión por esa pobre criaturita; quieres ayudarla y lo harás, pero no así. Ella es un peligro para ti, Helen. El parecido que guarda contigo es ruinoso. Nadie os mirará sin sacar la conclusión más nefasta. Dará igual que no sea verdad. El chismorreo nunca tiene que serlo; basta con que sea interesante.

Helen se quedó mirando a la mujer mayor y vio que, a pesar de que su semblante reflejaba rabia y frialdad, y que hasta el último matiz de su actitud era autoritario, los ojos la delataban. Estaban llenos de sincera preocupación, de bondad y cariño auténticos. Y de angustia.

Lady Berwick no estaba luchando contra ella, sino por ella.

«Es por esto que Kathleen la quiere», pensó.

Cuando la condesa se calló por fin, Helen la contempló con gratitud y afecto.

—Tiene razón en todo. Estoy de acuerdo con usted. Sé lo que estoy a punto de perder, pero lo cierto es que... Charity necesita ser de alguien, recibir el amor de alguien. ¿Quién lo hará si no yo? —Como la matrona permaneció en silencio, Helen se acercó a su butaca y se arrodilló para recostar la cabeza en sus rodillas. Notó que la mujer mayor se ponía tensa—. Usted acogió a

Kathleen en su casa cuando solo era un año mayor que Charity. La quiso cuando nadie más la quería. Ella me dijo que usted le salvó la vida.

—No a costa de la mía. —La condesa inspiró temblorosamente y apoyó suavemente una mano en la cabeza de la joven—. Te ruego que me escuches.

—Antes debo escuchar a mi corazón —respondió Helen en voz baja.

La condesa soltó una carcajada amarga.

—Esas palabras han sido la perdición de todas las mujeres desde Eva. —Apartó la mano e inspiró temblorosamente de nuevo—. Ahora déjame sola, por favor.

—Siento haberla disgustado —susurró Helen, y dio un rápido beso en los dedos fríos y arrugados de la mujer. Luego se levantó despacio y vio que la condesa había vuelto la cara. Una lágrima le relucía en lo alto de la mejilla erosionada por el tiempo.

—Ve —soltó lady Berwick bruscamente, y la joven salió de la habitación.

Mientras subía la escalera, sintió un dolor en la zona lumbar y un cansancio arraigado en lo más profundo. Se aferraba a la barandilla cada poco para impulsarse. Era como si le hubieran forrado de plomo la falda. Con cada roce de sus piernas cansadas en la tela, los bajos de su vestido emanaban unos olores desagradables.

Cuando ya casi estaba arriba, oyó unas alegres notas musicales flotando delicadamente en el aire. Los conocidos sonidos procedían de una caja de música de palo de rosa que Rhys le había regalado tiempo atrás. Era tan grande que ocupaba su propia mesa, con un cajón que contenía cilindros metálicos recubiertos de puntitas también de metal. Siguiendo la música, fue hacia el salón familiar y echó un vistazo dentro.

Pandora se acercó a ella tapándose los labios con un dedo. Los ojos azules le brillaban de diversión.

Juntas, desde la puerta, contemplaron cómo Cassandra se balanceaba y describía círculos airosos al compás de la música. Charity estaba a su lado, vestida con una camisola sujeta con alfileres; una prenda que le quedaba absurdamente grande. Aunque estaba de espaldas a ellas, por los saltitos que daba con los piececitos descalzos era evidente que se lo estaba pasando bien. Era tan delicada, con los huesos marcados, que daba la impresión de poder flotar como la pelusa del diente de león. Pero se la veía aseada, y llevaba el pelo aún húmedo peinado de tal forma que la mayoría le quedaba pegado a la cabeza.

La niña, que intentaba imitar a Cassandra, brincaba con torpeza y giraba con inseguridad, como un hada diminuta. No dejaba de alzar la vista hacia Cassandra para adquirir confianza, como si se estuviera adaptando a la idea de jugar con un adulto.

A Helen, la escena le devolvió el ánimo como nada más podía haber hecho.

Pandora la tomó del brazo y se la llevó por el pasillo.

—Ven conmigo, Helen; hay una bandeja con la cena en tu habitación. Puedes comer mientras ellas juegan. Y te lo suplico: date un baño. No sé qué es esta peste, pero Charity también la tenía, y es como una mezcla de todo lo malo que he olido en mi vida.

—¿Qué tal os fue al lavarla?

—No muy bien. Está sucia a escala geológica: se le quita a capas. Podíamos haber utilizado cinceles. No nos dejó lavarle la cabeza como es debido, pero si le dábamos un paño para taparse los ojos, echaba la cabeza atrás para que le vertiéramos una taza de agua por encima. Dos veces, y eso fue lo único que nos permitió. Los niños pueden ser muy obstinados.

—¿Ah, sí? —repuso Helen secamente.

—Se tomó un cuenco entero de sopa y un poco de pan con mantequilla. No tuvimos ningún problema en cepillarle los dientes; le gusta el sabor de los polvos dentífricos. Tiene las encías coloradas e inflamadas, pero sus dientes son como perlitas. No tiene ninguno podrido ni con caries, que yo viera. Le corté las uñas de manos y pies, pero la mugre de debajo de algunas la tiene incrustada y no pude quitársela. Lleva una de mis camisolas como camisón, que le sujeté con alfileres. La señora Abbott le está lavando la ropa. Quería quemar todas las prendas, pero le pedí que no lo hiciera porque no tenemos nada más que ponerle.

—Mañana le compraremos ropa.

—Helen, ¿puedo preguntarte algo?

—Sí, cielo.

—¿Quién es, de dónde viene, por qué está aquí y qué vas a hacer con ella?

—Hay muchas cosas que explicar —contestó Helen tras gemir y suspirar.

—Puedes empezar mientras te tomas la sopa.

—No; quiero esperar a que esté Cassandra. Son demasiadas cosas para contarlas dos veces.

Después de darse un baño, ponerse un camisón y una bata y comer, Helen se sentó en su cama con Charity acurrucada a su lado. Ambas miraron cómo las gemelas representaban la historia de *Ricitos de Oro y los tres osos*. Cassandra interpretaba el papel de la niña protagonista, mientras que Pandora hacía de todos los osos. Fascinada por el cuento y por las gracias de las gemelas, Charity observó con unos ojos enormes cómo papá oso ahuyentaba a Ricitos de Oro de la habitación.

Cuando la representación hubo terminado, la pequeña se veía muy entusiasmada.

—Otra vez, otra vez —pedía.

—Esta vez lo contaré yo —dijo Helen.

Y mientras las gemelas se apoltronaban en la cama, ocupando hasta el último centímetro de espacio disponible, ella alargó la historia todo lo que pudo. Lo hizo con voz sosegada y dulce, pendiente de cómo Charity se iba adormeciendo.

—... y entonces Ricitos de Oro se acostó en la cama más pequeña, la del osito, que ya era una cama cómoda, suave y limpia, con sábanas de lino y una manta hecha con lana de una ovejita blanca. Ricitos de Oro apoyó la cabeza en una almohada rellena de plumas y fue como flotar en una nube. Sabía que iba a tener dulces sueños mientras durmiera en aquella camita tan cálida, y que por la mañana habría cosas ricas que comer y una taza de chocolate caliente para ella... —Se detuvo al ver que a la niña se le cerraban los ojos con un aleteo de sus largas pestañas, y que relajaba la boca.

—Tu versión es demasiado larga, Helen —dijo Pandora—. ¿Cómo va nadie a mantenerse despierto si hablas y hablas en un tono tan monótono?

Helen le sonrió. Se separó lenta y cuidadosamente de la niña dormida y la tapó hasta los hombros.

—No se ríe —susurró con los ojos puestos en su carita seria.

—Ya lo hará —aseguró Cassandra, que se puso de pie para acercarse a la mesilla de noche. Se agachó y siguió el contorno de una ceja de la niña con la punta del dedo. Miró preocupada a Helen.

—Vamos a mi habitación —sugirió Pandora—. Tengo la impresión de que la siguiente historia para dormir va a ser realmente interesante.

Helen empezó con el hallazgo de la carta inacabada detrás de las libretas de su madre y terminó con la visita al orfanato. Al oír semejante narración, cualquier joven con elevados valores morales se habría escandalizado y consternado. Sus hermanas, en cambio, se habían educado al margen de la sociedad demasiado tiempo para tenerle miedo o respeto, o para importarles un comino contar con su aprobación. A la joven la reconfortó que, aunque se sorprendieron y se preocuparon por ella, se tomaron la situación con calma.

—Tú sigues siendo nuestra hermana —aseguró Pandora—. No me importa si desciendes de nuestro terrible padre o de tu terrible padre.

—No necesitaba tener otro.

—Helen —preguntó Cassandra—, ¿estás segura de que el

señor Winterborne no querrá casarse contigo cuando se entere?

—No, y yo no querría eso para él. Ha trabajado duro toda su vida para mejorar su situación económica. Le encantan las cosas hermosas y delicadas, y se merece una esposa que lo eleve, no que lo rebaje.

—¡Estar contigo jamás lo rebajaría! —exclamó Pandora, indignada.

—Me vincularán con algo feo y escandaloso. Cuando me vean con Charity supondrán que es mi hija bastarda, y que la he tenido fuera del matrimonio, así que cuchichearán que la esposa del señor Winterborne es una mesalina. Y fingirán que lo sienten por él, pero disfrutarán maliciosamente avergonzándolo a sus espaldas con estos rumores.

—Los rumores no pueden hacerte daño —soltó Pandora.

—Los rumores pueden destriparte y cortarte en filetes como a un abadejo —la contradijo Cassandra, reprendiéndola con la mirada.

Pandora frunció el ceño pero admitió que su hermana gemela tenía razón.

—Lo cierto es que arruinaría la imagen de Winterborne... —prosiguió Helen.

—¿La de él o la de los almacenes? —preguntó Cassandra.

—La de ambos. Sus grandes almacenes se basan en la elegancia y la perfección, y yo sería su punto débil. Más que eso: Charity y yo seríamos su perdición.

—¿Cuándo hablarás con él?

—Mañana, creo. —La idea de que tendrían que enfrentarse le provocó tal punzada en el vientre que se lo cubrió con la mano—. Después me llevaré a Charity a Eversby Priory y nos quedaremos allí hasta que Kathleen y Devon regresen de Irlanda.

—Iremos contigo —dijo Cassandra.

—No; estaréis mejor en Londres. Aquí hay más cosas que hacer, y es bueno que estéis con lady Berwick; ella tiene muchas ganas de que triunféis. Yo la he decepcionado mucho, y necesitará que la animéis y le hagáis compañía.

—¿Vivirás con Charity en Eversby Priory? —preguntó Cassandra.

—No. Será mejor para todos si Charity y yo vivimos lejos, donde nadie nos conozca. Entre otras cosas, porque eso reducirá las probabilidades de que mi deshonra perjudique vuestras perspectivas de matrimonio.

—Bah, no te preocupes por eso —bufó Cassandra, muy seria—. Pandora no va a casarse. Y yo, desde luego, no querría a ningún hombre que me despreciara solo porque mi hermana es una mesalina.

—Me gusta esa palabra —comentó Pandora—. Mesalina. Suena a instrumento musical picante.

—Animaría una orquesta —añadió Cassandra—. ¿No te gustaría oír el concierto para mesalina en do mayor de Vivaldi?

—No —contestó Helen, sonriendo a su pesar por la irreverencia de sus hermanas—. Parad ya; estoy intentando mostrarme taciturna y trágica, y me lo estáis poniendo difícil.

—No te irás a vivir lejos —decretó Pandora, abrazándola—. Tú y Charity os vendréis a vivir conmigo. Pronto empezaré a ganar dinero, mucho dinero, y compraré una gran casa para nosotras.

—Creo que triunfarás en la vida —murmuró Helen a la vez que la estrechaba entre sus brazos.

—Yo también viviré con vosotras —afirmó Cassandra, y las rodeó a ambas con los brazos.

—Claro que sí —dijo Pandora con firmeza—. ¿Quién necesita un marido?

30

Helen despertó cuando Agatha, la doncella que las servía a ella y a las gemelas, entró en su habitación con la bandeja del desayuno.

—Buenos días, milady.

—Buenos días —respondió Helen, medio dormida, antes de desperezarse y tumbarse de lado. Se sorprendió un instante al ver la cara de una niña dormida.

De modo que no había sido un sueño.

Charity dormía tan profundamente que el tenue repiqueteo de las tazas de la bandeja que se acercaba no la perturbó en absoluto. Helen la contempló algo maravillada. A pesar de su lastimosa flaqueza, la pequeña tenía las mejillas rollizas de los bebés. Los párpados que cubrían sus grandes ojos eran delgadísimos, con unas delicadas venas azules, más finas que un cabello humano, grabadas en la superficie. Tenía la piel sin poros, translúcida en las sienes. Le asustó pensar lo vulnerable que era aquella personita; un ser frágil formado por huesos delicadamente unidos, tejido y venas.

Se incorporó con cuidado para que Agatha le dejara la bandeja en el regazo. Había una taza de té humeante y una jarrita de plata con chocolate caliente junto a una taza vacía.

—¿Ha dormido bien la chiquitina, milady?

—Sí. Diría que no se ha movido en toda la noche. Agatha...

no pedí el té en la cama esta mañana, ¿verdad? —Normalmente, lo tomaba y desayunaba abajo, en el comedor del desayuno.

—No, milady. La condesa me ordenó que se lo trajera, y chocolate a la taza para la niña.

—¡Qué amable por su parte! —Helen pensó que era una ofrenda de paz después de la incómoda escena de la noche anterior.

Pronto sabría que no era así.

Vio una carta sellada medio escondida bajo el platillo, la tomó y la abrió.

Helen:

Tras pensarlo mucho, se me ocurrió la solución evidente para el lío en que estás metida. La niña, y la responsabilidad hacia ella, es de mi sobrino. Ha llegado la hora de que resuelva uno de los problemas que ha creado. Esta mañana le he enviado un mensaje indicándole que tiene que llevarse a su hija de inmediato y hacer con ella lo que crea conveniente.

El asunto ya no está en tus manos, como debe ser.

Espero que el señor Vance llegue dentro de una hora. Ten a la niña vestida y preparada. Y procuremos no montar una escena en el momento de su marcha.

Es lo mejor. Si no lo entiendes ahora, pronto lo harás.

Helen dejó la nota en la bandeja. Respiraba superficialmente y la habitación le daba vueltas. Vance acudiría, porque quería que ella se casara con el señor Winterborne, y Charity era un obstáculo para sus planes. Y si se la llevaba con él, la niña moriría. No la mataría, pero la dejaría en una situación en que no podría sobrevivir. Que era más o menos lo que ya había hecho.

«Antes tendrá que pasar por mi cadáver», pensó. Alzó la taza de té e intentó tomar un poco, pero le costó llevarse el borde tembloroso a los labios. Le cayó un poco del líquido caliente en el camisón.

—¿Pasa algo, milady?

—No —respondió dejando la taza—, pero lady Berwick me pide que tenga a Charity vestida y preparada con muy poca antelación. Necesitaremos la ropa que la señora Abbott le lavó ayer por la noche. ¿Podría pedirle que me la traiga aquí enseguida? Tengo que hablar con ella.

—Sí, milady.

—Retire la bandeja de la cama y déjela en la habitación, por favor.

En cuanto Agatha se hubo ido, Helen se levantó y corrió a su guardarropa. Sacó una bolsa de terciopelo, la llevó al tocador y empezó a meterle cosas: un cepillo, pañuelos, guantes, medias, un tarro de bálsamo. Puso también la lata de polvos antineurálgicos; aunque no iba a tomarlos durante el viaje, podría necesitarlos cuando llegara a su destino.

—¿Helen? —Charity se incorporó y la miró con ojos grandes y brillantes. Un mechón de pelo le salía hacia arriba en lo alto de la cabeza como el plumaje de un pájaro.

Helen sonrió a pesar del pánico que le oprimía el pecho y se acercó a ella.

—Buenos días, mi pedacito de cielo. —La abrazó, y unos bracitos confiados le rodearon la cintura.

—¡Qué bien hueles!

Tras soltarla y acariciarle cariñosamente el pelo, se acercó a la bandeja del desayuno y sirvió chocolate caliente en la taza. Comprobó con la puntita del dedo meñique que no quemara.

—¿Te gusta el chocolate a la taza, Charity?

La respuesta fue un silencio perplejo.

—Pruébalo a ver. —Le dio con cuidado la taza y le rodeó con los deditos la porcelana caliente.

La niña dio un sorbo, se relamió los labios y contempló a Helen con una sonrisa maravillada. Lo siguió bebiendo a sorbos, como un pajarito, para que le durara más.

—Enseguida vuelvo, cielo —murmuró Helen—. Tengo que despertar a mis dormilonas hermanas.

Fue tranquilamente hasta la puerta pero, una vez en el pasillo, corrió como una loca hacia la habitación de Cassandra. Su hermana dormía profundamente.

—Cassandra. Despierta, por favor —susurró mientras le daba palmaditas en el hombro y se lo zarandeaba con suavidad—. Ayuda. Necesito ayuda.

—Es demasiado temprano —soltó la muchacha entre dientes.

—El señor Vance vendrá dentro de una hora. Va a llevarse a Charity. Por favor, tienes que ayudarme. Necesito marcharme rápidamente de la Casa Ravenel.

—¿Qué? —exclamó Cassandra, que se había incorporado de golpe dirigiéndole una mirada aturdida.

—Despierta a Pandora e id a mi habitación. Procurad no hacer ruido.

En cinco minutos, las gemelas estaban en el cuarto de Helen, que les dio la nota para que la leyeran.

—«El asunto ya no está en tus manos» —leyó en voz alta Pandora, ruborizándose. Y bufó—. Detesto a la condesa.

—No, no debes detestarla —replicó Helen en voz baja—. Está haciendo algo malo por un buen motivo.

—Me da igual el motivo, el resultado no puede ser más repugnante.

Alguien llamó con suavidad a la puerta

—¿Lady Helen? —El ama de llaves.

—Sí, adelante.

La mujer entró con un montón de ropa cuidadosamente doblada.

—Está toda lavada y remendada —anunció—. Las medias están bastante mal, pero las zurcí lo mejor que pude.

—Gracias, señora Abbott. A Charity le gustará llevar ropa limpia. —Señaló a la niña en la cama para recordarles a todas que podía oír todo lo que decían. Entregó la nota al ama de llaves y aguardó a que la hubiera leído antes de murmurar en tono de disculpa—. Ojalá pudiera explicarle más detalladamente la situación, pero...

—Es usted una Ravenel, milady —fue la respuesta incondicional de la señora Abbott—. Eso es lo único que necesito saber. ¿Qué está planeando?

—Iré a la estación de Waterloo a tomar el próximo tren para Hampshire.

—Diré al cochero que prepare el carruaje.

—No; tardaría demasiado y se darían cuenta, lo que me impediría marcharme. Saldré por la puerta de servicio y en la calle principal tomaré un cabriolé de alquiler hasta la estación.

—Un cabriolé de alquiler, milady... —refunfuñó la señora Abbott, alarmada.

—No se preocupe por eso. El problema es que cuando el señor Vance se dé cuenta de que no estoy aquí, me seguirá hasta la estación. Es bastante obvio que Eversby Priory es el único lugar al que puedo llevar a Charity.

—Nosotras lo entretendremos —aseguró Pandora—. Nos encerraremos en tu habitación y fingiremos ayudarte con Charity.

—Hablaré con un lacayo —intervino el ama de llaves, serena—. Al carruaje del señor Vance le faltará algún tornillo cuando trate de irse.

Impulsivamente, Helen le tomó la mano y se la besó.

—Por favor, milady —dijo la señora Abbott, algo desconcertada por aquel gesto—. Ahora mismo le enviaré a Agatha para que la ayude a vestirse.

—Nosotras nos encargaremos de lo demás —terció Cassandra.

Los siguientes minutos fueron un extraño barullo desenfrenado lleno de actividad y susurros. Cuando Agatha llegó a la habitación, Helen ya se había puesto la camisola y los calzones y se estaba peleando con el corsé. Con las prisas, no conseguía emparejar bien los corchetes delanteros.

Agatha le sujetó la parte superior del cierre frontal y empezó a abrochárselo con destreza.

—Mi madre siempre dice: «Vísteme despacio, que tengo prisa.»

—Procuraré recordarlo —aseguró Helen con tristeza.

Una vez puesto el corsé, la doncella se dirigió hacia el guardarropa.

—No, no —soltó Helen, al darse cuenta de lo que iba a buscar—. No voy a llevar polisón.

—¿Milady? —repuso la doncella, asombrada.

—Sujétame detrás con alfileres las partes sobrantes de la falda de viaje. Hoy no puedo dar pasos pequeños; tengo que moverme.

Agatha le llevó una falda de viaje negra y una blusa blanca.

Al otro lado de la habitación, Cassandra vestía a Charity rápidamente mientras le explicaba con una sonrisa que iba a ir de excursión con Helen.

—Pandora, no tiene ni sombrero ni abrigo. ¿Podrías traerle un chal o algo? —pidió a su hermana.

Pandora salió disparada de la habitación y regresó con un chal y un sombrerito de fieltro de copa baja ribeteado de pana. Como no había diferencias importantes entre los estilos de sombreros para niña y para señora, serviría sin problema.

—¿Quiere que vaya a la despensa y le traiga algo para llevarse, milady? —preguntó Agatha después de ayudarla a ponerse la chaqueta de viaje negra.

—No hay tiempo —respondió lacónicamente Cassandra desde la ventana, donde había ido al oír un ruido fuera—. El carruaje del señor Vance acaba de llegar.

Agatha tomó los mechones sueltos de Helen, los giró con unos cuantos movimientos enérgicos, se sacó unas horquillas de la cabeza y le hizo un sencillo moño alto. Pandora cogió un sombrero del guardarropa y se lo lanzó a la doncella, que lo atrapó con una mano y lo sujetó justo encima del moño.

—¿Tienes dinero? —quiso saber Cassandra.

—Sí. —Helen avanzó hacia la bolsa de terciopelo, sacó unos guantes y la cerró—. Charity, ¿estás preparada para ir de excursión? —preguntó, esbozando una sonrisa.

La niña asintió. Con el sombrero cubriéndole el pelo mal

cortado y el chal ocultándole la mayor parte del uniforme del orfanato, ofrecía un aspecto aseado y presentable.

—Pareces muy tranquila —comentó Cassandra tras observar a su hermana.

—Tengo el corazón a punto de explotar —aseguró Helen—. Despidámonos, rápido.

Cassandra le dio un beso en la mejilla.

—Te quiero —le susurró antes de ponerse en cuclillas para abrazar a Charity.

Pandora la imitó: besó a Helen y se agachó para sujetar la carita de Charity entre las manos. Como la niña supuso, al parecer, que Pandora quería examinarle los dientes como la noche anterior, abrió la boca para enseñarle los incisivos inferiores.

Pandora sonrió de oreja a oreja. Cerró la boca de la pequeña empujándole suavemente la barbilla con un dedo y le dio un beso en la nariz. Después de levantarse asintió, muy seria.

—Lo entretendremos todo lo posible —aseguró.

Tras recoger la bolsa de terciopelo y tomar la mano de Charity, Helen salió de la habitación detrás de Agatha. En cuanto hubo cruzado la puerta, esta se cerró y la llave giró con decisión en la cerradura.

31

Por el camino hacia la estación de Waterloo en un cabriolé que daba tumbos y bandazos y se ladeaba con fervor suicida, Helen descubrió que le era más fácil ser valiente en presencia de un niño que cuando estaba sola. Estaba tan decidida a evitar que Charity se preocupara que se encontró haciendo comentarios ridículos como «¿A que es emocionante?» cuando casi chocaron con un ómnibus, o «¡Qué divertido!» cuando el vehículo pilló un bache de la calle y botó un instante. Charity permaneció callada, con los ojos puestos en el mundo caótico que iban dejando atrás. Tenía una buena disposición para soportar molestias o incertidumbres sin quejarse. Siempre que habían alabado alguna vez a Helen cuando era niña, había sido por esta misma cualidad. No estaba segura de que fuera algo positivo.

El cabriolé se detuvo en Waterloo Road junto a una de las inmensas naves de la estación. Helen pagó al cochero y cogió la bolsa de terciopelo para bajar del vehículo. Alargó los brazos hacia Charity, que saltó o más bien cayó en sus brazos. Tras atraparla en el aire, la dejó en el suelo. Sintió un atisbo de triunfo al pensar que no podría haberlo hecho con el polisón puesto. Aferrada a la bolsa de terciopelo a un lado y la mano de Charity en el otro, siguió el flujo de gente que entraba en la estación.

La ruta hacia las taquillas de billetes seguía un camino estrecho y enrevesado que pasaba entre varias estructuras temporales. La estación estaba en medio de otra ampliación, por lo que las salas de espera y las áreas de servicio se veían toscas y sin pintar. Sin dejar de sujetar firmemente a Charity, hizo cola observando cómo los encargados de la paquetería, los expendedores de billetes y los mozos de cuerda se movían sin pausa tras los mostradores. Cuando le tocó su turno, un taquillero le informó de que el tren a la estación de Alton saldría en una hora y media.

Compró dos billetes de primera clase, aliviada de no haber perdido el tren, aunque maldiciendo tener que esperar tanto tiempo. Con un poco de suerte, las gemelas y los criados lograrían entretener a Vance lo suficiente para impedirle llegar a la estación antes de que el tren partiera. Llevó a Charity a una serie de puestos de diarios, libros, revistas y periódicos, emparedados envasados, refrigerios y té. Después de comprar una taza de leche y un bollo para Charity, echó un vistazo a los quioscos y se hizo con un libro de historias ilustrado para niños.

Se dirigieron a la sala de espera de primera clase, amueblada solamente con unos bancos de madera sin respaldo. Algunos viajeros se quejaban sobre la falta de asientos tapizados y sobre las rugosas paredes sin pintar mientras que otros permanecían estoicamente sentados. Helen encontró un banco vacío en el rincón y se aposentó en él con Charity antes de dejar la bolsa de terciopelo a sus pies. Mientras la pequeña comía el bollo y bebía la leche, Helen abrió el libro y lo hojeó.

—Lee este cuento, Helen —pidió Charity, mirando entusiasmada una ilustración de *Ricitos de Oro y los tres osos*—. Este.

—¿No te has cansado de él?

La niña negó con la cabeza.

Cuando buscaba el principio de la historia, Helen se fijó en otro título: *Los zapatos rojos*. Se detuvo con el ceño fruncido.

—Espera, tengo que arreglar algo. —Con unos tirones habilidosos, arrancó la detestada historia del libro. Lamentablemente, una página de *Jack y las habichuelas mágicas* tuvo que desaparecer con ellas, pero a Helen le pareció que valía la pena el sacrificio.

Al oír que se rasgaba papel, una mujer sentada cerca dirigió la vista hacia ellas. Frunció el ceño desaprobadoramente cuando vio que se estaba mutilando el libro. Helen, con ganas de rebelarse, arrugó las páginas con una mano enguantada.

—Bueno, así está mejor —dijo con satisfacción tras dejar caer la bola de papel en la bolsa de viaje. Buscó entonces *Ricitos de Oro y los tres osos* y lo leyó a Charity en voz baja.

A medida que pasaban los minutos, Helen levantaba la vista con el temor de ver a Albion Vance. ¿Qué haría si él las encontraba? ¿Intentaría Albion llevarse a Charity por la fuerza? En un conflicto público entre una mujer y un hombre bien vestido de aspecto respetable, ganaría este último con casi total seguridad. Nadie movería un dedo para ayudarla.

Como la sala carecía de calefacción, una corriente de aire frío le entumeció los pies. Movió los dedos hasta que sintió un hormigueo incómodo en ellos. El banco se les hacía cada vez más duro, y Charity perdió interés en el libro. Se recostó en Helen, temblando de frío. La joven le arropó más el cuerpecito con el chal y deseó haber llevado una manta de viaje. Sin cesar entraba y salía gente de la sala de espera, y los silbidos de los trenes y los gritos incesantes empezaron a atacarle los nervios.

Alguien se les acercó directamente y Helen levantó la cabeza de golpe, alarmada. Para su alivio, no era Albion Vance, sino el empleado mayor y bajito que le había vendido el billete. Tenía un rostro bondadoso y llevaba el bigote canoso con las puntas enceradas hacia arriba, por lo que daba la impresión de lucir una sonrisa perpetua en la cara.

—Disculpe, señora —le dijo—. ¿Tiene billete para la próxima salida a Alton?

Helen asintió ligeramente, sorprendida de que la llamara «señora» en lugar de «señorita», hasta que recordó que había dicho ser la señora Smith.

—Va a partir con un retraso de una hora por lo menos.

—¿Puedo saber por qué? —preguntó Helen, consternada.

—Está retenido fuera de la estación porque no tenemos andenes suficientes. Un tren especial ha provocado retrasos en nuestros horarios de salidas.

Otra hora de espera. Otra hora para que Albion Vance pudiera encontrarla.

—Gracias por avisarme.

—En vista de las circunstancias, ¿le gustaría ir a una sala de espera más cómoda? —ofreció el hombre—. No siempre la ofrecemos, naturalmente, pero parece que la pequeña tiene frío...

—¿Está cerca de aquí? —preguntó Helen con recelo.

—En las oficinas situadas detrás del mostrador de billetes —respondió el hombre con una sonrisa que le elevó todavía más las puntas del bigote—. Estarán más caldeadas y tranquilas que aquí. Podría descansar en una silla mullida mientras espera.

La oferta era irresistible. No solo estarían más cómodas, sino que, además, estarían más seguras porque no esperarían a la vista de todos.

—No querría perder el tren —comentó, indecisa.

—Estaré pendiente del reloj por usted.

—Gracias. —Puso bien el chal y el sombrero a Charity—. Vamos a esperar en una sala más caldeada —susurró a la niña. Y, tras recoger la bolsa de terciopelo, ignoró la infinidad de dolorcitos que sentía por todo el cuerpo.

Siguieron al empleado más allá del mostrador de billetes, y cruzaron una puerta que daba a una hilera de oficinas privadas. El hombre fue hasta la primera y les abrió la puerta.

Era una sala agradable, bien cuidada, con mapas en las paredes, un escritorio lleno de horarios, libros y folletos, y una ventana con los postigos ajustados desde la que se veía parcialmente uno de los andenes principales. Había una silla detrás de la mesa, y en el rincón un gran sillón orejero con pinta de ser comodísimo.

—¿Le resulta aceptable, milady? —preguntó el hombre.

—Sí, gracias. —Le sonrió, a pesar de que los nervios se le habían puesto de punta, presa de una repentina aprensión.

El empleado salió del despacho y Helen se ocupó de poner cómoda a Charity. La instaló en la gran silla tapizada, colocó la bolsa de terciopelo en un lado para que pudiera recostarse y la tapó con el chal. Charity se acurrucó en la silla sin vacilar.

Helen se acercó a la ventana para observar el concurrido andén.

Y, de repente, pensó algo: ¿Acababa de llamarla «milady» aquel empleado?

Sí. Estaba tan acostumbrada a que se dirigieran a ella con esa palabra que no había caído en ello en el acto. Era imposible que aquel hombre supiera que poseía un título de cortesía. No le había dicho su verdadero nombre.

Se le heló la sangre.

Fue hasta la puerta y la abrió. Un hombre con traje negro y sombrero bloqueaba la salida. Reconoció primero el sombrero y acto seguido los ojos azules.

Era el joven que las había ayudado, a ella y a la doctora Gibson, cuando las acosaron al salir del orfanato de Stepney.

—¿Qué hace usted aquí? —le preguntó Helen, mirándolo sorprendida.

—Velo por su seguridad, milady —respondió con una leve sonrisa que, al parecer, pretendía tranquilizarla.

—Voy a marcharme ahora mismo con mi niña —aseguró tras inspirar temblorosamente.

—Me temo que no será posible.

—¿Por qué no?

—Tendrá que esperar un poco más. —Y le cerró la puerta en las narices.

Helen cerró los puños, furiosa con él, con la situación y, sobre todo, consigo misma. «No tendría que haber confiado en un desconocido», pensó. Qué idiota había sido. Se le humedecieron los ojos y se esforzó por no perder el control. Tras inspirar hondo varias veces, echó un vistazo a Charity, que se estaba quedando dormida, después de haber vivido suficientes experiencias nuevas por el momento.

Helen regresó a la ventana y abrió del todo los postigos para contemplar el andén 8. Había entrado un tren, con el mismo número que el que figuraba en su billete. Despúes de todo, no había sufrido ningún retraso.

El miedo y la determinación se apoderaron de ella. Fue hasta la silla, recogió a Charity y sujetó el asa de la bolsa de terciopelo. Resollando del esfuerzo, cargó a la niña dormida hasta la puerta, y le dio un puntapié para abrirla.

—¿Necesita algo, milady? —dijo el joven, interrogándola con la mirada.

—Sí, necesito irme. Mi tren está en el andén.

—Tendrá que esperar unos minutos más.

—No puedo esperar. ¿Quién es usted? ¿Por qué está haciendo esto?

La puerta volvió a cerrarse y, para asombro y rabia de Helen, una llave giró en la cerradura. Cerró los ojos, desesperada.

—Lo siento —susurró en la cabecita de Charity—. Lo siento. —La llevó de nuevo a la silla, volvió a ponerla cómoda y empezó a caminar por el despacho como una fiera enjaulada.

Pasados unos minutos, oyó voces masculinas al otro lado de la puerta. Una conversación breve, en voz baja.

La llave volvió a girar. Helen se situó delante de Charity para protegerla cuando alguien entró. El corazón empezó a latirle con una fuerza tremenda al ver quién era.

—¿Rhys? —susurró, perpleja.

Él entró en el despacho, examinándola con una mirada dura como la obsidiana. Ladeó ligeramente la cabeza al mirar a la niña en la silla detrás de ella.

Helen se percató de que, hasta entonces, Rhys nunca había estado enojado con ella. No así.

—Tendría que estar en el tren que sale para Hampshire... —dijo con voz temblorosa, nerviosa por su silencio.

—Puedes tomar el siguiente. Ahora mismo vas a contarme qué demonios está pasando. —Entornó los ojos—. Puedes empezar explicándome qué haces con la hija de Albion Vance.

32

Que Rhys la hubiera acorralado así era humillante. Y exasperante.

—No quiero despertarla —dijo tras echar un vistazo a Charity, que dormía plácidamente en la silla—. ¿Podemos hablar en otro sitio?

Sin decir nada, Rhys la llevó fuera del despacho. Detestó la forma en que la conducía, sujetándole la nuca con la mano, como si cargara por el cogote un gatito indefenso. Que lo estuviera haciendo delante de su secuaz, o lo que fuera aquel joven, lo empeoraba más. La condujo a un despachito situado al otro lado del pasillo y, antes de entrar, se detuvo para hablar secamente con el otro hombre.

—Ransom, no deje que nadie se acerque a la niña.

—Sí, señor.

Aquella sala era más pequeña, tanto que solo cabía un escritorio, una mesa y una estantería. Rhys parecía ocupar la mayor parte del espacio disponible. Se le veía calculador y seguro de sí mismo, y Helen pudo imaginar a lo que habían de enfrentarse sus adversarios comerciales cuando lo tenían al otro lado de una mesa.

Retrocedió hasta el hueco entre la mesa y la puerta, todavía con la sensación de su mano en la nuca.

—Ese hombre del pasillo..., ¿trabaja para ti?

—De vez en cuando.

—¿Lo contrataste para que me siguiera?

—Al principio lo contraté para que siguiera a Vance. Había llegado a mis oídos un negocio turbio en el que estaba implicado, y no tenía intención de que el muy cabrón me timara. Para mi sorpresa, no solo fui informado de que Vance había visitado la Casa Ravenel, sino de que tú y él habíais vuelto a encontraros el día siguiente para mantener una charla privada en el museo. —Hizo una pausa escalofriante—. Encontré interesante que no creyeras conveniente mencionármelo.

—¿Por qué no me dijiste nada?

—Quería que me lo contaras tú. Aquella noche, en los almacenes, te di todas las oportunidades posibles para que lo hicieras.

Se sonrojó al recordar aquella noche. Al verlo, Rhys se mostró burlón, pero afortunadamente no hizo ningún comentario.

—Pero no lo hice —dijo Helen—. De modo que pediste al señor Ransom que me siguiera.

—Me pareció una buena idea —aceptó Rhys con sarcasmo—. Especialmente cuando tú y la doctora Gibson decidisteis recorrer la zona portuaria del East End de noche.

—¿Te dijo ella quién era Charity?

—No, Ransom sobornó a la encargada del orfanato. Cuando llamé a la doctora Gibson para preguntárselo me mandó al infierno.

—No la culpes, por favor; solo fue porque le dije que iría yo sola si no me ayudaba.

Por alguna razón, eso acabó con el autodominio de Rhys.

—Por Dios, Helen. —Se volvió como si buscara algo que destruir en la reducida oficina—. Dime que no habrías ido sola. Dímelo o te juro que...

—No lo habría hecho —lo interrumpió ella rápidamente—. Y no lo hice. Llevé conmigo a la doctora Gibson para mi seguridad.

Rhys se volvió de nuevo hacia ella con una expresión letal en los ojos. Estaba colorado.

—¡Lo dices como si ella pudiera protegerte como es debido! Cuando pienso en las dos paseando por Butcher Row entre esa maraña de prostitutas y rateros...

—No era ningún paseo —replicó Helen, indignada—. Solo fui allí porque no tenía más remedio. Tenía que asegurarme de que Charity estuviera bien... y no lo estaba. El orfanato es horrible, y ella estaba allí porque nadie la quería, pero yo sí. Yo sí, y voy a quedármela y cuidar de ella.

—Maldita sea, ¿por qué? —explotó por fin—. ¡No es tuya!

—Es mi hermana —soltó Helen, y se le escapó un sollozo desgarrador.

La tez morena de Rhys palideció. La miró como si no la conociera y se apoyó despacio en el borde de la mesa.

—Vance y mi madre... —Se vio obligada a detenerse debido a unos cuantos sollozos más.

El silencio imperaba en la reducida sala.

Pasó un minuto entero antes de que Helen pudiera controlar sus sentimientos para seguir hablando.

—Lo siento. Estuvo mal por mi parte engañarte, pero cuando me enteré, no supe cómo decírtelo. Lo siento mucho.

—¿Cuándo te enteraste? —Rhys parecía lento y desorientado.

Helen le contó toda la historia. ¡Por Dios, qué cansada estaba de explicarla! Estaba desesperanzada e impávida como un condenado en su última confesión. Era un tormento cortar todos los lazos que los unían uno por uno, palabra por palabra. Pero también era un alivio. Después de aquello, ya no habría nada que temer.

Rhys mantuvo la cabeza gacha mientras la escuchaba, con las manos afianzadas en la mesa con una presión terrible.

—Solo quería pasar un poco más de tiempo contigo antes de romper el compromiso —terminó Helen—. Fue egoísta por mi parte. Tendría que habértelo contado enseguida. Es solo que... perderte era como morirme y no pude... —Se detuvo, horrorizada por lo melodramáticas que sonaban sus palabras, como si de una manipulación se tratara, a pesar de ser ciertas. Tras un instante, consiguió proseguir ya algo más calmada—: Tú sobrevivirás sin mí. Ella, no. Es evidente que ya no podremos casarnos. Creo que lo mejor sería que me marchara de Inglaterra para siempre.

Ojalá Rhys dijera algo. Al menos que la mirara. Y que no respirara de aquella forma, con una energía controlada que hacía presagiar que iba a suceder algo terrible.

—Lo tienes todo decidido, ¿no? —soltó por fin, con la cabeza todavía gacha.

—Sí. Voy a llevarme a Charity a Francia. Allí podré cuidar de ella. Tú podrás seguir con tu vida aquí, y yo no seré... una molestia para nadie.

Rhys murmuró algo en voz muy baja.

—¿Qué? —preguntó Helen perpleja, y se inclinó hacia delante para oírlo.

—He dicho «inténtalo». —Rhys se dio impulso en la mesa y llegó junto a ella con una rapidez increíble para acorralarla con el cuerpo y golpear la pared con ambos puños a la vez. La sala retumbó—. Intenta dejarme —dijo él mirando fijamente el rostro estupefacto de la joven—, y ya verás qué pasa. Ve a Francia, ve a cualquier sitio, y verás lo mucho que tardo en encontrarte. Ni cinco puñeteros minutos. —Inspiró con vehemencia varias veces sin apartar los ojos de los de ella—. Te amo. Me importa un comino si tu padre es el diablo en persona. Te dejaría apuñalarme el corazón si eso te complaciera, y yacería en el suelo amándote hasta mi último aliento.

Helen creyó que iba a desplomarse, desesperada de dolor. La cara de Rhys se le volvía borrosa.

—Tú... tú no querrás acabar viviendo con dos de las hijas de Albion Vance. —Por lo menos, esto es lo que creyó haber dicho. Lloraba demasiado para estar segura.

—Sé lo que quiero. —Tiró de ella hacia él e inclinó la cabeza para besarla.

Como ella intentó débilmente apartar la cara, los labios de Rhys le aterrizaron en la mandíbula, desde donde le recorrieron la piel con súbita pasión. Empujarlo era como intentar mover un muro de ladrillos.

—Suéltame —sollozó, afligida y exasperada, porque sabía que Rhys había dicho aquello sin pensar. Pero su voluntad, la fuerza de su deseo, no podía cambiar los hechos. Tenía que obligarle a enfrentarse con ellos.

Rhys le estaba besando el cuello. Le rascaba la fina piel con la barba hasta irritársela, pero sus labios fueron más cariñosos al rozarle la base del cuello, donde le latía el corazón.

—Di-dijiste que cualquier hijo suyo es fruto del diablo.

—No me refería a ti —aseguró tras levantar la cabeza de golpe con una mirada furibunda—. Nada malo que yo pueda decir, jamás se referirá a ti.

—Cada vez que me mires recordarás que soy medio suya.

—No. —Le tomó la cara entre las manos y le secó las lágrimas con el pulgar—. Tú eres toda mía —sentenció con voz baja y temblorosa—. Todo tu cuerpo fue hecho para que yo lo amara.

Volvió a inclinarse sobre ella. Helen trató de hacerlo retroceder, pero quedó cubierta por noventa kilos de hombre totalmente excitado, y pronto estuvo demasiado confundida para recordar lo que quería decirle. Su forcejeo se redujo, su determinación se debilitó, y él se aprovechó de ello, devorando y seduciendo todos los puntos sensibles que pudo encontrar. Rhys se volvió tierno, incitándola lentamente hasta que ella cedió y se recostó contra él gimiendo. Notó que él le quitaba las peinetas que le sujetaban el sombrero y lo lanzaba a un lado. Después, Rhys le sujetó la cabeza para alzarle la boca y apoderarse ansiosamente de ella.

—Rhys... —logró jadearle en los labios, retorciéndose entre sus brazos—. Para. Esto... no va a solucionar anda. No has pensado ni un minuto lo que estás prometiendo.

—No necesito hacerlo. Te quiero.

—Eso no basta para arreglarlo todo.

—Claro que sí —afirmó, tan arrogante y obstinado que Helen no supo cómo contradecirlo. Y cuando le miró los labios separados y los ojos ensombrecidos, sintió escalofríos—. Maldita seas por decir que podría sobrevivir sin ti —prosiguió él con voz ronca—. Tendré que castigarte por ello, *cariad*. Durante horas... —La besó en los labios, mostrándose arrebatador y abiertamente sensual, haciendo promesas que aceleraron el pulso a Helen.

Pasado un buen rato, él alzó la cabeza y se metió la mano en la chaqueta para sacar un suave pañuelo blanco. Se lo dio y se quedó rodeándole el cuerpo con un brazo, en un gesto protector, de apoyo, mientras ella se secaba las lágrimas y se sonaba la nariz.

—Dime de qué tienes miedo —pidió él en voz baja.

—El escándalo nos acompañará siempre —respondió Helen con pesar—. La gente hablará a nuestras espaldas y dirán cosas malintencionadas, cosas terribles...

—Estoy acostumbrado a eso.

—Se suponía que iba a ayudarte a ascender socialmente. Pero eso ya no pasará. Charity y yo seremos... —se le escapó otro sollozo— un estorbo para ti.

—No en mi mundo, *cariad*. Solo en el tuyo. Solo en ese círculo tan reducido en el que yo estaba tan decidido a entrar. —Sonrió para burlarse de sí mismo—. Movido solamente por el orgullo. Para presumir y demostrar que un galés podía tener lo que quisiera. Pero eso ya no significa nada para mí. Tú eres lo único importante.

—¿Y Charity?

—Ella también lo es —aseguró Rhys, y su expresión se volvió cuidadosamente vaga.

Helen comprendió que estaba intentando hacerse a la idea. Y sabía lo mucho que le estaba pidiendo. Demasiado.

—No bastará con que simplemente la toleres. Yo me crie con un padre frío, nada cariñoso, y... —Tragó saliva con fuerza.

—Mírame —la apremió él a la vez que le levantaba el mentón—. Puedo quererla, Helen. —Como ella intentó desviar la mirada, la sujetó aún con más fuerza—. No puede ser tan difícil. Una mitad de ella es exactamente igual que una mitad de ti.

—La mitad de Albion Vance —señaló Helen con cierta amargura—. No puedes ignorarlo tranquilamente y decir que no importa.

—Todo lo que tiene que ver contigo me importa, *cariad*. Pero si quieres que hablemos largo y tendido sobre mis sentimientos, no podré ayudarte. Soy del norte de Gales, donde nos expresamos lanzando piedras a los árboles. He tenido más sentimientos esta última media hora que en toda mi vida, y ya he llegado al límite.

—Aun así, no...

—Me encanta lo que eres. En su totalidad. —Pareció pensar que aquella era la última palabra sobre el asunto.

—Pero...

—Deja de discutir o le encontraré una utilidad mejor a tu boca —amenazó él en voz baja.

—Rhys, no puedes...

Los labios de Rhys se posaron firmemente sobre los de ella, cumpliendo su amenaza. Ella se puso tensa y se contuvo, pero cuando él la siguió besando con ardor, acabó aferrándose a él sin fuerzas. El último beso fue prolongado y lánguido, y ella, impotente, se vio arrastrada por una corriente de sensaciones que la sumió en un placer somnoliento.

Toc, toc, toc. Helen gimió quejumbrosa al oír la inoportuna llamada a la puerta.

Con un gruñido de enojo, Rhys buscó el pomo con una mano. Tras apartarse de Helen, dirigió una mirada mortífera a Ransom, que estaba allí plantado discretamente, pero sin mirarlos.

—Más vale que sea importante —soltó Rhys.

Helen recostó una mejilla acalorada en el pecho de Rhys. Oyó unas palabras indiscernibles, y el pecho de Rhys se movió para soltar un breve suspiro.

—Pues sí, eso es importante —sentenció.

Se separó a regañadientes de Helen a la vez que la ayudaba a mantenerse en pie por sí misma. Pero ella estaba desfallecida y aturdida, y le temblaban las piernas.

—Amor mío —murmuro—, quiero que tú y Charity vayáis con Ransom; él os conducirá a mi carruaje. Yo me reuniré con vosotras en un minuto.

—¿Dónde vas? —preguntó Helen, angustiada.

—Tengo que ocuparme de algo.

—¿Tiene que ver con Vance? ¿Está aquí?

Al ver la preocupación reflejada en su semblante, Rhys le sonrió ligeramente y le besó la frente.

—Solo voy a decirle unas palabritas —aseguró.

Helen se asomó a la puerta y contempló cómo Rhys recorría el pasillo con paso decidido.

—¿Es eso lo único que hará? —preguntó a Ransom.

—De momento. —El joven la miró de soslayo—. Pero si estuviera en lugar del señor Vance... intentaría poner tierra de por medio entre Winterborne y yo.

Tras intercambiar unas palabras con el taquillero bigotudo y darle un soberano de oro, Rhys fue al andén 8, donde los últimos pasajeros habían subido a bordo y los mozos de cuerda estaban cargando las últimas carretillas de equipaje.

El cabello blanco como la nieve de Albion Vance relucía bajo un bombín de fieltro. Estaba señalando uno de los vagones de primera clase junto a tres empleados uniformados de los ferrocarriles: un subjefe de estación, un jefe de tren y un revisor. Vance quería que buscaran a Helen. Estaba tranquilo y decidido como un depredador que ignoraba que lo estaba persiguiendo un depredador aún mayor.

Rhys se detuvo en el extremo del andén y no pudo evitar hacerse una pregunta: si la primera vez que vio a Helen hubiera sabido que aquel hombre era su padre, ¿le habría importado?

Tal vez al principio. No estaba seguro. Pero era indudable que al final habría sucumbido al atractivo irresistible de Helen, a aquella fascinación que siempre ejercería sobre él. Para él, no había ninguna relación entre Helen y Vance, a pesar del parecido físico, la sangre o la herencia. En Helen solo había cosas buenas. Aquella alma dulce y valiente, aquella mezcla perfecta de fortaleza y bondad, era solamente de ella.

Le seguía aterrando pensar que la noche anterior había visitado un barrio bajo como el East End. Aunque se había enterado a posteriori, cuando Ransom se lo contó y aun sabiendo que no le había pasado nada, casi se cayó de rodillas al oír la historia.

—¿Seguro que no sufrió ningún daño? —había preguntado varias veces a Ransom, y su respuesta afirmativa no había bastado para satisfacerlo.

Las últimas dieciocho horas había podido comprender mucho mejor al pobre Ioan Crewe y la decisión que había tomado tras la muerte de Peggy. Tendría que hacer entender a Helen que, al arriesgar su vida, había arriesgado también la de él. Lo destrozaría perderla. No sobreviviría a ello.

Pero ahora lo que Helen más necesitaba era protección sobre aquel hombre. Al mirar a Albion Vance sintió que la parte humana y civilizada de su naturaleza era engullida por la parte que siempre intentaba mantener oculta. Era de una época anterior, más dura, de su vida, cuando la violencia había sido habitual y necesaria. Había cosas que prefería que la gente no supiera que era capaz de hacer... y lo que estaba dispuesto a hacer a Albion Vance se incluía en esa parte oculta.

Se acercó despacio al grupo de hombres. El subjefe de estación fue el primero en fijarse en él. Observó con recelo al desconocido corpulento que se acercaba con el ceño fruncido desprovisto de abrigo, sombrero y guantes. Los demás siguieron su mirada y también se volvieron hacia él.

Cuando Vance lo reconoció, una rápida sucesión de emociones le cruzaron la cara: sorpresa, ira, frustración, fracaso.

—No está en el tren —dijo Rhys con tono inexpresivo—. La tengo yo.

Con un suspiro, Vance se volvió hacia los empleados del ferrocarril.

—Según parece, no es necesario que se molesten —dijo—. Pueden seguir con sus ocupaciones.

Como no había otra forma de salir del andén, Vance se vio obligado a andar al lado de Rhys.

El repiqueteo inoportuno de una campana rasgó el aire, y el tren que partía de Londres emitió dos pitidos breves y agudos.

—Tendría que haber dicho a Helen que la mocosa había muerto —comentó Vance tras un momento—. No me esperaba que se tomara tanto interés en la criatura. Pero las mujeres son así: los sentimientos les nublan la razón.

Rhys no contestó. Oír el nombre de Helen en sus labios le provocó un impulso casi irresistible de partirle huesos y articulaciones con sus propias manos y arrojarlo a las vías.

—¿Qué vas a hacer con ella? —quiso saber Vance.

—¿Con la huérfana?

—No. Con Helen.

«Para de decir su nombre», pensó Rhys con los puños apretados.

—Casarme con ella —respondió.

—¿Incluso ahora? Madre mía. ¡Qué buena camada de mestizos criaréis! —dijo, divertido—. Y mis nietos heredarán tu fortuna.

Cuando llegaron a los pies de un puente peatonal, Rhys lo cogió por las solapas de la chaqueta y lo empujó contra los postes de sujeción.

Vance lo miró con los ojos desorbitados y la cara colorada. Sujetó la muñeca de Rhys para intentar respirar.

—Cuando era un muchacho, mi padre me enviaba por las tardes a trabajar para el carnicero, que se había lastimado la mano y necesitaba ayuda para descuartizar las reses pequeñas —explicó Rhys en voz baja tras acercarse más al hombre—. La mayoría de gente siente una aversión natural por este trabajo. Al principio se te revuelve el estómago. Pero pronto aprendí a cortar un cerdo por la columna, a separar el costillar de una oveja o a partir la quijada de una ternera para quitarle la lengua sin que me afectara. —Hizo una pausa—. Si intentas volver a comunicarte con mi esposa, te cortaré como si fueras un cuarto de cordero. Me llevará diez minutos y estarás suplicando que te mate antes de que haya acabado. —Aflojó la mano y lo soltó con un ligero empujón.

Vance se alisó el abrigo y le dirigió una mirada hostil, despectiva.

—¿Crees que te tengo miedo?

—Pues deberías. De hecho, deberías irte de Inglaterra. Para siempre.

—Soy el heredero de un condado, canalla de baja ralea. Estás loco si crees que puedes intimidarme para que viva en el exilio.

—Estupendo. Preferiría que te quedaras.

—Sí, para poder tener el placer de descuartizarme como a un cordero, por lo que he entendido —repuso Vance con sarcasmo.

—¿Ah, pero de veras lo has entendido? —Rhys le dirigió una mirada asesina—. Te has pasado años proclamando a los cuatro vientos lo mucho que detestas a los galeses. Lo poco civilizados, lo brutales, lo salvajes que somos... No sabes de la misa la mitad. Nunca he podido olvidar los gritos de Peggy Crewe cuando agonizaba durante el parto. Como si alguien usara un sedal para arrancarle los órganos del cuerpo uno a uno. Un día de estos te haré eso a ti, Vance. Y averiguaremos si puedes gritar más fuerte que ella aún.

Al oír la despiadada sinceridad en la voz de Rhys, la sonrisa altanera de Vance se desvaneció. Finalmente adoptó una expresión de auténtico miedo: ojos concentrados y minúsculos espasmos de los tensos músculos faciales.

—Vete de Inglaterra —le advirtió Rhys en voz baja—. O tu vida será muy corta.

33

Tras intercambiar unas palabras con Ransom, que lo había aguardado junto al carruaje, Rhys subió al vehículo y dio unos golpecitos en el techo a modo de señal para el cochero. Se sentó al lado de Helen, que se había recostado en el rincón con la niña en el regazo. Iba inusitadamente desaliñada, con el pelo alborotado, y se la veía aturdida y tensa.

—¿Te fue bien lo que tenías que hacer? —preguntó tímidamente.

—Sí. —Le acarició la suave mejilla, mirándola a los ojos—. Ahora relájate —murmuró—. Conmigo estás a salvo. No volverá a molestarte.

Mientras le sostenía la mirada, Helen dejó de fruncir el ceño y soltó un largo suspiro. Su ansiedad se convirtió en certeza sosegada.

—¿Dónde nos llevas? —quiso saber cuando el carruaje salió de la estación y enfiló Waterloo Road.

—¿Dónde te gustaría ir?

—Me da igual siempre que sea contigo.

Complacido por la respuesta, Rhys la recompensó con un beso, y notó que la niña se movía entre ellos.

Se echó hacia atrás para contemplar bien por primera vez a la pequeña, que había prometido criar como si fuera propia. Guardaba un enorme parecido con Helen, con aquellos inocentes ojos redondos y aquel cabello entre dorado y plateado. Le divirtió ver que abrazaba a Helen posesivamente mientras lo miraba de reojo. La maniobra le descolocó el sombrero, que le resbaló de la cabeza y dejó al descubierto una mata de rizos que parecían cortados burdamente con unas tijeras de podar.

—Iremos a Cork Street y pasaremos el resto del día en casa —anunció Rhys, prestando de nuevo su atención a Helen—. Haré los preparativos para salir esta misma noche en un tren especial hacia el norte de Gales.

—¿Vamos a fugarnos?

—Sí, velar por ti es un trabajo a tiempo completo. O me caso contigo y te tengo segura a mi lado o contrato a una cuadrilla de hombres para que te sigan a todas partes. —Tendió un brazo a lo largo del respaldo del carruaje y jugó con un mechón de ella que se le había soltado y le colgaba sobre la oreja—. Puedes escribir una nota a lady Berwick y a las gemelas para informarles de lo sucedido. —Esbozó una sonrisa triste—. Y, ya puesta, escribe a Trenear y su esposa, y procura explicar las cosas de modo que no descarguen su ira en mí cual cólera divina.

—Lo comprenderán —aseguró Helen, y rozó la mano de Rhys con la mejilla.

Él la habría besado otra vez, pero la niña se había vuelto en el regazo de Helen y lo observaba con curiosidad.

—¿Quién es?

—Pues... pronto será mi marido.

Consciente de la mirada atenta de la pequeña, Rhys se metió la mano en la chaqueta y sacó una lata de bolitas de menta. Se metió una en la boca y alargó la lata abierta hacia ella.

—¿Quieres una golosina, *bychan*?

Con cautela, la niña adelantó la mano y cogió una. Cuando mordisqueó la bolita de menta, su rostro reflejó sorpresa y placer.

Rhys se fijó entonces en la suciedad que tenía bajo las uñas y en el atisbo de mugre que se le vislumbraba en la oreja y el pliegue del cuello.

—¿Por qué no se le ha dado un baño a fondo? —preguntó a Helen.

—Un castigo del orfanato la ha vuelto algo... reacia —respondió esta en voz baja.

—*Wfft* —soltó Rhys, preguntándose con el ceño fruncido qué habrían hecho para que una niña pequeña tuviera miedo de darse un baño.

Unos segundos después, oyó una respuesta:

—*Wfft*.

Bajó los ojos hacia la pequeña, que lo había imitado a la perfección.

—¿Habéis probado hacerlo con burbujas? —inquirió con una mueca.

—¿Burbujas?

—Sí, un baño cubierto de espuma para jugar.

—No me gustan los baños. —Charity habló con él por primera vez.

—¿Ni siquiera uno calentito? —Le dirigió una mirada de complicidad.

—No.

—¿Prefieres oler como una flor o como una oveja?

—Como una oveja —fue la respuesta.

—¿Quieres una pipa de juguete para hacer grandes pompas de jabón que flotan en el aire? —preguntó Rhys, recurriendo al soborno tras contener una sonrisa.

Charity asintió mientras mordisqueaba el último trocito de la bolita de menta.

—Muy bien. Podrás tener una si te sientas en una bañera con agua y jabón espumoso.

—Nada de agua —contestó, no sin antes terminarse la golosina.

—Bueno, solo con un poquito de agua, *bychan* —intentó convencerla—. No puedes hacer pompas sin ella. —Le mostró un espacio de unos cinco centímetros, con una mano suspendida encima de la otra—. Solo esta.

La pequeña se lo quedó mirando pensativa. Después, tendió despacio las manitas hacia las suyas y se las juntó un poco.

—Eres una negociadora nata, ¿eh? —comentó él con una carcajada.

Durante este intercambio, Helen los miraba embelesada.

Para sorpresa de Rhys, Charity se incorporó en el regazo de Helen y empezó a acercarse a él con precaución. Él permaneció quieto y relajado.

—No serás carterista, ¿no? —preguntó con ligera preocupación mientras ella buscaba algo debajo de su abrigo. Al percatarse de que no iba a detenerla, la chiquilla empezó a hurgarle en los bolsillos. En cuanto encontró la lata con las bolitas de menta, la sacó—. Solo una más de momento —le advirtió Rhys—. Demasiadas golosinas te darán dolor de muelas. —La niña tomó una bolita blanca, cerró la lata y se la devolvió con movimientos precisos.

Rhys examinó entonces a aquella personita que iba a provocar cambios tan importantes en su vida. Charity. El nombre no era lo que se dice fácil de pronunciar para un galés. Además, los nombres propios basados en virtudes como la caridad o la paciencia solían ponerse tan a menudo en asilos de pobres y orfanatos que habían empezado a tener la connotación de pertenecer a una institución. Una niña de una familia acomodada podía librarse del estigma, pero para una verdadera huérfana sería un recordatorio permanente de sus orígenes.

Ninguna hija de un miembro de la familia Winterborne tendría un nombre pensado para humillarla.

—Charity no es un nombre que pongamos normalmente a las niñas en Gales —dijo—. Me gustaría llamarte algo que suene parecido.

La niña lo miró, expectante.

—Carys —dijo—. Significa pequeña amada. ¿Te gusta?

La niña asintió, y lo pilló por sorpresa al sentarse en su regazo. No pesaba más que un gato. Confuso y desconcertado por lo rápido que lo había aceptado, Rhys la acomodó bien.

—Carys Winterborne. Es un bonito nombre, ¿no os parece? —Miró a Helen y vio que le brillaban los ojos—. Podemos llamarla como tú...

—Es precioso —aseguró esta, sonriendo de oreja a oreja—. Precioso. —Tendió la mano para acariciar la cara de Rhys y se arrimó a su costado.

Durante el resto de trayecto a casa, ambas se apoyaron en él, y eso le hizo sentir bien.

34

—Fernsby, me fugo con mi prometida.

Tras instalar a Helen y Carys en su casa, Rhys había ido sin demora a su despacho y había llamado a su secretaria para una reunión de urgencia.

La afirmación fue acogida con una impresionante sangre fría: la única reacción que tuvo la señora Fernsby fue ajustarse las gafas.

—¿Dónde y cuándo, señor?

—Al norte de Gales. Esta noche.

Y todavía le parecía demasiado tarde. Ahora que tenía al alcance de la mano casarse con Helen, estaba ansioso de hacerlo realidad. Se sentía terriblemente atolondrado, como si estuviera a punto de hacer una estupidez.

Aquella sensación le recordó la tarde, a finales del verano anterior, en que había estado bebiendo con Tom Severin y algunos de sus cohortes en un bar. Habían observado unas abejas que se habían colado por una ventana y se habían instalado en un vaso abandonado que contenía unas gotas de ron. Las abejas habían succionado el ron y habían acabado perceptiblemente ebrias, por lo que habían intentado irse volando describiendo trayectorias absurdas, sin rumbo, mientras que una simplemente se había caído boca arriba en el fondo del vaso. A Rhys y los demás les había parecido divertidísimo, especialmente porque ellos habían estado bebiendo mucho y se habían puesto hasta las cejas de alcohol.

Ahora Rhys sentía más compasión por las abejas, porque sabía exactamente cómo se habían sentido. Esto era lo que el amor hacía a un hombre, lo convertía en una abeja medio incapacitada que volaba en círculos.

—Si tiene intención de conseguir una licencia especial para casarse —dijo la señora Fernsby—, podría haber un problema.

Él la interrogó con la mirada.

—Hasta donde sé —prosiguió ella—, el arzobispo solo concede licencias especiales a miembros de la nobleza por derecho propio, miembros del Parlamento, consejeros del monarca y jueces. No estoy segura de que lady Helen tenga derecho puesto que el suyo es solo un título de cortesía. Intentaré averiguarlo.

—Pida al arzobispo que haga una excepción si es necesario. Recuérdele que me debe un favor.

—¿Qué favor?

—Él sabe cuál —aseguró Rhys. Lleno de vigor, empezó a pasearse alrededor de la mesa—. Iremos en mi vagón privado hasta Caernarvon. Reserve una suite en el Royal Hotel durante una semana.

—¿Querrá que Quincy viaje con ustedes?

—Sí, y busque una doncella que nos acompañe.

—Señor Winterborne, no se puede encontrar una doncella así como así —dijo Fernsby, que ahora sí pareció inquieta—. Hay que seguir un proceso: poner anuncios en el periódico, entrevistar a las candidatas, confirmar las recomendaciones...

—Fernsby, entre los centenares de mujeres que tengo contratadas, ¿no puede encontrar una que pueda peinar el pelo de una dama y abrocharle el vestido?

—Creo que el trabajo consiste en algo más, señor —afirmó secamente—. Pero encontraré a alguien.

—Y ya puesta, contrate a una niñera también.

—Una niñera también —repitió la señora Fernsby, desconcertada tras dejar de anotar.

—Sí, vamos a llevar a nuestra niña de cuatro años con nosotros. Además, necesitará ropa y juguetes. Encargue este asunto a una de las dependientas.

—Entendido.

—Y lady Helen necesitará algunas prendas nuevas. Pida a la señora Allenby que se ocupe de ello. Dígale que no quiero ver a lady Helen de negro. —Repiqueteó la mesa con los dedos y dijo, pensativo—: Supongo que un vestido de novia sería demasiado pedir...

—Señor Winterborne, ¿de verdad espera que todo esto esté listo esta noche?

—Tiene la mayor parte del día para hacerlo, siempre y cuando no se entretenga durante el almuerzo. —Cuando Fernsby empezó a quejarse, añadió—: Ya me encargaré yo de los preparativos del tren especial.

—¿Y todo lo demás? —dijo mientras Rhys salía raudamente del despacho—. ¿Y las flores? ¿Y la tarta? ¿Y...?

—¡No me importune con los detalles! —le respondió él sin detenerse—. Hágalo.

—De modo que volvemos a ser amigos —dijo, satisfecho, Tom Severin, estirando las piernas para apoyarlas en el gran escritorio de bronce de su despacho de la cuarta planta.

—Solo porque quiero algo —replicó Rhys—. No porque te aprecie.

—Mis amigos no tienen por qué apreciarme. De hecho, prefiero que no lo hagan.

—La amistad depende de si puedes o no hacerme el favor —le recordó Rhys, conteniendo una sonrisa para mantenerse serio.

—Un momento. —Severin levantó una mano y alzó la voz—. ¡Barnaby! ¿Dónde está la información que le pedí?

—Aquí la tiene, señor. —El secretario de Severin, un individuo fornido con la ropa desaliñada y un pelo que le crecía formando una maraña de rizos, entró presuroso en el despacho con un fajo de documentos que dejó en la mesa—. Hasta el momento he encontrado cuatro estaciones privadas, señor. Y estoy esperando confirmación sobre la quinta.

Cuando el secretario se hubo marchado tan deprisa como había entrado, Severin revisó los papeles.

—Esta —dijo, pasando la hoja a Rhys—. Una pequeña estación privada con una línea que la une a la ruta de la Great Western. Podemos hacer circular un tren especial desde aquí hasta Caernarvon. El edificio de la estación, de dos plantas, dispone de un salón donde se puede estar antes de las salidas. Sin gente, sin billetes, sin esperas. Mi director general se encargará personalmente de que tu vagón privado sea enganchado a nuestro mejor material rodante, incluido una locomotora nueva y un vagón de pasajeros adicional con compartimentos para los criados.

—Es del todo imposible que ningún otro hombre en Inglaterra pudiera proporcionar todo esto con tan poca antelación —sonrió Rhys al echar un vistazo al documento.

—Otros dos hombres en Inglaterra podrían hacerlo —lo contradijo Severin con modestia—. Pero no te lo ofrecerían como regalo de boda, como yo.

—Gracias, Tom.

Severin tendió la mano para recuperar la hoja, y Rhys se la dio.

—Barnaby —llamó, y el secretario volvió a entrar de inmediato. Severin le entregó el papel—. Esta estación servirá. Tiene que estar todo listo esta noche. Asegúrese de que se abastece de hielo y agua fresca el vagón privado de Winterborne una vez lo hayan traído.

—Sí, señor —asintió Barnaby y salió pitando.

—¿Vamos a almorzar algo? ¿O tomamos por lo menos un whisky aquí? —preguntó Severin.

Rhys negó con la cabeza.

—Tengo demasiadas cosas que hacer. Podemos vernos cuando regrese de Gales —dijo, y pensó que entonces ya estaría casado. Helen estaría todas las noches en su cama y desayunaría con él todas las mañanas. Por un momento, se quedó absorto, soñando despierto, imaginando lo que sería su vida cotidiana con ella, la multitud de pequeños placeres que no tendría que dar nunca por sentados.

—Naturalmente. —Los ojos verde azulados de Severin reflejaban simpatía y curiosidad. La luz le iluminaba la cara de tal modo que le acentuaba el tono verde del ojo derecho—. Cuesta un poco acostumbrarse a tanta sonrisa y tanto buen humor —comentó—. Nunca fuiste demasiado alegre.

—No estoy alegre, estoy... entusiasmado.

Severin sonrió cuando se levantaron para estrecharse la mano.

—Debe de ser satisfactorio sentirse así —dijo, pensativo.

Cuando volvió a los almacenes Winterborne, Rhys vio que la mayoría de su personal ejecutivo corría de un lado para otro a un ritmo frenético que no tenía nada que envidiar al de Barnaby. Las dependientas y las ayudantes de modista llevaban montones de cajas blancas y de prendas de vestir a su despacho, donde su secretaria de dirección, la señorita Edevane, estaba elaborando listas de equipajes. Estaban logrando hacer lo que había instruido, observó satisfecho. Decidió buscar a Fernsby y preguntarle por sus progresos.

Al acercarse a su mesa, se vio obligado a seguir al doctor Havelock, que llevaba una bandeja con platos cubiertos con tapas plateadas, un vaso de limonada con hielo y un pequeño florero que contenía un perfecto pimpollo de rosa medio abierto.

—¿Havelock?

La cabeza leonina del hombre mayor se volvió para mirarlo.

—Winterborne —dijo con brusquedad.

—¿Para quién es eso? —preguntó Rhys.

—Para usted, no. —Havelock llegó a la mesa de Fernsby y depositó la bandeja en ella—. Me he enterado de la actividad febril que ha ordenado aquí arriba, lo que ha obligado a todo su personal de oficina y a tres secciones más a trabajar como esclavos. A toda máquina, como siempre. ¿Por qué tiene usted que fugarse con tanta prisa?

—Las fugas no suelen distinguirse por su lentitud —señaló Rhys.

—¿Hay padres al acecho? ¿Un enamorado rival decidido a impedir la boda? ¡No! ¡Solo un novio impaciente que no quiere esperar lo suficiente para que su abnegada secretaria tenga tiempo para almorzar!

Justo entonces, la señora Fernsby llegó a su mesa.

—Hemos encontrado una doncella temporal, señor Winterborne —dijo al ver a Rhys—. Se trata de una de las ayudantes de la señora Allenby en la sección de corte y confección. La señora Allenby está arreglando dos vestidos terminados que había encargado una clienta cuyas medidas son parecidas a las de lady Helen; la clienta ha accedido si los sustituimos por vestidos gratuitos de un diseño más costoso. En cuanto a la niñera, la señorita Edevane tiene una hermana menor que estaría encantada de acompañarlos a usted y lady Helen para cuidar de la... —Se le apagó la voz al fijarse en el doctor—. Havelock, ¿ha ocurrido algo?

—No, señora Fernsby, pero podría pasar algo si no se alimenta como es debido, especialmente al ritmo demencial que ha imprimido Winterborne. —La condujo hasta la mesa y la apremió a sentarse.

—¿Me ha traído el almuerzo? —preguntó ella, asombrada, tomando la servilleta de lino de la bandeja y poniéndosela en el regazo.

—Por supuesto. —Havelock observó disimuladamente su reacción y los ojos le brillaron triunfales al ver lo contenta que estaba. Enseguida ocultó su satisfacción con otro arranque de indignación contra Rhys—. Si fuera por Winterborne, pronto la llevarían a mi consulta aquejada de agotamiento nervioso y desnutrición. Y ya tengo suficientes pacientes a los que atender —soltó mientras quitaba las tapas plateadas y giraba el pimpollo de rosa para que luciera lo máximo posible.

—Tengo bastante apetito —dijo muy refinadamente la señora Fernsby, como si apenas tuviera fuerzas para levantar el tene-
dor—. ¿Me hará compañía, doctor Havelock?

—Supongo que debo hacerlo para asegurarme de que Winterborne le concede quince minutos de descanso —respondió
entusiasmado.

—Muy bien, Fernsby. Puede comer —soltó Rhys, procurando mostrarse reticente—. Pero solo porque Havelock insiste
en ello. —Antes de marcharse, vio que a su secretaria le cente-
lleaban los ojos.

35

El vagón privado de Rhys constaba de dos secciones largas con un fuelle cubierto entre ambas. Estaba magníficamente amueblado con lujosas butacas tapizadas en seda afelpada color bronce, y tenía el suelo alfombrado de terciopelo. Había un salón con amplias ventanillas panorámicas, y un comedor con una mesa extensible de nogal. Rhys y Helen dormirían en una gran suite situada en la primera sección, mientras que Charity o, mejor dicho, Carys, como se recordó Helen, ocuparía uno de los dos compartimentos, más pequeños, de la segunda sección, junto con su niñera.

Al principio, le había preocupado que Carys pudiera mostrarse inquieta al dormir separada de ella en el tren. Sin embargo, la pequeña se había encariñado de inmediato con Anna Edevane, la hermana menor de la secretaria de dirección de Rhys. Anna era bonita y vivaracha, y había adquirido experiencia al criar a sus cuatro hermanos menores. En cuanto subieron al tren, llevó a Carys a su compartimento, donde la aguardaba una colección de juguetes y libros nuevos. Anonadada ante tantas cosas, que incluían una muñeca de porcelana con un vestido de seda lila y un juego del arca de Noé, la niña no parecía saber qué hacer con ellas. Se sentó en el suelo y tocó con cuidado los animalitos tallados y pintados como si temiera que fueran a romperse.

Ahora que Carys había tomado un baño como era debido,

gracias a que la sugerencia de Rhys de añadirle espuma había funcionado a la perfección, estaba limpia y olía deliciosamente. Llevaba un vestido rosa con la falda plisada y una escarapela en cada tabla.

—Son las once —indicó Helen a Anna—. Carys tiene que acostarse pronto; ha sido un día muy largo y solo ha hecho una breve siesta.

—No quiero —protestó la niña.

—Le leeré un cuento para que se duerma —sugirió Anna—. Según me han dicho, hay uno que le gusta mucho. Creo que era... *Caperucita Roja*.

—*Ricitos de Oro y los tres osos* —la corrigió Carys desde el suelo.

—O puede que fuera *El enano saltarín* —prosiguió Anna, que fingió no haberla oído.

—*Ricitos de Oro y los tres osos* —repitió la niña ya de pie, tirándole de la falda.

—¿Los tres cerditos y quién? —Anna levantó a la pequeña del suelo y cayó con ella hacia la cama.

—He dicho osos. ¡Osos! —soltó Carys entre risitas.

A Helen, su risa le pareció más hermosa que cualquier música.

El resto de la comitiva de Winterborne, incluida la doncella, Quincy, un lacayo y una cocinera, se alojaban hacia la parte posterior del tren privado, en los vagones espléndidos que el señor Severin había proporcionado para la ocasión.

—¡Me alegro mucho de que hayas reanudado tu amistad con el señor Severin! —exclamó Helen mientras recorría sus compartimentos privados y se detenía para admirar un aplique dorado. Parafraseó un conocido poema—: «El perdón es una virtud que siempre obtiene recompensa.»

—Sí —contestó Rhys con sequedad—, como una locomotora gratis, por ejemplo.

—Esta no ha sido la única razón por la que le perdonaste.

—*Cariad* —dijo mientras tiraba de ella hacia él para besarle el cuello—, ¿estás intentando convencerte de que soy un hombre de honor oculto y virtudes secretas? Pronto te haré cambiar de opinión.

Helen se movió a modo de protesta cuando él le puso pícaramente la mano en la parte posterior de la falda. Llevaba un vestido de viaje confeccionado, que le quedaba estupendamente después de que una ayudante de la señora Allenby le hubiera hecho unos pequeños retoques. Era un modelo sencillo de seda y cachemir azul cielo elegantemente entallado en la cintura. No incluía polisón, y la falda iba bien recogida detrás para insinuar la forma de su cuerpo. La falda caía formando bonitos pliegues, con un gran lazo decorativo en la parte superior del trasero. Para su desconcierto, Rhys no dejaba quieto el lazo. Lo tenía realmente fascinado. Cada vez que ella se volvía, notaba que jugueteaba con él.

—Para, Rhys.

—No puedo evitarlo. Me llama.

—Ya has visto lazos en vestidos.

—Pero no ahí. Y no en un vestido tuyo. —La soltó a regañadientes y consultó su reloj de bolsillo—. El tren ya tendría que haber salido. Llevamos cinco minutos de retraso.

—¿A qué viene tanta prisa? —se extrañó Helen.

—La cama —fue la sucinta respuesta.

—Tenemos por delante toda una vida de noches juntos —dijo Helen, sonriente. Se puso de puntillas y le dio un beso rápido en la mejilla.

—Sí, y ya nos hemos perdido demasiadas.

Helen se volvió y se agachó para recoger la maleta, que estaba en el suelo. Y, al hacerlo, oyó el ruido de la tela al rasgarse.

Antes siquiera de enderezarse y volverse para mirarse la parte posterior de la falda, ya sabía qué había ocurrido. El lazo colgaba inmóvil con la mitad de la costura arrancada.

—No sabía que ibas a agacharte —se excusó Rhys, avergonzado como un crío pillado robando una manzana al ver que ella lo miraba indignada.

—¿Qué le voy a decir a mi doncella cuando vea esto?

—¿Cáspita? —sugirió él tras reflexionar un momento.

A Helen le temblaron los labios de la gracia.

Un silbato señaló la salida inminente con dos breves pitidos, y enseguida estuvieron en marcha. La locomotora avanzaba a un ritmo más lento que los expresos que Helen había tomado desde y hasta Hampshire, y el viaje fue más suave, con leves vibraciones en lugar de sacudidas. A medida que el tren se alejaba de las luces, los edificios y las calles y se sumía en la oscuridad nocturna, sus pasajeros empezaron a retirarse después de un día inusualmente largo y agotador para todos.

Rhys salió al pasillo mientras la doncella ayudaba a Helen a prepararse para acostarse.

—Se me soltó el lazo del vestido —comentó Helen cuando le recogía la ropa—. Me lo pillé en algo. —No le pareció necesario explicar que aquel «algo» habían sido unos insistentes dedos masculinos.

—Mañana volveré a cosérselo, milady.

Y la doncella le proporcionó un camisón nuevo para ponerse.

—¿Es todo lo que hay? —preguntó Helen al ver la tela fina y sedosa que tenía en las manos.

—Sí, milady —dijo la muchacha—. La señora Allenby lo eligió para usted. ¿Le gusta?

—Oh, es... precioso. —Lo levantó para mirarlo a la luz de la lámpara y vio que la seda blanca se transparentaba. La prenda, corta y escotada, le cubriría tan poco que no cumpliría en absoluto las funciones de un camisón. Ruborizada, se lo pasó por la cabeza y contuvo el aliento cuando notó la frialdad de la seda sobre la piel.

—¿Necesita ayuda, milady?

—No, gracias —se apresuró a responder. Estaba prácticamente medio desnuda—. Ya me retiro. Buenas noches.

Se metió en la cama y se tapó con las suaves sábanas de lino y la manta, suspirando de comodidad. Tenía el cuerpo agotado, y la ligera oscilación del tren era relajante. Descansó así, con los ojos medio cerrados.

La puerta plegable se descorrió y una figura esbelta y oscura cruzó su campo de visión. Se tumbó boca arriba con un brazo situado por encima de la cabeza.

Rhys se situó sobre ella, quitándose despacio la camisa, y la tenue luz mostró el marcado contorno de su musculoso torso. Apartó las sábanas y la observó con lascivia. Empezó a acariciarla, recorriéndole la delicada seda con la punta de un dedo.

—Preciosa mía —dijo con voz ronca.

Apagó la lámpara y le quitó lentamente el camisón. Hubo movimientos en la penumbra, y ella notó unos roces cariñosos... y la calidez húmeda de los labios de Rhys, que le acarició con la punta de la lengua sitios que la hicieron temblar. Jugueteó con el vello de su entrepierna, y la excitó y acarició con los dedos y la lengua. Sintió su respiración en ellos hasta que se olvidó de todo recato y separó más los muslos. Oyó la risa de Rhys, que respondió a su lujuriosa invitación con un lametón arremolinado.

Helen gimió y hundió las manos en el pelo sedoso de Rhys. Él la tocó juguetón, siguiendo con los dedos rutas sensibles por su piel. Tras sujetarle un pezón entre el índice y el pulgar, se lo pellizcó suavemente al mismo ritmo con que le movía electrizantemente la boca entre los muslos.

Cuando ya no pudo esperar más, se situó sobre ella y la penetró, introduciéndole profunda y deliciosamente el ardiente miembro. El vaivén del tren balanceaba sus cuerpos de forma exquisita, un movimiento suave que excitaba los sentidos a Helen. Sus músculos internos empezaron a contraerse, y él siguió aquel ritmo secreto, atento a todas sus urgencias. Ella buscó a ciegas la boca de Rhys, y él se la entregó. Estaba dentro de ella, de modo que le acariciaba el cuerpo por dentro y por fuera, inundándola de placer. Llegado el último momento, Rhys levantó las caderas, tanto que casi dejó de sentirlo sobre ella.

—Ahora... —susurró Helen, estremeciéndose, mientras le bajaba una mano por la espalda—. Dame tu simiente...

Y Rhys lo hizo con un fuerte empujón, gimiendo, llenándola con su calor, sujetándola como si nunca fuera a soltarla.

El Royal Hotel era un majestuoso edificio georgiano de tres plantas en Caernarvon. Rhys había querido llevar a Helen a aquella ciudad costera del norte de Gales en parte porque estaba cerca de Llanberis, su población natal, pero sobre todo porque creía que a ella le gustaría lo romántica que era. Los mitos y los cuentos de hadas surgían naturalmente en aquel lugar, con sus ruinas pintorescas, sus profundos valles verdes y cascadas, charcas y lagos abundantes. Siempre podían verse los picos recortados de Snowdon, una montaña de la que se decía que si un hombre la subía, bajaba loco o convertido en poeta.

Gracias a la habilidosa planificación de la señora Fernsby el viaje había ido perfectamente hasta entonces. A su llegada, los empleados del hotel los condujeron a una espaciosa suite, con otra contigua para Carys y su niñera. También llevaron a los criados a sus elegantes habitaciones, y todos parecían muy contentos.

El pastor de una iglesia local había consentido en celebrar la boda en los restos de una antigua capilla situada en una colina, a breve distancia del hotel. Unos enormes arreglos florales de colores rosa y blanco habían sido transportados hasta las ruinas de la capilla, a la que se accedía por un sendero y un puentecito. Desde lo alto de la colina, podía verse el castillo de Caernarvon, la población, la montaña y el reluciente azul oscuro del mar de Irlanda.

La mañana después de su llegada, el cielo estaba despejado, algo nada habitual en aquella época del año. Los asistentes a la boda iban a reunirse en la terraza de piedra situada en la parte trasera del hotel, andar hasta la capilla y regresar para un copioso desayuno.

Vestido con chaqué y corbata clara, Rhys aguardaba solo en el invernadero anexo a la planta baja del hotel. Helen y él habían acordado encontrarse allí antes de reunirse con los demás.

Mientras reprimía el impulso de echar un vistazo a su reloj de bolsillo, pensó que habría pagado con gusto diez mil libras para que ya hubiera pasado la siguiente hora y que Helen fuera su esposa.

Un frufrú sedoso le llegó desde atrás.

Se volvió y vio a Helen con un vestido formado por capas finas y relucientes de seda blanca con puntilla. La prenda se ajustaba perfectamente a su estilizada figura, con la falda recogida hacia atrás para realzarle las caderas y caerle con elegancia por detrás. Levantó la parte inferior de un vaporoso velo blanco cosido con encaje y aljófares, se lo apartó de la cara y le sonrió. Su belleza era sobrenatural, tan suave y delicada como el atisbo de un arcoíris a través de la neblina matinal. A él se le secó la boca y se llevó una mano sobre el corazón, que no dejaba de martillearle, para evitar que se le saliera del pecho.

—No sabía que te habían conseguido un vestido de novia —logró decir.

—De algún modo la señora Allenby obró un milagro. Cuando volvamos, tendré que preguntarle cómo lo hizo.

—Eres tan hermosa que yo... —Se le apagó la voz al mirarla—. ¿Eres realmente mía?

—En todos los sentidos salvo en el legal —respondió Helen, y se acercó sonriente.

—Pronto nos encargaremos de ello —murmuró Rhys e hizo ademán de abrazarla.

Pero ella asintió con la cabeza y le selló los labios con el dedo índice.

—No hasta después de haber pronunciado nuestros votos —dijo, con los ojos destellantes—. Quiero que el próximo beso me lo dé mi marido.

—Que Dios me ayude —repuso Rhys, emocionado—, ningún hombre ha deseado tanto como yo que su boda haya terminado.

—Y hablando de la boda..., ¿has visto el gentío que hay fuera del hotel? —La sonrisa de Helen se había vuelto compungida.

Rhys asintió con la cabeza con el ceño ligeramente fruncido.

—Me temo que tendremos más compañía de la que habíamos previsto. Cuando los huéspedes del hotel y algunos residentes se enteraron de que Rhys Winterborne había venido aquí a casarse, se invitaron ellos mismos a acompañarnos a la capilla. Según me dijeron, en el norte de Gales es tradición que todos los vecinos asistan a una boda. No podremos librarnos de ellos —gimió—. Lo siento. ¿Te importa, *cariad*?

—Claro que no. Me encantará ver a toda esa gente contemplándote con temor reverencial.

—No me contemplarán a mí —le aseguró Rhys, que se metió la mano en el bolsillo, sacó una piedra lisa y blanca y se la mostró en la palma de la mano.

—¿La piedra nupcial? —sonrió Helen.

—Carys la encontró ayer cuando salimos a pasear.

—Es perfecta. ¿Dónde la tiraremos una vez nos hayamos casado?

—Dejaré que eso lo decidas tú —respondió Rhys, guardándose de nuevo la piedra en el bolsillo—. El mar de Irlanda está en esta dirección... —comentó a la vez que se la indicaba—. El estrecho de Menai está por allí... o puedo llevarte a varios lagos galeses que están muy bien. Conozco uno del que se afirma que es el paradero final de *Excalibur*.

A Helen le brillaron los ojos. Pero, acto seguido, se le ocurrió algo que la desconcertó.

—Acabo de darme cuenta de que no hay nadie para que me conduzca al altar.

Rhys bajó la cabeza hasta que sus frentes estuvieron en contacto.

—Mi vida, no necesitas que ningún hombre te conduzca al altar —dijo, perdiéndose en el brillo de los ojos de Helen—. Ven hasta mí por voluntad propia. Ámame por ser como soy y yo te amaré por ser como eres... y nuestra unión durará hasta que las estrellas dejen de refulgir.

—Puedo hacerlo —susurró Helen.

Rhys se separó despacio de ella y le sonrió.

—Vamos, pues, *cariad*. Tenemos que encargarnos de una boda. Un hombre no puede esperar eternamente para recibir un beso de su esposa.

Epílogo

Ocho meses después

—... y Pandora aseguró que si su juego es un éxito, no participará en ningún evento de la temporada londinense —comentó Helen mientras polinizaba hábilmente flores de vainilla—. Dijo a lady Berwick que no tiene ninguna intención de dejarse llevar de baile en baile como si fuera una oveja descarriada.

Rhys sonrió mientras la observaba ociosamente con la espalda apoyada en una columna de ladrillos. Estaba guapísimo, y su presencia resultaba inapropiadamente masculina entre las hileras de orquídeas.

—¿Cómo reaccionó lady Berwick?

—Se indignó, por supuesto. Pero antes de que pudieran empezar otra pelea, el primo Devon señaló que hasta ahora Pandora solo ha presentado la solicitud de la patente, y que seguramente la temporada habrá empezado antes de que sepamos si se la han aceptado. Así pues, es posible que Pandora vaya a unos cuantos bailes y cenas, aunque solo sea para hacer compañía a Cassandra.

—Trenear tiene razón. Poner en circulación un juego de tablero conlleva mucho más que solicitar una patente y llevar el diseño al impresor. Si Pandora se toma esta iniciativa en serio, tardará un año por lo menos antes de que podamos ofrecer el producto en nuestros mostradores.

—Oh, Pandora se la toma muy en serio —aseguró Helen con ironía.

Acababa de regresar con Carys de una visita matinal a la Casa Ravenel. Habían ido a ver el hijo recién nacido de Kathleen, William, sano y hermoso. A Carys le había fascinado el bebé de dos semanas y se había pasado varios minutos babeando con él hasta que Pandora la había engatusado para que la ayudara a probar el prototipo de su juego de compras, llamado «Frenesí». A la niña le había encantado. Se trataba de que los jugadores movieran las fichas por un circuito formado por las distintas secciones de unos grandes almacenes y acumularan tarjetas con artículos por el camino. Ante la insistencia de Pandora, el juego no enseñaba valores morales ni lecciones: estaba diseñado solamente para ser divertido.

—Tengo la sensación de que el juego de Pandora va a venderse muy bien —dijo Helen, pensativa—. Lady Berwick y Carys se lo han pasado muy bien jugando esta mañana. Al parecer, a ambas les encanta ir acumulando todas esas tarjetas de artículos tan bonitas: el paraguas, los zapatos y demás.

—A la gente le gusta consumir —respondió Rhys con naturalidad—. Sí, el juego se venderá.

—¿Mucho? —Helen usó un palillo para transferir polen al estigma de una flor.

—No soy oráculo, *cariad* —respondió él tras soltar una carcajada.

—Sí que lo eres. Tú sabes de estas cosas. —Cuando terminó la última flor de vainilla, dejó el palillo y se volvió para mirarlo, expectante.

—Ganará una fortuna —aseguró Rhys—. Es un mercado sin explotar, el producto puede producirse en serie con impresión litográfica y, como tú misma acabas de comentar, el juego tiene mucho gancho.

Helen sonrió, aunque en el fondo estaba preocupada. Quería que el trabajo y el talento de su hermana menor obtuvieran recompensa. Sin embargo, le inquietaba que, en su afán por ser autosuficiente e independiente, Pandora parecía decidida a no dar a ningún hombre la oportunidad de amarla. ¿Por qué era tan reticente a compartir la vida con otra persona?

—Espero que eso la haga feliz —dijo.

Rhys descruzó los brazos y se acercó despacio a ella. La luz cálida de septiembre, del color de los limones maduros, entraba por los cristales del invernadero y le acariciaba el pelo moreno.

—Te diré, por experiencia, que el éxito hará feliz a Pandora al principio —comentó a la vez que la cogía por la cintura—. Pero al final se sentirá sola y se dará cuenta de que ganar dinero no lo es todo en la vida.

—¿Te sentías solo antes de conocerme? —Helen, sonriente, le rodeó el cuello con los brazos.

Su marido la acarició con la mirada.

—Sí, a muchos hombres les ocurre tener que vivir día a día faltándole su otra mitad. —Agachó la cabeza y le rozó varias veces los labios con los de él, cada vez con más fuerza hasta que el beso se volvió intenso y anhelante—. Vámonos a la cama —murmuró cuando sus labios se separaron.

—Es la hora del almuerzo —le recordó Helen, y puso los ojos como platos al notar la mano de su marido en el pecho.

—Tú eres mi almuerzo. —Rhys volvió a besarla, y ella se retorció entre sus brazos, riendo sin aliento.

—No puedo... de verdad... Voy a tomar el té con Garrett Gibson.

—Ya tomaste té con ella el otro día —comentó, besándole el cuello—. Yo te necesito más que ella.

—En realidad no vamos a tomar té. Es decir, puede que lo tomemos, pero ese no es el motivo principal de mi visita. Verás... —Se detuvo y se ruborizó al proseguir, indecisa—. Tengo... síntomas.

Rhys levantó la cabeza con una brusquedad sorprendente.

—¿No te encuentras bien, *cariad*? —preguntó con el ceño fruncido.

—Me encuentro muy bien —respondió Helen, conmovida

por su preocupación inmediata, y le acarició la nuca para tranquilizarlo.

Él la examinó con su penetrante mirada.

—Entonces ¿por qué...? —Se detuvo como iluminado de repente y empezó a abrir y cerrar la boca como si se le hubiera olvidado hablar.

A Helen le encantó que reaccionara con tanto pasmo.

—No lo sabremos con certeza hasta que la doctora Gibson lo confirme —explicó, metiendo los dedos entre su cabello negro—. Pero creo que la próxima primavera la familia Winterborne tendrá un nuevo miembro.

Rhys la acercó más a él, y se inclinó para hundir la cara en la suave curva del cuello y el hombro de Helen.

—Helen, mi amor... —dijo, emocionado—. ¿Qué puedo hacer por ti? ¿Qué necesitas? ¿Te conviene estar de pie en este suelo tan duro? Llevas corsé, ¿no apretujará al bebé?

—No tan pronto —respondió ella, divertida a la vez que enternecida y algo sorprendida al notar que Rhys temblaba—. No hay que angustiarse. Me ocuparé perfectamente de este nuevo proyecto, te lo prometo. El bebé y yo estaremos sanos y fuertes.

Rhys se enderezó.

—Necesito que me des tu palabra —dijo con voz ronca—. Porque tú eres todo mi mundo, *cariad*. Mi corazón solo late para hacerse eco del tuyo.

—No lo dudes ni un momento, mi amor. —Se puso de puntillas para rozarle los labios con los suyos—. Después de todo... soy una Winterborne.

Nota de la autora

Mientras me documentaba sobre moda (siempre una de las partes más divertidas de escribir novelas románticas históricas), averigüé que a finales del siglo XIX hubo dos períodos en que el polisón estuvo en boga en Inglaterra. En su primera versión, de 1870 a 1875, consistía en una bolsa inmensa rellena de paja o crin de caballo. Me imagino que sería como llevar un cojín de sofá atado al trasero. Unos años después, el polisón desapareció y la silueta femenina de moda era esbelta y recta, con faldas muy estrechas. Es el denominado período de la «forma natural», algo que yo rebatiría, dado que se seguía necesitando el corsé para conseguirla. Aun así, seguramente era preferible al regreso del polisón, que se produjo de 1883 a 1889, con una forma nueva y exagerada. Aunque este polisón de mayores dimensiones estaba pensado para ser más ligero y comprimible para permitir a la pobre que lo llevaba sentarse en una silla, ¡sigue sin parecer nada cómodo!

Las botellas de soda con forma de torpedo que patentó William Hamilton en 1809 hacía que tuvieran que almacenarse obligatoriamente tumbadas, lo que impedía que el tapón de corcho se secara. Además, a diferencia de las botellas de champán, que solían estar hechas de un cristal de mejor calidad, era muy probable que el cristal barato que se usaba en las botellas de soda se rompiera debido a la presión del líquido con gas. La estructura en forma de torpedo era más resistente que la botella de base plana.

Puse Garrett de nombre de pila a la doctora Gibson en homenaje a la doctora Elizabeth Garrett Anderson, la primera mujer que obtuvo la titulación de Medicina y Cirugía en Inglaterra. En 1873 se incorporó a la Asociación Médica Británica, y durante diecinueve años fue el único miembro femenino de esta asociación, que votó que se impidiera a otra mujer acceder a esta institución solo masculina. Finalmente la doctora Anderson fue elegida alcaldesa de Aldeburgh, lo que la convirtió en la primera mujer en ostentar semejante cargo en Inglaterra.

A continuación figura un miniglosario de palabras y expresiones galesas utilizadas en este libro.

Bycham: pequeña
Cariad: cariño, amor mío
Annwyl: querida
Iesu Mawr: Dios mío
Hwyl fawr am nawr: hasta la vista
Diolch i Dduw: gracias a Dios
Dw i'n dy garu di: te amo
Owain Glyndŵr: dirigente galés, figura del nacionalismo galés, y el último que ostentó el título de príncipe de Gales. Vivió de 1349 a 1416.
Eistedfodd: fiesta de literatura, música, danza e interpretación galesas.

Tras leer sobre las bolitas de menta, tan apreciadas en la época victoriana, no pude encontrarlas a la venta. ¡Cáspita! Sin embargo, mi hija y yo probamos varias recetas y modificamos ligeramente una hasta dar con la versión más rica y sencilla. En la mayoría de recetas se utiliza clara de huevo, pero logramos mejores resultados (y más seguros) usando merengue en polvo, que puede adquirirse en cualquier tienda de repostería. La clave es usar un extracto de menta de buena calidad; por el motivo que sea, muchos de los aromatizantes de menta tienen un sabor amargo. Además, si no eres demasiado aficionada a la menta, puedes sustituirla por el sabor que más te guste. ¡El de vainilla queda delicioso!

Bolitas de menta de Winterborne:

Ingredientes
1 taza de azúcar glasé
1 cucharada de merengue en polvo
1 pizca de sal
1 cucharadita de extracto de menta (o más si te gusta con mucho sabor)
1 cucharada de leche

Pasos
1. Mezcla los ingredientes secos y añade el extracto de menta y la leche. Remueve con una cuchara hasta que la mezcla tenga la consistencia de la plastilina. Puede que tengas que añadir un poco de leche si la mezcla está demasiado seca, pero hazlo en muy poca cantidad cada vez.

2. Forma bolitas del tamaño de canicas con la masa y pásalas una por una por azúcar glasé. Ponlas a secar y déjalas endurecer sobre un papel encerado durante quince minutos por lo menos. Llegado este momento, a nosotras nos gusta volver a pasarlas por azúcar glasé para conferirles un bonito aspecto «harinoso», pero no es necesario.

3. ¡Besa a alguien a quien ames!